조선후기

가사문학

연　구

조선후기 가사문학 연구

초 판 발 행	2016년 02월 25일
2 쇄 발 행	2016년 09월 12일

저　　　자	고 순 희
발 행 인	윤 석 현
발 행 처	도서출판 박문사
책 임 편 집	최인노 · 김선은
등 록 번 호	제2009-11호

우 편 주 소	서울시 도봉구 우이천로 353 성주빌딩 3층
대 표 전 화	02) 992 / 3253
전　　　송	02) 991 / 1285
홈 페 이 지	http://www.jncbms.co.kr
전 자 우 편	bakmunsa@hanmail.net

ⓒ 고순희, 2016. Printed in KOREA

ISBN 978-89-98468-87-3　93810　　　　　　　　　　정가 26,000원

조선후기

가사문학

연　구

고 순 희 저

박문사

　가사문학을 연구하기 시작한 초창기부터 필자의 관심은 조선후기에 창작된 가사문학에 있었다. 조선후기 가사문학의 작품세계는 사설시조만큼 파격적이거나 한시만큼 민중적인 것은 아니다. 애정을 다루어도 관습이 용인하는 선에서 적당하게 표현되었으며, 민중의 삶은 현실비판가사 유형에 속하는 몇 편에만 서술되었다. 그럼에도 불구하고 조선후기 가사문학은 필자에게 매우 매력적으로 다가왔다. 워낙 작품 수가 많다보니 그 작품세계가 매우 다양했기 때문이다. 조선후기 가사문학의 작품세계는 공시적으로 당대인이 조선 팔도 구석구석에서 각자 어떻게 살았으며, 어떤 생각을 하고 살았는지를 알려주었다. 그리고 통시적으로 조선후기 역사·사회의 국면마다 어떤 일이 벌어지고 그에 따라 당대인의 삶과 사고가 어떻게 펼쳐지고 진전되어 갔는지를 알려주었다.

　조선후기에 당대인은 어떻게 살았을까? 그리고 어떤 생각을 하고 살았을까? 필자는 가사문학을 연구하면서 늘 이런 의문을 간직하고 있었다. 필자가 가사문학을 '즐겁게' 연구할 수 있었던 것은 바로 가사문학을 통해 당대인의 생생한 삶과 생각을 엿볼 수 있었기 때문이다. 조선후기 가사문학을 읽다보면 마치 타임머신을 타고 조선후기 사회로 돌아가 당대를 살아간 사람들의 세계를 엿보는 것만 같았다. 조선후기 사회를 바다 삼아 즐겁게 헤엄치고 놀 수 있게 해준 가사문학에 고마울 따름이다.

　이 책을 발간하면서 필자가 동시에 느끼는 것은 '즐거움'과 '부끄러움'이다. 돌이켜 보면 조선후기 가사문학을 연구하는 것이 매우 즐거웠다. 그러나 연구 과정에서 느꼈던 '즐거움'에 비해 그 연구 성과가 보잘것 없기 짝이 없어 '부끄러움'도 밀려온다. 조선후기 가사문학에 대한 논문을 모아 이제야 책으로 발간한 것은 필자의 '부끄러움' 때문이다.

　이 책에는 조선후기 가사문학에 대한 총 10편의 연구 논문을 실었다. 19세기 가사문학으로 4편, 18세기 가사문학으로 5편, 그리고 17세기 가사문학으로 1편을 실었다. 그런데 필자는 이 책의 목차를 19세기부터 시작하여 역순으로 배치했다. 역순으로 목차를 정한 이유는 가사문학사의 전개에서 19세기 가사문학이 지니고 있는 위상이 중요하다고 생각했기 때문이다. 이 점에 대해서는 이 책의 처음에 실린 〈19세기 중엽 상층사대부의 가사 창작〉에서 자세히 논의했다.

　이 책이 출판되기까지 도와주신 분들께 감사의 말씀을 드리고 싶다. 연구실에 직접 찾아와 책의 출판을 권유해주신 박문사의 권석동이사님께 감사를 드린다. 이분의 출판 권유가 없었더라면 필자는 영영 이 책을 출판하지 못했을 지도 모른다. 그리고 성실하게 책의 편집을 맡아 주신 최인노선생님께 감사의 말씀을 드린다. 달인의 경지에 이른 깔끔한 편집에 존경심을 표한다. 마지막으로 논문과 사투를 벌이고 있는 엄마를 묵묵히 지켜봐준 아들에게 감사와 사랑의 마음을 보낸다.

2016년 2월 3일
연구실에서
고순희

제2부 18세기 가사문학

제3부   17세기 가사문학

제1부

19세기 가사문학

조 선 후 기

가 사 문 학

연　　　구

제1장

19세기 중엽 상층 사대부의 가사 창작

1. 머리말

　가사문학 연구에서 특별히 19세기 가사문학을 따로 떼어내어 다루는 일은 그리 흔하지 않았다. 일반적으로 19세기 가사문학은 18세기 가사문학과 함께 '조선후기'로 통칭되어 다루어졌다. 18세기 가사와 19세기 가사를 구분하지 않고 조선후기가사로 통칭하여 다룰 수밖에 없었던 데에는 작가나 창작 시기를 알 수 없는 엄청난 필사본 작품이 존재하여 작품의 시기를 구분하기 어려웠던 사정이 있었다. 그리고 가사문학사는 조선후기가사에 이어서 동학가사·의병가사·개화가사 등의 유형가사를 다루는 개화기가사로 전개되었다. 이렇게 가사문학 연구에서는 '조선후기'와 '개화기'라는 시기설정이 보다 유효하게 적용되어 왔다. 문학사를 단순한 세기 구분에 의해서가 아니라 역사 발전 단계와 작품의 실상을 중시하여 기술함은 너무나 당연한 것이기도 했다.

그런데 문제는 현재 작가를 알 수 없는 엄청난 수의 필사본 가사가 우리 앞에 존재한다는 사실이다. 그 동안 이 가사 필사본들은 가사 장르의 관습적 창작 전통 안에서 지어져 천편일률적인 작품세계를 지니고 있는 것으로 보아온 경향이 있었다. 그러나 이들 필사본을 읽고 개별적 작품에 대해 연구한 성과가 축적되어 감에 따라 19세기와 20세기에 창작된 것이 분명한 가사 작품들이 적지 않게 드러나게 되었다. 특히 20세기에 창작된 개별적 가사 작품에 대한 작품론이 활발하게 전개되면서 20세기만의 독특한 유형가사가 설정되기도 하였다. 따라서 20세기 중반까지도 가사문학은 이전의 창작 관습을 이어받아 활발하게 창작됨으로써 만만치 않은 양의 작품을 남기고 있음이 드러났다. 그리고 그 작품세계 또한 당대의 역사·사회 상황을 수용하거나, 당대만의 경험세계를 서술하거나, 당대의 인식을 드러내거나 하는 등 다양한 양상으로 전개되었다. 그리하여 20세기 가사문학이 천편일률적이지 않으며, 문학적 성취 면에서 독립적인 의미와 의의를 지니기에 충분한 작품세계를 지닌 작품이 많이 있다고 하는 사실이 점차 드러나고 있다.

이렇게 20세기에 창작된 가사문학의 문학사적 의미가 재평가됨에 따라, 가사문학사의 전개를 바라보던 기존의 시각은 조정될 필요가 있다. 기존의 가사문학사의 전개에 대한 시각은 조선후기가사가 활발하게 전개되다가 20세기에 들어서 그 생명력을 차차 잃어 가게 된 것이라고 보았다. 19세기 가사문학은 18세기 왕성한 생명력과 20세기 마지막에 이른 생명력 사이에 끼어 점차 생명력을 잃어 가는 중이었을까? 이 연구는 과연 그럴까? 라는 의문에서 출발한다. 필자의 판단은 20세기 가사문학의 전개 양상과 그 작품세계의 문학적 성취를 볼 때 19세기 가사문학은 18세기 가사문학의 연장선상에서 그 생명력을 유지하는 수준으로만 전개된 것은 아니라는 것이다. 오히려 19세기 가사문학은 18세기 가사문학의 전통을 이어받아 이전보다 왕성하게 창작과 향유가 이루어졌으며, 이러한 19세기 가사문학의 왕성한 창작과 향유가 20세기 가사문학을 이루는 원동력이 될 수 있었다고 본다.

가사문학사의 전개에서 19세기 가사문학이 지니고 있는 가사문학사적인 의미를 규명하기 위해서는 무엇보다도 19세기 가사문학의 객관적 실체를 밝히는 작업이 선행되어야 한다. 이 연구는 19세기 가사문학의 객관적 실체를 밝히는 작업의 하나로 19세기 중엽 상층사대부가 창작한 가사문학에 주목하고자 한다. 사실 이 시기 이전에도 상층 사대부의 가사 창작은 꾸준히 있어왔다[1]. 그리고 19세기 중엽에 상층사대부가 아닌 작가들의 작품이 없는 것이 아니다. 그럼에도 불구하고 이 연구에서 특별히 19세기 중엽 상층 사대부 가사에

---

1 가사문학사에서 상층 사대부의 언문을 이용한 가사 창작은 흔하게 있어왔던 것이다. 18세기에만 해도 金春澤, 李眞儒, 鄭彦儒, 鄭羽良, 申光洙, 李運永, 丁若銓, 李家煥, 李基慶, 金載瓚 등과 같은 상층 사대부가 많은 가사 작품을 창작하였다. 그러나 19세기 중엽 상층 사대부의 가사 창작과는 상당한 차이점을 보인다. 뒤에서 살피겠지만 시기적인 집중, 경화사족으로의 집중, 그리고 장편의 가사 중심이라고 하는 점들은 19세기 중엽만의 특징적 현상이다.

주목하는 이유는 19세기 중엽이라는 단기간에 집중하여, 경화사족이 중심이 되는 상층사대부가, 주로 장편의 가사 작품을 두드러지게 창작했기 때문이다. 이러한 가사문학적 현상은 19세기 가사문학의 가사문학적 의미를 규명하고 가사문학사의 전개를 파악하는 데 매우 의미 있는 현상이라고 보았기 때문이다.

개화기의 시작을 해외에 대한 이해의 시기인 1870년경으로 잡는다면 19세기 중엽은 개화기에 직접적으로 연결되는 중요한 시기이다. 특히 19세기 중엽은 가사문학사에서 19세기 전반은 조선후기로, 후반은 개화기로 분절하여 논의해 왔던 시기여서 그 접점에 해당하는 중요한 시기가 된다. 19세기 중엽에 상층사대부가 집중적으로 가사를 창작했다는 현상은 가사문학사의 운동방향과 무관하지 않다고 본다. 19세기 중엽 상층사대부의 집중적인 가사창작을 구체적으로 파악하는 작업은 가사문학사의 운동방향을 추적해 내는 데 절실하고도 긴요한 과제이다.

이 연구에서 대상으로 한 가사 작품은 19세기 중엽 상층 사대부가 창작한 〈北遷歌〉〈東游歌〉〈景福宮營建歌〉〈燕行歌〉〈北行歌〉〈海東漫話〉〈蓬萊別曲〉〈相思別曲〉〈朴學士曝曬日記〉 등 9편이다. 창작 시기 면에서 볼 때 1853년에서부터 1871년까지가 되는데, 이때에 작품이 몰려 있기 때문에 작품의 실상에 근거해서 선정한 것이다. 이들 작품들은 개별적으로 소개가 된 이후, 〈북천가〉〈동유가〉〈연행가〉〈북행가〉 등과 같이 연구가 비교적 활발했던 작품도 있지만, 〈경복궁영건가〉〈해동만화〉〈봉래별곡〉〈상사별곡〉 등과 같이 연구자의 관심을 그리 받지 못했던 작품들도 있고, 〈박학사포쇄일기〉처럼 최근에 소개되어 본격적인 연구를 기다리는 작품도 있다[2]. 비교적 연구가 활발했던 작품들에 대한 연구는 개별 작품이 속해 있는 유배가사, 기행가사, 사행가사 등과 같은 유형가사 내에서 그 작품세계와 의미의 변화 양상을 분석하여 가사문학사적 위상을 짚어 보려는 시도가 중심을 이루었다고 할 수 있다. 즉 유형가사를 중심으로 18세기와 19세기의 변화 양상에 주목한 통시적 연구가 주를 이루었다고 할 수 있다. 이렇게 유형가사의 통시적 연구의 틀 안에서 주로 이 작품들이 다루어지다보니, 공시적으로 이 시기에 상층 사대부의 가사 작품이 집중적으로 창작되었던 현상이 미처 주목되지 못한 것으로 보인다.

이 연구에서는 19세기 중엽 상층 사대부의 가사 창작과 향유 실상을 구체적으로 살펴봄으로써 그 의미를 밝히고, 가사문학사적 의의를 규명하는데 목적을 둔다. 2장에서는 19세기 중엽에 상층 사대부가 창작한 가사 작품의 구체적 실상을 살펴본다. 논의의 집약성을 꾀하기 위해 대상으로 하고 있는 작품 텍스트에 대한 문학적 분석은 하지 않고, 다만 19세기 중엽에 상층 사대부의 가사 작품이 집중적으로 창작되었던 현상을 구체적으로 드러내는 데 집중하고자 한다. 이어 3장에서는 상층 사대부의 가사문학 향유 전통과 이들이 창작한 작품의 전승 상황을 이본을 통해 살펴본다. 마지막으로 4장에서는 2, 3장의 논의를 바탕으로 '19세기 중엽 상층 사대부의 가사 창작'이 가지는 의미와 가사문학사적 의의를 규명하고자 한다.

---

2 각 작품의 기존 연구는 너무 장황하므로 앞으로의 논의에서 참고하는 각주로 대신하기로 한다.

2. 19세기 중엽 상층 사대부의 가사 창작

상층 사대부란 벼슬에 나아가 현달한 직책을 맡고 있거나, 명문 집안의 일원으로 벼슬이 보장된 거나 마찬가지인 지식인을 지칭한다. 이 연구에서 대상으로 하는 작품의 개관을 창작 시기의 순서대로 표로 정리하면 다음과 같다.

작품명	지은이	창작연대	창작 당시 나이	길이(2음보 1구)[3]
〈北遷歌〉	金鎭衡 (1801-1865)	1853년	53세	1029구
〈東游歌〉	洪鼎裕 (1829-1879)	1862년	34세	2189구
〈景福宮營建歌〉	趙斗淳 (1796-1870)	1865년	70세	534구
〈燕行歌〉	洪淳學 (1842-1982)	1866년	25세	3782구
〈北行歌〉	柳寅睦 (1839-1900)	1866년	28세	1962구
〈海東漫話〉	安致黙 (1826-1867)	1867년	42세	446구
〈蓬萊別曲〉	鄭顯德 (1810-1883)	1869년	60세	112구
〈相思別曲〉	李世輔 (1832-1895)	1871년 전	40세 전	64구
〈朴學士曝囇日記〉	朴定陽 (1841~1905)	1871년	31세	4732구

---

3 2음보를 1구로 계산한 것이다. 구수는 이본에 따라서 다르기 때문에 여기서는 대표 이본의 구수를 기록하였다.

이들 작품의 작가가 상층 사대부임은 기존의 연구 성과에서 이미 밝혀 놓았다. 여기서는 이것을 다시 장황히 설명하는 것은 피하고 기존연구 성과를 바탕으로 간단히만 소개하도록 하겠다. 김진형은 안동 사람으로 홍문관 교리로 있다가 함경도 명천으로 유배를 당한 상층 사대부였다. 그가 유배지에서 지방 수령이 마련한 산수유람 길에 기생 군산월을 만나 사랑을 나누는 등 화려한 유배생활을 했던 것은 상층사대부였기 때문이었다. 홍정유는 24세에 사마시에 합격하고 이후 무주부사 등의 벼슬을 지낸 서울 사대부 집안의 일원이었다. 그의 할아버지가 玉局齋 李運永(1722~1794)의 손자사위가 된다[4]. 조두순은 서울의 명문 조씨 가문에서 태어나 중앙의 주요 관직을 모두 거치고 좌의정과 우의정을 번갈아가면서 역임하다가, 가사를 창작할 당시에는 중앙의 최고위직인 영의정이었다. 수렴청정을 하던 조대비의 최측근으로 19세기 문벌정치인의 전형적인 인물이었다[5].

홍순학은 경기도 연천 사람으로 서장관 자격으로 연행하였고 대사성, 인천부사, 사헌부 대사헌 등을 지낸 상층 사대부였다[6]. 유인목은 상주 사람으로 사행 당시 정사의 자제군관으로 참여하였으며, 지례현감, 예안현감, 양산군수 등을 역임하고 말년에는 의병에 참여하였다[7]. 연행 당시 서생에 불과하였고 이후의 관직도 그리 화려한 것은 아니지만 명문 유성룡 집안의 일원이었다. 안치묵은 경북 영주

---

4 최강현, 「동유가의 지은이를 살핌」, 『한국시가연구』제6집, 한국시가학회, 2000.
5 강전섭, 「심암 조두순의 경복궁영건가에 대하여」, 『한국학보』제11권 1호, 일지사, 1985.
6 심재완, 『일동장유가·연행가』, 교문사, 1984.
7 홍재휴, 『북행가연구』, 효성여자대학교출판부, 1991.

명문 가문의 일원으로 사간원 정언, 사헌부 지평 등을 역임한 사대부였다[8]. 정현덕은 당시 동래부사였으며 대원군의 최측근으로 대일 교섭을 담당하였으며 이후 형조참판까지 올랐다[9]. 이세보는 익히 알고 있는 대로 이씨 왕족의 일원으로 사환의 길에 유배를 당하는 등의 부침은 있었으나 공조·형조판서와 의금부도사를 여러 차례 지낸 현달한 사대부였다[10]. 박정양은 종부정별겸춘추의 직으로 조선왕조실록의 포쇄일을 맡았고, 이후 주차미국 전권대사, 형조판서, 학무대신 등 주요 요직을 맡은 고관대작이었다[11].

이들 가사 작품의 작가가 직책이나 가문의 면에서 상층 사대부임을 알 수 있는데, 이들의 거주지나 작품의 창작 본거지가 서울과 영남에 치중되어 있는 점이 흥미롭다. 먼저 서울 거주자를 살펴보도록 하겠다. 〈동유가〉에 의하면 홍정유는 서울에서 출발해 금강산에 갔다가 다시 서울로 귀환하고 있다. 마지막 즈음에 "잘 있더냐 삼각산아 우리 고향 거의로다"라는 구절에서 드러나듯이 서울에 거주하며 가사를 창작한 것을 알 수 있다. 조두순은 한양에서 태어나 평생 중앙의 주요 요직을 두루 거쳤으며 가사를 창작하던 당시에도 영의정으로 서울에 거주했던 사대부였다[12]. 홍순학은 〈연행가〉에서 서울에

---

8 홍재휴, 「해동만화고」, 『국어국문학』제 55~57 합집, 국어국문학회, 1972.

9 윤영옥, 「봉래별곡의 연구」, 『한국기행문학작품연구』, 국학자료원, 1996.

10 진동혁, 『이세보 시조 연구』, 집문당, 1983. ; 김인구, 「이세보의 가사〈상사별곡〉」, 『어문논집』제24·25호, 민족어문학회, 1985.

11 최강현 역주, 『조선시대 포쇄일기』, 신성출판사, 1999.

12 "生于漢陽趙氏家門" 강전섭, 「심암 조두순의 경복궁영건가에 대하여」, 앞의 논문, 217면. 충남 예산군 대흥면 동서리 139에 소재한 고가는 조두순이 살았다고 전하는 집이다. 현재 그 고가는 문화재청 문화재자료 287호로 지정되어 있다. 그의 묘는 충남 청양군 화성면 용당리에 있다. 충남 예산은 그가 치사한 이후 내려가 살았

당도하여 "잘 있더냐 삼각산아 우리 집이 어드메냐"라고 기술하고 있다. 그리고 왕명을 모신 후 곧바로 집으로 돌아오는 것으로 보아 서울에 거주하였다.

정현덕은 동래부사로 있다가 왕명에 의해 다시 서울로 올라오기 직전에 부산에서 〈봉래별곡〉을 창작하였다. 정현덕의 거주지가 어디였는지는 정확히 확인되지 않지만, 〈봉래별곡〉의 마지막 즈음의 "도라가 전하고져 洛陽親舊 일어리라"라는 구절에서 '돌아간다'와 '서울친구'를 염두에 둔다면 서울 거주자가 아닌가 추정해 볼 수 있다. 이세보는 왕족의 일원으로 외직에 나가 있는 경우도 있었으나 중앙의 주요 요직을 지내는 경우가 많았고 거주지는 서울이 중심이었다. 〈상사별곡〉은 그가 잠시 외직인 여주목사로 나가 있을 당시 지었던 것으로 경기도 여주 지역에서 창작한 것이다. 박정양은 중앙의 주요 요직을 두루 지낸 자로서 서울 거주자였다. 〈박학사포쇄일기〉의 마지막 구절에서 "저물게 입성하여 궐내로 들어가서 / 회환복명 하온 후에 포쇄서계 바치오니 / 즉시계하 무루옵고 밤되어 집에 오니"라고 하였으므로 서울 자기 집에서 가사를 창작한 것으로 확인된다.

다음으로 주 거주지가 영남인 경우를 살펴보도록 하겠다. 김진형은 안동 사람으로 〈북천가〉에 의하면 서울에서 홍문관 교리로 있다 유배를 당해 함경도 명천에서 유배생활을 하고 서울로 왔다가 다시 안동 고향집에 가서 가사를 창작한 것으로 되어 있다. 안치묵은 경북 영주 사람으로 〈해동만화〉를 "사헌부 지평으로 官邸에 있을 때 한

─────────

던 지역으로 추정된다.

가한 틈을 타서"[13] 지었다. 영남사족으로서 서울에 거주했을 당시 지은 것을 알 수 있다. 유인목은 〈북행가〉의 창작 당시 경북 상주에 거주하였다. 작품의 내용에 의하면 유인목의 행동 반경은 상주에서 서울로 상경한 후 중국으로 갔다가 서울로 귀환하여 다시 상주로 내려오고 있다.

이상으로 먼저 살펴본 바와 같이 홍정유, 조두순, 홍순학, 정현덕, 이세보, 박정양 등 6인은 모두 京華士族으로, 그 외 나머지 3인은 嶺南士族으로 나타난다. 영남사족 가운데 김진형과 안치묵은 관직에 머무르기 위해 서울에 거주했으며, 유인목만이 주로 지방직을 역임하다 경북 상주에 머문 영남사족이다.

작품의 창작 시기는 1853년의 〈북천가〉를 제외하면 8편의 작품이 1862년에서 71년 사이에 집중되고 있다. 1860년대를 중심으로 상층 사대부의 가사 작품이 집중적으로 창작되었음을 알 수 있다.

작품을 창작할 시 작가의 나이는 25세부터 70세까지 넓게 펼쳐져 있다. 작품을 창작할 당시의 연령대로 보면 20대가 2명, 30대가 3명, 40대 1명, 50대 1명, 60대 1명, 그리고 70대가 1명이다. 이러한 작가의 연령대 면에서 특징적인 점이 드러나는데 2~30대가 5명으로 전체 9명 가운데 가장 많은 비중을 차지하고 있다는 것이다. 〈동유가〉의 홍정유, 〈연행가〉의 홍순학, 〈북행가〉의 유인목, 〈상사별곡〉의 이세보, 그리고 〈박학사포쇄일기〉의 박정양이 2~30대의 젊은 나이에 가사를 창작한 것이다.

---

13 홍재휴, 「해동만화고」, 앞의 논문, 552면.

　　19세기 중엽에 상층 사대부가 창작한 가사 작품은 작품의 분량 면에서 볼 때 대부분 장편을 이루고 있다는 점도 특징으로 드러난다. 〈봉래별곡〉과 〈상사별곡〉을 제외한 7편의 작품은 장편에 속한다. 여행의 형식을 취하고 있는 작품들 대부분은 1000구에서 4000구에 이르는 장편을 이루고 있는데, 총 5편이나 된다. 〈북천가〉는 유배지에 도달하여 그곳에서 생활하고 다시 귀환하는 과정을 담은 유배가사이다. 일반적으로 유배가사는 유배 체험의 시작과 끝을 일종의 여행처럼 기술하여 기행가사 형식을 지니고 있기도 하다. 2000여구의 〈동유가〉는 금강산에 도달하여 그곳을 유람하고 다시 귀로에 올라 돌아오는 여행을 일기 형식으로 읊었다. 3700여구의 〈연행가〉와 거의 2000구에 육박하는 〈북행가〉는 중국에 가서 견문하고 돌아오기까지의 여정을 일기 형식으로 읊었다.

　　〈박학사포쇄일기〉는 무주의 적상산사고와 봉화의 태백산사고에 보관하고 있는 조선왕조실록을 포쇄하고 돌아오기까지의 노정을 기행 형식으로 읊었다. 제목에서 기대되는 것과는 달리 4000구가 넘는 장편 속에 정작 포쇄의 구체적 사실은 거의 적지 않았다. 다만 오고 가는 노정에서의 여행 경험을 자세히 기술하였다. 여기서 특별히 주목할 만한 것은 〈동유가〉(2189구), 〈연행가〉(3782구), 〈북행가〉(1962구), 〈박학사포쇄일기〉(4732구) 등 기행의 형식을 지닌 장편 가사가 2~30대 작가가 창작한 가사 작품이라는 점이다. 그 외에도 앞서 설명한 작품들이 워낙 장편이라 그것들과 비교해 볼 때 현저히 짧은 것은 사실이지만 〈해동만화〉가 400여구가 넘고, 〈경복궁영건가〉도 500여구나 되어 일반적으로 말한다면 모두 장편에 속한다고 할 수 있다.

이상으로 살펴 본 바와 같이 19세기 중엽, 특히 1860년대에 상층 사대부의 가사 작품이 집중적으로 창작되었다. 그런데 이 시기 상층 사대부의 가사 창작에는 몇 가지 특징적인 국면이 드러난다. 작가의 대부분이 경화사족이고 그 외는 영남사족인데, 영남사족이라 하더라도 서울에 거주할 당시 창작된 경우가 많았다. 작품이 창작될 당시 작가의 연령대는 2~30대의 젊은 층이 절반이 넘었다. 그리고 당시 상층사대부가 대부분 장편가사를 창작하고 있는데, 특히 2~30대의 젊은 작가의 대부분이 장편가사를 창작했다.

3. 19세기 중엽 상층 사대부의 가사 향유 전통과 작품의 전승

이들 상층 사대부들은 모두 단 한 편의 가사 작품만을 남기고 있다. 이들 작가가 가사문학 작품을 많이 창작한 것도 아니어서 가사문학을 얼마나 활발하게 향유했는지를 직접적으로 나타내주는 근거는 없다. 다만 두 가지 측면에서 이들 상층 사대부들이 가사문학을 비교적 적극적으로 향유하는 전통을 지니고 있었던 것으로 추정할 수 있다. 첫째는 가사문학의 관습적인 작품 전개와 문체를 사용하고 있다는 측면에서이고, 둘째는 작품의 내용이나 다른 작품과의 연관성 측면에서이다.

첫째로 관습적인 작품전개와 문체를 사용하여 가사문학 전통을 잘 알고 있는 것으로 추정되는 경우이다. 〈북천가〉는 유배의 경위,

유배지에 당도하기까지의 여정, 유배지에서의 경험, 해배 소식, 환경하는 여정 등을 서술하여 일반적으로 유배가사의 관습적인 내용 전개의 틀을 따르고 있다. 그리고 문체도 지나치게 현학적이지 않으면서도 유려함을 잃지 않고 있다. 즉 가장 대중적인 가사문학의 문체를 따르고 있다고 할 수 있다. 특히 가사의 마지막에서 서술한 가사의 창작 의도는 그가 가사문학의 창작 및 향유 전통에 매우 친숙하다는 것을 보여준다. "어와 김학사야 그릇타 한을마라 / 男子에 천고사업 다하고 왔난니라 / 강호에 편케누어 태평에 놀게되면 / 무삼한이 또잇스며 구할일이 업사리라 / 글지어 기록하니 불러들 보신후에 / 후셰에 남자되야 남자들 부려말고 / 이내노릇 하게되면 그안이 상쾌할가"라는 마지막 구절에서 드러나듯이 김진형이 염두에 둔 독자는 여성이었다. 언문을 읽고 즐기는 부녀자들에게 유배의 경험과 기생 군산월과의 애정행각 등 이야기 거리를 가사로 제공한 것이다. 부녀자들에게 읽히고자 한 창작 의도는 18세기 중엽의 〈일동장유가〉와 일치한다. 진서가 아닌 언문을 통해 수직적 소통을 의도한 것은 가사문학의 전통적인 창작 의도라고 할 수 있는 것이다. 특히 영남지방은 규방가사문학의 창작 전통이 가장 뿌리 깊은 지역으로 김진형은 이러한 가사문학 창작 전통을 잘 알고 있었던 것으로 보인다.

〈해동만화〉를 지은 안치묵은 〈해동만화기〉에 의하면 집안의 子姪들을 위해 이 가사를 지었다[14]고 하였다. 이 또한 수직적 소통을 꾀하고자 하는 것으로 가사문학의 가장 관습적인 창작 의도였다. 안치

---

14 홍재휴, 「해동만화고」, 앞의 논문, 552면.

묵이 문중의 어른이 가사를 지어 문중의 자제들에게 익히게 하던 가사문학의 창작과 향유 전통 속에 있었음을 알 수 있게 한다. 〈경복궁영건가〉는 당대 최고 관료인 영의정 조두순이 창작하였다. 경복궁이 위치한 한양의 지세에서부터 출발하여 경복궁의 역사를 읊는 내용의 전개는 가사문학 전통 내에서는 매우 친숙한 것이다. 그 문체도 어려운 한문구를 현학적으로 사용하지도 않았고 그렇다고 결코 유려함을 잃지도 않은 것이어서 역시 가장 대중적인 가사문학의 문체를 따르고 있다고 할 수 있다. 부역군의 모습을 우리말 표현을 생생하게 살려 표현한 것도 가사문학 전통 속에서 관습적으로 굳어진 부분이기도 하였다.

둘째로 가사의 내용이나 다른 작품과의 연관성 면에서 가사문학의 향유 전통을 잘 알고 있었다고 추정하는 경우이다. 이 경우는 젊은 작가의 경우에서 대부분 찾아진다. 5명이나 되는 2~30대 작가가 쓴 작품의 대부분은 장편이라고 하는 점이 주목되는데, 젊은 나이에 장편의 가사 창작이 가능하려면 가사의 독서 경험과 관습적 글쓰기 방식에 대한 숙지가 뒷받침되어야 한다. 34세에 〈동유가〉를 쓴 홍정유는 그 이전의 금강산 기행가사나 여타 가사문학을 보았을 가능성이 많다. 〈동유가〉의 내용 가운데 옥국재 이운영이 바위에 새긴 '금강문'이라는 세 글자를 잘 보이게 다시 새긴 일화가 기술되어 있다[15]. 특히 홍정유는 〈동유가〉를 쓰고 나서 한산이씨가에 보관되어 오던 옥국재 이운영의 가사집인 『諺詞』에 발문을 쓰기도 했다[16]. 발문을

---

15 "금강문 세글ᄌᆞ를 바위예 삭엿ᄂᆞᆫ듸 / 진외고조 옥국진공 팔분으로 쓰신글시 / 회양ᄃᆡ부 작년봄의 승통의게 신칙ᄒᆞ여 / 깁다ᄒᆞ게 삭이여셔 자획이 완연ᄒᆞ다"

쓴 시기가 〈동유가〉를 지은 다음해이기는 하지만 이미 〈동유가〉의 내용에 이운영에 대한 관심이 지대하게 표현되어 있는 것으로 보아 홍정유는 이운영과 그의 아들 이희현이 쓴 가사들을 읽고 즐겼으리라는 것을 충분히 짐작할 수 있다. 이렇게 홍정유는 이운영의 가사집에 발문까지 쓸 정도로 가사문학을 적극적 향유했던 것을 알 수 있다.

홍순학과 유인목은 25세와 28세의 나이로 동시에 같은 일행으로 연행에 참가했다. 이 두 사람이 젊은 나이임에도 불구하고 연행가사를 쓸 수 있었던 것은 이들이 가사문학의 적극적 향유층이었기 때문에 가능했던 것으로 보인다. 이들이 쓴 가사는 모두 장편으로 연행을 마친 후 나중의 기억만으로는 쓸 수 없는 것이었다. 출발에서부터 가사를 창작하겠다는 분명한 의도를 가지고 연행하는 도중에 틈틈이 가사를 짓는데 일정 정도의 일과를 할애했을 것이다.

특히 〈연행가〉와 〈북행가〉는 각기 독특한 개인의 개성이 발휘되고 있음에도 불구하고, 작품의 내용 면에서 선행 연행가를 많이 닮아 있다고 하는 점이 눈에 띈다. 〈연행가〉는 이전의 연행가사인 〈서행록〉과 그 내용 세목이 아주 유사한 가운데 청나라의 상가, 상여, 관 등에서는 표현까지도 정확히 일치한다[17]. 다만 〈연행가〉가 "시정의

---

16 최강현도 「동유가의 지은이를 살핌」(앞의 논문)에서 홍정유가 평소에 국문가사 작품을 많이 읽었을 것이라고 하면서 그 근거로 이운영과의 관련을 말하고 있다. 옥국재 이운영의 가사집인 『諺詞』에 대한 것은 소재영의 「언사 연구」(『민족문화연구』제21호, 고려대학교 민족문화연구소, 1988)를 참고할 수 있다. 이 논문의 뒤에 『諺詞』가 영인되어 있는데, 마지막 부분에 홍정유의 발문이 실려 있다.

17 임기중은 「무자서행록과 병인연행가」(『한국가사문학연구』, 상산정재호박사화갑기념논총 간행위원회 편저, 태학사, 1995)에서 두 작품의 동일성을 자세히 다루

활기와 장시의 물화나열 부분"이 〈서행록〉보다 더욱 길게 확대[18]되어 있다. 홍순학이 이전에 창작된 연행가사인 〈서행록〉을 읽어 본 것은 확실하다고 할 수 있다. 그리고 〈북행가〉는 국내 노정이 국외 노정 못지않게 확대되면서 주로 기녀들과의 향락적 내용을 중점적으로 서술했다. 기생사는 이미 18세기 김인겸의 통신사행가사 〈일동장유가〉에 다양하게 나타나는 내용[19]이며, 〈북천가〉에서도 당당히 기술되었던 내용이었다. 유인목이 〈일동장유가〉와 〈북천가〉를 읽어보았는지에 관한 구체적 기록은 없다. 하지만 젊은 나이임에도 불구하고 당당하게 기생들과 수작하는 내용을 기술할 수 있었던 것은 기생사가 선행 가사문학에서도 용인되었던 내용이어서 서술에 별다른 거리낌을 가지지 않았던 때문으로 생각할 수 있다. 이로 볼 때 유인목 역시 가사문학의 향유자였다고 추정할 수 있다.

이세보는 시조집 『風雅』를 남길 정도로 시조를 많이 창작했지만 가사문학은 〈상사별곡〉 단 한 편만을 남기고 있다. 그런데 이세보가 쓴 시조 작품 가운데 가사문학의 구절을 따다가 작품을 완성한 예를 볼 수 있다. 현실비판가사 가운데 서울 이북 지방에서 향유, 전승되

고 있다. 임기중이 다룬 논의 가운데서 喪家 부분만 간단히 소개하면 다음과 같다. 〈서행록〉 "상가라 ᄒᆞ는거슨 쓸가온듸 삿집짓고 문밧긔 초막짓고 듸춰타와 셰희적이 됴긕의 츌입마다 풍유로 영송ᄒᆞ다"；〈연행가〉 "상가라 ᄒᆞᄂᆞ듸ᄂᆞ 쓸가온듸 삿집짓고 문밧긔 초막지어 듸춰타와 필이적이 됴긕의 츌입마다 풍유로 영송ᄒᆞ다"

18 유정선, 『18·19세기 기행가사의 작품세계와 시대적 변모양상』, 역락, 2007, 140면.
19 〈일동장유가〉의 국내 노정에는 기생의 일화가 집중적으로 기술되었는데, 다양한 기생상이 제시되고 있다. 이러한 기생사에 대한 김인겸의 관심은 가속의 부녀자들에게 흥미있는 이야기 거리를 제공한다는 의미도 있고, 선비로만 지내다가 처음으로 공직을 수행한 김인겸으로서는 양반관료로서의 지위를 확인할 수 있는 것이기도 했다는 의미가 있다.

던 〈향산별곡〉의 구절이나 의미맥락을 따다가 4편의 시조 작품을 완성한 것이 그것이다[20]. 이로 보아 이세보 역시 당대 가사문학 작품을 향유하고 전승하는 데에 적극적으로 참여한 것으로 보인다. 〈상사별곡〉이라는 제목도 가사문학에 흔하게 사용하는 것으로 그가 가사문학의 향유 전통 속에 있었음을 말해준다.

다음은 이들 가사 작품들이 창작된 후 이들 가사가 향유되고 전승되었던 상황을 이본을 통해 살펴볼 차례이다. 역시 장황한 설명은 자제하고 간단히만 소개하도록 하겠다. 〈동유가〉는 하버드본 한 편만 존재하고, 〈봉래별곡〉과 〈상사별곡〉도 단 한 편만 확인된다. 〈박학사포쇄일기〉는 4000구가 넘는 장편 가사이지만 2편의 이본[21]이 확인된다. 그 외의 다른 가사 작품은 비교적 활발하게 향유되고 전승되었다. 〈북천가〉는 10종의 이본이 확인된다[22]. 그가 안동의 명문대가 사족으로서 문중의 부녀자들에게 읽히기 위해 이 가사를 창작한 것이기 때문에 규방가사 자료에서 흔하게 발견되며, 영남지역에서 가장 많이 읽힌 가사 작품을 조사한 순위에서 상위에 랭크될 정도로 널리 읽혀졌다[23]. 〈연행가〉는 10여종의 이본이 확인되며[24], 〈북행가〉

---

20 고순희, 「19세기 현실비판가사연구」, 이화여자대학교 박사학위논문, 1990, 90~91면.
21 『조선시대 포쇄일기』(최강현 역주, 앞의 책)에 실린 것과 『옛 노래, 옛 사람들의 내면풍경』(임형택, 소명출판, 2005)에서 소개한 것 총 2편이다.
22 이재식, 「북천가」, 『겨레어문학』제25집, 겨레어문학회, 2000.
23 이동영, 「규방가사의 전이에 대하여」, 『가사문학논고』, 부산대학교 출판부, 1987. 이 논문에 의하면 조사 지역 4개면에서 가장 많이 읽힌 작품은 〈도산별곡〉 28명, 〈추풍감별곡〉 24명, 〈북천가〉 23명, 〈은사가〉〈적벽부〉 각 17명, 〈이씨회심곡〉 14명, 〈한양가〉 12명, 〈대명복수가〉 8명 등이다. 〈북천가〉는 세 번째로 높은 순위에 올라 있다.
24 심재완, 앞의 책, 40~41면.

도 9종의 이본[25]이 확인되고 있다. 〈경복궁영건가〉는 총 5편의 이본
이 확인되고 있다[26]. 〈해동만화〉는『역대가사문학전집』에만도 4편이
실려 있다[27]. 〈해동만화기〉에 의하면 〈해동만화〉는 "주로 경북 북부
지방인 봉화 영주 예천 등지에서는 모두 廣川의 竹南公[안치묵:필자
주]이 지은 것이라는 것을 잘 알고 있"고, "친인척을 통하여 이곳저
곳으로 전파되어 갔다"[28]고 한다.

이상으로 살펴 본 바에 의하면 우선 19세기 중엽 상층 사대부는
가사문학 전통 내에서 비교적 적극적으로 가사를 향유했던 것으로
추정된다. 나이가 많은 층에서는 가사문학의 관습적 내용 전개와 문
체를 사용한 데서 가사문학의 향유자임이 드러난다. 젊은 층에서는
나이가 많지 않음에도 불구하고 다른 이의 가사집에 발문을 써주거
나, 이전 가사 작품을 자신의 작품 창작에 참고하거나, 향유하던 가
사 작품을 시조 작품에 원용하거나 하는 등에서 가사문학의 향유자
임이 드러난다. 한편 19세기 중엽 상층 사대부가 창작한 가사 작품
들은 활발한 전승력을 보였다. 짧은 가사인 〈봉래별곡〉과 〈상사별곡〉
이 오히려 향유전승이 적어 유일본만 남아 전하고, 나머지 대부분의
장편가사는 전승력이 높아 많은 이본을 남기고 있다. 영남지역 사족의
경우 그 지역을 중심으로 활발한 향유 전승이 이루어지기도 하였다.

---

25 홍재휴,『북행가연구』, 앞의 책, 57~59면.
26 이 책에 실려 있는「경복궁영건가 연구」를 참고할 수 있다.
27 임기중 편,『역대가사문학전집』제20권, 여강출판사, 1994.; 임기중 편,『역대가사
　　문학전집』제50권, 아세아문화사, 1998. 제20권에 2편, 제50권에 2편이 실려 있다.
28 홍재휴,「해동만화고」, 앞의 논문, 552~553면.

4. 19세기 중엽 상층 사대부의 가사 창작 : 그 의미와 가사문학사적 의의

1) 19세기 중엽 상층 사대부의 가사 창작과 그 의미

앞서의 논의를 요약해 보면 다음과 같다. 19세기 중엽에, 특히 1860년대에 상층 사대부의 가사 창작이 집중적으로 늘어났다. 상층 사대부 작가의 대부분은 경화사족이고, 그 외는 영남사족이었다. 그리고 절반이 넘는 작가가 2~30대의 젊은 층이었으며, 대부분 장편의 가사를 창작하였다. 이들 작가들은 가사문학의 창작 전통 안에서 가사문학을 비교적 적극적으로 향유했던 것으로 추정되는데, 젊은 작가의 경우도 예외는 아니었다. 이들이 창작한 대부분의 작품들은 장편임에도 불구하고 전승력이 활발해 많은 이본을 남기고 있는데, 영남지역 작가가 창작한 작품의 경우 그 지역을 중심으로 활발하게 전승이 이루어졌다.

그러면 19세기 중엽 상층 사대부의 가사 창작이 의미하는 것은 무엇인지 살펴보도록 하겠다. 먼저 작가의 대부분이 경화사족이고 그 외는 영남사족인 점이 의미하는 바가 무엇인지 살펴보도록 하겠다. 영남지역은 가사문학, 특히 규방가사의 창작과 향유 전통이 가장 뿌리 깊은 지역이어서 이 시기에 상층 사대부 작가 중 일부가 영남사족인 점은 너무나 당연한 결과일 것이다. 그런데 1860년대에 향촌인 영남지역은 물론 서울 지역에서 유명씨 경화사족의 가사 창작이 집중적으로 일어난 현상은 설명을 요하는 부분이다.

주지하다시피 가사문학의 전통적인 창작 및 향유 근거지는 향촌

31

사회였다. 19세기 중엽은 물론이고 그 이전 시기와 이후 시기에도 향촌에 거주하는 향촌사족층의 가사 창작은 꾸준히 이어져 왔다. 그리고 상층 사대부의 가사 창작도 꾸준히 계속되어 왔던 것이기도 하였다. 18세기에 지어진 가사문학의 창작 근거지는 이상보가 조사한 연구에 의하면 전라도 지역을 중심으로 하면서 전국적 분포를 보이는 것으로 나타난다[29]. 이 조사결과는 가사가 향촌을 근거지로 하여 창작되고 향유되었던 사실을 반영하는 것이다.

그런데 이상보의 조사는 창작연대를 알 수 없는 작품은 제외되어 있는 것이다. 실제로는 12가사와 도회지적 창작 배경을 지니고 있는 애정가사·세태가사 등이 서울을 중심으로 활발히 전승, 유통되었다고 추정된다. 이렇게 도회지인 서울에서 무명씨작 가사문학이 향유, 전승되었던 기왕의 전통을 기반으로 하여 19세기에 들어서도 무명씨작 가사문학 작품이 창작되고 향유되었을 것이라는 것을 충분히 짐작할 수 있다. 따라서 19세기 중엽에 경화사족이 집중적으로 가사를 창작한 것은 전통적인 가사 창작의 본거지가 향촌에서 서울로 옮겨간 것이라기보다는 일반적인 가사 창작의 활성화에 의해 가사의 창작 담당층과 지역이 유명씨 상층 경화사족에게까지 확산된 결과로 보는 것이 보다 합리적인 해석이다. 즉 가사문학 창작이 문화적 중심지인 서울에까지 보편화되어 유명씨 상층 사대부의 작품들도 생산되기에 이른 현실을 반영한 것이라고 할 수 있다.

---

29 18세기 가사문학의 생산 지역은 전남 13명, 서울 8명, 전북과 경북이 각각 6명, 경기도와 함경도가 각 3명, 제주도와 강원도가 각3명, 충남과 평안도가 각 1명, 지은 곳이 뚜렷하지 않은 작가 5명 등으로 비교적 전국적인 분포를 보이는 것으로 나타난다 (이상보, 『18세기 가사전집』, 민속원, 1991, 56면).

　다음으로 19세기 중엽에 경화사족 중에서도 '젊은' 층이 장편가사를 창작할 정도로 가사 창작에 적극적이었던 것이 의미하는 바가 무엇인지 살펴보도록 하겠다. '젊은' 경화사족의 가사 창작은 문화사적으로 중요한 의미를 지닐 수 있다. 18세기에 실학파 문인과 여항가객들 가운데 적극적으로 우리말의 가치를 높이 평가하는 층이 늘어났다. 19세기에 들어가면 언문은 조선인이 보편적으로 사용하는 문자가 되어 기록, 언간, 소설, 가사, 시조 등 한글로 된 문학이 다량으로 산출되었다. 『남훈태평가』가 국문으로만 표기되어 편찬되기도 했다. 이러한 언문사용문화의 점진적 보편화에 힘입어 한문과 한글 사이에 놓였던 장벽이 현저히 약해지고, 한문고사와 한시문은 관용어구로 굳어져 한글 사용자에게도 이질감 없이 수용되었다[30].

　그리고 언문으로 된 문학의 적극적 향유지로 도회지 서울이 중심으로 떠오르게 되었다. 이미 18세기에 서울에서는 언문을 사용한 대하소설이 여성들을 주된 향유자로 하여 활발하게 유통되었다. 19세기에 이르면 서울은 소설, 가사 등과 같은 언문 문자문학은 물론 시조, 판소리 등과 같은 언문 음악예술문학의 창작 근거지가 되었다. 이제 서울이 예술 전반의 향방을 가늠하는 문화적 전진지대가 된 것이다. 문화의 전진지대였던 서울에서 경화사족은 시조, 판소리, 소설 등 언문문학의 창작과 향유에 깊이 개입하고 있었다. 이세보는 신지도에 유배를 당했을 때 세월을 잊기 위해 소설도 읽고 시조를 지었으며, 모친과의 연락은 언간으로 하였다[31]고 한다. 이렇게 문화

30　박애경, 「19세기 시가사의 전개와 잡가」, 『조선후기문학의 양상』, 이회, 2001, 300~304면.

의 중심지대로 떠오른 서울에서 언문으로 된 문학을 창작하고 향유하는 현상이 보편화되어 감으로써 선순환적으로 언문에 대한 인식과 평가가 높아질 수 있었다. 그러나 이 시기에 높아진 언문에 대한 인식과 평가는 잠재된 형태로 잠복해 있는 것이었다.

19세기 중엽 경화사족, 특히 젊은 경화사족의 장편가사 창작은 '언문의 적극적 사용'이라는 측면에서 당대의 '잠재된 언문 인식과 평가의 변화'라고 하는 언어문화현상을 반영한다는 문화적 의미를 지닌다. 19세기에는 높은 교육열로 인해 일반서민이 언문을 보편적으로 사용하는 것이 문자생활의 대세가 되었다. 이러한 밑으로부터의 변화에 상층인도 편승할 수밖에 없었는데, 특히 나이가 젊은 경화사족이 보다 적극적으로 편승하였다는 의미로 파악될 수 있는 것이다. 나이가 젊은 경화사족은 언문의 가치를 전향적 자세로 받아들이고 적극적으로 언문을 사용하여 장편의 가사 작품을 창작한 것이다. 젊은 층은 다음 세대의 문화적 주체자이기 때문에 이들의 문화적 인식과 행위는 다음 시기에 전개될 문자문화의 방향성을 보여준다. 1860년대에 젊은 상층 경화사족의 적극적인 가사 창작에 내재한 이들의 언문 인식은 뒤에 전개될 문자문화의 방향타 구실을 한 의미가 있다. 이들의 언문의식이 밑거름으로 작용하여 19세기 말에 이르러 언문이 민족문자가 될 수 있었다. 그리하여 19세기 말 개화기에 서울에서는 1887년『예수셩교젼서』를 펴내고, 1984년 갑오경장의 법령을 한글표기로도 내고, 드디어 1896년 최초의 한글신문인『독립

---

31 진동혁,『이세보 시조연구』, 앞의 책, 12면, 34~36면.

신문』을 발간할 수 있었다.

2) 19세기 중엽 상층 사대부의 가사 창작과 가사문학사적 의의

19세기에 가사문학은 그 어떠한 문학양식도 도달하지 못했던 '문학의 생활화'를 수행했다. 19세기에는 유명씨와 무명씨, 남성과 여성의 가사 창작이 폭발적으로 늘어나 가사의 글쓰기가 생활화하고 있는 양상을 보인다. 이 시기에 창작된 수많은 가사 작품 가운데는 상호텍스트성을 활용하여 창작한 작품들도 상당하여 그 내용의 천편일률성이 두드러지게 나타난다. 그러나 19세기에 창작된 가사문학은 작품의 미학적 성취 여부와 상관없이 '문학의 생활화'라는 측면에서 그 문학사적 의의를 부여받을 수 있다. 19세기 중엽 상층 사대부가 창작한 가사 작품의 문학사적 의의도 19세기 가사문학의 특징적 국면인 '언문문학의 생활화'라는 각도에서 일단은 찾아질 수 있다. 이들 상층사대부들은 모두 한문문학을 포기한 사람들이 아니어서 '한문문학의 생활화'를 실천하고 있었던 그룹이었기 때문에 '언문문학의 생활화' 단계에까지 이른 것은 아니었다. 이들은 자신의 경험을 한문으로 기술할 수도 있었겠지만, '언문문학의 생활화' 단계에 있었던 여성이나 아직 '한문생활'보다는 '언문생활'에 익숙한 아이들과의 소통을 위해 언문을 사용하는 가사를 선택했다. 이들이 장편의 가사 작품을 집중적으로 창작한 것은 당대 보편화되고 있었던 언문문학의 생활화를 적극적으로 수용하고 있다는 문학사적 의의를 지닌다.

가사문학 창작은 19세기에 들어와서 폭발적인 증가를 보인다. 19세기에 창작된 작품으로 확인된 유명씨작 가사 작품은 『한국가사문학사』에서 정리한 154수 정도[32]와 그 외 20여수 정도[33]를 합하면 총 170여수 정도가 된다. 그리고 무명씨작 가사 작품, 특히 규방가사 작품이 양산되어 유명씨작 가사 작품과 함께 19세기 가사문학의 총체를 이룬다. 그리고 이것들은 이전의 가사 작품과 함께 또다시 필사에 필사를 거듭하면서 엄청난 양의 이본들을 재생산해나갔다. 그리하여 현재 엄청난 양의 필사본 가운데 19세기 가사 작품이 상당히 존재하게 된 것이다. 이와 같이 가사문학사에서 19세기는 유명씨작과 무명씨작의 작품이 창작되고, 19세기 이전의 작품들과 당대의 작품들이 혼재되어 향유됨으로써 그야말로 '축적적 문학담론의 향유'[34]가 이루어진 시기이다. 현재 수많은 필사본이 존재하는 이유를

---

32 류연석, 『한국가사문학사』, 국학자료원, 1994. 류연석은 이 책에서 가사문학사의 시기 구분을 영조조부터 갑오경장전까지를 전환기로, 갑오경장 이후 현대까지를 쇠퇴기로 잡고 있다. 따라서 154수라는 숫자는 전환기 작품으로 정리한 총람표의 70번 〈답샤향곡〉에서부터 186번 〈관동신곡〉까지 총 117수와, 쇠퇴기 작품으로 정리한 총람표의 1번 〈강릉화전가〉에서부터 37번 〈가산편답가〉까지 총 37수를 합한 수이다. 여기에는 '한산거사'처럼 작가의 기명은 되어 있으나 누구인지 알 수 없는 실질적인 무명씨 작도 포함하고 있다.

33 南原尹氏夫人의 〈命道自嘆辭〉(1801)와 貞夫人延安李氏의 〈夫餘路程記〉(1802)가 이 시기의 작품에 속한다. 새로 발굴한 자료를 모은 『옛 노래, 옛 사람들의 내면풍경』(앞의 책)에서 19세기 자료로 李厚淵의 〈仙樓別曲〉, 申在孝의 〈碁歌〉〈訪花打鈴〉, 백선호의 〈즌별가〉가 있다. 남호영기(1820~1872)의 불교가사 〈광대모연가〉가 있고, 지은이나 작품산출 배경 정도를 알고 있어 기명씨작에 넣어도 좋을 작품으로 〈군산월애원가〉와 〈淇水歌〉 연작 7편이 더 있다. 최강현이 소개한 朴定陽의 〈朴學士曝曬日記〉(『조선시대 포쇄일기』, 앞의 책)도 있다. 정기철이 『한국 기행가사의 새로운 조명』(역락, 2001)에서 정리한 자료에서 구강의 〈교주별곡〉〈금강곡〉〈총석가〉, 朴憶絃의 〈지헌금강산유산록〉, 권숙의 〈동유금강록〉 등을 19세기 자료로 더 얻을 수 있다. 蔡龜淵의 〈蔡宦再謫歌〉도 이 시기에 해당한다.

34 성무경, 「19세기 국문시가의 구도와 해석의 지평」, 『조선후기 시가문학의 문화담

단지 현재와 그리 멀지 않은 시기여서 남아 전해졌 가능성이 상대적
으로 많았던 때문으로만 볼 수 없다. 보다 본질적인 이유는 특별히
19세기에 들어 가사문학의 창작 자체가 폭발적으로 증가한 데에서
찾을 수 있을 것이다.

　19세기 가사문학이 생활문학으로서 국민문학의 위상을 얻게 된
양상으로 전개된 것은 19세기를 전체적으로 관통했던 것은 아니었
을 것이다. 19세기 가사문학사는 일련의 흐름을 형성하며 이러한 양
상으로 상승하고 하강하는 운동성을 지니고 있었을 것이다. 그렇다
면 19세기 가사문학이 생활문학으로서 국민문학의 위상을 얻게 된
양상을 가장 극대화·전형화하여 보여주는 시기가 언제쯤일까. 필자
는 바로 19세기 중엽, 구체적으로는 1860년대일 것이라고 판단했다.
왜냐하면 1860년대에 상층 사대부의 가사 작품들이 집중적으로 창
작되어 가사문학의 담당층 면에서 맨위층위의 작품군을 충분히 구
성해주고 있기 때문이다.

　19세기 중엽 불과 10여년 동안에 상층사대부는〈北遷歌〉〈東游歌〉
〈海東漫話〉〈景福宮營建歌〉〈燕行歌〉〈北行歌〉〈蓬萊別曲〉〈相思別曲〉〈朴
學士曝曬日記〉등의 가사를 집중적으로 창작하여, 담당층의 면에서
최상위층의 작품군을 구성해주었다. 그리고 이들 가사 작품은 문화
의 전진지대로 부상한 서울지역에서 중점적으로 창작되어 지역적
으로 전통적인 창작 근거지인 향촌사회를 벗어난 양상을 보인다. 따
라서 전통적인 창작 근거지인 향촌사회에서 창작된 작품군, 계층을

　론 탐색』, 보고사, 2004, 460~467면.

알 수 없는 무명씨 작의 작품군, 그리고 여성들이 창작한 규방가사 작품군에다가 이 작품군이 보태질 때 19세기 가사문학은 다양한 계층의 작가에 의해 다양한 지역에서 창작되어 가장 다채롭고 풍성한 작품군을 형성하게 되는 것이다. 19세기 가사문학은 가히 계층적으로는 양반, 중인, 상민 등 위에서부터 밑에까지, 담당층의 성별로는 남녀 모두를, 그리고 지역적으로는 도회지와 향촌사회를 모두 포섭한 양상으로 전개되었다. 실로 이 시기는 가사문학사에서 가장 다양하고 풍성한 가사문학의 결실이 이루어진 시기라고 할 수 있다. 이와 같이 19세기 중엽 상층 사대부 가사문학은 계층, 성별, 그리고 지역의 벽을 허물고 국민생활문학이 된 양상을 전형적으로 극대화하여 보여준다는 문학사적 의의를 지닌다.

일반적으로 가사문학사의 흐름은 조선후기가사를 거쳐 개화기에 그 마지막 생명력을 발휘하다가 20세기의 진전에 따라 생명력을 잃어버린 것으로 이해되고 있다. 이러한 이해의 이면에는 19세기 가사문학이 18세기 가사문학에서 20세기 가사문학으로 이어지는 이행기의 양상을 지닌다는 인식이 내재되어 있다. 따라서 19세기 가사문학은 18세기 가사문학의 연장선 상에서 18세기 가사문학의 양상을 부연하는 정도로 전개되었을 것이라는 인식이 지배적으로 있어왔던 것이 사실이다.

그러나 이 연구에서 살펴본 바와 같이 19세기 가사문학은 18세기 가사문학과 질적으로 변화된 양상을 보이고 있다. 18세기 가사문학의 양상을 단순히 부연한 양상으로 전개된 것이 아니라 18세기 가사문학의 양상을 심화시켜 계층, 성별, 그리고 지역의 벽을 허물고 국민생활문학의 양상을 지니는 쪽으로 전개되어 간 것이다. 가사문학사의 운동방향을 놓고 볼 때 19세기 중엽의 가사문학은 가사문학사에서 가장 왕성하고도 확장적으로 작품을 생산하고 향유하던 극성기에 해당한다고 할 수 있다.

그런데 이들 가사 작품을 창작한 작가의 상당수가 젊은 층이었다. 젊은 층이 가사문학을 적극적으로 창작했기 때문에 이후 시기에 이들의 활발한 가사 창작을 기대할만 했다. 그런데 정작 상층 경화사족 작가의 창작 전통은 그 이후 가사문학사에서 계승 유지되지 못한 것으로 나타난다. 상층사대부나 경화사족의 창작이 없었던 것은 아니었으나 19세기 중엽만큼 집중화하여 주목할 만한 현상으로 나타나지는 않는다. 다만 1860년대에 창작된 작품들은 그 이후에 많은 이본을 생성하면서 활발한 전승력을 보여주었을 뿐이었다. 개화기의 역사적 상황 속에서는 상층 사대부의 가사 창작이 활력을 잃어버리고 말았다고 할 수 있다. 이후 가사문학의 담당층과 지역적 창작 근거지는 다시 향촌사회의 양반과 여성으로 옮아간 양상으로 전개되면서 엄청난 양의 가사문학이 창작되었다.

5. 맺음말

19세기 중엽 상층 사대부가 창작한 가사문학의 문학사적 의의는 무엇보다도 문학적 성취 면에서 찾아야 할 것이다. 그러나 이 연구에서는 개별 작품의 구체적 분석은 하지 못하였다. 이 자리에서는 각 가사 작품에 대해 기존의 연구에서 논의된 바를 간단히 소개하고, 그 문학적 성취의 가능성만을 말하고 끝을 맺고자 한다.

〈북천가〉는 유배가사이면서도 현지관료들의 배려 속에 풍류를 즐기는 호화로운 생활을 읊고, 특히 기생 군산월과의 애정행각을 당당하게 기술하고 있어 연구자의 관심을 많이 받아왔던 작품이다. 군산월에 대한 착취적이고 비인간적인 행위를 들어 작가의식의 보수성과 봉건성이 지적되기도 하였고[35], 보수성과 개방성을 모두 지닌 이행기적 작품으로 파악[36]되기도 하였다. 〈동유가〉는 '엄숙하고자 함'과 '즐기려 함'이 혼재되어, 단일성을 유지하려는 중세적 지향과 경험의 다양성을 포괄하려는 근대적 지향성이 혼효되어 있다[37]고 보기도 하고, 생활문화라고 지칭할만한 새로운 관심사가 노정 곳곳에서 드러나 도시적 체험과 관련되어 세속적인 유흥성이 부각된 작품[38]으로 평가되기도 하였다.

〈연행가〉는 이국문화의 체험 중에서 물질적 번영과 물화에 대한 관심이 제일 큰 비중을 차지하고 있는 점이 주목을 받았으며, 〈북행가〉는 국내노정에서 기녀들과의 향락적 내용이 중심을 이루고, 대의명분의식은 상대적으로 보수적인 작품으로 평가되었다[39]. 대체적으로 이들 작품은 봉건적 보수성이 현존하는 동시에 유흥적 세속성이

---

35 신재홍, 「북천가의 풍류와 성격」, 『한국고전시가작품론2』, 집문당, 1992.
36 최상은, 「유배가사의 보수성과 개방성-〈만언사〉와 〈북천가〉를 중심으로」, 『어문학연구』제4집, 상명대학교 어문학연구소, 1996.
37 조세형, 「후기 기행가사〈동유가〉의 작자의식과 문체」, 『선청어문』제21집, 서울대학교 국어교육과, 1993.
38 유정선, 『18·19세기 기행가사 연구』, 앞의 책, 113~117면.
39 앞의 책, 138~148면.

나 물화에 대한 관심이 드러나 의식의 양면성을 지니고 있는 것으로
파악되고 있다. 〈경복궁영건가〉는 외견상 송축의 내용을 담고 있지
만, 내면적으로는 백성들을 향한 무한한 찬사와 송축 속에서 불안한
한 영의정의 목소리를 들을 수 있어 19세기 중엽 상승한 민중의 힘
을 역설적으로 반영해 보여준다는 평가를 받고 있다[40].

　19세기 상층 사대부 가사 작품들에 대한 기존의 연구를 종합해 볼
때 일단은 18세기와 변별되는 문학적·역사적 의미가 농후하게 감지
되는 것은 사실이다. 하지만 이들 가사 작품에 대해 문학적 성취, 19
세기만의 변별적 특성, 그리고 그에 따른 가사문학사적 의의까지를
규명하기에는 아직 구체적 각론이 충분히 논의되지는 못한 것으로
보인다. 유형가사의 벽을 넘어 통시적·공시적 관점에서 19세기 가사
문학의 총체를 들여다보고 치밀하게 분석하는 유기적·통합적·체계
적·분석적인 연구가 진행되어야 할 것이다.

40　이 책에 실려있는 「경복궁영건가 연구」를 참조할 수 있다.

조 선 후 기

가 사 문 학

연   구

제2장

〈景福宮營建歌〉 연구

1. 머리말

〈景福宮營建歌〉는 19세기 중엽에 趙斗淳(1796~1870)이 지은 것으로 추정되는 가사 작품이다. 1865년(고종 2년) 경복궁 중건이 시작된 초기에 지어진 것으로 경복궁 중건의 역사, 경복궁 중건 사업에 참가한 부역군들의 노동과 유흥 모습, 그리고 왕과 나라에 대한 송축 등의 내용을 담고 있다. 19세기 중엽 경복궁 중건이라는 역사적 사건을 배경으로 하면서 그 역사적 사건의 실질적인 책임자였던 최상층의 사대부가 창작한 가사 작품이어서 의미가 있는 가사 작품이다.

　오랜 동안 이 작품은 여러 면에서 연구자의 관심 밖에 머물러 있었다. 조선전기 가사문학과 조선후기 가사문학이라는 큰 틀로 시기를 구분하고 그 가사문학적 변화 양상을 밝히는데 초점이 주어졌던 기존의 연구 경향에서는 19세기 중엽이 따로 주목을 받지 못했던 탓도 있었다. 그리고 무엇보다도 이 작품이 상층 사대부의 송축 가사로 소개된 이후 이 작품이 그저 많고 많은 사대부작 관습 가사, 그것도 보나마나한 송축가사의 하나로 치부되었기 때문에 연구자의 별다른 관심을 받지 못했다고 할 수 있다. 문학적인 매력성 면에서 연구자의 관심을 전혀 불러일으키지 못한 것이다.

〈경복궁영건가〉는 경복궁의 역사와 영건의 과정을 읊는 가운데 외형적으로 왕, 조대비, 대원군, 그리고 나라를 송축하는 내용을 뚜렷이 드러낸다. 이렇게 뚜렷하게 드러나는 작품의 송축적 성격에서 조두순이 가사를 창작한 의도가 분명하게 드러난다. 조두순의 가사 창작 의도는 경복궁의 중건 사업을 위해 동원된 부역군들의 민심을 수습하려는 데 있었다. 그런데 작품 내용을 면밀히 분석해 보면 경복궁 중건의 최고 책임자가 백성을 향해 지니고 있는 태도가 이전의 것과 많이 달라져 있음을 알 수 있다. 19세기 중엽의 역사·사회 상황과 맞물려서 경복궁 중건에 동원된 부역군의 의식이 이전 시기의 것과는 달랐기 때문이다. 따라서 경복궁을 중건할 당시의 역사, 사회 현실에 견주어서 이 작품을 분석할 때 작품의 의미가 온전히 파악될 수 있을 것이다.

가사문학사에서 19세기 가사는 18세기 가사와 구별되는 양상으로 전개되었다. 19세기에 창작된 가사문학 중에는 무명씨 작 가사가 많기 때문에 19세기 가사문학의 온전한 실체를 파악하는 데에는 많은 시간이 소요될 것이다. 그렇기 때문에 우선 유명씨작 가사문학

작품을 시작으로 하여 면밀하게 분석하고 의미를 규명하는 등 개별 작품의 가사문학적 실체를 파악하는 작업을 서둘러야 할 때이다. 이 연구에서 19세기 중엽 중세에서 근대로 넘어가는 시기인 1865년에 창작된 〈경복궁영건가〉를 연구의 대상으로 삼은 것은 19세기 가사문학의 구체적 실체를 파악하는 것이 시급하게 요청되기 때문이다.

　이 작품의 존재는 이미 오래전에 확인[1]되다가 장대원과 정익섭에 의해 작품이 소개되고 연구되었다[2]. 이어 강전섭은 또다른 이본을 소개하면서 〈경복궁영건가〉라는 제목을 붙였으며, 조두순을 작가로 밝혀냈다[3]. 이후 이 작품은 학계의 주목을 받지 못하다가 다시 학계의 관심 대상으로 들어온 것은 최근에 윤주필에 의해 〈奇玩別錄〉이 소개되고 나서이다.[4] 〈기완별록〉은 특별히 '奇玩', 즉 경복궁 중건 때에 공연되었던 각종 놀이를 상세히 기록한 장편 가사 작품이다[5]. 윤주필은 다시 경복궁을 중건할 당시에 창작된 민요, 참요시, 가사 등

1　이중화, 「경복궁가를 독하고 차궁에 시역을 추억함」,『청년』제7권 2호, 청년잡지사, 1929, 124~128면.

2　장대원, 「경복궁 중건에 대한 소고」,『향토서울』16, 서울특별시 시사편찬위원회, 1963, 7~83면. 7~58면까지가 논문이고, 59~81면까지는 부록으로 작품의 원문을 실었다. ; 정익섭, 「경복궁가·호남가·훈몽가·회문산답산가」,『국문학보』4, 전남대 국문학연구회, 1964, 123~141면; 정익섭, 「경복궁타령과 경복궁가의 비교고찰~사설을 중심으로」,『한국시가문학논고』, 전남대학교 출판부, 1989, 354~388면.

3　강전섭, 「(자료소개) 경복궁영건가」,「(해제) 심암 조두순의 〈경복궁영건가〉에 대하여」,『한국학보』제11권 1호, 일지사, 1985, 202~219면.

4　윤주필, 「경복궁 중건 때의 전통놀이 가사집 〈기완별곡〉」,『문헌과 해석』9, 문헌과 해석사, 1999년 겨울, 197~232면.

5　〈기완별록〉은『한국가사자료집성』(단국대율곡기념도서관 편, 태학사, 1997, 101~131면) 제1권에 영인되어 있다.

을 '경복궁중건 연희시가'로 유형화하고 그 의미를 송축의 이념과
바람, 노동의 효용과 신명, 놀이의 화합과 파격 등 세 가지 측면에서
다룬 논의로 이어나갔다. 이 논문을 통해 경복궁을 중건할 당시에
창작된 연희 시가가 총정리 되었으며, 특히 경복궁을 중건할 당시에
창작된 가사 작품으로 〈경복궁중건승덕가〉, 〈북궐중건가〉, 〈경복궁
가〉(경복궁영건가), 〈기완별록〉 등 네 작품이 제시되었다. 그러나 윤
주필의 논의는 '경복궁중건 연희시가'라는 유형적 접근 속에서 그
논의의 중심이 〈기완별록〉에 있다 보니 〈경복궁영건가〉에 대한 접근
은 매우 소략한 것이었다[6].

　이 연구는 〈경복궁영건가〉의 작품세계를 분석하여 그 의미를 밝
히고, 가사문학사적 의의를 재규명하는 데 목적을 둔다. 연구의 목
적을 위해 먼저 2장에서는 작품의 이본을 살펴보고, 작가가 과연 조
두순일까 라는 작가 문제를 짚어본다. 3장에서는 작품의 텍스트를
분석함으로써 작품세계를 살핀다. 이를 바탕으로 4장에서는 〈경복
궁영건가〉의 의미를 밝히고, 가사문학사적 의의를 재규명하고자
한다.

6　윤주필, 「경복궁 중건 연희시가를 통해본 전통 공연문화 연구」, 『고전문학연구』
　31, 한국고전문학회, 2007, 219~256면. 이 외 〈기완별록〉에 대한 논문으로는 사진
　실의 「산희와 야희의 공연 양상과 연극사적 의의 : 〈기완별록〉에 나타난 공연 행사
　를 중심으로」(『고전희곡연구』3, 한국고전희곡학회, 2001, 251~322면)가 있다.

2. 이본 및 작가 문제

1) 이본

〈경복궁영건가〉의 이본으로 확인된 것은 총 5편이다. 장대원이 소개한 ①〈경복궁챵건가〉, 정익섭이 소개한 ②〈慶福宮歌〉, 강전섭이 소개하면서 제목을 붙인 ③〈景福宮營建歌〉, 『역대가사문학전집』에 게재된 『악부』소재 ④〈경복궁영단가慶福宮詠短歌〉[7], 『아악부가집』소재 ⑤〈慶福宮詠短歌〉[8]가 그것이다. 이본의 전체적인 개괄을 정리하면 다음과 같다.

번호	제목	구수	소재	비고	기사형태
①	경복궁챵건가	530	『향토서울』16호	장대원 소개 자료	국문
②	慶福宮歌	522	『국문학보』제 4호	정익섭 소개 자료	국한문혼용
③	景福宮營建歌	540	『한국학보』11권 1호	강전섭 소개 자료	국문
④	경복궁영단가 慶福宮詠短歌	492	『역대가사문학전집』	『악부』수록본	국문
⑤	慶福宮詠短歌	492	『아악부가집』		국문

위의 다섯 이본은 내용이 대체적으로 일치한다. 구수의 차이가 나는 것은 주로 후반부의 개작에 의해 발생한다. 5편의 이본은 후반부의 개작에 따라 크게 두 계열, 즉 ①②③ 계열과 ④⑤ 계열로 나눌 수

---

7 임기중 편, 『역대가사문학전집』제6권, 동서문화원, 1987, 151~175면.
8 김동욱·임기중 공편, 『아악부가집』, 태학사, 1982, 456~469면.

있다. ④⑤는 ①~③의 후반부 서술 82구가 전혀 다른 32구로 변개되어 있는데, 그 32구는 공연의 내용으로 채워져 있다. ①~③의 이본이 향유되는 과정에서 향유자 나름의 내용 변개가 가장 쉽게 이루어질 수 있는 후반부가 공연의 내용으로 변개된 것으로 볼 수 있다.

①②③은 내용의 전개가 거의 일치하지만 부분적으로는 조금씩 차이가 난다. ①은 ③과 비교해 볼 때 향유자 내지 필사자의 부분 개작이 일어났음을 알 수 있다. 작품 내용에서 자신의 선조와 관련한 사항을 서술해 넣거나, 원작가를 암시하는 구절에서 일부러 자신에 해당하는 사실로 개작하여 기술하였다. 이 점은 뒤에 작가문제를 다룰 때 거론하기로 한다. 그 외 부분적으로 구절이 빠졌거나, 약간의 변개가 있거나, 없는 구절이 한두 구절 들어와 있기도 하다. ②는 ③과 내용의 전개가 거의 동일하다. 다만 중간 부분에 ①과 ③에 들어 있는 "네졀노 용약ᄒ니 나도ᄌ연 용약ᄒ고 / 네졀노 즐거홀졔 너도 셔셔 즐겁더라 / 뉘라셔 가라치며 뉘라셔 강권ᄒ리 / 무지흔 소리개도 돌을무러 닌드라데 / 화급금슈 드러더니 어룡츌젼 이아니냐 / 빅슈솔무 드러더니 봉황닌의 이아니냐"라는 12구가 통째로 빠져 있다.

이본 ③은 다른 네 이본들과 대조해 볼 때 구절의 착간 현상이 심한 것을 알 수 있다. 제33구인 "신민이 무록ᄒ여"에서부터 제84구인 "국조장원 억만년을"까지는 통째로 제136구인 "됴만의 챵건터니"의 뒤로 와야 한다. 너무나 분명하게 드러나는 착간 현상이어서 아무래도 이 이본의 소개자가 실수를 했을지도 모른다는 생각이 든다. 그런데 이본 ④⑤의 총구수(492구)와 후반부 변개로 줄어든 50구를 감안해 볼 때, 이본 ④⑤의 저본은 이본 ③으로 보인다. 이와 같이 이

본 ③은 비록 구절의 착간이 있기는 하지만 일단 착간된 부분을 원래
의 제자리에 돌려놓은 수정본을 놓고 본다면 이 수정본이 다섯 이본
가운데 가장 선본으로 판단된다. 따라서 이 연구에서는 착간된 부분
을 원래의 제자리에 돌려놓은 ③의 수정본을 논의의 대상으로 한다.

한편 이 가사의 제목은 이본에 따라 다양하다. 〈경복궁창건가〉,
〈경복궁가〉, 〈경복궁영건가〉, 〈경복궁영단가〉 등이다. 제일 먼저 이
가사를 소개할 당시에 이 가사의 제목은 〈경복궁가〉였다. 하지만 강
전섭이 이본 ③을 〈경복궁영건가〉로 명명하여 소개한 이후부터 학계
에서는 〈경복궁영건가〉를 대표 제목으로 사용하고 있다. 이 가사의
이본들과 경복궁 중건을 다룬 다른 가사 작품인 〈경복궁중건승덕가
라〉와 〈북궐중건가〉[9] 등의 제목을 참조할 때 이 가사의 제목은 〈경복
궁○○가〉가 적절하다고 본다. 그런데 경복궁을 중건할 당시에 조정
에서는 '景福宮營建都監'을 설치하고 영의정인 조두순을 총책임자인
도제조에 임명하였다. 이와 같이 경복궁을 중건할 당시에 '경복궁영
건'이라는 명칭이 널리 사용되었으므로 이 가사의 제목 중 '○○'는
'영건'이 가장 적합하다고 판단된다. 이본 ④⑤의 〈경복궁영단가(慶
福宮詠短歌)〉는 가집에 실린 이본인데 노래를 부르는 과정에서 기억
의 오류로 인해 '영건'이 음악적 용어와 관련성이 있는 '영단'으로
와전된 것으로 보인다.

---

9 이 책에 실려 있는 「〈경복궁중건승덕가라〉와 〈북궐중건가〉의 작품세계와 형식적
  변모」를 참조할 수 있다.

2) 작가 문제

〈경복궁영건가〉의 작가에 대해서는 강전섭이 제시한 趙斗淳(1796~1870) 작가설이 별다른 이의 없이 받아들여졌다. 그런데 최근 윤주필은 연구사를 정리하는 자리에서 "조두순이 작가라는 추정은 심증에 기초한 다소 무리한 결론인 듯하여 선뜻 수긍하기 어렵다"[10]고 하여 의문을 제기한 바 있다. 조두순은 서울의 명문 조씨 가문에서 태어나 문과 급제 이후 순탄하게 관료의 길을 걸어와 중앙의 주요 관직을 모두 거쳤다. 이조판서, 황해도관찰사, 공조판서, 형조판서, 한성부판윤, 평안도관찰사, 대제학, 이조판서, 호조판서 등 화려한 관직생활을 거쳐 58세의 나이로 우의정이 된 후 좌의정과 우의정을 번갈아가면서 역임하였다. 철종이 별세하자 조두순은 고종 추대를 적극 주장하여 조대비와 대원군의 절대적인 신임을 얻게 되었다. 고종 1년 6월 15일에 그는 영의정의 자리에 오르게 되고[11] 영의정으로서 그 이듬해 경복궁영건도감의 최고 책임인 도제조를 맡게 된 것이다.

그리하여 〈경복궁영건가〉의 작가가 조두순인지 아닌지에 관한 문제를 우선적으로 해결할 필요가 있다. 먼저 이본 ①에는 다음과 같이 작가와 관련한 구절이 있어 짚고 넘어갈 필요가 있다.

---

10 윤주필, 앞 논문, 223면.
11 〈승정원일기〉 고종 1년 6월 15일 기사. " 정사가 있었다. (중략) 영의정에 조두순을 단부하고, 좌의정에 이유원을 단부하였는데…"

가) 셩쳡은 셕셩이오 쥬셩은 십여리라 / 동셔가 삼쳔보오 남북이 이쳔보오 / <u>우리션죠 쳥셩빅 졍안공이 태조조의 / 일등 공신으로 사흔불슈 ᄒ오시나 / 경복궁 춍호ᄉ로 동역 ᄒ오시고 / 명묘조의 화진보오셔 각젼의 회신후의 / 우리션조 류혜공이 도졔쥬로 듕건ᄒ셔 / 국승의 츙미ᄒ고 ᄌ손의 감회로다</u> 광화문 드러가셔 금쳔교 지나가며 / ᄌ졍문 드러가셔 ᄌ졍젼 여긔로다

나) <u>ᄂᆡ나이 즁년이라</u> 셩군만 바라더니 / 어엿불ᄉᆞᆫ 우리님군 등국하신 삼년이오

다) 너희ᄂᆞᆫ 져러ᄒᆞᆫᄃᆡ 우리ᄂᆞᆫ 한유ᄒᆞ니 / <u>문무ᄉ류 부그럽다</u> 우탕적 시졀이냐 / 환동토 삼쳔니의 대소인심 ᄒᆞᆫ가지라 / ᄎᆞ싱의 쌈겨나셔 ᄉ십이 거의되여 / 태평션지 다시보니 그아니 조흘손가 / 조키고 ᄀᆞ이업고 즐겁기도 ᄀᆞ이업다

라) 을튝 ᄉ월 념오일 구경ᄒ고 / <u>미말 소신</u>은 대강 긔록ᄒ오니 / 보시ᄂᆞ니 웃지마오시읍

위에서 인용한 가)의 밑줄 친 구절에 의하면 이 가사의 작가는 '靑城伯 沈德符'의 후손[12]이다. 나)의 밑줄 친 구절에 의하면 작가의 연배는 중년이다. 그리고 다)와 라)의 밑줄 친 구절에 의하면 작가의 사

---

12 장대원은 앞 논문에서 이 작품의 작가는 미상이나, '청성백 정안공' 및 '류혜공'이라는 구절로 볼 때 청성백 심덕부의 후손으로 짐작하였다. 81면.

회적 지위는 '文武士類의 微末小臣' 정도이다. 그러나 이 이본의 기술 내용을 액면 그대로 받아들일 수 없는 사정이 있는데, 다른 이본과의 대조를 통해 볼 때 이 구절들이 모두 향유자가 개작한 것으로 보이기 때문이다. 우선 가)의 밑줄 친 부분은 다른 이본들에는 전혀 서술되지 않은 구절이다. 가)의 내용 전개도 경복궁을 묘사하는 중간에 갑자기 자기 선조인 정안공과 류혜공이 경복궁과 관련했던 사실이 끼워져 있다. 밑줄 친 부분이 내용의 전개에 전혀 맞지 않고 엉뚱한 것을 알 수 있다. 따라서 이 부분은 이 이본의 향유자가 개작하여 끼워 넣은 것이다. 나)의 밑줄 친 부분은 다른 이본에는 모두 "내 나이 칠십이라"라고 되어 있다. 역시 향유자가 자신의 나이에 맞게 이것을 "내 나이 중년이라"고 고쳐 놓은 것이다. 다)의 밑줄 친 부분은 다른 이본에 의하면 "朝臣되기 부끄럽고 士夫명색 부끄럽다"라는 구절이다. 향유자가 '朝臣'은 아니었기 때문에 다만 '문무사류'라고만 한 것이다. 라)의 구절 전체는 이 이본에만 있는 서술이다. 앞서 자신을 '문무사류'라고 한 것처럼 이 이본의 향유자가 자신을 '微末小臣'이라고 한 것이다. 이와 같이 이본 ①에서 작가로 나타나는 청성백 심덕부의 후손은 실제의 작가가 아니라 다만 향유자일 뿐임을 알 수 있다. 향유자로서 적극적으로 작품의 내용을 개작하거나 덧붙이는 현상은 조선후기 무명씨 가사문학 작품의 향유와 이본의 발생 과정에서 적지 않게 발견할 수 있는 것이다.

그러면 작가는 누구인가? 결론부터 말하면 필자는 조두순 작가설을 받아들인다. 강전섭은 조두순이 작가라는 근거로 다음과 같은 네 가지를 말한 바 있는데, 필자는 이 견해에 전적으로 동의한다. 1) 작가가 경복궁 영건 경위와 추진 과정에 대해 소상히 알고 있다는 점, 2) 작품 곳곳의 경복궁 영건에 대한 찬사와 환희의 표현은 조두순이 아니고서는 그렇게 노골적으로 간절히 표백될 수 없다는 점, 3) "니 나이 七十이라 聖君만 ᄇᄅ더니 / 어엿불손 우리 聖上 登極ᄒ신 二年이요 / 거록ᄒ신 우리 太母 垂簾ᄒ신 聖닙로다"를 통해 작가 자신을 시사한 점, 4) 경복궁 영건 역사에 직접적으로 참여한 인물로서 고종 2년에 활동한 칠순의 고령자는 조두순 말고는 달리 찾아 낼 수 없는 점[13] 등이다.

이 자리에서는 조두순 작가설을 보다 확고히 하기 위해 보강 근거를 제시하는 쪽으로 논의를 진행하고자 한다. 이본의 구절을 대조해 보면 "내 나이 칠십이라"라는 구절은 세 이본에 모두 들어 있고, 앞서 살펴본 이본 ①에서만 이것을 의도적으로 "내 나이 중년이라"로 변개했다. 따라서 작가의 나이가 70세인 것은 분명하다고 본다.

가) 긔특ᄒ다 우리역군 니ᄂ말ᄉᆷ 드러보소 / 니뒤궐 지여ᄂ여 우리 인군 향복ᄒ고 / 이뒤궐 곳쳐ᄂ여 우리나라 틱평ᄒ면 / 셩ᄌ신손 이여나셔 억만년 무강ᄒ면 / 그아니 조흘손가 이아니 다힝홀가 / 셩덕을 싱각ᄒ여 흔가릭 더희보소 / 셩은을 노릭ᄒ여 흔광이를 더희보소 / 쒸놀며 소릭홀졔 졀이라도 ᄒ고십고 / 쌈흘니고 슈고홀졔 샹이라도 쥬고십고 / 이가튼 큰녁ᄉ를 돈으로 ᄒ여ᄂ며 / 이가튼 큰대궐을 밥으로 지여닐가 / 팔도빅셩 이러ᄒ면 불일셩지 ᄒ리로다 / 나)우리나라 신민이야

---

13 강전섭, 「(해제) 심암 조두순의 〈경복궁영건가〉에 대하여」, 앞 논문, 214~219면.

귀쳔샹하 잇게나냐 / 너희는 져러흔듸 우리는 흔유ᄒ니 / 됴신되니 붓그럽고 사부명식 붓그럽다 / 요슌적 빅셩이냐 우탕적 시졀인가 / 빅발이 다되도록 지리히 수랏두가 / 틱평텬지 다시보면 그아니 조흘소냐 / ~~~ / 다)이러흔 우리빅셩 탐학ᄒ고 몹시ᄒ여 / 늘근부모 못셥기고 쳐ᄌ권속 부황ᄂ면 / 홀길업셔 호곡ᄒ고 뉴리개걸 ᄒ게되면 / 그아니 불샹ᄒ며 그아니 흔심흔가 / 인간텬지 슈령방빅 이닉말슴 드러보소 / 나라를 싱각거든 이빅셩 편케ᄒ소 / 임군을 위ᄒ거든 이빅셩을 수랑ᄒ소

가)에서 작가는 열심히 부역하는 부역군들을 향해 "기특하다"는 말과 함께 성덕을 생각하여 한 가래를 더하고 성은을 생각하여 한 광주리를 더해보자고 하였다. 그리고 부역군들이 일을 하는 모습에 작가는 절이라도 하고 싶고 상이라도 주고 싶다고 하였다. 실제 작업 현장에서 작업을 진두지휘하는 책임자의 절실함이 구절구절 진하게 배어 있다. 이어서 나)에서 작가는 나라를 위한 일에 모두 함께 나서야 한다는 의미에서 臣民이 貴賤上下가 없이 똑같다고 하였다. 民을 '너희'로, 朝臣을 '우리'로 놓고 너희는 부역에 열심인데, 우리는 한가하게 보고만 있으니 부끄럽다고도 했다. 조신을 '우리'라고 통칭하며 부끄럽다고 당당하게 표현하는 작가의 어조에서 조신을 대표하는 자로서의 권위가 감지된다. 이상에서 드러난 사실을 다시 정리해보면, 일단 작가는 나이가 70세로 조정대신을 대표하는 자격을 갖추었으며, 경복궁 중건 사업에 깊이 관여하여 부역하는 공사 현장에 가까이 있었던 책임자급 인물이다.

그런데 너무나 정확하게도 1865년 경복궁 중건 당시에 조신이면

서 나이 70세이며 경복궁 영건 총책임인 도제조를 맡고 있었던 인물
로 영의정 조두순이 있다. 만에 하나 작가가 조두순이 아니라면 경
복궁 중건 사업에 관여한 또다른 70세 조정대신인 것은 분명하다.
그런데 당시 경복궁영건도감에서 직책을 제수 받은 총 11명의 인물
들을 조사해본 결과 조두순 외에 70세에 해당하는 인물은 없었다[14].
혹시 당시에 時任大臣이나 原任大臣 가운데서 나이가 70세 정도에 해
당하는 인물이 있을까 하여 조사해보았는데, 여기에 해당하는 인물
로 김좌근(1797~1869)과 김흥근(1796~1870)이 조사되었다. 그런데
이들은 모두 노론계 안동김씨 세력이었다. 안동김씨는 대원군이 구
상한 의정부 중심의 국정운영에 의해 정치적 축출을 당한 대표적 세
력이었다. 김좌근은 고종 1년 6월 15일 조두순에게 영의정 자리를
내주게 되었다. 김흥근은 1865년 경복궁 중건 당시 나이가 정확히
70세였다. 고종 2년 1월에 은퇴하여 奉朝賀가 된 이후에 월조회에도
참여하고[15], 고종이 이해 4월 25일에 경복궁 부역터에 거둥하실 때
도 특별히 대령하라는 전교[16]가 있었던 인물이었다. 그러나 김흥근

---

14 『승정원일기』4월 3일 기사. "도제조는 영의정 조두순과 좌의정 김병학
[1821~1879 : 필자 주]으로 하라. 제조는 흥인군 최응[1815~1882], 좌찬성 김병기
[1818~1875], 판중추부사 김병국[1825~1903], 겸 호조판서 이돈영[?. 종친이다],
대호군 박규수[1807~1877], 종정경 이재원[1831~1891]을 차하라. 대사성 이재
면[1845~1884], 부호군 조영하[1845~1884]·조성하[1845~1881]를 아울러 부제조
에 차임하라." 이들은 모두 대원군과 정치적으로 제휴한 김병학 형제, 대왕대비의
처조카, 대원군의 친족이었다.

15 『승정원일기』1월 19일 기사. "致仕한 대신 김흥근에게 교서를 내렸다. (중략). 나이
가 더 높아서도 반드시 나와서 신하로서의 그 책임과 본분을 다하는 데에 전일하
게 하라. 매월 조회에 참석하는 것은 그 예법이 어찌 자리에 있고 자리를 떠난 데에
다름이 있겠는가. 그러기 때문에 이에 교시하노니 잘 알리라 생각한다."

16 『승정원일기』4월 22일 기사. "전교하기를 '오는 25일 시원임 대신이 와서 대령할

은 처음에는 대원군을 옹립할 것을 주장하였으나 권력 장악에는 반대한 인물로 대원군은 그를 제일 미워하였고 그의 농장 수십 경과 삼계동의 별장을 빼앗았다고 한다[17]. 이와 같이 김좌근과 김흥근은 대원군이 미워했던 대신들로서 대원군의 역점 사업인 경복궁 영건의 주체세력은 될 수 없었을 것이므로 작가에서 제외된다.

한편 공사를 개시한 일에 대해 작가는 "십이일의 거동ᄒ시고 십삼일의 시역ᄒ니"로 기술하고 있다. 십이일에 고종이 경복궁 터에 거둥한 사실을 간략하게만 기술하고 말았는데, 이렇게 된 것은 당시 조두순의 행적에서 비롯되었다고 보인다. 고종은 4월 12일에 경복궁 터를 돌아보는데 그 자리에 조두순은 불참하였다. 관서지방의 누적된 포흠문제가 불거져 조두순은 해당기관의 책임자로서 직무수행을 다하지 못한 것을 자책하는 상소를 올렸기 때문에 이날 고종의 거둥행사에 참석하지 못하였다[18]. 조두순 자신이 참석하지 않아 그날 벌어진 자세한 사항을 몰랐기 때문에 4월 12일 고종의 거둥이 간략하게 서술하는 것으로 그쳤던 것으로 볼 수 있다.

1865년 4월 25일 고종이 경복궁 중건 터를 돌아 본 뒤 조정 대신들과 의논하는 자리에서 조두순은 다음과 같이 왕에게 아뢴다.

영의정 조두순이 아뢰기를 "현재 많은 백성들이 부역을 하는 것을 보니, 신은 부끄러운 마음을 이기지 못하겠습니다. 이런 선량한 백성

때 김 봉조하도 함께 와서 대형하게 하라' 하였다."

17 김병우, 「대원군의 정치적 지위와 국정운영」, 『대구사학』70, 대구사학회, 2003, 40면.
18 김병우, 「대원군의 집권과정과 권력 행사」, 『역사와 경계』 60, 부산경남사학회, 2006, 157면.

들을 도탄에 빠지게 한 것은 모두 신들의 죄입니다." 하였다.[19]

경복궁 터를 돌아본 고종 앞에서 조정 대신들이 경복궁 중건에 몰려든 부역 백성들에 대해 한 마디씩 하는 자리에서 조두순이 한 발언이다. 조두순의 위와 같은 발언은 앞서 인용한 가), 나), 다)의 의식전개, 즉 부역군의 자발적 부역 참여, 조정대신으로서의 부끄러움, 그리고 탐학하는 수령에의 권고로 이어지는 내용전개와 거의 일치한다. 〈경복궁영건가〉는 4월 25일 왕과의 대면이 있은 직후 창작되었다. 왕에게 아뢸 때 지니고 있었던 사고가 조두순의 뇌리에 그대로 남아 바로 이어 창작한 가사 작품의 시상 전개 속에 그대로 녹아들어간 것으로 볼 수 있다.

이상에서 살펴본 바와 같이 필자의 견해로는 작가를 조두순으로 추정하는 것은 단지 심증만은 아닌 것으로 판단된다. 그런데 당시 영의정이었던 조두순이 이 가사를 쓴 것이라면 왜 작가가 알려지지 않은 상태로 이 가사가 향유되고 전승되었을까 하는 의문이 들 수 있다. 작가가 알려지지 않았던 것은 창작 당시의 특수한 정황에 의해 비롯된 것으로 보인다. 〈경복궁영건가〉는 부역군들의 민심을 추스르려는 강한 의도로 창작되었다. 조두순 개인의 창작이긴 하지만 조정을 대표하여 발표되고 유통되었기 때문에 당시 이것을 읽는 부역군이나 일반 서민들에게는 작가성이 그리 중요하지 않았고, 따라서 작가의 이름이 떨어져 나갔던 것이 아닐까 추정할 수 있다.

---

19 『고종실록』2년 4월 25일 〈대신들과 경복궁 중건 터를 돌아 본 뒤 백성 동원에 대해 의논하다〉

3. 〈경복궁영건가〉의 작품세계

〈경복궁영건가〉의 작품세계는 크게 두 부분으로 나눌 수 있다. 서두(A)는 고종 2년(1865년) 4월 3일 경복궁의 중건을 결정하기까지의 과정을 서술했는데 경복궁의 역사에 해당한다. 본사(B)는 원납전이 쇄도한 일부터 4월 25일 고종이 공사 현장에 거둥하기까지 20여 일 간에 벌어진 일을 서술했는데 부역 현장에서 벌어진 이모저모와 송축에 해당한다. A)와 B)의 내용 단락을 정리하면 다음과 같다.

A) 경복궁의 역사와 중건 결정(1~144구) : ①한양의 좋은 지세 나열 → ②경복궁의 창건과 개관 → ③임진년의 전소와 이후 경과 → ④익종 대왕의 중건 시도 → ⑤궁궐 빈터에서의 감회 → ⑥고종 2년의 태평성대 → ⑦3월 의정부 수리시의 秘記 → ⑧4월 3일 出令

B) 경복궁 부역 현장의 이모저모와 송축(145~540구) : ①원납전의 선납 → ②13일 시역 시 모여든 부역군의 모습 → ③각 지역 부역자들의 도래 → ④공사 시작의 현장 → ⑤부역자의 수 → ⑥부역군 막사의 풍경 → ⑦풍류 모습 → ⑧여민락 → ⑨대궐 터 개척 → ⑩공사 부역군의 모습 → ⑪궁궐 터 개척으로 드러난 옛보물들 → ⑫대궐 圖形 → ⑬하루의 부역을 마치고 나갈 때의 풍류 모습 → ⑭4월 25일 고종의 거동시의 장관과 송축

수정본 ③에 의하면 A)는 내용 전개가 분명하나, B)는 내용의 전 개가 다소 뒤죽박죽이어서 구절의 착간 현상이 일어난 것이 아닌가 의심이 들 정도이다[20]. 그러나 전체적으로 보면 원납전 쇄도, 4월 13 일 始役, 그리고 4월 25일 고종의 거둥까지 시간적 순서를 따라 공사 의 진척 상황과 부역군의 모습을 사실 그대로 기록하고 있는 것으로 나타난다. B)의 ②와 ⑩은 모두 부역군의 모습을 묘사했다. ②가 공 사의 초창기에 모여든 부역군의 모습이고, ⑩은 공사의 진척에 따라 부역군이 점차 질서정연해지고 더 화려해진 모습이다. 공사가 시작 되고 나서부터 시간적 순서에 따라 경복궁 공사의 현장에서 벌어진 일을 서술했지만 날짜가 빠진 날이 많아 결과적으로 내용 전개에서 체계가 없고 두서가 없는 것처럼 보이게 되었다. 이 연구에서는 A) 는 3.1)에서, B)의 ⑧과 ⑭를 제외한 나머지 단락은 3.2)에서, 그리고 B)의 ⑧과 ⑭는 3.3)에서 논의하고자 한다.

---

20 내용 전개가 뒤죽박죽인 듯한 느낌을 준다. 곳갈과 각종 기를 앞세우고 몰려드는 부역군의 모습이 묘사되고, 이어 각 지역 부역자들이 나열된다. 대궐 터를 개척하 기 시작하는 노동의 모습이 전개되다가 다시 부역군의 숫자가 기술된다. 한참 백 성과의 여민락이 장황히 전개되다가 다시 대궐 터를 개척하는 모습과 각종 곳갈과 기의 모습이 기술된다. 이러한 점들은 원텍스트가 존재하였지만 착간 현상에 의 해 내용의 전개 순서가 뒤바뀌게 된 것은 아닌가 하는 의심을 자아내게 한다. 그러 나 다른 이본과의 대조에서 금방 드러나는 뚜렷한 착간과, 의도적 후반 변개를 제 외하면 네 이본은 모두 내용 전개가 동일하기 때문에 이 자체를 원텍스트로 보는 것이 좋을 듯하다. 그런데 1929년 이중화의 글은 〈景福宮歌〉를 읽고 그때를 추억하 며 쓴 것인데, 대체적으로 가사의 내용 전개를 따라 가면서 쓴 흔적이 역력하다. 이 글을 참조하면 혹시 원텍스트의 실마리를 얻을 수 있지 않을까 해서 살펴보았지만 그 또한 여의치 않았다.

1) 경복궁의 역사 : 경복궁 중건의 정당성

A)의 ①, ②에서는 이씨조선이 창업하여 한양에 도읍을 정하고 경복궁을 창건한 일을 읊었다. 조선이 지닌 유구한 역사의 정통성을 경복궁이 지니고 있기에 중건은 필요한 것이었다. ③, ④에서는 불행히도 임진왜란 중에 전소된 경복궁이 중건되지 못한 채로 있다가 익종대왕에 이르러서 중건 시도가 있었으나 익종의 요절로 꿈을 이루지 못한 사실을 읊었다. 익종의 대통을 이은 고종이 선왕의 유지를 계승하여 구현한다는 대의명분을 천명하고자 한 것이다. ⑤에서는 궁궐 빈터에서 "쳥츄의 흉흔 원슈 언졔나 갑흐볼가 / 빅셰의 깁흔흔을 언졔나 써셔볼가"라 하여 경복궁을 불태운 왜에 대한 복수심과 중건되지 못한 채 남아 있는 빈터에 대한 통한을 피력하였다. 이 부분에서 이전의 서술적 문체가 작가 개인의 서정적 문체로 변하고 있다.

작가 개인의 서정적 문체는 ⑥에서 "닉나희 칠십이라 셩군만 바라더니"로 이어져 작가 자신을 노출시키는 결과를 낳았다. 그리고 "어엿불손 우리셩샹 등극흐신 이년이요 / 거룩흐신 우리틱모 슈렴흐신 셩지로다"와 "됴졍의 돕는이는 뉘라셔 측다더니 / 운현궁 복덕방의 틱샹션인 계시더라"와 같이 당시 최고 권력자인 고종, 수렴청정을 하던 조대비, 그리고 고종의 생친 대원군을 송축하였다. 선정을 나열하고 찬양한 것은 작가 개인의 왕에 대한 충정심을 표백하려는 의도도 있었을 것이지만 무엇보다도 경복궁 중건의 정당성을 피력하고자 한 의도가 더 컸다. 태평성대에 백성이 편안하다는 것을 강조함으로써 이제는 많은 재력과 백성의 부역이 필요한 경복궁 중건 사업을 해도 된다는 것을 말한 것이다.

⑦에서는 1865년 3월 의정부를 수리할 때 나왔다는 秘記를 기술하였다. 당시 대원군은 안동김씨세력의 중심이었던 비변사를 해체하고 의정부 중심의 체제로 개편하고자 의정부 건물의 수리를 진행하였다[21]. 의정부 건물을 수리할 때 석주 밑에서 靑石盒을 발견하였는데, 그 銘에는 경복궁을 중건하면 계계승승 후사가 이어지고 인민이 富盛한다는 내용이 써 있었다[22]. 이것은 물론 대원군이 민심을 끌어들이려 마련한 계책이었다. 드디어 ⑧에서는 4월 3일 경복궁 중건의 교지가 내려진 사실을 서술했다.

이상에서 살펴본 바와 같이 〈경복궁영건가〉의 서두 부분은 경복궁 중건의 결정을 내리기까지 경복궁과 관련한 역사를 시간적 순서대로 읊었는데, 기술한 사실들은 모두 경복궁을 중건하는 사업이 정당하다는 것을 뒷받침해주는 것이었다. 경복궁의 역사성과 정통성, 왜에 당한 한을 푼다는 애국심, 익종의 유지를 받든다는 대의명분, 고종의 등극과 대원군의 개혁으로 인한 태평성대, 그리고 도참적 비기 등을 통해 경복궁 중건의 정당성을 나타내려 한 것이다.

---

21 김병우, 「대원군의 정치적 지위와 국정운영」, 앞의 논문, 28~30면.
22 전면에는 "癸未甲元 新王雖登 國嗣又絶 可不懼哉 景福宮殿 更爲創建 寶座移定 聖子神孫 繼繼承承 國祚更延 人民富盛", 후면에는 "東方老人秘訣 看此不告 東國逆賊"라고 적혀 있었다. 김병우의 「대원군의 정치적 지위와 국정운영」(앞의 논문, 47~48면)에서 재인용.

2) 순조로운 공사의 진행 : 부역군들의 축제

B)에서는 원납전 쇄도, 4월 13일 시역, 4월 25일 고종의 거둥까지 공사가 순조롭게 진행된 상황을 자세히 서술했다. ①에서는 재정을 걱정했으나 원납전이 몰려들어온 상황을 서술했다. ③에서는 공사를 시작한 13일에 각 지역에서 자원해온 부역군을 일일이 열거하며 서술했다. ④에서는 부역군들이 광화문에 들어와 군첩에 기록하고 일할 곳을 맡은 후 일제히 '의엿스' 소리를 지르며 공사를 시작하는 모습을 서술했다. 처음으로 한 공사는 예전 터를 찾아내는 일이었다. ⑤에서는 공사가 진행되면서 부역군의 숫자가 날로 늘어간 것을 서술했다. ⑨에서는 드디어 대궐 터가 드러난 일을 서술했다. 층계와 왕이 다니는 길이 드러나자 고목들을 베어내어 시원하게 터를 만들었다고 했다. ⑪에서는 옛터를 개척하자 드러난 옛 자취와 보물들을 서술했다. 마지막에 기술한 '壽進寶酌'은 대원군이 경복궁 중건을 주도하면서 이용한 참언이다. 그러나 여기에서는 "니샹ᄒᆞ다 슈진보쟉 그도 아니 큰 샹셔가 / 북두남산 쳔셰슈를 니즌으로 드려보싀 / 화산도ᄉᆞ 슈즁보ᄂᆞ 긔봉인시 옥쳔옹을"이라 하여 '祥瑞'라고만 하고, 대원군과 직접 연관 짓지는 않았다. 아마도 이 시구를 본격적으로 대원군과 연관하여 해석하는 작업이 있기 전에 이 가사가 창작되었기 때문인 것으로 보인다[23]. ⑫에서는 터를 닦은 후 도형(배치도)을 그

---

23 4월에 석경루 근처에서 銅器를 발견했는데, 그 안에 소라 모양의 술잔이 들어 있었다. 그 제목이 〈수진보작〉이고, 시는 '화산의 도사가 소매 속에 간직한 보배를 동방의 국태공에게 바치며 축수하노라. 푸른 소 한 번 돌아 백사절 맞음에 개봉하는 사람은 옥천옹이라'이었다. 고종은 5월 4일에 진강을 마치고 박규수에게 보여주며

려낸 일을 서술했다.

작가는 공사의 순조로운 진행을 서술하면서 늘 공사 현장에 몰려온 부역군에게 시선을 집중했다. ②에서는 공사가 시작된 첫날 공사 현장으로 몰려드는 부역군의 모습을 묘사했다. 처음 작가는 부역군 모두가 머리에는 종이 곳갈을 쓰고 손에는 자기 동네를 표시하는 旗를 든 채 모여드는 것을 희한해 했다. 작가는 그 모습을 "호호희희 조흔 거동"으로 묘사했다. 그리고 ⑩에서는 공사가 시작된 지 며칠이 지나면서 부역군의 모습이 보다 정비되고 화려해졌음을 묘사했다. 안동은 金字 곳갈, 뚝섬은 오색 곳갈을 썼다. 정동군은 흰색의 곳갈과 기치, 徒手軍은 綿으로 된 흰색 기치를 들었다. 처음에 종이로 만든 기치가 차차 채색 비단으로 변하고 곳갈도 채색의 꽃송이와 같이 변했다.

⑥부정긔명 각각싯고 가릐광이 식고왓다 / 쳐쳐의 쟝셩이요 곳곳지 의막이라 / 밥고리며 찍고리요 음식겨ᄌ 슐항이라 / 청보홍보 각각덥고 오락가락 연속ᄒᄂᆡ / 샹하귀쳔 다모히니 형형싁싁 우숩더라 / 화랑이의 츔츄ᄂᆞᆫ거동 쥬졍꾼의 미친거동 / 젹이츠고 노ᄂᆞᆫ거동 픽픽히 쒸ᄂᆞᆫ거동 / 터닥글씩 지경소릐 셩뽓흘씩 회군소릐 / ⑦ᄉ방팔방 광듸노름

___

제학, 당일 강관 및 옥당 이하의 관원들에게 명을 지어 바치라고 하였다. 박규수는 '동방의 국태공'은 대원군이라 해석해주면서 일이 우연치 않음을 강조하며 삼가 명을 지어 바치겠다고 하였다(『고종실록』 2년 5월 4일). 규장각 소장 〈수진보작첩〉에는 다섯 명이 쓴 銘이 수록되어 있다(『규장각소장어문학자료 문학편 해설Ⅱ』, 서울대학교규장각 엮음, 태학사, 64~65면). 조두순도 〈수진보작〉을 지었는데, 그의 문집 『心庵遺稿』(『한국문집총간 307』권 30, 민족문화추진회, 2003, 620면)에 실려 있다.

천틱만샹 요지구경 / 온갖사롬 다모히니 각식풍뉴 드러왓너 / 무당픽 드러오니 제금증 무슈ᄒ고 / 광딕픽 드러오니 쟝구북 무슈ᄒ다 / 거ᄉ 픽 드러오니 소고도 무슈ᄒ고 / 초막산민 드러오니 쟁과리도 무슈ᄒ고 / 각쳐악공 드러오니 피리싱황 무슈ᄒ다 / 증치고 제금치고 북치고 소 고치고 / 션소리 두셰놈이 쮜놀며 소리ᄒ너 / 소리ᄒ며 화답ᄒ니 원근 이 요란ᄒ다

⑥은 부역군이 모인 막사의 풍경을 묘사한 것이다. 부역군들은 그 릇, 가래, 괭이 등을 싣고 와 곳곳에 막사를 쳤다. 막사 주변은 밥고 리, 떡고리, 술 등이 준비되었다. 부역군 중에 화랑이는 춤추고 주정 꾼이 날뛰고 제기를 차면서 놀기도 했다. 일을 할 때는 지경소리와 회군소리[땅을 다질 때 부르는 회다지소리]가 울려 퍼졌다. 이와 같 이 ⑥이 부역군들이 모여 자연발생적으로 취한 온갖 행태를 묘사한 것이라면, 이어서 ⑦은 부역군들을 慰撫하기 위해 관에서 준비한 풍 류의 천태만상을 묘사한 것이다. 무당패, 광대패, 거사패, 초막산민, 각처 악공, 선소리꾼 등 각색의 풍류가 모두 들어와 요란하게 연주 하고 소리를 하며 화답을 했다고 했다. 자세한 공연의 모습은 〈기완 별록〉에 나타나 있는데, 여기서는 이렇게 포괄적으로만 기술했다.

⑬에서는 하루의 일과를 마친 부역군과 풍류장이들이 함께 걸어 나가며 연출하는 장관을 서술했다. 부역군들이 대열을 이루어 나가 면 궐내 관원들과 구경군이 모여왔다. 부역군은 가래와 괭이를 추켜 들며 춤추고, 舞童들은 쌍쌍이 춤추고 나가다가 멈추어 다시 놀았다. 가두행진 식으로 근정전과 광화문을 한 패가 지나가면 다른 한 패가

밖으로 나갔던 장관을 묘사한 것이다.

이상에서 살펴본 바와 같이 〈경복궁영건가〉는 원납전이 쇄도하고 조선팔도의 부역군이 자진해서 몰려 들어왓 순조롭게 공사가 진행되고 있음을 자세히 서술하고 있다. 공사의 시작은 "의엿ㅅ 흔 소리의 일시의 시쥭ㅎ니"로 표현하여 역동적인 노동의 모습을 전달했다. 그리고 엄청난 수의 부역군에 의해 불과 십여 일 만에 궁궐터를 드러내어 도형을 그리는 성과를 이루어내었다고 했다. 역사학계의 연구성과에 의하면 경복궁 영건 공사의 초창기에는 재정과 인력 동원이 별다른 문제가 없어 순조롭게 진행되었다고 한다. 이 작품에서 공사가 순조롭게 진행된 상황은 그러한 역사적 상황을 그대로 반영한다.

이 서술에서 작가의 시선은 언제나 부역군에 가 있었다. 작가는 부역군이 자발적으로 몰려와 즐겁게 노동에 임하는 것을 강조하여 서술했다. "호호희희 조흔 거동"의 부역군은 자기들끼리 모여서 춤추고 놀았다. 일할 때도 흥겨워 지경소리와 회군소리를 불러가며 힘을 모았다. 하루 일과를 마치고 공사판을 나갈 때는 부역군과 풍류패가 대열을 이루어 거리 퍼레이드를 구성할 정도였다고 했다. 풍류패는 부역군을 위해 관에서 준비한 것이지만 작가는 이것을 구별하여 기술하지는 않았다. 부역군이 모인 자리의 분위기를 축제로 나타내야만 했기 때문이다. 부역군의 울긋불긋한 고깔과 깃발도 이러한 축제의 분위기를 고조해주는 기능을 했다.

3) 백성과의 與民樂 : 몸을 낮춘 영의정의 민심 달래기

작가는 경복궁 중건의 순조로운 진행과 그 부역 현장의 축제 분위기를 묘사하는 것만으로는 부족하다고 느낀 듯하다. 부역군을 향해 무언가를 간절히 말하고 싶어 했는데, 흥에 겨운 나머지 내친 김에 ⑧에서는 장장 68구에 달하는 與民樂을 읊었다. 여민락은 왕이 백성과 함께 즐긴다는 것으로 태평성대의 상징어이기도 하다. 영의정인 작가 조두순이 왕을 대신하여 읊은 것이라고 볼 수 있다. 이 가사에서 조두순이 가장 역점을 두고 서술한 부분인데, 장황하지만 그대로 인용해본다.

> 쟝악원 조흔풍류 여민낙 ᄒ여보소 / 구경군 가득ᄒ니 ᄂᆡ²⁴절노 즛시나ᄂᆞ / 국ᄉ의 튱셩잇셔 ᄂᆡ졀노 한ᄉᆞᄒ여 / 국은을 못갑하셔 ᄂᆡ그리 망ᄉᆞ망싱 / 긔특ᄒ고 긔특ᄒ며 거룩ᄒ고 거룩ᄒ다 / 국ᄉ의 슈슈ᄒ나 슈슈ᄒᆫ들 엇지ᄒᆞᆯ고 / 왕ᄉ의 근로ᄒ니 근노ᄒᆫ들 엇지ᄒᆞ리 / 네졀노 그러ᄒ니 쳔의아니 부합ᄒ며 / 네졀노 즐거ᄒ니 향샹지심 긔특ᄒ다 / 네졀노 용약ᄒ니 나도ᄌᆞ연 용약ᄒ고 / 네졀노 즐거ᄒᆞᆯ졔 나도셔셔 즐겁더라 / 뉘라셔 가라치며 뉘라셔 강권ᄒ리 / 무지ᄒᆫ 소리개도 돌을무러 ᄂᆡ드라데 / 화급금슈 드러더니 어룡츌젼 이아니냐 / 빅슈솔무 드러더니 봉황ᄂᆡ의 이아니냐 / 긔특ᄒ다 우리역군 ᄂᆡᄂᆡ말슴 드러보소 / 니ᄃᆡ궐 지여ᄂᆡ여 우리인군 향복ᄒ고 / 이ᄃᆡ궐 곳쳐ᄂᆡ여 우리나라 틱평ᄒ면 / 셩

---

24 다른 이본들을 검토한 결과 이 구절을 포함한 다음 6구절의 'ᄂᆡ'는 '네'로, '너'를 가리킨다.

ᄌᆞ신손 이여나셔 억만년 무강ᄒᆞ면 / 그아니 조흘손가 이아니 다힝ᄒᆞᆯ가 / 셩덕을 싱각ᄒᆞ여 ᄒᆞᆫ가리 더히보소 / 셩은을 노릭ᄒᆞ여 ᄒᆞᆫ광이를 더히 보소 / ᄶᅱ놀며 소릭ᄒᆞᆯ졔 졀이라도 ᄒᆞ고십고 / ᄶᅡᆷᄒᆞ니고 슈고ᄒᆞᆯ졔 샹이 라도 쥬고십고 / 이가튼 큰녁ᄉᆞ를 돈으로 ᄒᆞ여ᄂᆡ며 / 이가튼 큰대궐을 밥으로 지여닐가 / 팔도빅셩 이러ᄒᆞ면 불일셩지 ᄒᆞ리로다 / 우리나라 신민이야 귀쳔샹하 잇게ᄂᆞ냐 / 너희ᄂᆞᆫ 져러ᄒᆞᄃᆡ 우리ᄂᆞᆫ ᄒᆞ유ᄒᆞ니 됴신 되니 붓그럽고 사부명식 붓그럽다 / 요슌젹 빅셩이냐 우탕젹 시졀인가 빅발이 다되도록 지리히 ᄉᆞ랏ᄃᆞ가 / 틱평텬지 다시보면 그아니 조흘소 냐 / 조키도 가이업고 즐겁기도 가이업ᄂᆡ

작가는 영의정이었지만 공사의 총책임자였기 때문에 백성들의 고된 노동에 대해 너무나 잘 알고 있었다. 그리하여 백성의 노동에 자신이 감사하고 있음을 표현했다. 마침 장악원에서 여민락이 연주 되었던 듯 작가는 이에 맞추어 백성과의 즐거움을 노래하는 자신만 의 與民樂을 읊었다. 백성을 '너'로 칭하고 너희들이 절로 즛흥겨운 몸짓이 나서 부역하고 즐거워하니 기특하고 거룩하다고 했다. 이어 서 작가는 자신을 '나'로 하여 백성과의 간격을 보다 좁힌다. '너'가 절로 용약하니 '나'도 절로 용약하고, '너'가 절로 즐거우니 '나'도 서 서 즐겁다고 했다. 작가는 백성과 '나'와 '너'가 되어 영의정으로서 스스로 몸을 낮춘 것이다. 비록 힘든 고역이지만 백성과 함께 즐겁 게 일을 수행하고 있음을 강조하여 앞으로도 그렇게 되기를 기원한 것이라고 할 수 있다. 이어 작가는 백성들을 향해 이 대궐을 지어내 면 우리 임금에게 享福하고 우리나라가 성자신손이 이어나가 억만년을 무강하게 된다고 했다. 앞서 **A)**의 ⑦에서 의정부를 수리할 때 나왔다는 秘記의 내용을 다시 한 번 되새긴 것이다. 그리고 한 가래, 한 괭이라도 더 일을 해보자고 하면서 절이라도 하고 싶고 상이라도 주고 싶다고 했다. 영의정인 조두순은 부역군의 자발적 노동이 얼마나 중요한 지 너무나 잘 알고 있었으므로 절이라도 하고 싶었던 심정을 그대로 읊었다고 할 수 있다. 이어서 '너희'는 그렇게 일을 하는데, '우리' 조신들은 한가롭게 있으니 부끄럽다고 한 것이다.

이렇게 조두순은 봉건사회에서 통치자가 백성을 대하는 최선의 통치철학인 여민락을 별도로 서술함으로써 부역군의 민심을 달래려 애를 썼다. 여기서 조두순의 모습은 백성의 비위를 맞추려 애쓰고 백성들 앞에서 한없이 작아진 모습으로 나타난다. 조두순은 영의정이었지만 백성들을 향해 스스로 몸을 낮추는 태도를 일관되게 보여주고 있는 것이다. 백성을 향해 자신을 스스로 낮추는 태도는 뒤에 탐학하는 수령들을 향해 백성들을 사랑하라고 권고하는 대목에 연장되어 나타난다. 조두순은 이미 백성과 '너'와 '나'가 되고 '우리'가 되었다. 이렇게 된 마당에 '너'의 가장 큰 골칫덩이인 수령을 공동의 적으로 설정하여 그들을 훈계함으로써 '우리'된 의식을 마무리하고자 한 것이다.

〈경복궁영건가〉의 마지막 단락 ⑭에서는 고종이 경복궁 공사 현장에 거둥했을 때의 장관과 송축을 읊었다. ⑬의 구경거리에 이어 고종이 거둥했을 때 더욱 장관을 이루었음을 말한 것인데, 높은 데 올라보면 두 눈이 부시고 가까이서 보면 두 귀가 먹먹하여 이런 구경은 다시 없을 것이라고 극찬했다. 이 기상이 이러하니 선혜청과 창고가

다 비어도 아무 걱정이 없을 것이라고 하면서 이웃나라가 침노해도 이 백성을 몰아다가 다 살릴 수 있다고도 했다. 그리고 다음과 같이 송축하며 가사를 끝맺었다.

거룩ᄒ고 거룩ᄒ다 국가틱평 오날일식 / 우리셩샹 복덕이며 우리틱 모 은퇵인가 / 황하슈 물근물이 일쳔년 도라왓늬 / 니물ᄒᄒ준 슐을비져 우리셩군의 하례ᄒ고 / 이긔운 홋터늬여 우리빅셩 편케ᄒ세 / 쳔의가 샹합ᄒ여 민심이 이러ᄒ니 / 아마도 억만년 무강지휴ᄂ 우리나라 ᄲᆞᆫ인 가 ᄒ노라

오늘 이렇게 국가가 태평함은 성상의 복덕이고 조대비의 은택이라고 송축했다. 이렇게 좋은 날 술을 빚어내어 고종에게 올리고 이 기운을 흩어지게 하여 백성을 모두 편안하게 하고 싶다고 했다. 그리고 민심이 이러하니 우리나라가 만세무강을 누릴 것이라고 했다. 결국 작가는 경복궁 중건 사업을 태평성대의 사업으로 생각하여 부역 이외에 다른 마음을 먹지 않는 민심을 강력하게 희구했음을 알 수 있다.

4. 〈경복궁영건가〉의 의미

경복궁 중건은 조두순 자신이 적극적으로 추대하여 등극한 고종 및 대원군의 야심찬 정책이었다. 경복궁 중건 사업을 결정하면서 조

정에서 가장 신경 쓰고 걱정한 것은 재정의 조달과 백성의 부역동원 문제였다. 중건사업을 시행하기에 앞서 조대비는 백성들을 위한 여러 시책들을 시행하는데, 부역자들의 원망이 새어나지 않도록 하기 위한 선조치에 해당하였다. 경복궁 총책임자로서 조두순은 당시는 원만하게 부역군이 동원되어 공사가 순조롭게 진행되는 상황이었지만 그러한 상황이 언제까지 지속될 지 못내 두려웠을 것이다. 어떠한 경우가 있더라도 민심을 무마하여 탈이 없도록 해야 했다. 조두순은 민심의 수습이 무엇보다도 중요하다고 판단하여 언문으로 〈경복궁영건가〉를 지은 것이다.

조두순은 〈경복궁영건가〉를 통해 경복궁 중건의 정당성을 강조해야 했다. 그리고 무엇보다도 부역민이 적극적으로 부역에 참여한다는 사실을 백성에게 알려야 했다. 작품을 통해 부역군의 자발적인 노동의 모습과 화기애애한 분위기를 중점적으로 기술했고, 어느 것 하나 부정적인 모습은 보이려 하지 않았다. 조두순은 부역군이 보여주는 모든 관경을 "팔역텬지 틱평이요 억만쟝안 화기로다"로 표현하여 백성들이 부역에 대한 저항은커녕 모두 화기애애한 축제의 분위기에서 임한다는 것을 강조했다. 서울의 공사 현장에 감도는 '화기'가 전국으로 퍼져나가 민심이 이에 따라 올 것을 강하게 희구하는 주술적인 언술과 같다. 조두순이 서술한 공사의 순조로운 진척은 마치 신의 뜻에 따라 왕을 따르는 백성들이 몰려와 하루 밤만에 왕궁을 건설하는 동명왕편의 신화적 세계와 같다고 할 수 있다. 조두순은 왕의 뜻을 따르는 백성들이 몰려와 순조롭게 공사를 마무리하는 신화적 세계를 꿈꾼 것이 분명하다. 이렇게 〈경복궁영건가〉는 표면적으로는 중건 공사가 이루어진 구체적 과정을 사실 그대로 담아 서술한 것처럼 보이지만 이면적으로는 민심과 천심을 얻은 공사가 되기를 바라는 조두순의 꿈을 서술한 것이다. 민심에 가장 역점을 둔 조두순은 따로 '여민락'을 마련하지 않을 수 없었다. 여민락을 통해 조두순은 스스로의 몸을 낮추어 백성과 함께 하는 자세를 보여주어야만 했다.

이렇게 조두순은 〈경복궁영건가〉를 통해 민심을 얻기 위해 노력하고 있는 것을 알 수 있다. 그러면 이러한 작품세계가 지닌 의미는 무엇일까. 그 의미는 당시 역사적·정치적 상황의 전개와 연관하여 설명할 수 있다. 경복궁 중건이 있은 1865년 바로 직전은 역사적으로 민심의 동요가 심했던 시기였다. 바로 진주민란과 동학교주 최제우의 처형이 있었는데, 이 때 조두순은 좌의정과 우의정을 역임하면서 몸소 이 사건들을 겪고 처리했어야만 했다. 1862년 임술민란이 일어난 후 조정에서는 그 대책의 일환으로 삼정이정청을 설치했다. 이때 조두순은 4명의 총재관 중 한 사람으로 참여하여 삼정의 개혁안을 공포하기도 하였다. 그리고 1863년에는 동학교도의 숫자가 불어나자 최제우를 잡아들이게 하여 左道亂正의 죄목으로 처형하는 사건이 있었다. 이와 같이 조두순은 걷잡을 수 없이 번져가는 민중의 봉기에 직면하여 조정대신으로서 사건을 수습한 경험을 지니고 있었다. 비록 자신은 문벌정치의 장본인이었지만 그렇다고 백성의 성장한 힘에 대해 실감하지 못한 것은 아니었다. 조두순은 진주민란을 겪고 동학도의 출현을 목도하면서 백성들의 성장한 힘을 심각하게 깨닫게 된 것이라고 할 수 있다. 부역으로 동원된 당시의 민(백성)은 더 이상 중세적 질서에 安分하고 있는 백성이 아니었다. 이와 같이 〈경복궁영건가〉는 19세기 중엽 성장한 민중의 힘을 역설적으로 반영한다는 의미를 지닌다.

한편 최고위층 사대부가 백성을 향해 더 이상 위엄 있고 고답적인 자세와 태도를 취할 수 없었던 것은 왕실 내부의 정치적 상황과 연관하여 그 의미를 찾을 수 있다. 대원군은 경복궁 중건을 주도하며 정치적 지위를 확고히 하고자 했다. 경복궁 중건은 대원군의 정치적 모험으로 대원군 정권의 상징과도 같은 것이었다. 경복궁 중건의 정당성을 말하는 것은 곧 대원군 권력의 정당성을 말하는 것과 같은 것이었다. 정치적 모험을 감행한 대원군 체제는 백성에 대한 통제력 상실이라는 문제에 직면하게 되었다. 이 문제를 해결하는 유일한 돌파구는 정면으로 민심을 잡는 것이었다. 경복궁 중건 사업을 시작하면서 대원군은 중건의 정당성을 강조하며 정치권의 협조를 당부하는데, 백성들의 여망임을 피력하는 데 심혈을 기울였다. 조두순이 가사에서 대원군을 '태상선인'이라 추켜세우고, 대원군이 마련한 계책인 도참적 비기를 적극적으로 알린 것도 민심을 대원군 쪽으로 돌리기 위한 것이었다. 이와 같이 조두순이 백성의 자발적 부역을 강조하여 서술하고 몸을 스스로 낮추어 여민락을 서술한 것은 백성에 대한 통제력을 상실할 수 있는 현실에 직면한 대원군 체제의 위기와 불안을 역설적으로 반영한다는 의미를 지닌다.

이와 같이 19세기 중엽 〈경복궁영건가〉는 역사적으로 성장한 민중의 힘을, 정치적으로는 대원군 체제의 위기와 불안을 반영한다는 의미를 지닌다.

대원군이 천심·민심론과 연계하여 경복궁 중건의 정당성을 강조한 것은 자신의 지지기반을 일반 백성에 설정하기 위한 것이었다. 그러나 실제적으로 대원군은 백성들을 정치적 기반으로 삼지는 않았다. 다만 대원군은 현실정치의 주요 국면에서 자신의 입지를 위해 백성을 대상으로 삼은 것이다. 대원군이 중세사회에서 백성을 현실정치의 대상으로 삼았다는 점은 주목할 만한 일이지만, 성장하는 백성의 힘을 정치적 기반으로 생각하지는 않은 것이다[25]. 대원군의 백성관에 대한 이러한 한계점은 그대로 조두순의 한계점이기도 했다. 당시 민란의 당사자인 백성들이 타도하고자 했던 대상은 지방의 탐관오리뿐만이 아니었고 중앙의 문벌정치인도 포함되었다. 화려한 관직 생활이 증명하듯이 조두순은 19세기 문벌정치의 장본인이었다. 조두순은 문벌정치의 주요 일원이었기 때문에 그 당시 정치이념의 한계를 넘지는 못하였다. 민란을 진압하고 삼정이정책이라는 민심 수습책을 내놓았던 그가 성장한 민중의 힘을 심각하게 생각했다면 당시 민중의 염원이었던 삼정의 문란을 근본적으로 해결하고자 하는 반성적 정치행동에 적극적이었을 것이다. 그러나 당시의 민중 현실을 역사적으로 바라볼 수 있을 만큼 조두순의 역사인식은 성숙하지 못하였다. 〈경복궁영건가〉에서 한 영의정이 줄곧 부르짖었던 '백성과 함께 하기'는 불안한 '백성 달래기'에 그치고 말았다고 할 수 있다.

---

25 김병우, 「대원군의 집권 과정과 권력 행사」, 앞의 논문, 158~159면.

5. 가사문학사적 의의

〈경복궁영건가〉는 송축가사이면서 동시에 景福宮營建記이다. 고종, 조대비 그리고 대원군을 중심으로 하는 왕실은 물론 축제를 즐기듯이 부역하는 백성을 송축하고, 경복궁영건의 구체적 과정을 기술했다. 왕실에 대한 송축과 태평성대의 강조는 가사문학에서 쉽게 찾아볼 수 있는 내용이다. 그런데 이 작품에서는 그 실질적 송축의 내용이 이전의 송축 가사와는 판이하게 다르게 나타난다. 송축은 아랫사람이 윗사람을 송축하는 것이 보통이지만, 이 가사 작품의 경우에는 윗사람인 왕실을 송축하는 것에서 더 나아가 윗사람인 영의정이 아랫사람인 백성을 송축하는 것까지 포함하고 있다. 이렇게 〈경복궁영건가〉의 송축은 영의정인 작가가 스스로 몸을 낮추어 백성의 비위를 맞추려 하는 데까지 나아간 특징을 보인다.

이러한 특징은 1860년대의 시대적 상황이 마련한 작품세계라고 할 수 있다. 앞서 살펴보았듯이 이러한 작품세계는 대원군 체제가 정치적 위기와 불안을 타개하기 위해서 성장한 민중을 정치적 대상으로 삼음으로써 가능한 것이었다. 〈경복궁영건가〉는 봉건사회를 벗어나 이제 본격적으로 근대사회로 넘어가는 시기인 1860년대, 즉 봉건사회의 마지막 고비이자 근대사회의 여명기에 창작된 작품이다. 한 고위 관료가 자신의 몸을 낮추고 백성을 송축하고자 한 점은 봉건과 근대의 접점 시기에 나타난 큰 변화 양상이다. 이렇게 이 작품은 봉건사회에서 근대사회로 이어지는 시기에 송축의 내용에서 그 근대적 변화 양상을 보여준다는 점에서 가사문학사적 의의를 지닌다.

한편 이 작품은 540구의 비교적 장편에 해당하는 길이여서 '경복궁 부역 현장의 이모저모'도 풍부하게 기술하고 있다. 단락 ⑥의 부역군 막사의 풍경, 단락 ⑦의 막사 내의 풍류 모습, 단락 ⑩의 공사 부역군의 모습, 단락 ⑬의 하루의 부역을 마치고 나갈 때의 풍류 모습, 단락 ⑭의 고종 거동시의 공연 장관 등에는 당시의 공연예술문화, 복식, 음식, 시정문화가 풍부하게 기술되어 있다. 자기 동네를 표시하는 각종 색깔의 곳갈과 旗를 든 부역군의 형상, 날로 화려해지는 고깔과 기, 밥고리·떡고리·술 등이 즐비한 막사의 광경, 화랑이가 춤추고 주정꾼이 날뛰고 제기를 차면서 노는 부역군의 행태, 지경소리와 회군소리 등의 노동요를 부르는 노동의 현장, 관에서 준비한 무당패, 광대패, 거사패, 초막산민, 각처 악공, 선소리꾼 등의 공연, 하루의 일과를 마친 부역군과 풍류장이가 함께 걸어 나가며 연출하는 장관, 고종 거동 시의 장관 등에 관한 묘사도 매우 생생하게 이루어져있다. 이와 같이 이 가사는 민속학적, 예술사적인 측면에서 당시를 재구성할 수 있는 자료적 가치도 지니고 있다 할 수 있다. 그리고 이 가사에 풍부하게 기술되어 있는 이러한 공연예술문화와 시정문화는 작가가 경화사족이었기에 서술 가능한 것으로서 19세기 향촌사족의 가사와 확연히 차별화되는 부분이라고 할 수 있다.

동시기에 경복궁 중건이라는 역사적 사건을 적극적으로 다룬 가사 작품으로 〈경복궁영건가〉, 〈기완별록〉, 〈경복궁중건승덕가라〉, 그리고 〈북궐중건가〉가 있다. 〈경복궁영건가〉와 〈기완별록〉은 경복궁을 중건하기 시작한 초창기인 1865년 경에, 그리고 〈경복궁중건승덕가라〉와 〈북궐중건가〉는 경복궁 중건을 완성한 후인 1868년 이후에 창작된 가사이다. 이들 가사 작품은 경복궁 중건이라는 소재를 동일하게 다루고 있지만 작가의 관심과 창작시기의 차이에 따라 작품세계는 다양하게 나타난다. 중건 초창기에 경복궁 중건의 총책임자에 의해 창작된 〈경복궁영건가〉는 경복궁 중건의 역사적 정당성, 중건 役事, 부역 현장의 축제분위기를 기술하면서 '백성과 함께 하기'를 표면적으로 내세워 '백성 달래기'에 중점을 둔 가사이다. 공연예술 분야에 종사했을 것으로 추정되는 작가에 의해 창작된 〈기완별록〉은 당시 부역현장에서 공연된 제반 공연예술을 상세히 기술하는 데 중점을 둔 가사이다. 이 가사는 19세기 중엽 공연예술문화의 구체적 양상을 담은 독특한 작품세계를 지닌다. 한편 경복궁 중건이 완성된 이후에 창작된 〈경복궁중건승덕가라〉와 〈북궐중건가〉는 경복궁 자체와 조선의 운명이라고 하는 쪽으로 관심이 옮아가 있어 민족 현실에 대한 위기의식이 보다 심화된 1870년경의 현실을 반영한다. 특히 이 두 작품은 개화기 가사로 이어지는 가사 형식의 변모 양상을 보여주고 있다는 면에서 주목할 만한 작품이다. 이와 같이 경복궁 중건이라는 역사적 사실과 관련하여 네 작가에 의해 네 편의 가사 작품이 창작되어 유통되었던 점은 가사문학사에서 주목할 만한 일이다. 소재적 측면에서의 동일성에도 불구하고 각각 독특한 작품세계를 구성하고 있어, 네 작품 모두 가사문학사적 의의를 지니기에 충분한 작품으로 평가된다.

19세기 중엽, 특히 1860년대에 상층 사대부들이 집중적으로 가사를 창작하였는데, 〈北遷歌〉〈東游歌〉〈海東漫話〉〈景福宮營建歌〉〈燕行歌〉〈北行歌〉〈蓬萊別曲〉〈相思別曲〉〈朴學士曝曬日記〉 등이 그것이다. 작가는 대부분 京華士族이며, 2~30대 작가가 5명으로 가장 많은 비중을 차지한다. 작품의 대부분이 장편을 이루어 1000구에서 4000구에 이르는 장편도 5편이나 된다. 서울경화사족이 중심이 되는 상층 사대부가 적극적으로 가사 창작에 편승하였음을 알 수 있다. 19세기 중엽 중세에서 근대로 넘어가는 정점의 시기인 1860년대에 상층 사대부의 가사 작품이 양산된 것은 가사문학 창작의 보편화 내지 생활화가 극대화된 가사문학사적 현상을 보여준다. 〈경복궁영건가〉도 19세기 중엽 상층 사대부의 가사문학 작품 군에 속한다. 조두순은 비록 〈경복궁영건가〉 한 편의 가사만을 남기고 있지만, 내용 전개나 문체 면에서 가사의 관습에 능통하여 가사문학의 향유 전통 내에서 언문인 가사를 적극적으로 창작하였음을 알 수 있다[26]. 〈경복궁영건가〉는 19세기 중엽에 서울의 경화사족이 적극적으로 언문인 가사문학을 창작하여 백성과의 소통을 꾀하고자 한 작품이라는 점에서 가사문학사적 의의를 지닌다.

6. 맺음말

〈경복궁영건가〉의 문체는 매우 유려하다. 한문어구의 사용이 대중적으로 이해할 수 있는 선에서 적절하게 이루어지고 있으며, 대구 표현도 능숙하여 지루하지 않다. 특히 앞서 살펴본 바와 같이 부역군의 모습을 생생하게 묘사하여 가사 전체에 활력을 불어 넣어주고

---

26 이 책에 실려 있는 「19세기 중엽 상층 사대부의 가사 창작」을 참조할 수 있다.

있다. 이와 같은 〈경복궁영건가〉의 문체적 특성에 대해서 이 연구에
서는 논의하지 못하였다. 이 작품에 대한 총체적인 이해에 도달하기
위해서는 추후 이 작품의 문체와 미학적 효과에 대한 논의가 이루어
져야 할 것이다.

제3장

〈경복궁중건승덕가라〉와 〈북궐중건가〉의 작품세계와 형식적 변모

 1. 머리말

경복궁 중건 사업은 1865년(고종 2년)에 시작하여 1868년(고종 5년)에 완공되었다. 공사를 위해 원납전을 가혹하게 거두어 들여 부역에 동원된 백성들 사이에서 "但願我耳聾 不願願納聲"이라는 소리가 유행하여 아리랑이 유래했다고 할 정도로 민족적 반향이 큰 공사였다. 경복궁 중건과 관련하여 창작된 가사 작품으로 〈景福宮營建歌〉, 〈奇玩別錄〉, 〈경복궁중건승덕가〉, 〈북궐중건가〉 등 네 작품이나 확인되고 있다. 〈경복궁영건가〉는 당시 영의정이었던 상층 사대부 趙斗淳(1796-1870)이 지은 가사 작품으로 이미 오래 전에 소개되어 네 작품 가운데 가장 활발하게 연구가 진행되었다[1]. 〈기완별록〉은 경복궁 중건 때에 공연되었던 '奇玩'을 상세히 기록한 장편가사로 최근에 윤주필에 의해 소개된 이후 연구자의 관심이 가장 큰 가사이다[2]. 그러나 두 가사 작품과 달리 〈경복궁중건승덕가〉와 〈북궐중건가〉는 윤주필에 의해 간단히 그 존재가 언급[3]되었긴 했지만 본격적으로 작품세계를 논의하는 연구가 나오지 않아 미발표 작품이나 마찬가지라고 할 수 있다.

경복궁 중건과 관련하여 창작된 네 편의 가사 작품은 사실 당시 공연문화의 실상을 구체적으로 담아 민속학적, 예술사적인 자료로서의 가치도 지니고 있는 〈기완별록〉을 제외하고, 대부분 경복궁의 역사나 중건을 송축하는 내용을 담고 있기 때문에 그 문학성 면에서 연구자에게 그리 매력적으로 다가가지 못한 것은 사실이다. 그런데 〈경복궁중건승덕가〉와 〈북궐중건가〉는 창작 연대가 1870년 전후로

---

1 이중화, 「경복궁가를 독하고 차궁에 시역을 추억함」, 『청년』제7권 2호, 청년잡지사, 1929. ; 장대원, 「경복궁 중건에 대한 소고」, 『향토서울』제16호, 서울특별시 시사편찬위원회, 1963. ; 정익섭, 「경복궁가·호남가·훈몽가·회문산답산가」, 『국문학보』제4호, 전남대 국문학연구회, 1964. ; 정익섭, 「경복궁타령과 경복궁가의 비교고찰-사설을 중심으로」, 『논문집』제8집, 전남대학교, 1963. ; 강전섭, 「(자료소개) 경복궁영건가」, 「(해제) 심암 조두순의 〈경복궁영건가〉에 대하여」, 『한국학보』제11권 1호, 일지사, 1985. ; 고순희, 「경복궁영건가 연구」, 『고전문학연구』제34집, 한국고전문학회, 2008.

2 윤주필, 「경복궁 중건 때의 전통놀이 가사집 〈기완별곡〉」, 『문헌과 해석』통권9호, 문헌과 해석사, 1999년 겨울. ; 사진실, 「산희와 야희의 공연 양상과 연극사적 의의 : 〈기완별록〉에 나타난 공연 행사를 중심으로」, 『고전희곡연구』제3집, 한국고전희곡학회, 2001. ; 〈기완별록〉은 『한국가사자료집성』(단국대율곡기념도서관 편, 태학사, 1997) 제1권에 영인되어 있다.

3 윤주필, 「경복궁 중건 연희시가를 통해본 전통 공연문화 연구」, 『고전문학연구』제31집, 한국고전문학회, 2007. 이 논문에서 경복궁 중건과 관련한 가사 작품으로 〈경복궁중건승덕가〉〈북궐중건가〉〈경복궁가〉(경복궁영건가 : 필자 주)〈기완별록〉 등 네 작품이 제시되었다.

비교적 확실하다. 이들 작품들은 가사문학사에서 19세기 중엽 이후 개화기로 넘어가는 과도기에 창작되었으므로 19세기 중엽 이후에 창작된 가사문학의 실체를 파악하기 위해서라도 이 작품들에 대한 연구가 반드시 필요하다고 할 수 있다.

두 작품은 경복궁 중건의 초기 단계에 창작된 〈경복궁영건가〉와 〈기완별록〉과는 다른 작품세계와 형식을 보이고 있다. 작가의식 면에서 경복궁이 민족의식의 중심으로 대두된 변화 양상을 보이고 있을 뿐만 아니라 형식 면에서도 19세기 중엽 이후 애국계몽기 가사로 이어지는 변모 양상을 보여주고 있어 면밀한 분석과 검토를 필요로 한다.

이 연구의 목적은 아직 본격적으로 연구되지 않은 〈경복궁중건승덕가〉와 〈북궐중건가〉를 대상으로 하여 그 작품세계와 형식적 변모를 살펴보고 두 가사의 가사문학사적 의의를 규명하는 데 있다. 그리하여 우선 2장과 3장에서는 두 가사 작품에 대해 각각 작품세계를 분석하고 그 의미를 살펴본다. 4장에서는 두 가사 작품의 형식적 특징을 파악한다. 그리고 5장에서는 이상의 논의를 종합하여 두 작품의 가사문학사적 의의를 규명하고자 한다.

2. 〈경복궁중건승덕가〉의 작품세계와 의미

〈경복궁중건승덕가〉는 『한국가사자료집성』 8권에 실려 있다[4]. 총

---

4 『한국가사자료집성』 8권, 단국대 율곡기념도서관 편, 태학사, 1997. 윤주필(「경복궁 중건 연희시가를 통해본 전통 공연문화 연구」, 앞의 논문, 238쪽)에 의하면 단국

8면에 줄글체로 기사되었고, 순한글체이며, 2음보를 1구로 하여 총 74구이다. 경복궁을 다 짓고 난 후 송축하는 내용을 담고 있으므로 가사의 창작 연대는 경복궁 중건이 완성되고 고종이 창덕궁에서 경복궁으로 移宮한 1868년 7월[5] 이후라고 추정된다.

이 가사의 작가는 작품의 내용에 작가를 알 수 있는 어떠한 단서도 들어 있지 않아 알 수 없다. 필사본에는 '딕디(大地)', '딥(집)', '인디디경(仁智之境)' 등과 같이 구개음의 표기가 그대로 살아 있다. 이 이본을 향유하고 필사했던 향유자가 서울을 중심으로 하여 그 이북에 거주하던 사람으로 추정되지만, 작가의 원래 표기일 가능성도 배재할 수 없는 상황이다. 작품에 사용된 용어로 보아 작가는 한학에 어느 정도 조예가 깊었던 것같다. 순한글의 표기 형태를 보면 朝宗臣僚를 '조종실영'으로, 君明臣良은 '군명실양'으로, 國泰民安은 '국틱미난'으로, 龍飛鳳舞는 '용비봉모'로 표기되어 소리 나는 대로 필사가 이루어진 흔적을 보이고 있다. 이 가사가 비교적 짧은 작품이기 때문에 이 작품이 가창이나 구송되었을 가능성도 있을 것으로 보인다. 가창되었든 구송되었든 간에 향유자는 원래의 구절을 잊어버리고 소리 나는 대로만 필사를 한 것이어서 한학에 대한 지식은 별로 없었던 것으로 추정할 수 있다. 작품의 내용을 단락 순서대로 정리하면 다음과 같다.

대 도서관에서는 이 가사의 다른 이본으로 보이는 〈乙丑三月景福宮刱建時歌〉를 소장하고 있다고 한다. 그러나 필자는 이 이본은 구해 볼 수 없었다.

5 『승정원일기』고종 5년(1868년) 7월 2일 기사. 〈대가가 경복궁으로 이어하기 위하여 거둥할 때 도승지 조성고 등이 입시하였다〉 "진시(辰時). 대가가 경복궁으로 이어하였다.---"

① 경복궁의 지세 : 1~16구

② 임진왜란과 경복궁 : 17~30구

③ 경복궁 중건 : 31~56구

④ 경복궁의 송축 : 57~74구

①에서는 경복궁의 지세를 간단히 읊었다. 백두산은 현무 되고 한라산은 주작 되고, 좌청룡은 금강산이고 우백호는 구월리라고 하는 관습적 문구가 주를 이룬다. 이후 聖係神承하여 君明臣良의 덕으로 民恩物豐하게 되었으니 경복궁이야말로 福基라고 하였다.

②에서는 임진왜란의 발발과 그 회복을 읊었다. 임진왜란으로 경복궁이 소실된 사실을 읊고자 한 것으로 보이는데, 임진왜란으로 경복궁이 소실된 사건은 누구나 아는 사실이어서 그런지 따로 소실에 관한 문구를 적지는 않았다. "오호슬타 이런딥의 임딘병화 분ᄒ도다 / 옥황샹제 권우ᄒ고 조종실영 도우시ᄉ / 이제독 딘제독은 뒤명황제 명을밧고 / 구션밍근 이순신는 만고슈젼 명쟝이라 / 젼필승 공필 취는 삼도회복 쾌ᄒ도다"라 하여 옥황상제, 조종신료, 이제독·진제독, 이순신의 활약으로 三道를 회복하고 왜란이 평정된 사실을 읊었다. 이후 오랫동안 列聖朝의 경륜으로 邪氣가 잠잠해 태평기가 계속되었으나 '遺志未就'라 하여 아직 경복궁을 중건하지는 못하였음을 읊었다. 그런데 여기서 임진왜란의 극복에 공을 세운 여러 인물을 들어 서술하는 가운데, 조선의 명장으로 이순신 한 명만을 들고 있는 것이 주목된다. 19세기 말 애국계몽기에 이순신에 관한 문학화 작업이 급증했다. 이러한 현상은 서세동점과 아울러 점차 노골화되

어 갔던 일본의 침략 야욕에 대한 위기의식의 발로로 볼 수 있다[6]. 이 가사 작품에서 비록 짧은 구절에 불과하지만 조선의 명장으로 이순신만을 언급한 것은 당시 나라의 위기 상황에서 과거 외롭게 나라를 구한 이순신의 영웅화가 전개되었던 조선인의 사회적 분위기를 반영한다고 할 수 있다.

> 만조츙신 협력ᄒ고 팔도빅셩 낙종ᄒ야 / 쳔명비긔 이상ᄒ고 셔민ᄌ
> 릐 거록ᄒ다 / 북소릭는 동쳔ᄒ고 긔빗쳔 요일ᄒ니 / 셩쥬칠임 반상ᄒ
> 고 졔신시위 복명ᄒ니 / 츙졀츙는 무동이은 노릭조흔 픽장이라 / 억만
> 명이 ᄌ션ᄒ니 남녀노소 낙긔로다 / 늬쥭포의 터를닥고 늬송무의 상양
> ᄒ야 / 일변느로 흘날디고 ᄉ방으로 벽을ᄊᆞ아 / 여휘ᄉ비 디어늬니 군
> ᄌ유라 알리로다 / 오호듕건 경복궁은 이런명당 ᄯᅩ인난가 / 종묘봉안
> 좌면니요 ᄉ직디레 우면니라 / 압푸로는 육조배판 뒤우로는 좌귀빅판
> / 옛법듸로 셜개ᄒ야 오호좃타 디어늬니

위는 단락 ③의 전문으로 경복궁을 중건한 사실을 읊었다. 만조충신이 협력하고 팔도백성이 즐겁게 따라 경복궁 중건이 시작되었다고 했다. 그리고 이어서 기술한 '天命秘記 이상하다'는 구절은 경복궁 중건이 있은 그 해 3월에 의정부 건물을 수리할 때 나왔다는 비기를 서술한 것이다. 의정부 건물을 수리할 때 석주 밑에서 靑石盒을

---

6 소설 쪽에서의 기존 논의는 장경남의 「이순신의 소설적 형상화에 대한 통시적 연구」(『민족문학사연구』제5호, 민족문학사연구소, 2007)를 참조할 수 있다. 한시 쪽에서의 논의는 박동욱의 「서세동점기 한시에 나타난 충무공 이순신의 형상」(『고시가연구』제22집, 한국고시가문학회, 2008)을 참조할 수 있다.

발견하였는데, 그 銘에는 경복궁을 중건하면 계계승승 후사가 이어
지고 인민이 富盛한다는 내용이 써 있었다[7]. 이것은 대원군이 민심을
끌어들이려 마련한 계책이었다. 이러한 신이한 신의 계시도 있었기
때문에 백성이 부역을 자처했다는 사실을 다음 구절 '庶民自來'로 표
현했다. 그리고 경복궁 중건이 시작된 4월 13일 이후의 상황을 읊었
다. "북소리는 동천ᄒᆞ고 긔빗쳔 요일ᄒᆞ니 / 셩쥬칠임 반상ᄒᆞ고 제신
시위 복명ᄒᆞ니 / 츔즐츄는 무동이은 노릐조흔 픿장이라 / 억만명이
ᄌᆞ션ᄒᆞ니 남녀노소 낙긔로다"라는 8구절은 4월 25일[8]에 고종이 경
복궁 중건 터에 거둥했을 때의 장관[9]을 읊은 것으로 보인다. 북소리
를 울리며 왕이 행차하시고 제신하가 도열했다. 그리고 드디어 연희
가 베풀어졌는데 무동이는 춤추고 패장이는 노래했다고 했다. 그리
하여 억만명이 自先하고 남녀노소가 모두 즐겼다고 했다. 이어 터를
닦고, 흙을 나르고, 벽을 쌓아 빠른 시간 안에(如揮似飛[10]) 경복궁이
지어졌음을 서술하고, 경복궁이 명당임을 말하면서 옛 법대로 설계

---

7 전면에는 "癸未甲元 新王雖登 國嗣又絕 可不懼哉 景福宮殿 更爲創建 寶座移定 聖子神
   孫 繼繼承承 國祚更延 人民富盛" 후면에는 "東方老人秘訣 看此不告 東國逆賊"라고
   적혀 있었다. 김병우의 「대원군의 정치적 지위와 국정운영」(『대구사학』제 70호,
   대구사학회, 2003, 47~48쪽)에서 재인용.

8 『승정원일기』고종 2년 4월 25일 기사. 〈경복궁에 거둥할 때 행 도승지 유치선 등이
   입시하였다〉" 대가가 경복궁에 친히 임하여 거둥하였다.---"

9 경복궁을 중건하기 시작한 초창기에 부역군을 위한 공연이 많이 있었다. 특히 고
   종이 경복궁 터에 거둥한 4월 25일에는 부역군을 위한 대규모 공연이 있었다. 〈경
   복궁영건가〉에는 4월 25일 고종이 경복궁 공사장에 거둥했을 때의 장관이 비교적
   상세히 서술되었다. 그리고 〈기완별록〉에서 서술하고 있는 모든 공연 내용은 바로
   이날의 공연이었다.

10 여휘사비 : 如揮似飛. '휘두르듯 나는 것같이'라는 뜻으로 빨리 일을 마친 것을 말하
   는 것 같다.

하여 실시한 공사가 1868년에 드디어 완공되었음을 서술했다.

④에서는 이 대궐에서 오복과 백록을 누리실 왕에 대해 읊고, 이 하늘을 영원히 밝히는 경복궁을 송축하며 끝을 맺었다. 마지막 구절은 "오호좃타 이딕궐의 오복빅녹 누리소셔 / 즉빅ᄉ안 ᄒᆞᆸ시고 오만ᄉ연 ᄒᆞᆸ소셔 / 오호좃타 경복궁은 긔천영명 ᄒᆞᆸ소셔"라 끝맺고 있는데, 왕을 향한 송축인지 경복궁을 향한 송축인지가 애매한 가운데 기술되어 있다. '오호좃타"라는 감탄구가 왕이 아니라 경복궁을 향한 것이어서 작가의 의식 지향이 경복궁에 보다 가 있음을 알 수 있다. 이와 같이 〈경복궁즁건승덕가〉는 송축의 대상이 왕보다는 경복궁에 보다 집중되고 있는 점이 여타 경복궁 중건과 관련하여 창작된 가사 작품과 다른 점이라고 할 수 있다. ③에서도 대원군이 마련한 秘記를 언급하기는 하였지만 별달리 대원군에 대한 송축을 덧붙이지는 않았다. 물론 짧은 구절 안에 이 모든 것을 다 서술할 수 없었던 사정이 있어서라고 해석할 수도 있다. 그런데 작가는 대원군이나 왕을 향한 정치적인 찬사가 필요할 만큼 현실 정치에 발을 들여 놓고 있는 인물은 아닌 것같다. 정치적인 의도를 가지고 이 가사를 창작하지 않았기 때문에 당시 정치와 거리를 가지고 오직 경복궁 자체에만 관심을 기울였던 작가의 시각에서 비롯된 표현으로 볼 수 있다. 조선왕조의 상징인 경복궁의 중건 자체에 관심을 기울이고 그것을 송축하고자 한 것이다.

이와 같이 〈경복궁즁건승덕가〉는 짧은 길이 때문에 경복궁 중건의 구체적인 사항을 다 담지는 못하였다. 경복궁의 지세와 창건, 임진왜란으로 인한 소실, 중건 역사, 그리고 송축을 개괄적으로만 읊고 있다. 이 가사에서 송축이 경복궁 자체에 집중되고 있는 점과 이순신에 대한 관심이 나타난다는 점은 다른 가사 작품들과 차별되는 작품 세계이다. 조선 역사의 상징인 경복궁과 왜적을 물리친 조선의 명장 이순신에의 관심은 당시의 역사 상황에 대응한 조선인의 정신 세계와 무관하지 않다. 서세동점이 아직 노골화되지는 않았지만 조선의 운명에 대한 위기의식이 만연해 있었고 이러한 때에 경복궁은 나라의 상징으로서 각별한 의미로 다가왔을 것이다. 이 가사는 당시 서세동점과 일제의 노골적인 침략 야욕이 서서히 구체화되는 시기에 풍전등화와 같은 조선의 운명을 직접적으로 읊지는 않았다. 하지만 경복궁의 중건사를 읊고 경복궁을 송축하여 나라의 상징으로 경복궁을 내세움으로써 불안한 조선의 현실에 대한 비전을 잃지 않으려 한 역사적 시각을 감지할 수 있다.

3. 〈북궐[11]중건가〉의 작품세계와 의미

〈북궐중건가〉는 『(서벽외사해외수일본 15) 운하견문록 외 5종』[12]에 실려 있는 가사로 유일본만 전한다. 2음보를 1구로 하여 총 266구이다. 줄글체로 필사되었으며, 가사의 본문은 순한글이지만 한자어에는 옆에 細筆로 한문을 병기하는 방식으로 표기가 되어 있다. 여기서 인용한 이 가사의 구절은 한문병기를 가로 안에 적은 것이다. 가

---

11 北闕은 경복궁을 창덕궁과 경희궁에 상대하여 부르는 말이다.
12 『(서벽외사해외수일본 15) 운하견문록 외 5종』, 이우성 편, 아세아문화사, 1990.

사의 창작 연대 역시 〈경복궁중건승덕가〉와 마찬가지로 경복궁을 다 짓고 난 후 송축하는 내용을 담고 있어 경복궁 중건이 완성되고 고종이 창덕궁에서 경복궁으로 移宮한 1868년 7월 이후라고 추정된다.

가사의 작가는 작품 내용에 작가를 알 수 있는 단서가 전혀 없어 누구인지 알 수 없다. 가사의 표현을 보면 한시구에 우리말 토를 단다든가, 『주역』이나 『시경』 등과 같이 매우 어려운 구절을 인용한 것이 많아, 가사가 전체적으로 난해하다. 작가가 한학에 능숙하여 현학적인 자신의 취향을 드러내고 싶었던 것으로 보인다. 그리고 풍수지리와 관련한 용어를 사용한 표현이 눈에 띄는데, 작가가 풍수지리와 관련한 일에 종사하고 있었을 가능성을 생각해 볼 수 있다. 하지만 작가는 가사문학에서 흔하게 사용하는 관습구를 익숙하게 사용하지는 못하고 있다. 일단 작가는 가사문학의 전통에 익숙하지 못한, 가사문학의 적극적인 향유자는 아닌 듯하다. 이러한 점을 종합하면 작가는 역설적으로 가사에 한시나 한문구를 '어설프게' 사용한 것이 되어 가사의 전통적인 담당층인 양반층 지식인은 아닐 가능성이 있다고 본다. 작품의 내용을 단락 순서대로 정리하면 다음과 같다.

① 중국의 지세와 왕조 : 1~100구

② 조선의 지세와 왕조 : 101~156구

③ 조선의 건국과 태평세월 : 157~180구

④ 임진왜란의 발발과 경복궁 소실 : 181~202구

⑤ 고종의 즉위 : 203~216구

⑥ 경복궁 중건 공사와 완공 : 217~248구

⑦ 송축 : 249~266구

①에서는 중국의 지세, 왕조, 및 궁궐을 읊었다. 중국의 천황·지황·인황씨 등의 천지 개벽, 곤륜산·溺水·天竺·葱嶺·鹽澤 등의 중국 대륙의 경계, 夏와 禹의 치세, 그리고 岐山에서 周나라가 시작되어 聖人이 이어남을 읊었다. 이어 한 폭의 수를 놓는 형식으로 중국의 역대 왕조와 궁실 및 지세를 읊었다. 未央宮, 長樂觀, 諸陵 등 경치가 좋은 데에 秦나라와 漢나라가 있고, 낙유원이 있고, 唐나라가 있고, 華山(太華)이 있다. 숭산 밑에 낙양이 있고 이어 吳나라 수도 姑蘇城이 있었다. 이어 하북 산천을 읊으면서 明나라 永樂皇帝를 회고하였다. 명말 장수로 이름난 吳三桂가 '비린 씌글(靑)'에게 패한 사실을 회고하면서 "슈챡샨ᄒ(繡錯山河) 앗가올ᄉ 비린씌글 되엿고나 / 츈츄(春秋)의 큰벼리를 펼곳이 ᄇ이업고 / 풍쳔(風泉)의 남은눈물 히외(海外)에 슬프도다"라 하여 명의 멸망을 슬퍼하는 것으로 끝을 맺었다. '繡錯山河(산하를 수로 놓는다) 앗가올ᄉ'라 하여 앞서 한 폭의 수를 놓는다고 한 것과 수미상관하여 마무리를 지은 셈이다. 중국 대륙을 큰 그림으로 놓고 그 구석구석의 산하와 역대 왕조, 그리고 궁궐을 읊은 것이다.

②에서는 조선의 지세와 왕조를 읊었다. 처음에는 백두산, 흑룡강, 여진국, 두만강, 동해, 압록강, 발해 등 중국과 조선의 경계를 중심으로 읊었다. 이어 마운령, 묘향산, 청천강, 자모산성, 樂浪, 柳京, 단군,

동명, 신송산, 만월대 등을 읊으면서 고소선, 고구려, 그리고 고려까지를 회고하였다. 이어 금강산에서부터 시작하여 서울 주변의 지세를 읊었다. ③에서는 조선이 건국해 태평세월로 계속 이어온 사실을 읊었다. 마지막에 "구려(句麗)의 싸을열고 신나(新羅)의 공을ㅂ다 / 예믹(穢貊) 구동(九種)과 호월(胡越) 일가(一家)로다"라 하여 조선이 고구려와 신라를 이어 청나라를 포함한 이웃나라와 나란히 하고 있음을 강조하였다. 이어 ④에서는 임진왜란의 발발과 소실된 궁궐 터의 감회를 읊었다. 궁궐이 소실된 이후 터만 남아 있었던 기간을 "이ㅣ구만(邇來九萬) 팔천일(八千日)"이나 "열셩됴(列聖朝) 샴빅년(三百年)"[13]과 같이 구체적인 날짜나 해를 셀 정도로 소실되어 중건되지 못했던 경복궁에 대한 안타까움을 표현했다. 그리고 ⑤에서는 1861년 고종의 등극을 읊고 송축했다.

> 호호야허허야(呼呼耶許許耶) 아공젹셕(我公赤舃) 빗나거라 / 샴시(三毖) 보곤(補袞)ㅎ여 무일편(無逸篇)을 나위엿고 / 샴원(三元)을 고ㅎ시고 팔병(八柄)을 잡아스니 / 월명년(粤明年) 청우졀(青牛節)의 북궐역ㅅ(北闕役事) 셩(盛)할시고 / 션계(善繼) 션슐(善述)ㅎ고 긍구(肯構) 긍당(肯堂)ㅎ여 / 셔민(庶民) 즈리(子來)ㅎ니 구름갓치 모다온다 / 고고(鼛

---

13 "이ㅣ구만(邇來九萬) 팔천일(八千日)의 도인스녀(都人士女) 옛싱각이 / 빗츳밧 쑥슈풀의 됴가와취(鳥歌蛙吹) 풍뉴(風流)한다 / 궁문(宮門)을 여러두고 픠디잔셕(敗址殘石) 쑨이로다 / 열셩됴(列聖朝) 샴빅년(三百年)의 유의미취(有意未就) ㅎ엿스니" "이ㅣ구만(邇來九萬) 팔천일(八千日)"은 임진왜란 이후 경복궁 중건 시까지의 기간을 날짜로 계산한 것이다. "열셩됴(列聖朝) 샴빅년(三百年)"은 임진왜란이 있은 후 경복궁 중건까지 300년이라는 것으로 경복궁 중건 당시 관용적으로 쓰였던 말이다. 엄격하게 말해 270여 년 정도인데 반올림하여 300년이라고 한 것이다.

鼓) 불승(不勝)ᄒ고 분삽(畚鍤) 여운(如雲)이라 / 츈풍(春風) 화긔즁(和氣中)의 동심동녁(同心同力) 져만민(萬民)아 / 허허야호호야(許許耶呼呼耶) 텬실셩(天室星)이 써드러온다 / 희ᄉ(奚斯)난 그누구며 공슈(公輪)난 그누군고 / 각진(各盡) 기직(其職)ᄒ여 거ᄒ(巨廈)가 이루거다

단락 ⑥은 경복궁을 중건한 사실을 읊었다. 먼저 "아공적셕(我公赤舃[14]) 빗나거라"라 하여 경복궁 중건이 대원군의 사업임을 명확하게 나타내는 것으로 시작했다. 그리고 대원군이 고종을 보좌해 왕으로서 경계해야 할 일들을 훈계해주고[무일편], 三元을 고하여 인사권을 쥐고, 조선 전역의 권력[八柄]을 거머쥐었다고 했다. 드디어 고종 2년 4월 청우절에 북궐 역사를 시작하자 서민들이 구름 같이 삼태기와 삽을 들고 스스로 와서 동심동력으로 일을 했다. 몰려와 일하는 수가 많아 하늘에 떠 있는 별만큼이었다. 이렇게 만민이 각자 직분을 다하여 경복궁이 완공되었다고 하였다.

호야호야부호야(呼耶呼耶復呼耶)ᄒ니 닉노릭 즈닉아나 / 가)ᄉ간(斯干)이 질질(秩秩)ᄒ고 남산(南山)이 유유(幽幽)ᄒ여 / 듁포숑무(竹苞松茂) 숑덕(頌德)ᄒ고 ᄒ완샹졈(下莞上簟) 경ᄉ(慶事)로다 / 웅비(熊羆)가

---

14 인용한 구절의 어구 해석은 각주로 대신한다. 我公은 대원군을, 赤舃은 임금이 정복을 입을 때 신는 신을 말한다. ; 逸은 逸樂으로 무일편은 人君이 경계해야 할 점을 말한다. 成王이 처음 정치를 맡게 되었을 때 주공이 그 점을 염려해 무일편을 지어서 가르쳤다. ; 三元은 과거 시험인 鄕試, 會試, 殿試에서 첫 자리로 합격한 세 사람이다. 三場壯元. ; 奚斯는『詩經』魯頌, 駉之什, 〈閟宮〉에 나오는 인물로 大夫公子魚이다. 그런데 무슨 일을 한 것인지 자세히는 알지 못했다. ; 公輸는 工垂(倕)의 오기가 아닌가 한다. 공수는 중국 고대 순임금 시대에 있었던 뛰어난 목수이다.

꿈의들고 나)져귀(雎鳩)가 물의잇셔 / 다)동ᄉᆞ(螽斯)의 길한일과 라)닌지(麟趾)의 됴흔경ᄉᆞ / 허야허야부허야(許耶許耶復許耶) 유아틱샹(惟我太上) 노낙강(老樂康)이라 / 마)황샹원길(黃裳元吉) 도와잇고 바)쥬불ᄉᆞ황(朱芾思皇) 읇퍼닉여 / 사)ᄉᆞ시금쥰(四딀金樽) 녹야당(綠野堂)과 빅년화셕(百年花石) 평쳔장(平泉庄)의 / 아)칭피시굉(稱彼兕觥) ᄒᆞ니 만슈무강(萬壽無疆) ᄒᆞ옵쇼셔

위는 마지막 단락 ⑦의 전문으로 왕을 송축하는 내용을 담았다. 밑줄 친 마)와 사)를 제외한 나머지는 모두 『시경』에서, 그리고 마)는 『주역』에서 구절을 인용[15]했다. 내용이 매우 난해하여 여기서는 간략하게만 이해하고 넘어가고자 한다. 중국 宣王이 宮室을 이룬 사실

---

15 인용한 구절의 어구 해석은 각주로 대신한다. 가)와 바)는 모두 『시경』小雅, 鴻鴈之什, 〈斯干〉 시에 나온 구절을 인용한 것이다. 〈사간〉은 宣王이 宮室을 이룬 것을 읊은 시이다. "질질사간 / 유유남산 / 여죽포의 / 여송무의 /---/ 하완상점 /---/ 유옹유비 / 남자지상 /---/ 주불사황"(한자 생략)을 해석하면 "질질한 이 물가 / 유한한 남산 / 대가 무성한 것같고 / 솔이 무성한 것같다 /---/ 아래는 부들자리 위는 대자리니 /---/ 곰과 큰 곰 / 남자의 조짐 /---/ 주불이 이에 빛나"이다. "주불사황"은 『시경』小雅, 南有嘉魚之什, 〈采芑〉 시에도 나온다. ; 나)는 『시경』國風, 周南, 〈關雎〉 시에 나온 구절이다. "關關雎鳩 在河之洲"을 해석하면 "관관한 저구는 물의 섬에 있다"이다. 저구는 아름다운 부부 관계의 비유로 쓰였다. ; 다)는 『시경』國風, 周南, 〈螽斯〉 시를 인용하였다. 종사는 베짱이로 한 번에 알을 아흔 아홉 개나 낳아 부부의 화합과 자손의 번성을 비유한다. ; 라)는 『시경』國風, 周南, 〈麟之趾〉 시의 "麟趾之化"라는 구절을 인용한 것이다. 주 문왕의 后妃의 덕이 자손 종속까지 善化한 까닭에 시인이 이 시를 지어 칭송한 것이다. 麟趾는 황후, 황태후의 덕을 기리는 말이다. ; 마)는 『周易』上經, 〈坤卦第二〉에 나오는 구절이다. 해석하면 "누른 치마를 입으면 크게 길할 것이다"이다. 군주가 마음 속에 덕이 있어서 밖에 보이지 않는다는 말을 누른 치마에 비유한 것이다. ; 바)의 원래 한자는 "朱芾斯皇"이다. ; 사) 녹야당은 당나라 裵度가 시인 白樂天과 더불어 풍류를 즐기고 놀았다는 별장이다. 평천장은 당나라의 李德裕가 천하의 진목과 괴석을 취하여 園地의 景物로 삼고 즐겼다고 하는 곳이다. ; 아)는 『시경』國風, 周南, 〈卷耳〉 시에 나온 구절을 인용했다. "我姑酌彼兕觥"을 해석하면 "나 아직 저 시굉에 부어"이다. 시굉은 兕牛의 뿔로 만든 술잔을 말한다.

을 담은 시를 주로 인용하여 북궐의 중건을 송축하고, 睢鳩, 螽斯, 麟趾 등을 인용하여 자손의 번성을 기원하고 황후의 덕을 칭송하였다. 마지막으로는 시경의 시와 고사를 인용해 왕의 만수무강을 송축하는 것으로 마감하였다.

이와 같이 〈북궐중건가〉는 경복궁 중건을 송축한 작품이지만, 정작 경복궁 중건과 관련한 구는 ④⑤⑥⑦로 전체 내용의 삼분의 일밖에 되지 않는다. 그 본론으로 들어가기까지 많은 구수를 할애하여 ①②③을 서술했다. ①②③의 장황한 서술은 일단 작가의 현학적 취미가 작용한 결과이기도 하겠지만, 작가의 의도가 개입된 결과이기도 했다. ①에서 중국의 지세, 역대 왕조, 그리고 궁궐을 장황하게 읊은 것은 조선의 경복궁을 중국의 것과 대등한 궁으로 의미를 부여하고자 한 작가의 의도에서 비롯되었다. ⑦에서 중국 궁실을 송축한 『시경』 시를 인용한 것도 경복궁의 중건이 의미하는 바를 중국과 견주어 찾고자 한 작가 의식에서 비롯한다.

그리고 작가가 ②에서 중국과 조선의 경계를 우선 서술하고, 단군, 동명, 고조선, 고구려, 고려 등 고대사를 중심으로 하는 역사적 자취를 서술하고, 조선이 이웃나라와 나란히 一家를 이루고 있음을 서술한 것도 주목을 요하는 부분이다. 여기서 작가는 땅과 역사라고 하는 공시적, 통시적 조망 안에서 우리나라를 바라보고자 하는 시각을 뚜렷하게 드러낸다. 중국과 조선 땅의 경계에 대한 인식은 국가 의식의 발로로 해석된다. 그리고 단군이나 고구려 등과 같은 고대사에 주목하고 고구려와 신라를 이어 조선이 현재하고 있다는 서술은 유구한 민족의 역사성을 확인하는 역사인식의 발로로 해석된다. 이렇게

〈북궐중건가〉에서 경복궁이라는 조선의 상징을 다루면서 국가의 경계와 민족의 역사에 대한 거시적인 서술이 이루어진 것은 〈경복궁중건승덕가〉나 마찬가지로 당시의 시대정신과 무관하지 않다. 이것은 서세동점의 위기의식 속에서 우리나라가 단일 민족의 유구한 역사를 지닌 국가라는 민족국가의 개념을 형성하고 그것을 민족정신으로 강조하기 시작한 당시의 시대 정신을 반영한다. 유구한 역사를 지닌 중국과 마찬가지로 우리민족도 유구한 역사를 지닌 민족국가임을 서술함으로써 나라의 상징인 경복궁의 중요성을 강조하려 한 것이다.

한편 이 작품에서는 대원군에 대한 송축과 왕에 대한 송축이 대등하게 나타났다. 대원군이 경복궁 중건의 실질적인 지휘자임을 분명히 했고, 모든 권력을 장악하고 있음도 그대로 표현하였다. 그리고 경복궁의 실질적 거주자는 왕이었으므로 왕에 대한 송축을 자연스럽게 따라 읊은 것이다.

4. 〈경복궁중건승덕가〉와 〈북궐중건가〉의 형식적 특징

〈경복궁중건승덕가〉와 〈북궐중건가〉의 형식은 이전 시기의 것과 구별되는 특징이 두드러지게 나타나 주목을 요한다.

〈경복궁중건승덕가〉는 두 가지 면에서 형식상 특징을 지닌다. 첫 번째 특징은 너무나도 기계적인 4·4조 율격을 이루고 있다는 점이다. 전체 구절 가운데 네 글자를 벗어나 세 글자를 사용한 곳이 다섯 군데에 불과할 정도로 모든 구절이 정확하게 4자를 유지하여 매우 기계적인 문체를 이루고 있다.

두 번째 특징은 "오호홋타"라는 감탄구를 자주 사용하고 있다는 점이다. "오호홋타 경복궁은"이 세 번 사용되었는데, 작가는 똑같은 형태가 아닌 그것의 변주 형태를 더 선호하였다. 그래서 "오호홋타 이런딥의", "오호유디 경복궁은", "오호듕건 경복궁은", "오호홋타 이딕궐의" 등으로 변주하여 사용하였다. 이러한 감탄구는 대부분 구절의 앞부분에 나와 뒤의 경복궁을 수식하는 데에 쓰였지만, "더옥 홋타"나 "오호홋타 디어닉니"와 같이 구절의 뒷부분이나 중간부분에 배치되기도 했다. 이러한 감탄구는 자연스럽게 내용을 구분하는 역할을 함으로써 후렴구의 기능을 지니는 경우가 많다. 작가의 시각이 경복궁에 집중되었기 때문에 경복궁과 관련하여 그저 흥이 날 때 감탄구를 사용함으로써 그 흥을 고조시켰다. 이러한 감탄구는 후렴구의 역할도 수행하여 전체적으로 경복궁 자체에의 관심과 집중이 더욱 부각되어 나타나는 효과를 낳고 있다.

〈북궐중건가〉도 두 가지 면에서 형식상 특징을 지닌다. 첫 번째 특징은 독특한 후렴구를 쓰고 있다는 점이다. 후렴구는 총 16번이나 사용되었는데, 사용된 후렴구를 모두 적어보면 다음과 같다.

호야호야(呼耶呼耶), 허야허야(許耶許耶), 호야호호야호(呼耶呼呼耶呼), 허야허허야허(許耶許許耶許), 호호야호호야(呼呼耶呼呼耶), 허허야허허야(許許耶許許耶), 호야호호야호(呼耶呼呼耶呼), 허야허허야허(許耶許許耶許), 호야허허야호(呼耶許許耶呼), 허야호호야허(許耶呼呼耶許), 호야야허야야(呼耶耶許耶耶), 허야야호야야(許耶耶呼耶耶), 호호야허허야

(呼呼耶許許耶), 허허야호호야(許許耶呼呼耶), 호야호야부호야(呼耶呼耶
復呼耶), 허야허야부허야(許耶許耶復許耶)

〈북궐중건가〉의 작가는 '호', '허', '야' 등 세 글자만을 조합하여 후
렴구를 만들었다. 총 16번이나 사용된 후렴구는 "호야호호야호(呼耶
呼呼耶呼)"가 두 번 사용된 것을 제외하면, 서로 비슷비슷한 것처럼
보이지만 모두 다르다는 것을 알 수 있다. 작가가 의도적으로 조금
씩 다르게 세 글자를 조합하여 후렴구를 사용한 것이다. 작가는 이
후렴구들을 대부분 의미 단락을 구분하는 곳에 사용하고 있다.

두 번째 특징은 한문현토체 형식이 지배적으로 나타난다는 점이
다.

가) 텬황디황(天皇地皇) 인황씨(人皇氏)는 만팔천셰(萬八千歲) 무량
복(無量福)을 / 분쟝구쥬(分長九州) ᄒ올씨의 혈거야쳐(穴居野處) ᄒ엿
도다

나) 위암폭타(危巖瀑打) 션텬셜(先天雪)이요 난엽승귀(亂葉僧歸) ᄒ
계풍(下界風)을 / 틱화원긔(泰和元氣) 살펴보니 빅운보기(白雲寶盖) 나
린농의

다) 이긔교틱(二氣交泰) 만물시(萬物始)ᄒ니 부시일샹(罘罳日上) 청
마유(青瑪瑠)라 / 슉야ᄌᄌ(夙夜孜孜) 근졍뎐(勤政殿)과 풍운탕탕(風雲
蕩蕩) 경화루(慶會樓)의

라) 션계(善繼) 션슐(善述)ᄒ고 긍구(肯構) 긍당(肯堂)ᄒ여 / 셔민(庶
民) ᄌ릭(子來)ᄒ니 구름갓치 모다온다 / 고고(鼛鼓) 불승(不勝)ᄒ고 분
삽(畚鍤) 여운(如雲)이라

가)의 첫 번째 행은 "텬황디황(天皇地皇)인황씨(人皇氏) 만팔쳔세
(萬八千歲)무량복(無量福)"이라는 7언의 한문구에 '는'과 '을'이라는
우리말 토를 달았다. 그리고 두 번째 행은 "분쟝구쥬(分長九州)"와
"혈거야쳐(穴居野處)"라는 각각의 한문구에 "ᄒ올쎠의"와 "ᄒ엿도
다"라는 우리말 서술어를 잇는 형식을 취했다. 나)도 가)와 같은 방
식의 한문현토체를 이룬다. 다만 첫 번째 행에서 7언의 한문구에 우
리말 토를 다는 경우 "션텬셜(先天雪)이요"에서처럼 다섯 자를 이루
는 경우가 있게 되었다. 다)의 첫 번째 행은 "이긔교틱(二氣交泰)만물
시(萬物始)"와 "부시일샹(罘罳日上)쳥마유(靑瑪瑠)"라는 7언의 한문
구에 "ᄒ니"와 "라"라는 우리말 서술어를 다는 형식을 취하였다. 두
번째 행은 가)의 첫 번째 행과 같은 방식으로 우리말 토를 달았다.
라)는 "션계(善繼) 션슐(善述)ᄒ고", "긍구(肯構) 긍당(肯堂)ᄒ여", "셔
민(庶民) ᄌ릭(子來)ᄒ니", "고고(鼛鼓) 불승(不勝)ᄒ고", "분삽(畚鍤)
여운(如雲)이라" 등과 같이 4언 한문구에 우리말 서술어를 달았는데,
그러다 보니 2음보를 구성하는 음수율이 2·4조 율격을 이루었다. 이
렇게 〈북궐중건가〉는 작품 전체를 통털어 대부분 이러한 한문현토식
형식을 취하고 있다.

이와 같이 〈경복궁중건승덕가〉에서는 기계적인 4·4조 율격과 감
탄구를 사용하는 형식상 특징을 보이며, 〈북궐중건가〉에서는 한문현

토체 형식의 서술이 이어나가는 가운데 후렴구를 빈번하게 사용한다는 형식상의 특징을 보이고 있다. 〈경복궁즁건승덕가〉에서 감탄구는 후렴구의 역할도 하고 있어 두 작품이 모두 후렴구를 사용한 것으로 볼 수 있다. 두 작품의 작가는 의도적인 계산 속에서 후렴구를 사용하였다. 동일한 후렴구를 기계적으로 반복한 것이 아니라 미세하게 서로 다른 후렴구를 사용하고자 노력하여 변주된 형태가 사용되었다. 이러한 후렴구는 의미단락을 구분하는 데 사용되었지만 경우에 따라서는 흥이 날 때마다 사용되기도 하였다. 그리고 〈경복궁즁건승덕가〉는 기계적인 4·4조 율격을 견지하고자 한 반면 〈북궐중건가〉는 한문현토체 형식을 줄곧 견지하고자 했다. 7언이나 4언의 한문구를 선호하여 거기에 우리말의 토나 서술어를 붙이는 형식을 사용함으로써 4·4조의 율격은 개의하지 않았음이 드러난다.

5. 가사문학사적 의의

앞에서 〈경복궁즁건승덕가〉와 〈북궐중건가〉의 작품세계와 형식적 특성을 살펴보았다. 이제 〈경복궁즁건승덕가〉와 〈북궐중건가〉의 가사문학사적 의의를 살펴보고자 한다. 두 가사 작품의 가사문학사적 의의는 당대에 창작되었던 가사 작품들 및 이후 애국계몽기에 창작된 가사 작품들과의 공시적·통시적인 비교 접근을 통해서 규명될 수 있을 것이다. 이 논문에서는 공시적으로는 경복궁 중건과 관련해 창작된 네 편의 가사 작품과, 통시적으로 애국계몽기에 창작된 가사

작품과 내용적, 형식적 측면에서 비교 검토함으로써 두 가사의 가사
문학사적 의의를 규명하고자 한다.

경복궁 중건과 관련하여 창작된 가사 작품은 〈경복궁영건가〉, 〈기
완별록〉, 〈경복궁중건승덕가〉, 〈북궐중건가〉 등 네 편이다. 이들 가사
는 경복궁 중건사업이라는 동일한 배경 하에 창작되었지만 작가가
계층적으로 서로 다르며, 창작 시기도 세부적으로 차이가 나고, 따
라서 작품 세계도 모두 다르게 나타난다. 〈경복궁영건가〉와 〈기완별
록〉은 경복궁 중건의 초창기인 1865년에 창작되었다. 〈경복궁영건
가〉는 당시 영의정이었던 상층 사대부 趙斗淳(1796~1870)이 지은 가
사이다. 영의정으로서 작가는 고종, 수렴청정 하던 조대비, 그리고
대원군으로 이루어진 당시 실세 권력을 정확하게 인식하고 그것을
가사에 적극적으로 표현했다. 한양의 지세, 경복궁의 역사, 임란으
로 인한 경복궁 소실 등 경복궁 중건의 정당성을 공을 들여 기술했
다. 그리고 작가는 무엇보다도 민심을 얻는데 공을 들였다. 작품 전
체를 통틀어 작가의 시선은 부역군에게 가 있는 것을 알 수 있는데,
부역군의 자발적인 부역의 모습을 강조해서 표현하고 특히 영의정
이었지만 자신을 스스로 낮추어 부역군과 함께 하는 연대의식을 표
현하고자 노력했다. 작가의 이러한 모습이 드러나는 〈경복궁영건가〉
는 역사적으로는 성장한 민중의 힘을, 정치적으로는 대원군 체제의
위기와 불안을 반영한다는 의미를 지닌다[16]. 그리고 〈경복궁영건가〉
는 상층사대부의 작품이지만 가사문학적 관습구의 표현에 능숙하

---

16 고순희, 앞의 논문 참조.

여 가사의 문체가 매우 자연스럽다. 〈기완별록〉의 작가는 공연예술에 대한 취향을 남달리 지니고 있었던 중간 계층일 가능성이 많다. 고종의 치세를 장황히 송축하는 가운데 대원군에 대한 송축도 곁들여 표현한 것으로 보아 당시 경복궁 중건의 현장에 어떤 식으로든 참여했던 인물로 보인다. 〈기완별록〉은 당대 공연예술의 실상을 그대로 반영함으로써 문화예술사적 의의를 지니는 작품이다. 한편 이 가사는 가사문학적 표현력이 매우 유려하여 작가가 가사문학의 창작과 향유 전통을 잘 알고 있었던 듯하다.

앞의 두 작품과는 달리 〈경복궁중건승덕가〉와 〈북궐중건가〉는 중건이 완성되고 난 후인 1870년 전후에 창작된 가사이다. 〈경복궁중건승덕가〉의 작가는 현재로서는 전혀 알 수 없다. 이 가사에서는 왕과 대원군에 대한 송축이 거의 드러나지 않는 가운데 경복궁 자체에 대한 송축으로 집약되어 나타난다. 그리고 임진왜란에서 민족을 구한 영웅으로 이순신을 특별하게 지목한 점은 다른 가사 작품들과 차별되는 작품 세계이다. 〈북궐중건가〉는 한학에 대한 현학적 조예에도 불구하고 정통 사대부 지식인은 아닐 가능성이 많다. 그리하여 한문현토체를 생경하게 사용하여 가사문학적 표현은 유려하지 못하다. 그러나 왕에 대한 송축이 주를 이루는 가운데 대원군에 대한 송축도 나타난다. 경복궁이 조선의 상징으로 다루어지면서 중국과 조선의 국가 경계와 고구려, 신라, 조선으로 이어지는 우리 역사의 유구성을 서술함으로써 민족국가의식의 발로를 보여준다.

이와 같이 네 작품은 경복궁 중건이라는 동일 사건을 다루었지만, 작품세계에서 미세한 차이점을 보인다. 〈경복궁영건가〉와 〈기완별록)의 작가는 경복궁 중건의 役事 자체에 관심을 두고 役事 현장에서 작가가 가장 중요하다고 보는 것, 즉 '역사의 정당성 및 민심 달래'와 '현장에서 벌어진 공연예술의 기술'을 서술하는 데 중점을 두었다. 반면 이 두 작품에서는 경복궁 자체와 조선의 운명을 연결하여 서술하는 데 중점이 옮아가고 있다. 이러한 차이는 전자와 후자의 가사 작품이 창작된 시기의 차이에서 비롯된 것이 아닌가 추정해 볼 수 있다. 앞서 〈경복궁중건승덕가〉와 〈북궐중건가〉의 창작시기를 일단 경복궁이 중건 된 이후인 1868년 이후로 보았지만, 이 두 가사 작품은 전자의 가사 작품과는 달리 경복궁을 역사적, 객관적으로 바라보고 있어 이 두 가사의 창작시기는 아무리 빨리 잡아도 1870년대로 추정할 수 있다.

앞서 19세기 말 애국계몽기에 이순신에 관한 문학화 작업이 급증했음을 살펴보았다. 〈경복궁중건승덕가〉에서 이순신을 특별히 주목한 것은 이러한 시대적 분위기의 초창기를 반영하고 있다는 의미가 있다. 한편 두 가사에서는 모두 경복궁 자체에 관심을 두어 서술하여 경복궁을 조선이라는 나라와 동일시하려는 움직임을 감지할 수 있다. 〈북궐중건가〉에서 중국과 조선의 국가 경계에 대한 인식이 나타나고 역사의 유구성을 서술한 것은 경복궁을 국가와 민족의 상징으로 보기 위한 서술이었다. 1870년 경은 아직 일제의 침략이 노골적으로 드러나지는 않은 때였지만 대원군이 쇄국정치를 단행할 만큼 외세에 대한 위기의식이 팽배해져 가고 있었던 때였다. 이 두 가사는 1870년대에 경복궁을 조선의 상징으로 보고 경복궁을 통해 나라의 운명을 생각하고자 하는 사고의 일단을 보여준다는 의미가 있다.

이후 애국계몽기에 이르면 경복궁이 잃어버린 나라의 상징으로 굳어지게 된다.

> 草堂春日 遲遲ㅎ되 不勝困惱 수엇더니 / 뎌陽春이 나를불너 烟景處로 차ᄌ갈제 / 信步轉往 ㅎ난끝에 北闕內에 ᄃᄃ르니 / 四面殿閣 櫛比中에 綠陰景色 可觀이나 / 眼前物色 感觸ㅎ야 騷人思索 難堪일세 / 光化門을 졉어드니 百官出入 ㅎ던곳졔 / 辟除聲은 寂漠ㅎ고 內外巡査 往來時에 / 軍刀소리 쑨이로다 御溝中에 뎌楊柳난 / 空自靑靑 싀로윗고 芳草離離 너른마당 / 玩覽者가 縱橫ㅎ니 感舊之懷 졀노난다[17]

위는 『대한매일신보』에 실렸던 〈北闕拜覽記〉의 서두 부분이다. 작가는 어느 봄날에 북궐을 찾아갔다. 그런데 조정 백관이 광화문을 드나들 때 들리곤 하던 辟除聲이 전혀 들리지 않고 일본순사만 드나들어 그들의 군도 소리만 들릴 뿐이라고 했다. 궁 마당에는 버드나무가 여전히 청청한데, 관람자만 왔다 갔다 하니 찬란했던 조선에 대한 생각만이 절로 난다고 했다. 20세기 초에 창작된 이 가사 작품에서 경복궁은 왜에게 국권을 상실한 나라를 상징하는 곳으로 굳어져 있음을 알 수 있다.

한편 두 작품은 형식적 측면에서 애국계몽기가사로 이어지는 변모 양상을 보여준다는 의미에서 의의를 지닌다.

---

17 김근수 편, 『한국 개화기 시가집』, 태학사, 1985, 133쪽.

秋後落葉 經却枝에 一詠陽春 獨帶로다 / 國力一時 墜落ᄒ나 挽回經綸 自在ᄒ야 / 一衰一盛 循環ᄒ니 個個太極 生生理라 / 네일홈은 君子梅〈看梅題品〉제2수[18]

　위는 『대한매일신보』 1908년 2월 25일에 실린 가사이다. 위에 인용한 구절에는 애국계몽기가사의 일반적 형식이 대부분 드러난다. 우선 기계적으로 4·4조 율격을 취하고 있다. 그리고 7언 혹은 4언의 한문구에 우리말 토나 서술어를 덧붙인 한문현토체 형식을 취하고 있다. 그런데 이 한문현토체 형식이 '기계적인 4·4조 율격'과 결합하여 나타난다는 특징이 있다. 위의 "秋後落葉 經却枝에 一詠陽春 獨帶로다"에서 알 수 있듯이 작가는 한문현토체 형식을 취했다 하더라도 4·4조 율격을 허물지 않는 선에서 조절을 하고 있다. 4언의 한문구를 사용할 때라도 "國力一時 墜落ᄒ나 挽回經綸 自在ᄒ야"에서와 같이 4·4조 율격을 허물지 않는 선에서 조절이 이루어지고 있음을 알 수 있다. 한문현토체 형식보다 4·4조 율격이 보다 중요하게 작용하고 있음을 알 수 있는데, 그만큼 가사의 문체는 기계적이고 딱딱한 건조체를 구성하게 되었다. 한편 위의 구절에서 '네일홈은 ○○梅'는 후렴구이다. 『대한매일신보』 소재 가사에는 그 외 '되나니라 되나니라', 'ᄋ曲山水 도라드니', '韓人들아 韓人들아', '어기여차 어기여차', '또한개를 치고나서', '어찌하면 좋탄말고', '一進會야 一進會야', '이 내말을 들어보라', '시르렁둥덩실' 등 다양한 후렴구가 사용되었다.

---

18 『한국 개화기 시가집』, 앞의 책, 335쪽.

　앞서 살펴보았듯이 〈경복궁중건승덕가〉와 〈북궐중건가〉는 후렴구
의 사용, 기계적인 4·4조 율격, 그리고 7언 혹은 4언 한문구에 우리
말 토나 서술어를 덧붙이는 한문현토체 형식의 사용 등과 같은 형식
적 특성을 지니고 있다. 이러한 두 작품의 형식적 특징은 큰 틀에서
볼 때 애국계몽기가사와 일치한다고 할 수 있다. 그러나 두 작품의
형식적 특징은 애국계몽기가사와 그 정도 면에서 차이점을 지닌다.
두 작품 모두 후렴구를 사용하고 있지만 두 작가는 모두 한 번 쓴 후
렴구를 기계적으로 반복하기보다는 변주 형태를 사용하거나, 서로
다른 후렴구를 사용하고자 노력을 하였다. 그리고 한문현토체 형식
도 애국계몽기가사와 차이점을 지닌다. 〈북궐중건가〉는 7언이나 4언
의 한문구에 충실하여 우리말로 토나 서술어를 붙이는 데 있어서 4·
4조 율격이 희생되는 경우가 많았다. 그래서 경우에 따라서는 4자
한문구만으로 2구를 구성하느라 2·4조 율격이 노출되었다. 애국계
몽기가사에서는 앞서 살펴 본 바와 같이 한문현토체 형식과 기계적
인 4·4조 율격이 결합하는 형식을 취하고 있다. 이와 같이 전체적으
로 보면 두 작품과 애국계몽기가사가 외견상 같은 형식을 취하고 있
지만, 두 작품의 형식이 좀더 개방적인 형태를 취하고 있는 반면, 애
국계몽기가사는 보다 기계적인 형태를 취하고 있음이 드러난다.

　이와 같이 〈경복궁중건승덕가〉와 〈북궐중건가〉는 내용적 측면에
서나 형식적 측면에서 애국계몽기가사로 변모해 나가는 양상을 보
여준다. 두 가사의 작품세계는 모두 경복궁 자체에 관심을 두고 이
순신에 대한 주목이 드러난다든가 경복궁을 나라의 상징으로 보는
시각이 드러난다. 이러한 작품세계는 경복궁을 중건한 초기에 창작

된 〈경복궁영건가〉와 〈기완별록〉의 작품세계와는 다른 것이다. 이 두 가사의 작품세계는 1870년대 이후부터 애국계몽가사로 이어지는 시기의 정신사를 반영하고 있다 하겠다. 한편 두 가사의 형식적 특성은 보다 개방적인 형태를 취하면서 애국계몽기가사의 초기적 양상을 보여준다. 이와 같이 〈경복궁중건승덕가〉와 〈북궐중건가〉는 1870년대 가사문학의 실상을 반영하면서 20세기 초 가사문학으로 변모해 나가는 양상을 드러낸다는 가사문학사적인 의의를 지닌다.

6. 맺음말

이 연구에서는 1870년을 전후로 하여 창작된 〈경복궁중건승덕가〉와 〈북궐중건가〉를 살펴보았다. 그런데 이 두 작품 외에도 전해지고 있는 필사본 중에는 19세기 중반 이후부터 19세기 말까지에 창작된 가사 작품이 많이 있을 것이다. 누가 언제 지었는지 모르는 필사본을 하나하나 세밀하게 읽어내고 각 작품의 창작 시기만이라도 확정해내는 연구 작업이 절실하게 필요하다. 그리고 19세기 중반 이후부터 19세기 말까지에 창작된 것으로 확정된 가사들의 작품세계를 면밀하게 분석하는 연구 작업이 이루어진다면 가사문학사의 전체적인 큰 구도가 완성될 수 있을 것으로 본다.

조 선 후 기

가 사 문 학

연　　구

제4장

〈군산월애원가〉의 작품세계와 19세기 여성현실

 1. 머리말

〈군순월익원가〉[1]는 1854년 경 함경도 명천의 기생 君山月이 지은 가사이다. 이 가사의 작가 군산월은 金鎭衡(1801~1865)의 유배가사 〈北遷歌〉에 등장하는 기생 군산월이다. 〈북천가〉는 김진형이 함경도 명천에 유배되었던 당시의 경험을 유배지에서 풀려난 1854년 경에 술회한 유배가사이다. 이 가사는 유배 중 그곳의 승경을 유람하고 지방의 토호와 수령들로부터 융숭한 대접을 받으며, 기생 군산월과

---

1 원래 가사의 제목은 〈군순월익원가〉이다. 이 논문에서는 이후 편의상 〈군산월애원가〉라는 현대표기를 사용한다.

사랑을 나누는 호화로운 적소생활을 담고 있다. 〈군산월애원가〉는 군산월이 김진형과 헤어져 명천 땅으로 돌아간 직후에 쓴 가사로 보이는 작품이다. 김진형과 군산월은 서로 헤어진 후 각각 〈북천가〉와 〈군산월애원가〉를 지은 것이다.

동일한 만남의 경험을 바탕으로 거의 비슷한 시기에 창작되었음에도 불구하고 두 가사의 작품성격과 경험의 기억은 다르게 나타난다. 〈북천가〉는 유배가사이며, 〈군산월애원가〉는 애정가사에 속할 수 있다. 〈북천가〉는 조선후기 유배가사의 하나로 많은 주목을 받아와 유배가사의 전반적인 논의 속에서 늘 다루어져 왔다[2]. 이 작품에 대한 본격적인 작품론은 김시업에 의해 이루어졌는데, 유배가사임에도 불구하고 사대부의식에 반하는 기생과의 애정을 솔직하게 토로했다는 점에서 작품의 의미를 긍정적으로 평가하고자 했다[3]. 이후 이 논의에 대한 반론이 이어지고[4], 기존의 논의를 심화하고 확장시

---

2 장덕순, 「유배가사시고」, 『국문학통론』, 신구문화사, 1963. ; 정익섭, 「유배문학소고」, 『양주동박사화탄기념논문집』, 간행위원회, 1963. ; 최오규, 「유배문학에 나타난 의미표상의 심층구조분석」, 『국제어문』 제1집, 국제대학교, 1979. ; 최상은, 「유배가사의 작품구조와 현실인식」, 『문학연구』 제3집, 경원문화사, 1984. ; 이재식, 「유배가사연구」, 건국대학교 박사학위논문, 1993. ; 이현주, 「유배가사의 연구」, 전남대학교 박사학위논문, 2001. ; 우부식, 「유배가사연구」, 충남대학교 박사학위논문, 2005.

3 김시업, 「북천가연구」, 성균관대학교 석사학위논문, 1976. 이 논문에서는 김진형의 한문유배기록인 〈북천록〉과의 비교를 통하여 〈북천가〉의 의미를 분석했다. 이 가사가 군산월과의 사랑과 이별이 강조되어 있어 '전통적 윤리규범으로부터 벗어나고자 하는 작자의 내적 충동, 즉 탈유자적 성격 일면과 집권층의 현실적 부귀영화에 영합할 수 없는 비판적 태도에서 빚어진 자기세계의 구현'의 의미를 지닌다고 보았다. 그러나 '갈등의 자기세계에서 자연히 산천풍물과 여색을 통해 위안과 해방을 추구할 수밖에 없었'는데, 이러한 '현실로부터의 자기해방'은 그곳 민중들의 삶에 대한 무관심으로 말미암아 '그 시대가 요청하는 지성인다운 현실의식은 찾아볼 수 없는 것'이라고 하여 민중적 한계를 지적하였다.

키는 논의[5]가 활발하게 이루어졌다.

반면 〈군산월애원가〉는 비교적 최근에 소개·연구[6]된 자료이기 때문에 학계에 잘 알려지지 않았으며 연구 성과도 그리 풍부한 편은 아니다[7]. 이 가사를 처음 소개하고 연구한 이정진은 서지적 소개와 작자문제에 대한 논급에 이어 작품을 분석했다. 군산월이 이 가사를 지은 창작동기는 '김학사의 신의를 저버린 행위와 그로해서 발생된 이별의 비인간성에 대한 항거'라고 하고 '이별에 대한 감상적인 애상이 아니라 이별에 수반되는 학사의 비윤리적 행위에 대한 비판이 주조를 이루고 있다'[8]고 보았다.

이 연구에서는 두 가사에 대한 기존의 연구 성과를 바탕으로 하되

---

4 신재홍, 〈북천가의 풍류와 체면〉, 『한국고전시가 작품론 2』, 집문당, 1992. 신재홍은 이 가사가 조선후기가사로서의 변모된 양상을 보여주어 그 사적 의의를 지니고 있음을 인정하면서도, 작가의식의 면에서 작가의 체면의식이 작품 전체에서 일관되게 견지되고 있는 가운데 군산월과의 사랑과 이별이 비인간적이고 반윤리적이며 착취적이어서 사대부계층이 지니는 보수성과 봉건성의 한계를 보여준다고 평가하였다. 그리하여 '그렇기 때문에 오히려 사대부에 의해 농락 당하는 군산월과 같은 하층민의 고난상이 역설적으로 반영될 수 있었다'고 하였다.

5 최상은, 「유배가사의 보수성과 개방성 : 〈만언사〉와〈북천가〉를 중심으로」, 『어문학연구』제4집, 상명대학교 어문학연구소, 1996. ; 이화형, 「북천가에 나타난 현실개탄과 작가의 풍류」, 『한국언어문학』제42집, 한국언어문학회, 1999. ; 김윤희, 「이별에 대한 사대부와 기녀의 상대적 시선」, 『한국학연구』제42집, 고려대학교 한국학연구소, 2012. ; 김윤희, 「19세기 사대부 가사에 표면화된 기녀(妓女)와의 애정(愛情) 서사와 형상화의 특질 -북천가, 북행가를 중심으로」, 『어문논집』제67집, 민족어문학회, 2013.

6 이정진, 「군순월이원가고」, 『향토문화연구』제3집, 원광대학교 향토문화연구소, 1986.

7 최근의 연구 성과를 소개하면 다음과 같다. 정병설, 「군산월의 애원」, 『나는 기생이다』, 문학동네, 2007. ; 박수진, 「〈군산월애원가〉의 작품 분석과 시·공간 구조 연구」, 『한국언어문화』제52집, 한국언어문화학회, 2013. ; 유정선, 「19세기 기녀의 자기표현과 자의식, 〈군산월애원가〉」, 『이화어문논집』제36집, 이화어문학회, 2015.

8 이정진, 앞의 논문, pp.78~79.

논의의 초점을 〈군산월애원가〉에 둔다. 기생을 배신한 한 남성의 입장과 의식은 가사 〈북천가〉로, 그리고 배신을 당한 한 여성(기생이라는 특수한 신분의 여성)의 입장과 의식은 〈군산월애원가〉로 나타난다. '사랑과 배신'의 측면에서 볼 때 김진형은 가해자이고 군산월은 피해자인데, 이러한 가해자와 피해자의 관계는 남녀관계의 일반적인 구도를 반영한다. 기존의 연구 성과에서는 이 가사가 '김학사의 신의를 저버린 행위와 그로인해 발생된 이별의 비인간성에 대한 항거'라는 의미를 지닌다고 보았다. 그런데 그 '비판과 항거'의 내용과 본질이 무엇인가에 대한 여성주의적 관점에서의 규명이 필요하다. 피해자로서 가해자를 비판하였다면 그 피해자의 입장은 어떠한 것이었는지에 대한 객관적인 검증이 필요하다. 피해자로서의 여성인식 안에 당대 여성현실에 대한 인식이 보다 적극적으로 드러날 수 있었는지 아니었는지도 작품 자체에 대한 면밀한 검토를 통해 살펴볼 필요가 있다.

〈군산월애원가〉는 19세기 중엽 당대를 살아간 한 여성(기생)의 여성적 글쓰기를 보여준다. 군산월은 한 개인으로서의 모습뿐만 아니라 당대 여성을 포함한 시대인의 모습도 아울러 담고 있다. 그리하여 이 작품을 통해 19세기 중엽의 여성현실과 여성인식의 단면을 알아볼 수 있을 것이다. 이 가사가 허구적 서사가 아니라 사실적 경험을 바탕으로 한 개인의 정서를 서술했다는 점에서 19세기 중엽의 여성현실과 여성인식을 보다 직접적으로 알아 볼 수 있는 자료라고 생각한다.

〈군산월애원가〉는 원전 자체가 작자 및 향유자의 측면에서 문제성을 내포하고 있다. 그리하여 논의의 순서를 먼저 이 작품의 작가 문제를 살펴보는 것으로 하였다. 이어 작가 문제에 관한 논의의 결과를 바탕으로 〈군산월애원가〉의 작품세계를 객관적으로 검토하고자 한다. 〈군산월애원가〉의 분석적 이해를 통해 작품세계에 나타나는 군산월 개인의 여성인식이 밝혀질 것이다. 마지막으로 군산월 개인의 여성인식을 19세기 중엽의 여성현실과 연관하여 논의를 진행해보도록 하겠다.

2. 〈군산월애원가〉의 작가 문제

〈군산월애원가〉에서 군산월은 일단 실존 인물임이 확실하다. 김진형이 유배지인 영천에서 사귀었던 기생이라는 사실은 〈북천가〉를 통해서 알 수 있는 바 의심의 여지가 없을 것이다. 그런데 이 작품의 작가가 군산월이라고 단정하기에는 석연치 않은 점을 작품 자체가 지니고 있기에 문제는 그렇게 단순하지만은 않은 것같다. 이 연구에서는 이 작품의 작가 문제를 시원스럽게 해결해줄 만한 충분한 근거자료를 지니고 있지 못하다. 그리하여 이 자리에서는 이 작품의 작가 문제와 관련한 의문점을 드러내고 필자가 취한 입장을 밝히는 데그치고자 한다.

먼저 〈군산월애원가〉라는 제목 면에서 군산월이 작가가 될 수 있느냐 하는 의문이 든다. 우리가 알고 있는 고전 작품 가운데 작가의 이름을 본인 스스로 제목화한 경우를 발견하기 힘들다. 고전소설의 경우 〈춘향전〉〈숙향전〉〈최척전〉과 같이 사실을 바탕으로 하든 허구적이든 간에 작품의 주인공의 이름이 제목화되고 있다. 가사의 경우 〈노처녀가〉〈승가〉〈여승가〉 등과 같은 제목의 작품들이 있는데, 이 경우 작품 내 화자가 노처녀와 여승인 것은 분명하지만 노처녀나 여승이 실재 작가일까 하는 의문은 늘상 있어 왔다. 노처녀나 여승은 모두 다른 작가에 의해 서사적 · 허구적으로 창조된 작품 내 화자일 가능성이 있다. 〈승가〉 연작 4편의 경우 각각의 작품에서 '남철'과 '여승'을 작품 내 화자로 내세우고 있지만, 남철이 '여승'을 만나 결연하게 된 사연을 바탕으로 각각 화자를 달리하여 4편으로 재구성하고 가사했을 가능성을 배제할 수 없는 것이다. 따라서 〈군산월애원가〉의 작가를 액면 그대로 군산월로 볼 수 있느냐 하는 의문점이 대두될 수 있다.

그리고 이 가사의 유통 지역 면에서도 의문점이 제기된다. 〈북천가〉와 짝하여 흥미로운 이야기를 담고 있음에도 불구하고 이 가사는 유일본 하나만이 남아 있다. 이 가사는 내방가사조사 및 자료집[9]에 거의 수록되지 않았으며, 북한 측 고전문학연구서나 가사자료집에도 보이지 않고 있다[10]. 이 가사가 실려 있는 필사본은 〈별교ᄉ〉이다.

9　이원주와 이동영의 논문(앞의 논문), 이재수의 저서(『내방가사연구』, 형설출판사, 1976), 이종숙의 자료집(「규방가사자료편」, 『한국문화연구원논총』 제15집, 이화여자대학교 한국문화연구원, 1970), 그리고 권영철의 자료집(『규방가사 1』, 한국정신문화연구원, 1979) 등 모두에서 〈군산월애원가〉는 발견되지 않는다.

10　또 한가지 문제로 이 가사의 작자가 함경도 명천지방의 기생이지만 가사에서 함경도 방언의 흔적을 거의 찾아 볼 수 없다고 하는 점을 들 수 있겠다. 그러나 이 문제는 작자 문제의 해결 근거가 되기에는 곤란한 점을 지니고 있다. 다른 가사의 경우, 예를 들어 함경도 갑산민이 작자라고 하는 〈갑민가〉의 경우도 함경도 사투리의 흔적을 찾아보기 어렵다. 가사 창작 자체가 지니고 있는 문체적 원리가 있어서 그에 준

이 가사집에는 가사 〈별교ᄉ〉, 〈군산월애원가〉, 그리고 가사체소설 〈남ᄉ동이진ᄉ효힝녹〉이 실려 있다[11]. 이 가사집의 유통지역이 어느 곳이었는지 전혀 알려진 바가 없다. 그런데 같이 수록되어 있는 〈별교사〉는 경상북도지역의 가사독자 조사에서 발견되는 내방가사로서 유씨(삼산댁)가 작자인 것으로 되어 있는 작품이며[12], 안동지역의 조사에서도 발견되는 작품이다[13]. 한편 〈군산월애원가〉와 짝하는 가사 〈북천가〉는 안동을 중심으로 하는 경북지역에서 널리 알려지고 애독되던 가사였다[14]. 그러므로 〈군산월애원가〉가 실려 있는 가사집은 〈북천가〉가 애독되고 있는 영남지방에서 전해오던 것일 가능성이 많다. 따라서 〈군산월애원가〉가 원래 창작지인 명천에서부터 이곳 경상도지방으로 유입되었다기보다 〈북천가〉의 애독자 가운데 한 사람이 군산월의 사연을 허구적으로 가사화한 것으로 볼 수도 있다. 그런데 이럴 경우 이 가사는 〈북천가〉와 짝하여 급속히 유통이 확산되었을 가능성이 큰데, 이본상황을 보면 전혀 그렇지 못했다는 점이 있어 또다른 의문점으로 남는다.

해 가사를 짓는 것이 일반적이었던 것같아 이 문제는 논의에서 제외하였다.

11 이정진, 앞의 논문, p.72.

12 이원주, 「가사의 독자 – 경북북부지역을 중심으로」, 『조선후기 언어와 문학』, 한국어문학회 편, 형설출판사, 1980. p.140.

13 이동영, 「규방가사 전이에 대하여」, 『가사문학논고』, 부산대학교 출판부, 1987, pp.102~111. 이 논문에서 〈별교사〉는 네 개 면 지역의 조사 가운데서 두 개 면에서 발견되고 있다. 그리고 〈북천가〉는 네 개 면 모두에서 발견되고 있다.

14 앞의 논문에 의하면 이 지역에서 가장 많이 읽힌 작품을 차례로 고르면 〈도산별곡〉 28명, 〈추풍감별곡〉 24명, 〈북천가〉 23명, 〈은사가〉〈적벽부〉 각 17명, 〈이씨회심곡〉 14명, 〈한양가〉 12명, 〈대명복수가〉 8명 등이다. 〈북천가〉는 이중 세번째 순위에 올라 있는데 〈도산별곡〉이나 마찬가지로 가사의 작가가 이 지역의 사대부이므로 그 권위에 의해 널리 회자된 것으로 보인다.

이 가사의 작가와 관련한 의문은 작품 내 서술시점에서도 나타난다. 〈군산월애원가〉에서 가장 뚜렷이 드러나고 있는 서술상의 특징은 시점의 혼란이다. 군산월이 김진형과 만나고 헤어지는 과정이 주로 대화체를 통해 전달되는데, 대화의 시점이 일인칭 시점에서 삼인칭 시점으로 자주 교체된다. 작품 내용의 순서대로 시점과 관련된 어구를 몇 개 뽑아보면 다음과 같다.

> 1) 니본듸 긔싱이ᄂ 힝실이야 긔싱일가
>
> 2) 학사(學士)의 ᄒᄂ 마리 군슌월을 여긔두고
>
> 3) 군슌월이 그말 듯고 일희일비(一喜一悲) 그지업다
>
> 4) 부모의 하ᄂ 말이 온야 온야 그리히라
>
> 5) 니온길 싱각ᄒ니 젼싱(前生)인가 몽즁(夢中)인가
>
> 6) 군슌월이 거동보소 츄파를 넌짓드러

작품의 서두에 해당하는 (1)에서는 시적 화자가 '나'로 설정이 되어 있어 군산월 개인의 독백적 문체로 시작한다. 3)과 6)에서는 군산월이 객관적 관찰의 대상이 되고 있다. 2)와 4)에서는 사건과 관련한 인물들의 행동과 대사를 그대로 적는 3인칭 객관 시점을 택했다. 5)에서는 다시 1인칭 화자 시점으로 되돌아 오고 있다. 위와 같이 이 가사는 대화체의 진술 안에서 3인칭 객관시점을 자주 사용함으로써, 작가가 군산월 자신이 아니라 군산월의 사연을 듣고 그것을 가사화한 제3자일 수도 있지 않을까 하는 의문점이 든다.

그러나 이러한 시점의 혼란은 군산월이 작자가 아니라는 결정적

인 증거가 될 수는 없다. '노처녀'나 '여승'과 같이 범칭으로 쓰여진
여성 화자와는 달리 이 가사의 화자 군산월은 엄연히 실존했던 개별
적 인물이었기 때문에 더욱 조심스러운 접근을 필요로 한다. 규방가
사는 '독백적인 양상이 두드러지고 텍스트 밖 실제 작가와 텍스트
내적 화자의 목소리가 미분리되어 수시로 시점이 변한다는 문체적
특징'[15]을 지니고 있다. 그리고 고전문학 일반에 시점의 혼란이 관습
적이었다는 것[16]이 지적된 바가 있다. 작자가 뚜렷한 〈북천가〉의 경
우도 이러한 시점의 혼란은 가끔 일어나고 있다.

한편 이 가사의 마지막 구절은 작가 문제를 더욱 복잡하게 만들고
있다.

이 지경(地境)이 뜻밧기라 흠양(?)의 도라간들 / 부모동생(父母同生)
어이 보며 원근친척(遠近親戚) 어이 볼고 / 비횡(?)을 즛위조고(?) 근근
이 도라가셔 / 졀힝(節行)을 직히고셔 일부종신(一夫終身) 흐여셔라 /
창 안(蒼顏)이 빅발되고 무릅히 귀 넘도록 / 셰월을 보닉시니 그 아니
쟝할 손가

---

15 신은경, 「조선조 여성 텍스트에 대한 페미니즘적 조명」, 『한국 페미니즘의 시학』,
강금숙 외, 동화서적, 1996, p.75.
16 이정진도 작자 문제를 논하면서 '우리의 고전시가류 특히 서술적 태도를 취하는
가사·사설시조·판소리·창사 등에서 흔히 빚어지는 시제의 불일치나 시점의
혼란은 외면적으로 창작에 있어서의 수사적 감각과 인식의 결핍에 연유하지만 내
면적으로는 고조된 감정을 자연스럽게 분출하는 것을 언어적 기법에 앞세웠던 선
인들의 문학적 관습에서 비롯되었다고 생각해 볼 수 있을 것'이라고 하면서 '관습
화된 서술태도'라고 하였다. 앞의 논문, pp. 76~77.

위의 마지막 구절은 두 부분으로 나눌 수 있다. 전반부는 군산월이 김진형을 이별하고 돌아서서 자기 집으로 돌아가기 전에 김진형과 같이 잘 가는 줄 알고 있는 부모동생과 일가친척들을 볼 낯이 없다는 서술이고, 후반부는 집으로 돌아가서 절행을 지키며 평생을 살았다고 서술이다. 후반부 서술은 '일부종신 하여셔라'라고 과거완료형 진술을 하여 군산월이 아주 늙었을 때의 행적을 담고 있다. 그리고 '보내시니'라고 하여 자신에게 존칭어를 사용하고 있기도 하다. 이것은 진술상 엄연한 모순이다. 군산월은 19세에 김진형을 만나 5개월을 같이 지낸 다음 헤어졌다. 그리하여 이 가사는 군산월이 김진형과 헤어진 지 얼마 지나지 않은 시기에 창작되었을 것이라는 추측을 할 수 있다. 그래서 가사의 진술은 오고 간 말에 대해 생생하게 기억을 하면서 이별의 과정에 거의 촛점이 맞추어져 있다. 그런데 후반부 서술은 전체 가사의 내용과 견주어 볼 때 이질적임을 부인할 수가 없다. 이 후반부 서술만 보면 분명 작가는 군산월이 될 수 없다.

이것을 어떻게 설명할 수 있을까? 전반부에 이어 서술한 후반부의 내용은 작품 전체의 시간적 배경에서 갑자기 멀어져 있다. 그리고 위에서 인용한 구절이 이 가사의 종결 부분이라고 하는 점을 생각할 때 전반부만으로 군산월 자신의 심정을 나타내는 종결구로 삼기에는 뭔가 미진한 감이 있다. 이 가사가 이별 이후의 참담한 상황에서 그 이별의 과정과 심정을 읊은 것이므로 가사의 마지막 구절은 군산월 자신의 의지적인 진술로 이어질 가능성이 많다고 본다. 따라서 원래 이 가사의 마지막 구절은 군산월이 집으로 돌아갈 면목도 없지만 할 수 없이 돌아가서 살아야 한다면 절행을 지키고 혼자 살아야

겠다고 하는, 그래서 평생을 혼자 산다면 그 아니 장하겠느냐 하는
의지적인 발언이 진술되었을 가능성을 생각할 수 있다. 그런데 이
가사의 어떤 향유자가 원래 군산월이 미래의 의지를 진술한 것을 과
거완료의 진술로 바꾼 것이 아닌가 하는 추측이 가능하다. 이럴 때
마지막 구는 향유자의 개작구가 된다[17]. 향유자의 개작 시기는 실존
인물이었던 군산월 개인의 실제적 생애와는 무관했을 것이다. 이 구
절을 개작한 향유자는 실제로 군산월이 어떻게 살았는지와는 상관
없이 일부종사의 맹세를 지킬 것이라는 신뢰나 그랬으면 좋겠다는
바램의 의도에서 이 구절을 개작했을 가능성이 높다[18].

이와같이 〈군산월애원가〉의 작가는 작품의 제목, 유전상황, 작품
내 서술시점, 개작구 등의 측면에서 군산월이 아니라 제3자일 가능
성이 많다. 그러나 현재로서는 이 가사의 작가를 군산월이라고 보는
편이 합리적이라는 판단이다. 다만 작품의 제목은 작가 자신이 자신

---

17 마지막 구의 후반부를 향유자의 덧붙임구로 볼 수도 있지만, 전반부만으로 종결
구를 삼기에는 뭔가 미진한 감이 있어 아무래도 개작구일 가능성이 많다. 설사 덧
붙임구라고 하더라도 작품의 의미망이 개작구일 때와 크게 달라지지는 않을 것이
다. 왜냐하면 향유자의 덧붙임은 본사설에서 작자가 이미 이별 이후 혼자 사는 삶
의 외로움을 늘어놓았으므로 그것을 받아 완성시킨 것으로 볼 수 있고, 개작구일
때는 미래의 의지를 과거완료 사실로 바꾸어 놓은 것에 불과해 둘 사이에는 강화
정도의 차이가 있을 뿐 향유자나 작가의 의식에는 변함이 없다고 보기 때문이다.
18 실제로 많은 이본을 지닌 가사의 경우 가사내용의 부분적 차이는 필연적이다. 특
히 향유자에 의한 결구의 개작이나 덧붙임은 흔히 볼 수 있다. 예를 들어 〈향산별
곡〉의 이본 가운데 만언사본은 일정 부분(백성의 말을 통한 민중현실의 전달과 과
거제도에 대한 비판적 서술)을 생략한 가운데 결구를 백성을 괴롭히는 관료들에
대한 비판, 권고, 指路 방식의 처방 등으로 개작하고 있다. 많은 이본이 확인되는
〈거창가〉 전집본의 경우도 다른 이본에서는 보이지 않는 결구로 처리하고 있는 것
을 볼 수 있다. (고순희, 「19세기 현실비판가사 연구」, 이화여대 박사학위논문,
1990, pp. 10~13) 이러한 각 이본에서 결구의 차이는 향유자의 의도적 의식이 관여
했던 데에서 기인한다.

의 이름을 넣어 붙였다기보다는 제목이 없는 작품을 향유자가 향유하는 과정에서 붙인 것으로 보는 것이 타당할 듯하다. 그리고 이 가사가 함경도 명천에서 지어져 김진형의 고향인 안동으로 작품이 전해졌으나 사정 상 유일본만이 이 지역에서 남아 있게 된 것으로 볼 수 있을 것이다. 그리하여 이 연구는 이 가사의 작가는 군산월이며 마지막 구는 향유자의 개작구라는 입장에서 논의를 진행할 것이다.

3. 군산월의 신분상승 의지와 좌절

〈군산월애원가〉는 2음보를 1구로 계산하여 총 323구이다. 서술구조는 다음과 같다.

1단락 : 서사(1~16구)

2단락 : 김진형을 만나기 이전의 행실(17~32구)

3단락 : 김진형과의 인연과 결연(33~51구)

4단락 : 해배 소식과 동행 결정의 과정(52~81구)

5단락 : 부모동생과의 이별(82~115구)

6단락 : 남행(116~134구)

7단락 : 이별소식의 전달과 응대(135~251구)

8단락 : 이별 장면(252~275구)

9단락 : 이별 후 귀로(276~315구)

10단락 : 결사(316~323구)

전체구수에서 차지하는 각 단락의 비중을 살펴보면 김진형과의 만남과 즐거움보다는 김진형과의 이별과 슬픔에 서술의 중심이 있는 것을 알 수 있다. 특히 어느날 아침 김진형으로부터 이별하자는 말을 듣고 이 말에 군산월이 답하는 제 7단락이 117구나 되어 이별의 충격이 이 작품의 직접적인 창작동기가 되었음을 잘 보여준다.

어와 긔박(奇薄)홀스 충여신명(娼女身命) 기박(奇薄)ㅎ스 / 고이하다 양반힝실(兩班行實) 이다지도 무졍(無情)ㅎ오 / 셰샹(世上)의 이별(離別) 잇쯧(離字) 이별마다 쳐량(凄凉)ㅎ다

〈군산월애원가〉는 위와 같이 한탄과 원망으로 시작한다. 자신의 기생팔자를 한탄하고, '고이하다 양반행실'이라고 하여 김진형의 행실을 원망하며 시작한다. 이 가사는 이 강력한 8구절로 인해 '이별에 대한 감상적 애상이 아니라 이별에 수반되는 學士의 비윤리적인 행위에 대한 비판이 주조를 이루'[19]고 있다고 평가되었다. 그리고 이 작품의 제목 〈군산월애원가〉에서 '애원'이 한자로 '哀怨'이 될 수 있는 근거가 되었다. 그리하여 이 가사를 읽는 독자는 기생이라고 하는 신분적 질곡에 의해 겪어야만 했던 한 여성의 사연이 펼쳐지게 될 것을 기대하게 된다.

그러나 기생의 신분적 질곡을 의식하면서 한 양반남성을 원망하는 첫구절로 시작했음에도 불구하고 이후 서술에서 양반남성에 대

---

19 이정진, 앞의 논문, p.79.

한 원망적 진술이 거의 보이지 않아 독자의 기대감을 저버리게 된다.
다음으로 전개되는 서술에서 '易水의 壯士 이별, 변상의 君子 이별,
河橋의 朋友 이별, 胡地의 昭君 이별' 등과 같은 관습적 관념 세계를
끌어 들임으로써 초반의 생동감 있는 현실성이 크게 약화되고 있다.
이후 전개되는 작품세계는 지아비를 섬기는 한 여성으로서의 목소
리가 강하게 드러난다.

> 늬 본딕 긔싱(妓生)이ᄂ 힝실(行實)이야 긔싱일가 / 십구셰(十九歲)
> 이 늬 광음(光陰) 일부종신(一夫從身) ᄒᄌ셔라 / 졀힝(節行)이 놉하기
> 로 본관(本官) 수청(守廳) 아니하고 / 심규(深閨)의 몸을 쳐(處)히 이젼
> (以前) 사기(史記) 술펴 보니 / 남원(南原)의 츄양(春香)이난 졀힝이 놉
> 하기로 / 옥즁(獄中)의 죽기 될되 어ᄉ(御使) 소식(消息) 반가와라 / 이
> 다지 지ᄒ되여 어사 안젼(顔前) 꼿치 되고 / 평양(平壤)의 옥단츈(玉丹
> 春)이 어ᄉ 이별 멧다린고

위는 제 2단락의 전문이다. 신분은 기생이지만 행실은 기생이 아
니었다는 초두의 천명에서 군산월 스스로가 자기의 정체성을 어떻
게 보이고 싶어 했는지가 잘 드러난다. 일부종신을 하기로 맘을 먹
어 19세가 되도록 본관 수청도 하지 않고 절행을 지켰다고 하였다.
그리하여 자신은 남원기생 춘향이나 평양기생 옥단춘과 같이 절개
있는 기생이라는 것이다. 기생 신분이지만 기생이기를 거부한 군산
월의 자의식이 자부심으로 당당히 토로되고 있는 지점이다. 그런데
이 발언을 액면 그대로 기생이기를 거부하는 인간선언으로 받아들

일 수 있는가는 의문이다. 왜냐하면 군산월이 기생으로서의 수청을
거부하고 인간적인 사랑과 결혼을 하기 위해 얼마나 행동으로 실천
했는지가 의문이 들기 때문이다. 실제로 군산월은 서울에서 귀양 온
김진형을 위한 잔치에 본관사또의 부름에 응해 동원되었으며, 그때
만난 김진형과 그날로 인연을 맺었다. 그리고 군산월이 이별하자는
김진형의 말에 응대한 발언 중에 '허다(許多) 사람 다 바리고 험코 험
한 먼먼 기리 뫼시고오 왓더니 그다지도 무정ㅎ오'라는 구절이 있
다. '허다 사람'은 고향에 두고 온 부모형제를 의미할 수도 있지만,
문맥상 명천기생으로서 알고 지내던 많은 남성들을 말하는 것일 수
도 있어 석연치가 않은 구석이 있다.

　위 구절에서 핵심은 '어사'와의 연결 부분이다. 춘향은 고생 끝에
어사가 된 이도령의 소실이 되었고 옥단춘도 결국 어사가 된 지아비
를 만나게 되었다. 군산월도 춘향이나 옥단춘과 같이 높은 관직에
있는 남성의 눈에 들어 기생신분에서 벗어나 그의 소실이 되는 것을
꿈꾸었던 것이다. 결국 군산월이 절행 운운한 발언은 기생신분이면
서 기생이기를 거부하는 완전한 인간선언은 아니었다. 기생이지만
한 지아비를 만나 일부종사하여 기생 신분에서 탈피하고자 한 것은
사실이지만, 기생이라는 신분을 이용해서 그것을 실현하고자 한 것
이었다. 기생이기에 가능하면 보다 높은 신분의 남성을 잡아 그의
소실이 되고자 하는, 세속적 욕망을 지닌 당대 기생의 한 모습인 것
이다. 이런 점에서 군산월은 애초 신분제 자체에 대한 저항의식이
있었다고 보이지는 않는다.

　'영광정(靈光殿) 큰 준츠(잔치)의 거린(乞人)으로 오신 사람 낭군

(郎君)인줄 닉가 알고'라고 3단락은 시작한다. 이도령이 변사또의 잔치에 걸인으로 찾아온 것처럼 김진형도 유배되어 걸인으로 찾아온 것이라고 하여 김진형에 대한 자신의 사랑이 순수한 것이라는 것을 은근히 강조한 것이다. 그러나 군산월의 진술 그대로 김진형은 영광정 잔치에 천대 받는 거지로 온 것이 아니었다. 〈북천가〉에 의하면 김진형은 칠보산 나들이를 제의 받자 처음에는 流客의 신분으로 할 노릇이 아니라며 사양하지만 본관사또의 강권으로 칠보산 나들이에 참여하게 되었다. 그런데 그 잔치는 '나귀예 술을 싣고', '六十名 선비들이 압셔고 되에셔'는 화려한 규모의 것이었다. 이 자리에 그 지방 기생들이 現身하는데 군산월은 그 중의 한 기생이었으며, 군산월에 마음을 빼앗긴 것을 안 사또가 군산월에게 김진형의 수청을 들게 한 것이다.

이 당시 군산월의 나이는 19세였고 김진형의 나이는 53세였다. 이런 나이 차이에도 불구하고 군산월이 김진형의 수청을 든 것은 김진형의 지위와 신분이 작용했던 때문이다. 군산월은 김진형이 잔치 자리에 초대되어 대접을 받는 분위기에서 김진형이 비록 유배자의 신세였지만 정배가 풀리면 다시 한양에 올라가 영달의 길을 걸을 수 인물로 파악했던 것이다. 반면 김진형은 젊고 아름다운 여성으로서 군산월을 사랑했다. 두 사람의 입장 차이는 칠보산행에서 처음 두 사람이 만나는 장면을 서술한 데에서도 잘 드러난다. 〈북천가〉에서 김진형은 군산월의 아름다움과 교태로운 행동거지를 장황히 서술했다. 반면 군산월은 '칠보산 첫 안면(顔面)의 연약(言約)이 금석(金石) 갓다 칠보산 거힝(擧行)하고 본집의 도라와셔 나으리 밋시기을'

이라고만 서술했다. 이렇게 군산월은 김진형의 언약이 있었기에 수청을 들었다는 것을 강조해 서술했을 뿐, 김진형에 대한 사랑의 감정을 표현하지는 않았다.

　군산월은 자신을 본 김진형이 '언약'을 해주자 별다른 갈등 없이 수청을 들었다. 군산월은 여기서 '언약' 부분을 매우 힘주어 말했다고 할 수 있는데, 소실이 되게 해준다고 굳게 약속하는 김진형을 신분상승이라는 자신의 꿈을 실현시켜줄 인물로 확신하고 꿈에 부풀었다고 할 수 있다. 또한 '언약'을 강조해서 서술한 것은 자신이 오해를 해서 이별이 있는 것이 아니라 김진형의 배신으로 인해 빚어진 것이라는 점이 확실해지고, 자신의 수청이 기생으로서의 수청이 아닌 한 지어미로서의 수청이었음이 항변되기 때문이기도 했다. 이후 군산월은 김진형과의 결연이 과연 자신의 뜻대로 완성될 수 있을까 하는 조바심에서 벗어날 수 없었을 것으로 보인다.

　　본관(本官)의 하난말이 본관을 하직하니 / 군슌월을 어이하고 가시려 ᄒ난잇가 / 학ᄉ(學士)의 ᄒᄂ마리 군슌월을 여기두고 / 고향의 도라간들 오ᄆᆯ불망 어이할고 / 언약이 이셔스니 다리고 가오리다 / 본관의 셩덕(聖德)보소 남복(男服)주고 힝직(行資)쥬고 / 남힝(南行)의 하ᄂ 마리 뫼시고 즐가거라 / 쳘의강순(千里江山) 디도상(大道上)의 김학ᄉ 솟치되여 / 긱회(客懷)을 위로하고 조심하여 잘가거라 / 군슌월(君山月)이 그 말 듯고 일희일비(一喜一悲) 그지 업다

　김진형은 해배소식을 듣고 본관사또에게 들어가 축하를 받는다.

그 자리에서 본관사또는 총애하던 군산월의 거취 문제를 물어본다.
김진형은 '군산월을 여기 두고 고향에 돌아가면 보고 싶어서 어찌하
겠는가, 또 언약이 있었으므로 데리고 갈 것이다'라고 말한다. 그러
자 본관사또는 군산월에게 '남행하는 길에 김학사의 꽃이 되어 모시
고 잘 가라'고 하면서 남행에 필요한 男服과 노자돈을 준다. 본관사
또는 김진형의 뜻에 따라 군산월을 김진형과 동행하여 보낸 것이지
만, 어쩌면 군산월이 같이 가 주었으면 하고 바랐을 지도 모른다. 본
관사또로서는 자신의 호의로 김진형이 기생을 데리고 간다면 명천
과의 인연이 아주 끝나지 않는 것이 되고 자신의 존재도 덜 잊혀질
것이기 때문이다. 이 부분을 〈북천가〉에서 김진형은 '본관에 성덕보
소 남복짓고 종보내어 二百兩 횡지내여 져하나 따라쥬며 임회에 하
난말이 메시고 잘가그라 나으리 음영시(遊京時)에 네게야 내외할가
千里江上 大道上에 金學士 꼿치되어 비위를 마초면서 죠케죠케 잘가
그라'라고 기술하고 있다. 두 진술에서 보이는 정황은 별다른 차이
점이 없다. 어쨌든 김진형의 진술에 '음영시(遊京時)에 네게야 내외
할가'라는 구절이 있어 군산월이 저 혼자만 오해하여 이별하게 된
것이 아님은 확실하다. 그리하여 서울로 돌아가는 김진형과 같이 가
게 된 군산월의 기쁨은 이루 말할 수 없었다.

(5)단락에서는 군산월이 김진형을 따라 서울로 가기 전 부모동생
들과 이별하는 장면을 서술하였다. 군산월은 '이왕의 김학ᄉ(金學士)
의 천첩(賤妾)이 되여시니' 시집을 가는 것이나 다름 없다 생각하고,
부디 '츌가외인(出家外人) 싱각말고 만셰(萬歲) 만셰 안보하여' 지내
라고 인사를 드리고, 이에 대해 부모는 '어찌 말리겠느냐'며 잘 가라

고 답한다. 이러한 일련의 서술은 결국 김진형의 처사가 잘못된 것
임을 말하고자 하는 것이다. 군산월은 물론 집안 식구들도 김진형의
소실이 되는 것을 의심하지 않았다고 하는 사실을 말하는 것이다.

그리하여 (6)단락에서는 남복을 하고 김진형과 남행하는 것을 서
술했다. 김진형은 '일시가 삼추같다'고 하면서 길을 재촉하면서도
군산월의 몸이 노독에 상하지나 않을까 걱정을 해주었다. 길을 가는
군산월은 노독이 심한 가운데서도 '너 온 길 싱각ㅎ니 젼싱(前生)인
가 몽즁(夢中)인가'라며 감회에 젖는다. 서울 양반과 함께 서울로 올
라가는 일이 꿈만 같다고 하는 표현에서 드디어 자신의 소망을 이루
어 그의 소실로 사는 서울생활에 대해 부푼 꿈에 사로잡혀 있음을
알 수 있다.

그러나 (7)단락에서 이러한 군산월의 꿈은 처참히 깨지고 만다.
아침 조반을 먹은 후 김진형은 군산월에게 데리고 갈 수 없음을 통
고하는데, 군산월은 이 장면을 대화체 방식으로 전달한다.

나으리 거동(擧動)보소 변싴(變色)ㅎ고 하는 마리 / 가련(可憐)하고
어엿뿌다 너을 쳐음 만닐 적의 / 연약(言約)이 금셕(金石) 갓고 인졍(人
情)이 틴슌(泰山) 갓희 / 츈풍(春風)삼월(三月) 화류시(花柳時)와 류월
(六月) 츈풍 조흔 띠와 / 온갖 비회(悲懷) 요란한되 심스(心事)가 수란
(愁亂)ㅎ고 / 향스(鄉事)가 간졀(懇切)ㅎ느 주야(晝夜)로 너을 다려 / 긱
회(客懷)을 위로ㅎ여 향슈(鄉愁) 순쳔(山川) 갓치 가셔 / 슬ㅎ(膝下)의
두즈더니 지금 와 싱각하니 / 난쳐(難處)ㅎ고 어려와라 닉 본딕 즐못하
여 / 너을 이졔 쏘겨시느 셥셥히 아지 말고 / 조히조히 즐 가거라 / 군슨

125

월이 감쪽 놀닉 눈물 짓고 흐난 마리 / 이기 참아 왼말이오 바릴 심수
(心思) 게시거든 / 칠보슨 거힝(擧行) 셰에 아족 멀이 하지 / 무단(無斷)
이 언약 밋고 몇번을 몸을 굽히든 / 졍이 틱슨 갓히 허다(許多) 스람 다
바리고 /험코 험한 먼먼 기릭 뫼시고오 왓더니 / 그다지도 무졍흐오 그
다지도 야속흐오 / 순순수수(山山水水) 멀고 먼딕 도라 가라 분부흐니 /
이군불스(二君不事) 츙신졀긱(忠臣節介) 손여(少女)의 즉분(職分)이라 /
초슈오슨(楚水吳山) 험한 기릭 이별흐고 도라 가면 / 젹젹(寂寂)한 빈
방안의 독슈공방(獨守空房) 어이하며 / 십구셰 이 닉 광음 속졀없시 되
어고나 / 연연(軟娟)한 이 닉 몸을 몇 철이(千里) 홀쳐다가 / 스고무친
(四顧無親) 타도타향(他道他鄕) 귀로망망(歸路忙忙) 이 닉 힝지(行地) /
이다지도 바리시오

김진형은 '언약도 있었고 해서 서울로 데리고 가려했으나 입장이
난처하여 데리고 못가게 되었다, 결국 속인 게 되었으니 미안하다,
잘 가거라'라고 말한다. 여기에서 단지 "난쳐(難處)흐고 어려와라"라
고만 서술된 부분이 〈북천가〉에서는 보다 자세히 서술되어 있다. 제
주목사 시절 사귀던 기생의 목을 베고 돌아온 장대장의 이야기를 먼
저 꺼내면서 선비로서 기생을 데리고 서울로 돌아가면 '모양이 고약
하다'는 것이었다. 김진형이 지금까지의 체신과는 달리 갑자기 선비
의 체면을 들먹이고 있는데, 그렇다면 애초 유배지에서 기생과 사귀
지도 않아야 했었다. 그러나 김진형은 그러지도 않았으면서 선비의
체면을 그 이유로 당당하게 내세웠다. 이에 대해 군산월은 버릴 심
사가 있었다면, 즉 선비로서 체면을 생각해야 한다면 아예 처음부터

가까이 하지 말지 왜 언약을 하고 따르게 했느냐고 하면서 따지기는 했다. 하지만 김진형이 말한 선비로서의 체면을 정면으로 문제 삼지는 못한다.

두 사람과의 관계에서 김진형의 권위는 절대적이어서 군산월은 사건의 전개에 철저히 수동적일 수밖에 없다. 신분적 질곡에 대한 인식은 바로 이 지점에서 크게 부각될 수 있다. 그러나 군산월은 양반남성의 뜻에 따라야 하는 기생의 처지를 너무나 잘 인식하고 있었던 현실적 인물이었다. 그렇기 때문에 무정하고 야속하다는 반응을 보이며 곧바로 버림을 받은 자신의 처지를 한탄하는 것으로 일관한다. 소실이 되고자 한 자신의 신분상승 욕구가 좌절된 현실이 원망스러울 뿐이었다. 이후에 오고 간 대화에서 군산월은 독수공방하는 자신의 처지를 구구절절히 서술하며 김진형의 동정을 사고자 했다. '二君不事 忠臣節介'가 자신의 직분이라고 하면서 수절하며 일생을 살아나갈 것임을 말하고, 김진형 없이 혼자 살아가는 쓸쓸함과 고통을 강조해 서술했다. 기생이기에 버림을 받았지만 이후의 삶은 기생으로서의 삶을 살지 않겠다는 것이다.

여기서 군산월은 아무런 갈등 없이 자연스럽게 김진형을 위해 수절하는 자신을 내세운다. 애초에 '양반행실 고이하다'고 천명했던 태도와는 사뭇 달라져 있음을 알 수 있다. 이러한 군산월의 의지에 대해 김진형은 그렇게 살지 말라든가 하는 식의 발언을 전혀 하지 않았다. 이미 한 남자의 여자가 되어 버린 바에는 이제 남은 생애는 정절을 지키며 사는 인생이 남아 있을 뿐이라고 하는 것이 두 사람의 인식에 기정사실로 깔려 있는 것으로 보인다. 군산월은 비록 지아비에게 버림을 받았지만 그 지아비를 향해 정절을 충실하게 지킬 것임을 천명함으로써 여성으로서 자신의 훌륭한 자세를 입증하려 애쓰고 있다. 철저히 가부장제적 여성 이데올로기를 실천하는 자신을 내세우고 있는 것이다. 애초 군산월의 문제는 신분제와 여성문제라는 이중의 문제로 빚어진 사태였다. 그런데 군산월은 기생 신분의 여성이기에 당해야 했던 현실에 직면하여 신분문제를 정면으로 문제 삼지 못하고, 다만 당대 남성이 여성통제 이데올로기로 부과하여 미덕으로 칭송한 수절을 내세움으로써 자신의 신분적 약점을 탈피하고자 했다. 기생이라는 신분제의 문제는 퇴색되고 지아비에게 버림을 당한 여성으로서의 여성문제만이 군산월을 지배하게 된 것이다. 결국 부당한 현실을 직면하고서도 그 현실을 더욱 강화하는 논리를 제시하고 있는 것이다. 군산월의 수절 의지의 천명은 자신이 기생이지만 지아비에게 충실한 여성이라는 사실을 사회적으로도 인정을 받으려 한 때문이다. 당대 정절 이데올로기가 여성이 지켜야 할 지고의 가치로 만연하여 일개 기생에게까지 침윤되어 있음을 알 수 있게 한다. 당대 여성들에게 뿌리 깊게 침윤되어 있었던 정절이데올로기의 발현이라고 할 수 있다.

줄가거라 줄가시오 군순월이 거동 보소 / 츄파(秋波)를 넌짓드러 학수(學士) 풍치(風彩) 다시 보고 / 우시며 허락(許諾)ᄒ나 그 우슴이 진정(眞情)인가 / 어이없는 우슴되고 눈물이 소스 나고 / 우름 화(化)히 우슴이라 소상강(瀟湘江) 기력이

　이미 서울양반의 소실이 되고자 하는 꿈은 사라지고 이별의 절차만 남은 군산월의 엉거주춤하고도 가련한 모습을 보여준다. 이러한 피해자의 가련하고 왜소한 모습의 서술을 통해 이별의 부당함이 역설적으로 전달될 수 있다. 군산월은 김진형이 자신과 신분적으로 월등히 차이가 나기 때문에 그를 향해 감히 화를 낼 수도 없는 처지였다. 어쩔 수 없었던 것이었겠지만 어쨌든 한 남성 앞에서 인간적으로 당당하지 못하고 왜소한 한 여성의 모습을 발견하게 된다. 웃거나 혹은 울거나 하는 행동들은 모두 김진형의 비위를 거스르지 않으려는 자세에서 비롯되었다. 이제 막 배신을 당한 자신의 감정에조차 충실할 수 없는 한 인간의 왜소한 모습을 보여준다. 그러나 자신의 인간적 왜소함에 대해 가사를 쓰는 군산월은 전혀 인식하지 못했던 것같다. 오히려 이것을 기술하는 태도의 배면에는 그것이 마치 여성의 미덕인냥 하는 인식이 있다. 즉 떠나는 님을 붙잡거나 화를 내는 일은 여인의 악덕임이 분명하기 때문에 떠나는 님을 보내는 마당에 억지로라도 웃으면서 보내는 여인의 미덕을 잃지 않고 있음을 내세우는 측면이 있다.

　군산월은 김진형과 이별 후 하루 길을 걸어 주막에 당도한다. 그리고 자기 일이 '어이없고 기가 막힌' 일이고 '서러운 사정'이라고 생각한다. 그곳에서 죽자 한들 죽는 줄을 누가 알며 서러운 사정을 누가 알겠느냐고 하며 눈물로 밤을 지새우고 일어난다. 배신한 남성에 대한 원망의 감정으로 충만해 있었음이 분명하다. 그리하여 기가 막힌 그 사연을 가사로 표현하고 싶었던 것이라고 볼 수 있다. 가사의 첫구절을 '고이하다 양반행실'이라고 한 것은 이러한 원망의 감정으로부터 출발했다. 그러나 이러한 양반남성에 대한 원망과 비판적 정서는 작품이 전개되어 나가는 과정에서 희석되어갔다. 자신의 사정을 객관화할 수 있을 때는 원망의 사설이 개입되었지만 일단 김진형과의 관계로 들어가면 철저히 순종하는 한 여인으로서의 자세를 견지했다. 애초 군산월이 지니고 있었던 원망의 대상이 양반남성의 횡포에 있는 것이 아니라 자신의 신분상승의지가 좌절된 현실에 있었기 때문이다.

4. 정절 이데올로기의 완성과 19세기 여성 현실

앞에서 살핀 바와 같이 기생 군산월은 양반남성의 눈에 들어 기생의 신분에서 벗어나 양반의 소실로 신분이 상승되는 것을 꿈꾸다가 뜻하지 않게 서울 양반의 눈에 들자 그 절호의 기회를 놓치지 않고 자신이 꿈꾸었던 욕망을 추구하고자 한 현실지향적인 인간형이다. 그런데 군산월의 신분상승의지는 양반남성의 단순변심으로 좌절되고 말았다. 신분상승의지와 욕망이 좌절된 현실에 직면하여 보여준 군산월의 모습은 남성에게 수동적인 왜소한 인간형으로 나타난다. 김진형 개인에 대한 직접적인 비난조차 꺼려 할 정도로 문제의 핵심을 건드리지도 못하는 모습이다. 그리고 군산월은 가부장제적 여성이데올로기나 신분제 질서를 고스란히 수용한 바탕 하에 오히려 가부장제적 여성이데올로기의 적극적 실천자로 자신을 내세운다. 신분적 제약에 의한 부당한 현실을 직면했음에도 불구하고 수절이라는 여성통제 이데올로기를 내세움으로써 지아비를 섬기는 여성으로서의 정체성으로 당당하고자 하였다. 따라서 이 가사가 양반계층에 대한 항거와 저항이라는 적극적인 의미를 지니고 있는 것으로 파악함은 무리인 듯하다. 양반남성에 대한 항거와 비판의 목소리를 첫 사설로 내비치어 작품의 분위기를 형성하고는 있지만 이러한 항거와 비판의 목소리가 더이상 계속되지를 못한 것이다.

군산월은 춘향이와 같은 기생으로 자신을 내세우기는 하였으나 춘향이와는 달랐다. 춘향이는 이도령을 인간적으로 사랑했으며, 자신의 신분상승의지와 욕망을 관철할 수 있는 현실타개 의지를 아울러 갖추고 있었다. 반면 군산월은 김진형을 인간적으로 사랑한 것으로 보이지 않으며, 춘향이가 지닌 것과 같은 치열한 현실타개 의지는 지니지 못했다. 어쩌면 군산월은 춘향이가 이도령을 선택한 것과는 달리 변학도와 같은 남성을 선택했기 때문에 그 결말이 애초부터 예정되어 있었던 것이 아닐까.

그런데 군산월이 내세우고 있는 정절이데올로기가 향유자에 의해 완성되고 있어 주목된다. 군산월은 첫 구절부터 강력히 한 양반남성을 원망하며 시작하여 이 가사가 양반남성에 대한 비판적 성격을 지닐 수 있었다. 그런데 작품이 전개되면서 군산월은 양반남성에 대한 철저한 순종을 보여주었다. 문제는 이 가사 작품의 향유자이다. 애초 군산월의 뜻과는 상관없이 이 작품이 독자와 만났을 때 그 의미망이 새롭게 구성될 수 있기 때문이다. 그런데 가사를 읽은 향유자들은 고향에 돌아온 군산월이 '절힝(節行)을 직히고서 일부종신(一夫終身)'하였다고 개작한 것이다. 향유자는 군산월을 지아비에게 버림을 당했으나 수절을 하여 모든 여인들이 귀감으로 삼을 만한 장한 행동을 한 여인으로 완성시켜준 것이다. 이와 같이 〈군산월애원가〉에 나타나는 정절이데올로기는 향유자에 의해 완성되고 있다.

이와 같이 〈군산월애원가〉는 작가와 향유자에 의해 정절이데올로기가 완성되는 작품세계를 보이고 있다. 이러한 작품세계는 당대 여성 현실을 그대로 반영한다. 남성에게 버림을 받는 비판적 현실에도 불구하고 군산월이나 향유자 모두 정정이데올로기를 내세우고 있는 것에서 당대 여성통제 이에올로기가 얼마나 위력을 발휘하고 있었는지를 알 수 있다. 남성에게 버림을 받았으면서도 자신을 버린 양반남성에 대한 저항의식을 드러내기는커녕 일부종사를 내세우고 있는 것은 군산월 개인의 한계이기보다 여성통제 이에올로기가 강화된 19세기 조선사회의 한계라고 할 수 있다.

조선후기 봉건사회는 부계혈통 체제의 경직화와 가문중시의 현상에 따라 여성의 삶에 대한 통제가 강화된다. 그리하여 열녀관, 재가금지, 그리고 출가외인의 이데올로기가 양반층 여성 뿐만 아니라 서민층 여성에게도 강요되었다[20]. 19세기를 거치면서 여성통제는 사회적으로 강화되고 여성인식은 부분적인 이중성을 띠게 되었다. 대체적으로는 정절이데올로기와 같은 여성통제 이데올로기가 여성의 인식 전반에 심각하게 침윤되어 있었다.

여성통제 이데올로기는 남성중심 사회에서 남성에 의해 강화된 것이다. 구비열녀설화의 제보자 중에서 남성이 수적으로 월등하게

---

20 조혜정, 「한국의 가부장제에 대한 해석적 분석 : 생활세계를 중심으로」, 『한국의 여성과 남성』, 문학과 지성사, 1988.

많은 것은 '정절의식의 주체는 여성이지만 그 굴레는 남성이 만들어
준 것이며 남성 쪽에서 더 많은 관심과 기대를 가지는 것'[21]이기 때
문이다. 남성이 쓴 〈오륜가〉는 19세기에 이르면 그 이전 시기와는 다
른 양상으로 전개된다. 19세기 〈오륜가〉는 여성의 행위에 대해 상당
한 관심을 보여, 여성을 지극히 부정적으로 보는 시각이 나타나기도
하고 여성에 대한 이데올로기적인 교화를 강화하기도 했다. 여성의
부정적인 행위에 대한 언급은 가문 내에서 여성의 행위에 대한 제약
이 더욱더 강화된 것을 말해준다.[22]. 이와 같이 19세기에 남성에 의
한 여성통제의 강화로 19세기 여성현실의 실상이 이전 시기보다 더
욱 열악해졌다.

　19세기 남성의 여성통제 이데올로기에 여성이 동화된 현실은 규
방가사를 통해서 잘 알 수 있다. 규방가사는 여성적 글쓰기의 하나
로서 미학적인 면이나 시적 자아의 성격 면에서 경험의 사실적 형상
화와 '우리'를 통한 동류집단의 구체적 삶의 표현을 이루어내고 있
다. 그리고 자탄, 화전가류에서는 인간의 종속 논리를 거부하고 사
회제도의 모순을 인식했던 근대적 성격도 보여준다[23]. 그러나 규방

21　김대숙, 「구비열녀설화의 양상과 의미」, 『고전문학연구』제9집, 1994, pp.62~65.
　　이 논문에 의하면 구비열녀설화 185편 가운데 남성 제보자에 의한 작품은 145편
　　으로 전체의 78.5%를 차지한다. 열녀담이 남성집단에 의해 더 적극적으로 전승된
　　다는 것을 알 수 있으며, 결국 정절 이데올로기의 강화가 남성의 주도로 이루어졌
　　음을 알 수 있다.

22　박연호, 「19세기 오륜가사 연구」, 『19세기 시가문학의 탐구』, 고려대학교 고전문
　　학·한문학연구회 편, 집문당, 1995. '18세기 오륜가사에서 집안의 불화를 남성이
　　齊家를 잘못한 결과로 보는 시각과 비교할 때 가문 불화의 원인에 대한 인식이 남
　　성에서 여성으로 넘어가고 그에 비하여 남성은 오히려 완전한 존재로 인식되고
　　있다.'

23　나정순, 「내방가사의 문학성과 여성인식」, 『고전문학연구』제10집, 한국고전문학

가사에서의 신세한탄은 작품세계의 핵심 틀을 형성하지 못하고 부분적 갈등으로만 산견되고 있을 뿐이다. 〈화전가〉계 가사에서 여자로서의 신세한탄에도 불구하고 다시 제자리로 돌아가 시집살이에 충실할 것을 말하고 있는 것이나, 〈원한가〉에서 늙은 남편을 만나 사는 어려움을 토로했음에도 불구하고 결국 이러한 어려움을 감내하며 자식들을 잘 키우고 가정을 지키며 살아야 한다는 것으로 귀결짓는 데에서 알 수 있듯이 규방가사에서 지향하고 있는 세계는 정상적인 봉건적 가부장제에 속한 여성적 삶이었다. 이러한 규방가사의 이중성은 당대의 여성 통제이데올로기를 강조하는 사회분위기에서 나올 수 있는 것이었다.

이러한 남성의 여성통제 이데올로기에 규방의 여인뿐만 아니라 기생까지도 동화되어 간 것으로 보인다. 상민을 포함한 모든 여성들의 가정 내 헌신과 수절을 강요하던 사회적 분위기에서 기생의 수절은 가장 극적인 형태로서 찬양의 대상이 되곤 하였다. 〈춘향전〉은 정절의 의미와 항거의 의미가 공존하는 작품이다. 그런데 19세기에 〈춘향전〉이 가장 유명한 소설 혹은 판소리가 될 수 있었던 것은 춘향이가 지니고 있는 '정절의 의미'가 대중의 인식에 작용했기 때문으로 보인다. 당시 정절이데올로기의 분위기에서 춘향의 인간적인 면모, 즉 근대적인 인간적 매력이 정절 이데올로기의 강화라고 하는 측면을 보다 용이하게 하는 데 작용했다고 본다. 남성 중심의 가부장적인 사회의 강화라고 하는 측면에서 춘향의 존재는 유용했던 것

회, 1995.

이다. 〈춘향전〉도 근대적 지향성을 지니는 실재의 내용과는 별도로 봉건적 정절 이데올로기를 강화하는 데 적극 활용되는 방향으로 향유가 이루어 진 것이 아닌가 한다.

군산월도 춘향을 한 남성에게 절개를 지킨 의기로 확신하고, 자신의 행동을 춘향이의 행동과 같다고 하며 당당히 내세웠다. 당대인들에게 춘향이가 정절을 지킨 기생으로 추앙을 받고 있었기 때문이다. 자신의 행동을 춘향에 대한 사회의 일반적인 가치로 합리화하려고 한 것이다. 이와 같이 군산월은 기생이지만 정절이데올로기에 침윤된 인식을 보여주며, 가사의 향유자들도 마찬가지였다. 이렇게 〈군산월애원가〉는 19세기 정절이데올로기에 온 여성이 침윤되어 있었던 여성 현실을 반영하고 있다.

〈군산월애원가〉가 〈북천가〉와 아울러 향유되었음을 입증해주는 자료는 없다. 그러나 이 가사가 〈북천가〉와 짝하는 것이 분명한 만큼 〈북천가〉가 많이 읽혀지는 영남지방에서 읽혀졌을 가능성을 부인할 수는 없다. 〈북천가〉는 김진형의 고향 안동을 중심으로 하는 영남지방에서 가장 많이 읽혀진 가사에 속한다. 〈북천가〉의 창작 의도는 "글지어 기록하니 불러들 보신후에 / 후세에 남자되야 남자들 부려 말고 / 이내노릇 하개되면 그안이 상쾌할가"라는 마지막 구절에서 알 수 있듯이 부녀자들에게 보이기 위함이었다. 그런데 김진형은 자신의 한문 유배기록인 『北遷錄』에서는 군산월과의 정분을 기록하기를 꺼렸다고 한다.[24] 그리고 작품세계에서 그리고 있는 酒·歌·色의

---

24 김시업, 앞의 논문, p.37.

향락으로 말미암아 지역사회의 儒士들로부터 백안시 당하고 심지어는 후손들까지도 그의 이런 행색을 부끄럽게 여겼다고 한다.[25] 그리하여 〈북천가〉의 창작 의도대로 이 가사는 주로 규방에서만 읽혀졌다.

유배지에서의 주색금지라고 하는 명분을 어기기는 하였지만 김진형이 군산월을 취한 행위는 양반남성의 기생사는 엄연히 현실로 존재했으므로 그렇게 비난의 대상이 되지 않았을 것이다. 다만 약속을 어긴 것은 신의를 중요시 여겼던 봉건사회에서 옳지 않은 일로 받아들여졌을 것이다. 그런데 규방의 부녀자들은 이 가사를 즐겨 보았다고 했으므로 김진형의 기생사에 거부감을 느끼지 않은 것같다. 이렇게 〈북천가〉가 규방의 여성에게 인기리에 읽혀졌다는 사실에서 당대 규방 여성의 남성세계에 대한 무비판성과 그로 인한 여성현실 인식의 왜곡성을 엿볼 수 있다. 물론 이러한 남성세계에 대한 무비판성 및 여성현실 인식의 왜곡성은 19세기 여성통제 이데올로기가 마련한 것이었다.

5. 맺음말

이 연구에서는 〈군산월애원가〉의 작품세계를 분석하여 작가의 여성인식이 19세기 여성통제 이데올로기의 강화로 인한 여성현실의

---

25 김시업, 앞의 논문, p.69.

토양 안에서 나올 수 있었음을 살펴보았다. 여기서 살펴 본 19세기 중엽 여성현실에 대한 인식은 근대로 이어져 지금도 유효하게 작용하고 있는 측면이 있다. 〈군산월애원가〉에 드러난 여성현실이 지금의 여성현실에 대한 원인적 규명을 하는 최초 단서로 세워질 수 있을 것이다.

문학성의 측면에서 볼 때 규방가사는 관습적 장르의 한계를 분명히 보여준다. 그럼에도 불구하고 규방가사는 여성적 글쓰기의 하나이며 여성의 인식을 담고 있다. 여성의 세계는 남성의 세계와 다르고, 여성의 글쓰기 또한 남성의 글쓰기와 다르다. 규방가사에 대한 여성주의적 시각이 필요한 이유이다. 최근 규방가사에 대한 여성주의적 연구가 활발하게 진행되고 있어, 보다 총체적인 시각에서 심도 깊은 논의가 이루어지기를 기대한다.

조 선 후 기

가 사 문 학

연   구

제2부

18세기 가사문학

조 선 후 기

가 사 문 학

연　　구

제5장

18세기 정치현실과 가사문학
-〈別思美人曲〉과 〈續思美人曲〉을 중심으로-

 1. 머리말

〈별사미인곡〉과 〈속사미인곡〉은 유배가사이자 연군가사이다. 두 작품은 비교적 일찍 학계에 소개되어[1] 유배가사나 연군가사에 관한 연구에서 늘 다루어져 왔다. 조선전기 유배가사와 조선후기 유배가사, 혹은 18세기 유배가사와 19세기 유배가사 등과 같은 비교를 통해 유배가사의 변모 양상을 밝히는 가운데, 각 작품이 지니고 있는 유배가사로서의 의미와 위상을 규명하는 연구가 대세를 이루었다

---

1 이병기, 「별사미인곡과 속사미인곡에 대하여」, 『국어국문학』제15집, 1956. ; 서원섭, 「북헌의 별사미인곡 연구」, 『어문논총』제2집, 경북어문학회, 1964.

고 할 수 있다. 이렇게 이 두 가사를 유배가사나 연군가사의 유형성 안에서 그 변모 양상에 주목하여 다룬 논의에서는 상대적으로 이 두 가사만의 독립적인 문학적 진정성이 적게 나타났다. 그런데 최근에 는 각 가사 작품의 독립적인 의미와 의의를 밝히는 개별 작품론이 비교적 활발하게 전개되고 있다[2].

그 동안의 연구에서는 각 작품이 창작된 배경을 살피기 위해 각 작가의 생애를 살피면서 유배를 당하게 된 정치적 사건을 설명하였 다. 그러나 두 가사 작품이 '유배를 갔다'는 동일한 배경 하에 창작된

---

2 두 작품에 관한 기존의 중요한 연구성과는 다음과 같다. 최오규, 「유배가사에 나타 난 의미표상의 심층구조분석」, 『국제어문』제1집, 국제대학교 국어국문학과, 1979. ; 나정순, 「조선조 유배가사연구」, 『이화어문논집』제5집, 이화어문학회, 1982. ; 최상은, 「유배가사의 작품구조와 현실인식」, 한국정신문화연구원 석사학 위논문, 1983. ; 김혜숙, 「유배가사를 통하여 살펴본 가사의 변모양상」, 『관악어문 연구』제8집, 서울대학교 국어국문학과, 1983. ; 양순필, 「조선조유배가사연구-제 주도를 중심으로」, 건국대학교 대학원 박사학위논문, 1983. ; 양순필, 「유배문학에 나타난 작가의 사회적 성격고」, 『한남어문학』제13집, 한남대 국어국문학회, 1987. ; 조성환, 「가사문학과 적소연관」, 『논문집』제16집, 군산대학교, 1989. ; 이승남, 「유배가사의 사회적 의미와 문학적 해석」, 『동악어문논집』제26집, 동악어문학회, 1991. ; 이재식, 「유배가사연구」, 건국대학교 박사학위논문, 1993. ; 정인숙, 「조선 후기 연군가사의 전개양상 연구」, 서울대학교 석사학위논문, 1994. ; 최상은, 「연군 가사의 짜임새와 미의식」, 『반교어문연구』제5집, 반교어문학회, 1995. ; 김정주, 「조선조 유배시가의 연구-가사와 시조를 중심으로」, 한남대학교 박사학위논문, 1995. ; 최상은, 「유배가사의 현황과 과제」, 『한국가사문학연구』, 태학사, 1996. ; 최 규수, 「김춘택의〈별사미인곡〉에 수용된〈미인곡〉의 어법적 특질과 효과」, 『온지논 총』제4집, 온지학회, 1998. ; 이현주, 「유배가사의 연구」, 전남대학교 대학원 박사 학위논문, 2001. ; 류연석, 「〈속사미인곡〉의 기행문학성 고찰」, 『한국고시가문화연 구』제16집, 한국고시가문화학회, 2005. ; 정흥모, 「영조조의 유배가사 연구 :〈속사 미인곡〉과〈북찬가〉를 중심으로」, 『국어문학』제45집, 국어문학회, 2008. ; 최현재, 「〈별사미인곡〉과〈속사미인곡〉에 나타난 연군의식 비교 고찰」, 『우리말글』제48 집, 우리말글학회, 2010. ; 강경호, 「김춘택의 작가의식과〈별사미인곡〉의 창작, 향 유 양상에 대한 일고찰」, 『한국시가연구』제35집, 한국시가학회, 2013. ; 남정희, 「〈속사미인곡〉에 나타난 유배체험과 연군의식 고찰」, 『한국고전연구』제29집, 한 국고전연구학회, 2014.

것이라는 점만 부각되었을 뿐이었다. 그리하여 두 가사 작품이 유배를 당하면 으레 쓰곤 했던 유배가사의 유형성 안에서 관습적인 상투구로 무장하여 쓴 작품으로 보일 수 있었다. 그리고 이 두 가사의 작품세계가 작가의 진정성을 바탕으로 창작된 것은 아닐 것이라고 보는 경향이 늘 있어왔다.

그런데 두 가사 작품의 작품세계를 면밀하게 분석해 보면 두 가사 작품이 작가의 진정성을 고스란히 담고 있다는 것을 발견하게 된다. 두 가사의 작가가 유배가사의 창작 전통을 잘 알아 이전의 정전으로 추앙받고 있던 정철의 가사를 염두에 두고 가사를 창작한 것은 사실이지만, 작품세계에는 자신만의 사연을 표현하고자 하는 강한 의지가 나타나 있다. 두 가사 작품에 대한 치밀한 분석을 통해 두 가사가 작가의 진정성이 묻어난 문학적 형상화의 산물이라고 하는 점이 새롭게 파악될 필요가 있다.

특히 두 가사 작품은 공동의 특수한 창작배경을 지니고 있는데, 그 동안의 연구에서는 이 점이 간과된 것이 아닌가 생각한다. 김춘택(1670~1717)과 이진유(1669~1730)는 거의 동년배로 같은 시기를 살았다. 그리고 당대의 극심한 정치 상황 속에서 각각 노론과 소론으로서 자기 편당을 위해 적극적인 활약을 보인 인물들이다. 동일한 시기에 제목을 유사하게 붙인 두 작품이 창작된 것은 필연적인 연관성이 있기 때문이라고 보인다. 그리하여 이 연구에서는 두 가사 작품이 창작된 당대의 정치적 상황 속에서 두 작품을 살펴보는 것이 필요하다고 보았다. 〈별사미인곡〉과 〈속사미인곡〉의 작품세계를 그 시대의 정치적 상황과 연관하여 살펴볼 때 이 두 가사 작품이 작가의 진정성이 묻어난 문학적 형상화의 산물이라고 하는 점이 새롭게 파악될 수 있다고 보았다.

이 연구의 목적은 18세기 초 정치현실과 연관하여 〈별사미인곡〉과 〈속사미인곡〉의 작품세계를 이해하고, 이 두 가사가 지니고 있는 가사문학사적 의의와 위상을 규명하는 데 있다. 먼저 2장에서는 18세기 초 노론과 소론의 격심한 대결로 이루어진 정치현실과 연관하여 각 작가의 생애를 살핀다. 다음으로 3장과 4장에서는 각 작품의 세계를 면밀하게 분석하여 작품세계의 의미를 밝힌다. 그리고 마지막 5장에서는 두 가사 작품의 가사문학사적 의의와 위상을 규명하고자 한다.

2. 18세기 초 정치현실과 작가의 생애

18세기 조선의 정치현실은 노론과 소론의 본격적인 대립으로 시작하였다. 1701년 장희빈이 죽자 더 이상 서인은 존재하기 않게 되었다. 이후의 정국은 세자(훗날 경종) 보호론을 둘러싸고 세자를 탐탁하게 여기지 않았던 노론과 세자를 보호하고자 했던 소론이 치열하게 대립하는 안개 상황으로 치닫게 되었다. 이 당시 김춘택과 이진유는 노론과 소론으로 각기 자기 편당을 위해 적극적인 활약을 보였다. 각 인물의 생애를 당쟁의 정치현실과 관련하여 살펴보도록 하겠다.

1) 노론의 정객 : 金春澤

김춘택(1670~1717)은 당대 혁혁한 명문세가의 자제였다. 조부 金萬基는 숙종의 國舅로 영돈녕부사 광성부원군이었고, 부친 金鎭龜는 이조판서 광은군이었으며, 고모가 숙종의 초비인 인경왕후였고, 서포 金萬重이 종조부가 되었다. 김춘택은 대대로 서울에 세거하던 명문 광산김씨 집안의 5형제 중 장남으로 태어나 일찍부터 당쟁의 대소사에 깊숙이 관여하였다.

김춘택은 1694년에 있은 갑술환국 때 본격적으로 당쟁에 관여하였다. 이해 3월에 노론 명문가의 자제들이 폐비의 복위를 도모한 혐의로 체포되었는데, 김춘택이 주모자로 끼어 있었다. 사실 노론은 인현왕후의 복위를 위해 유언비어의 유포나 동요의 전파, 심지어 〈사씨남정기〉 같은 소설을 보급시키는 등 숙종의 마음을 돌리기 위해 부심하고 있었다. 그런데 서인의 역고변이 있게 되자 숙종은 심경의 변화를 일으켜 남인을 축출하는 기사환국을 단행하게 되었다. 이것은 숙원 최씨를 배후에서 조종한 김춘택이 모의한 결실이었는데[3], 이때 그의 나이는 불과 25세였다. 이렇게 김춘택은 이미 젊은 나이 때부터 당쟁에 깊이 관여하여 노론 측 모사가로 이름이 날리게 되었고 그로 인해 여러 차례의 옥사를 치르게 되었다.

이번 이 국옥 죄인 윤순명의 공초에 '김춘택이 賊 장희재[장희빈의

---

3 이성무, 『조선시대 당쟁사 2』, 동방미디어, 2000, 74~76면.

오빠의 아내와 서로 간통하였다'는 말이 있는데, 은밀한 일은 진실로 그 허실을 분별하여 핵실하기 어려우나, 지난번에 김춘택으로 하여금 조금이나마 삼가고 경계하는 도리를 알게 하였더라면 이러한 더러운 말이 어찌 그 신상에 미쳤겠습니까? 김춘택은 연소한 士子로서 세상에서 지목받고 있는데, 下流에 머물러 있는 악한 무리들이 모두 모여들었으므로, 奸賊들의 입에 성명이 매번 오르고 있으니, 이 같은 사람은 징계하여 勉礪하는 거조가 없을 수 없습니다. 청컨대 幼學 김춘택을 먼 곳에 정배하소서[4]

위의 기록에서 알 수 있듯이 김춘택은 적당의 동태를 살피기 위해서 장희재의 아내와 간통하였다는 말이 나올 정도로 목적을 위해서는 수단 방법을 가리지 않는 식의 모의를 일삼았다. 노론 김씨 가문의 막대한 재산을 동원하여 궁인은 물론 사람들을 모아 일을 꾸미는 일을 서슴지 않아 언제나 상대당인 소론의 입에 오르내리면서 지목을 받게 되었음을 알 수 있다. 위의 진언으로 김춘택은 부안현으로 유배를 갔다가 곧이어 석방되는데, 이후 노론 측의 정치적 행동이 있으면 그 배후자로 늘 김춘택이 거론되었다.

갑술환국 이후의 당쟁은 노론과 소론 간의 싸움으로 집약되었다. 김춘택이 소론의 견제로 제주도로 유배를 가게 된 것은 1706년 그의 나이 37세 때였다. 이 해에 소론의 유생 임부와 남인의 유생 이잠이 상소를 올려 세자의 보호를 역설하였다. 소론 측에서는 당대에 위세

---

4 『숙종실록』27년 11월 21일 〈국청 죄인 이우겸, 순복 등은 방면, 전 판서 이언강은 삭탈 관작시키다〉 기사 중.

를 떨치면서 노론의 모사가로 활동한 김춘택의 연루를 물고 늘어지
면서 김춘택을 제거하는 호기로 삼았다. 숙종은 더 이상의 당쟁을
막기 위해 상소를 한 당사자와 관련자를 처벌하는 것으로 사건을 매
듭지었다. 그러나 이후 김춘택은 상소문에 언급된 사안이 계속 문제
되어 그 직접적인 관련자로서 잡혀와 추국을 받게 되었다. 이때에
'김춘택은 사람됨이 無狀하여 세상에서 흉인으로 지목합니다. 都下
에 하루 머물면 하루의 해독이 있을 것이니, 당일 안으로 배소로 보
내는 것이 마땅할 듯하다[5]'는 진언이 있고 곧바로 제주도로 유배를
당하게 된 것이다. 이후 정국은 노론과 소론의 안정적 대립 속에 운
영되었고, 〈별사미인곡〉은 이때 창작된 것이다.

　김춘택은 1710년에 육지 배소로 감등되었다가 1712년 5월 13일에
방송 결정으로 유배에서 풀려났다[6]. 하지만 김춘택은 여전히 당론에
개입하여 '유생의 상소와 죄수의 供辭가 흔히 그 손에서 나온다[7]'는

---

5 『숙종실록』32년 8월 22일 〈임부가 김춘택이 모해하고 불리하게 여긴다는 말을 전
　해 들었다고 승복하다〉 기사 중.
6 『숙종실록』38년 5월 13일 〈형조판서 이언강 등이 죄를 범한 왕자궁 궁속을 추문하
　는 일 등에 대해 논의하다〉 기사 중. "김춘택은 방송하고 김태윤은 감등하며, 오시
　복은 육지에 내보내 위리를 거두라고 명하였으니"
7 『숙종실록』45년 5월 2일 〈사간원에서 김춘택과 박필문 등을 파직할 것을 청하나
　따르지 않다〉 기사 중. "김춘택은 흉험하고 음특하여 사람의 도리로 논할 수 없습
　니다. 무릇 변고가 있으면 언제나 바싹 개입하여 간사한 정상과 속인 자취가 분명
　히 나타나서 엄폐하기 어려우므로, 전에 이미 여러 번 귀양 갔었습니다. 점차 용서
　하여 돌아오게 한 것은 실로 탐척하는 지극한 인덕에서 나온 것인데, 뉘우칠 생각
　은 하지 않고 원한을 더욱 품어 밤낮으로 꾀하는 것은 모두가 조정을 무너뜨려 어
　지럽혀 그 화심을 부릴 생각이니, 유생의 상소와 죄승의 공사가 흔히 그 손에서 나
　오므로 國言이 와자하고 路人이 지복합니다. 저번에는 호남에 가서 그 심복을 시켜
　감영의 돈을 받아내서 이식을 취하여 이익을 나누고, 시골구석의 멍청한 무리를
　모아 노자를 후하게 주어 先正을 헐뜯는 논의에 앞장서게 하였습니다. 이러한 사
　람은 서울에 둘 수 없으니, 청컨대 먼 곳에 정배하소서---하였으나 임금이 모두 따

소론의 공격을 받다가 1717년에 생애를 마감했다.

이와 같이 김춘택은 가문의 배경을 뒤에 업고 위세를 부린 모사가로서 지략과 문장술을 겸비하여 노론 측의 궂은일을 도맡아 하면서 정쟁을 주도해나갔던 인물이었다. 한 가지 주목할 만한 점은 김춘택이 명문가의 자제임에도 불구하고 한 번도 벼슬에 나가지 못했다는 것이다. 그가 벼슬을 하지 않은 것은 과거 급제를 하지 않았기 때문이기도 했지만, 부친 김진귀가 김춘택의 명성 때문에 환로가 막혔을 정도였다[8]고 한 것에서 알 수 있듯이 모사가로서의 그의 극단적 면모가 위험인물로 받아들여져 환로가 주어지지 않았기 때문이다.

2) 소론의 정객 : 李眞儒

이진유(1169~1730)는 김춘택과 마찬가지로 서울의 소론 명문가에서 출생하였다. 이씨 왕가 德泉君의 10대 손으로서 부친 李大成은 호조참판을 지냈다. 그는 39세 때인 1707년에 별시 문과에 급제한 후 비교적 순탄하게 환로의 길을 걸었다. 그 당시 숙종 말기에 노론과 소론의 정국이 안정적으로 운영되었기 때문이다. 그는 환로에 오른 후 요직을 거치며 왕과도 가까이 지낼 수 있었다. 그리고 점차 소론

르지 않았다"
8 『숙종실록』30년 12월 24일 〈형조판서 김진귀의 졸기〉 기사 중. "그 아들 김춘택이 행신을 삼가지 못했기 때문에 다시 시론에 배억하는 바가 되어 벼슬이 늘 通塞의 사이에 있었는데, 스스로 왕실의 가까운 지친에 관련되어 의리상 휴척을 함께 해야한다 하여 제수의 명이 있으면 문득 출사했으니 이로써 더욱 좋아하지 않는 자가 꺼려하는 바가 되었다."

을 위한 정객으로 활약하여, '붕당을 위해 죽을 힘을 다할 계책을 부리려 한다⁹'는 상대당의 평가를 받을 정도로 소론의 급진파가 되었다.

경종이 즉위하자 소론은 노론에 대한 정치적 보복을 가하기 시작했다. 그 출발은 1721년에 있은 김일경 등 7인의 상소인데 이진유도 상소인 중 한 사람이었다. 이 상소로 노론 4대신이 위리안치 되었고, 50~60명의 노론이 처벌되었다. 이어서 1722년에 睦虎龍의 고변 사건이 일어났는데, 연루자들 대부분은 노론 고위 관료들의 자제들이었다. 이것은 '노론을 위한 환국 음모를 두려워하여 후환을 예방하고자' 한 소론 측의 계획적인 음모였다. 이때 김춘택은 이미 사망하고 없었으며, 그의 형제와 사촌들이 노론 가문의 경제력을 바탕으로 재기의 기회를 노리고 있었다. 소론 측으로서는 후환을 없애기 위해서 '노론의 謀士였던 김춘택 일파의 제거¹⁰'가 필수적이었다. 이 사건을 통해 김춘택 일족은 거의 초토화되다시피 하며 죽임을 당하게 되었다.

경종이 치세 4년 만에 죽고 영조가 즉위하자 다시 노론의 세상이 오게 되었다. 집권초기에 영조는 소론 제거에 미온적인 입장을 취했다. 하지만 영조는 노론의 지원으로 왕위를 집권한 것이었으므로 그 정치적인 빚을 청산해야만 하는 과제를 안고 있었다. 그리하여 1725

---

9 『숙종실록』42년 7월 13일 〈송시열을 무함한 최석문과 이진유에게 죄를 줄 것을 청한 안중필의 상소문〉 기사 중. "이진유로 말하면, 몰래 화를 일으키기 좋아하는 마음을 품고 붕당을 위해 죽을 힘을 다할 계책을 부리려 하여 전후의 소장과 등대 때에 아뢴 것은 모두 유현을 근거 없이 욕하고 진신을 무함하는 말이었습니다. 그 죄범을 논하면 중률을 시행하는 것이 합당합니다. 하니 최석문을 귀양 보내고 이진유는 삭출하는 벌을 주라고 답하였다."
10 오갑균, 『조선후기당쟁연구』, 삼영사, 1999, 97면.

년에 7인 상소와 목호룡의 고변으로 죄를 받은 노론 4대신과 노론
자제들을 신원하고 7인 상소의 주역인 소론 급진파를 제거하여 노
론으로의 환국을 단행하였다[11]. 이때 이진유는 중국에 사신으로 갔
다 오는 길이었는데, 곧바로 잡혀 나주 적소로 이배되었다가 다시
형 李眞儉은 강진에, 이진유는 추자도로 이배되었다[12]. 이후 노론의
집요한 사형 요구에도 불구하고 영조는 탕평책의 일환으로 이들의
사형에 미온적이었는데[13], 〈속사미인곡〉은 이때 창작한 것이다.

그러던 중 노론에 대해 실망하던 영조는 소론을 다시 중용하는데
이진유도 1727년 10월에 배소를 육지인 나주로 옮기는 처분을 받게
되었다[14]. 그러나 1728년에 소론 급진세력과 일부 남인이 가세한 무
신란이 있게 되자 이진유는 국청에 붙들려 와 추국 끝에 1730년에
물고되고 말았다[15].

이와 같이 이진유는 김춘택과는 달리 과거에 급제하고 사환의 경
로를 밟으면서 소론 측 정객으로 활동한 인물이었다. 김춘택과 마찬
가지로 상대 당으로부터 화를 품고 있는 위험한 인물로 지적되었으

---

11 이성무, 앞의 책, 144~148면.
12 『영조실록』1년 6월 25일 〈이진검을 강진현으로 윤지를 대진현으로 절도안치하
   다〉;『영조실록』1년 7월 2일 〈시독관 홍현보, 승지 박치원이 김일경 무리를 토복하
   는 의리를 아뢰다〉 기사 중. "역적 김일경의 소하 제적을 한결같이 모두 梓棘할 것
   을 명하였다."
13 『영조실록』1년 10월 20일 〈민진원이 조문명의 상소와 관련하여 탕평에 관해 아뢰
   다〉 기사 중. "지난날 창과 칼로 날뛴 일들은 비참하다면 비참한 일이다. 그러나 그
   를 주살한다 해도 이루 다 주살할 수 없고 귀양을 보낸다 해도 이루 다 귀양을 보낼
   수 없으니, 위에 있는 사람이 진정시키는 도리를 생각하지 않겠는가"
14 『영조실록』3년 10월 6일 〈나라의 경사로 이진유, 박필몽, 윤성시 등을 육지로 나오
   도록 명하다〉
15 『영조실록』6년 5월 13일 〈죄인 이진유가 物故되다〉

며, 성격도 과격한 것으로 평가되곤 하였다. 그러나 그는 환로에 나가기 전에는 정쟁에 가담하지 않았으며, 환로에 오르고 난 이후에는 관료로서 상소나 진언을 통해 정객의 활동을 주로 했다는 점에서 모사가의 면모보다는 직설적인 정객의 면모가 두드러진다. 1728년의 기록에 의하면 '이진유에 이르러서는 그 사람됨이 강개하고 또 능히 사리를 아니, 그 心地를 미루어 보건대, 끝내 나라를 저버릴 사람은 아닙니다'라는 진언에 대해 영조가 '이진유는 그 사람됨이 역적 김일경의 휘하에 들어갈 자는 아닐 듯한데 함께 참여하는 것을 달갑게 여겨 부끄러움을 알지 못했으니 혹시 그릇된 것을 알면서도 들어간 것인가?'[16]라고 반문하고 있다. 이로 미루어 이진유는 비록 소론 측의 과격파이긴 했지만 성격이 강개하고 사리를 아는 합리적인 성품을 지녀 영조의 신임을 얻고 있었던 인물로 보인다.

3) 김춘택과 이진유의 관계

노론이었던 김춘택과 소론이었던 이진유의 정치적 대립 관계는 필연적인 것이었다. 그러나 이진유가 39세에 환로에 오르기 전까지

---

16 『영조실록』4년 1월 17일 〈옹주방 절수, 탕평, 서울 양반의 사채 독징의 금단에 관해 논하다〉 기사 중. 여기서 도승지 정석삼과 영조의 이진유에 관한 대화가 나타난다. 그런데 이 대화에 대하여 사신은 논하면서 "정석삼은 이진유를 편드는 자는 아니었으나 경솔하고 식견이 없다 보니 남에게 종용받아 이러한 연주가 있게 된 것이다"라 하고 있다. 사신의 기록은 이후 정국을 주도한 노론 측의 입장에서 기록된 것이라고 볼 수 있다. '경솔하고 식견이 없다보니'라는 말은 정석삼이 노론과 소론의 정치적 역학 관계를 잘 모르고 한 말이라는 뜻일 것이다. 그러나 이진유를 편드는 자가 아닌, 즉 소론 측 인물이 아닌 사람이 말한 이진유에 대한 평가이므로 신뢰할 수 있지 않을까 한다.

정쟁에 관여를 하지 않아서인지 김춘택과 직접적으로 대립한 관계를 보여주는 자료는 많지 않다. 두 사람의 직접적인 관계를 보여주는 기록은 1716(숙종 42)년에 나타난다. 이진유는 다음과 같은 진언을 올려 김춘택을 언급한다.

> 김춘택이 귀양 가면 조정이 조금 편안하고 돌아오면 사단이 번번이 일어납니다. 이것은 실로 뭇사람이 가리키는 것이니, 하루도 서울에 둘 수 없다는 것은 틀림없습니다. 이제 사유 받아 돌아오게 된 뒤에 단속이 점점 느슨하여져서 방자하기가 더욱 심하므로 제때에 제제하지 않으면 참으로 국가를 해칠 우려가 있으니, 이것이 신들이 소리를 같이하여 청하는 까닭입니다[17].

1716년은 숙종이 심경의 변화를 일으켜 소론 대신을 축출한 병신처분이 있은 해였다. 이진유도 이와 관련하여 정언직을 내놓고 나갈 수밖에 없었다. 그리하여 소론 측은 노론 측을 더욱 맹렬히 공격하게 되는데 그 공격 대상이 바로 김춘택이었다. 이진유는 김춘택이 귀양을 가면 조정이 편안해지고 다시 돌아오면 사단이 일어나므로 반드시 김춘택을 서울에서 벗어나게 하는 제제가 필요함을 역설했다. 이미 며칠 전에 사간원에서도 위와 같은 이유로 김춘택을 정배보내야 한다는 진언이 있었던 터[18]인데, 이진유는 제주도에서 해배

---

17 『숙종실록』42년 5월 14일 〈정언 이진유와 대사간 이세최가 김춘택의 일로 인피하니 출사케 하다〉 기사 중.
18 『숙종실록』42년 5월 2일 〈사간원에서 김춘택과 발필문 등을 파직할 것을 청하나

되어 돌아와 있는 김춘택을 제거하는 것이 무엇보다도 필요하다고
판단한 당론에 의해 위와 같은 진언을 올린 것이다.

위와 같은 상황은 몇 년 후인 1725년에는 역전된다. 이진유가 이
미 나주로 유배를 당하게 된 2월 21일에 김춘택의 동생 김조택이 소
론에 의해 무고하게 죽은 형들의 신원을 탄원하면서 다음과 같이 이
진유를 언급한다.

> 당화가 있음으로부터 오면서 화를 입은 자가 예부터 어찌 한정이
> 있겠습니까만, 신의 집안처럼 혹독한 예는 없었습니다. --중략-- 신
> 의 형 김춘택은 하나의 포의로 문을 닫고 글이나 읽었으니. 일절의 세
> 상일이 어떻게 그에게 관계가 되었겠습니까? --중략-- 저들이 진술한
> 신경제, 권익관, 이진유 등의 疏啓는 모두 적 민암의 마음이 아닌 것이
> 없었고, 임부와 이잠이 전수하는 그 뜻이 어찌 유독 신의 집안에만 화
> 를 넘길 뿐이었겠습니까?[19]

김춘택의 과거사를 들추면서 거론된 소론 측 인물 가운데서 이진
유가 지목되었는데, 7인 상소인 가운데서 유독 이진유를 거론한 것이
다. 김춘택이야말로 노론 측의 핵심 인물이었으므로 김조택은 그
의 형에 관한 신원 부분을 가장 힘주어 말할 수밖에 없었다. 이런 그
의 진술에서 이진유가 김춘택을 죽인 장본인의 한 사람으로 거론되

따르지 않다)
19 『영조실록』1년 2월 21일 〈병조좌랑 김조택이 상소하여 당화를 입은 집안 사정과
네 형의 신설을 청하다〉 기사 중.

었던 것이다.

김춘택과 이진유는 모두 서울에 세거하던 명문가 출신으로서 각각 노론 측 모사가와 소론 측 관료로 활동하며 상대 당으로부터 집요한 제거 대상으로 지목되었던 정객이었다. 그리고 가문이 엄청난 화를 당하게 되는데, 그 화의 근원이 바로 본인들 자신이었다는 공통점이 있다. 한때 이진유는 김춘택을 제거하는 데 앞장서서 그 일을 이루었다. 그런데 그것이 빌미가 되어 이진유는 노론 측으로부터 집요한 공격을 당해 죽임을 당했다. 그리고 여기서 끝나지 않고 훗날(1755년) 다시 이진유의 행적이 거론되어 광산이씨 가문 전체가 화를 입게 되었다.

3. 〈별사미인곡〉의 작품세계

〈별사미인곡〉은 송강이 〈사미인곡〉과 〈속미인곡〉에서 보여준 대화적 전개 틀을 직접 따오면서 발화하는 형식을 취했다. 작품 서두에 등장하는 '저 각시'는 다름 아닌 송강의 두 작품에 나오는 작중 화자이다. 곧 〈별사미인곡〉은 작품의 외적 틀을 만들어 송강 작품의 작중 화자와 대화를 시도하는 특이한 대화체 어법을 지니고 있다[20]. 〈별사미인곡〉의 서술단락은 다음과 같다.

---

20 최규수, 「김춘택의 〈별사미인곡〉에 수용된 〈미인곡〉의 어법적 특질과 효과」, 『온지논총』제4집, 온지학회, 1998.

가) 저 각시와 비교한 화자의 처지(1~11행)

나) 님에 대한 변함 없는 사랑(12~15행)

다) 님과 멀리 이별해 떨어짐(16~32행)

라) 님의 옷을 전하고 소식을 듣고 싶어함(33~40행)

마) 꽃이 피니 더욱 생각남(41~50행)

바) 환생하여 가까이 가고 싶어함(51~73행)

사) 또 다른 이의 위로(74~78행)[21]

가)에서 여성화자인 나는 '저 각시'에게 말을 건네며 시작한다. '저 각시'의 사연과 비교하여 자신의 사연이 더 기구함을 말하고자 하는 강한 의도를 엿볼 수 있다. 지금 서러운 말씀을 잔뜩 하였으나 말씀을 들어보니 그렇게 서러운 줄을 모르겠다, 광한전 백옥경에서 님을 모시고 즐기며 교태를 부려댔으니 재앙이 없을 수 있겠느냐는 것이다. 화자인 나는 '저 각시'의 말을 듣는 순간 저 각시의 사연을 한마디로 핀잔을 주거나 무시하는 듯한 태도를 보인다. 매우 도전적이고 자신감에 충만해 있으며 치기 어리기까지 한 태도이다. 이렇게 화자인 나가 '저 각시'에게 핀잔하고 무시하는 태도로 나온 이유는 화자인 나의 이별과 견주어 볼 때 '저 각시'의 이별은 별로 서러워할 것이 못되기 때문이다. 여자들의 수다에서 '말도 마라 나는 더 해'라고 시작하며 자신의 처지를 말하고 동의를 구하고자 하는 대화의 설정 구도와 같은 것이다. 그래서 화자인 나는 자신은 광한전과 백옥

---

21 4음보를 1구로 계산하였다.

경을 모르고 임과 함께 한 적이 없어서 임을 위해 길쌈을 하거나 가무를 추워 본 적도 없이 이별을 했다고 말한다. 이렇게 〈별사미인곡〉의 화자는 정철의 가사에 등장하는 '저 각시'를 끌어들여 그 상황을 비교함으로써 모시지도 못하고 이별한 자신의 처지를 말하는 것으로 시작한다. 이후에도 화자는 '모셔보지도 못하고 이별한 것'에 대해 강한 집착을 보인다.

> 다) ①나도 일을 가저 남의 업산 것만 어더 / 부용화 오살 짓고 목난으로 나맛사마 / 한랄긔 맹세하여 ②님 섭기랴 원이려니 / 조물 싀기한가 귀신이 희즈온가 / 내 팔자 그만하니 사람을 원망할가 / 내 몸의 지은 죄를 모라니 긔 더 죄라 / 나도 모라거니 남이 어이 아도던고 / 한라하살 마인가 이 몸이 되녀이셔 / 만슈천산의 가고가고 도가 잇내 / ~~중략~~ / ③인연이 그러커든 니별이나 업거나 / 니별이 이러커든 인연이나 잇돗던가

다)에서 다시 화자는 '자기도 일을 가져'(①) '임을 섭길 수 있게 되는 것'(②)이 소원이었다고 하였다. 그렇지만 조물이 싀기했는지 내 팔자가 그러한지 그렇게 되지 못하였는데, 그렇게 된 이유를 자신도 모르니 그것이 더 죄가 된다고 하면서도 내가 내 죄를 모르는데 남이 어찌 알겠는가라고도 했다. 그러면서 화자는 ③에서 님과 '인연이 없었음'을 다시 한 번 강조하였다. ③은 대구 표현으로, 통상 前句인 '인연이 그러커든 니별이나 업거나'에 대한 대구는 '니별이 이러커든 인연이나 없던가'가 되어야 할 것이다. 그런데 화자가 전달하

고 싶은 것은 바로 님을 모셔 본 적이 없다는 사실이었으므로 後句를 '니별이 이러커든 인연이나 잇돗던가'로 변형하여 인연이 아예 없었음을 강조하였다.

라)는 '임의 옷을 지어 보내면 나 인줄 알고 반기실가'라고 한 〈사미인곡〉의 내용을 변형한 부분이다. 그런데 여기에서는 '내가 보낸 하인이 누구냐고 하면서 돌려보낼 것이라'고 하여 임을 모셔보지 못한 나였으므로 임이 전혀 알지 못해 옷을 지어 보낼 수도 없는 상황임을 서술하였다.

> 마) 꽃피거든 바라오면 님 생각 더옥 만해 / ~~중략~~ / 어려서 이래한가 미처서 이러한가 / 마암이 절노 나니 뉘라서 금할손고 / <u>뫼셔서 이래하기 각시님 갓도던들</u> / 서룸이 이러하며 생각인들 이러할가

마)에서 꽃이 피니 임 생각이 더욱 많이 난다고 했다. 임의 주위의 있는 미인들을 '초나라 가난 허리 연나라 고은 얼골'로 표현하고, 이들과 비교하여 자신을 '대비녀'와 '베치마' 등을 걸친 초라한 모습으로 표현하였다. 그리하여 화자는 자신의 초라한 모습을 생각하다 격정에 휘말리게 되어 자신을 '어려서 이러한가 미쳐서 이러한가'라고까지 진단한다. 그리고 급기야 화자는 밑줄 친 구절에서와 같이 각시님이 그랬던 것처럼 자기가 임을 '모셨더라면' 이렇게까지 서럽고 이렇게까지 생각하지는 않았을 것이라고 토로한다.

바)에서 화자는 차생이 이러하므로 후생을 도모하게 된다. 정철의 양 미인곡에서 구현된 내용을 변형한 것으로, 무려 11가지의 후생을

나열하면서 그렇게라도 임의 곁에 있고 싶음을 표현하였다. 그러나 이 부분에서 윤회 대상을 지나치게 반복적으로 나열하여 작품 전체의 균형을 깨뜨리는 결과[22]를 낳고 말았다. 그런데 '모신 적이 없었다는 것'에 대한 화자의 집요한 회한을 두고 볼 때 이 부분은 그 내재적인 필연성을 지닌다. 한 번도 임의 곁에 있어 본 적이 없었다는 것을 강조하기 위해서라도 죽어서 임의 곁에 있고 싶다는 것을 이러한 방식으로 간절하게 표현해야 했던 것이다.

> 사) 어와 이 각시님 그려도 그러한다 / 팔자를 어이하며 천눈인들 도
> 망할가 / 더하거나 덜하거니 분별하여 무엇하며 / 구람이나 바람이나
> 되어난들 무엇할고 / 각시님 잔가득 부으시고 한사람 이자소셔

사)는 가사의 마지막 부분으로, 그동안 화자의 말을 듣고 있던 한 사람이 등장하여 말을 건넨다. 이 발화의 주인공은 '저 각시'도 아니고 화자인 '나'도 아닌 제3의 인물로, '작가의 내면의식을 표출하고 있는 또 다른 작중화자의 분신[23]'이다. 이 발화의 주인공 즉 작가는 여인 '나'를 통해 진술한 것을 전환시키면서 결론을 끌어낸다. '나'를 향해 그래도 그러면 쓰냐고 하면서 전환을 꾀하는데, 즉 더하거나 덜하거나를 분별해서 무엇 하며, 구름이 된들 바람이 된들 무슨 소용이 있느냐는 것이다. '저 각시'와 달리 님을 모셔 본적이 없으므로

---

22 최상은, 「유배가사의 작품구조와 현실인식」, 한국정신문화연구원 대학원 석사학
  위논문, 1983, 57~58면.
23 최규수, 앞의 논문.

더 서럽고 생각이 많다고 한 것과, 그렇기 때문에 죽어서 무엇이라
도 되어 임의 곁에 머무르겠다고 한 것은 '나'가 가사를 통해 가장 역
설하고자 하는 부분에 해당한다. 그런데 이러한 것이 다 무슨 소용
이냐는 진술을 통해 다시 한번 자기가 하고자 했던 말을 환기시키면
서 동시에 의식의 전환을 꾀하는 발판으로 삼았다. 제3의 인물은 이
말에 앞서 팔자는 어찌할 수 없고 주어진 천륜은 없어지지 않는다는
점을 먼저 말했다. 팔자를 어찌할 수 없다고 하는 데서 주어진 현실
에 순응하려 하는 작가의식이 나타나며, 여기서 더 나아가 천륜이
어디 가지 않는다는 데서 작가의 미래에 대한 낙관성이 드러난다.
남녀 간의 만남은 천륜인데 이것이 도망가지 않는다는 말은 언젠가
는 만날 수 있다는 낙관적인 미래상의 제시와 상통한다. 그렇기 때
문에 지금은 시름에 젖어 있지만 술잔을 기울일 수 있는 여유가 생
길 수 있었다. 자신의 처지를 충분히 전달했다고 보는 순간 의식의
전환을 꾀하여 낙관적인 미래상을 제시함으로써 마음의 여유를 찾
은 것이다.

　이와 같이 〈별사미인곡〉은 〈사미인곡〉과 〈속미인곡〉의 '저 각시'와
대화하며, 양 미인곡의 내용적 화소를 변형하거나 확장하여 임에 대
한 자신의 서정을 표현했다. '저 각시'를 끌어들였으면서도 '저 각시'
의 말을 일언지하에 무시하는 치기를 보이고 있으며, 한 번도 임을
모셔본 적이 없다는 사실을 표현하는 데 집착했다. 그리하여 임을
모셔본 적이 없음에 대한 집착은 후생을 지나치게 반복적으로 열거
하여 작품 전체의 균형을 깨는 결과를 낳기도 하였다. 그러나 결국
임에 대한 낙관적인 미래상을 준비하는 마음의 여유를 되찾는 작품

세계를 이루고 있다.

이러한 〈별사미인곡〉의 작품세계는 김춘택의 생애 및 당시 정치적 상황과 연관하여 설명할 수 있다. 김춘택은 유배를 당한 처지에 자신의 거취가 숙종의 의중에 달려 있다는 것을 잘 알고 있었으므로 양 미인곡을 추수하여 임을 향한 서정의 세계를 쓸 수밖에 없었다. 그래서 왕에 대한 충성심을 간절하게 드러내기 위해 〈별사미인곡〉을 창작했다. 그런데 김춘택은 가사를 통해 왕에 대한 충성심을 표현하는 과정에서 평소 자신이 욕망했으나 이루어지지 않았던, 그래서 마음의 한이자 상처로 남았던 것이 봇물처럼 쏟아져 나오게 되었다. 작품세계에서 한 번도 임을 모셔보지 못한 것을 집요하게 표현한 것은 김춘택이 지닌 욕망의 좌절, 즉 한 번도 관료생활을 하지 못했던 마음의 한과 상처가 겉으로 드러나 표현되었기 때문이다. 이렇게 〈별사미인곡〉은 '저 각시'와는 다른 화자 '나'의 처지가 작품세계의 핵심 축으로 작용하는 작품으로 지극히 개인적인 욕망에 기반한 서정의 세계를 담고 있다고 할 수 있다. 그리고 작품에서 도전적이고 자신감 있게 '저 각시'를 무시하는 치기를 발휘할 수 있었고, 마지막에 낙관적인 미래상을 준비하는 마음의 여유를 되찾을 수 있었던 것은 당시 김춘택의 나이가 40세 전후로 미래를 기약할 수 있었던 점, 노론 가문으로 유명한 집안의 막대한 영향력이 존재하는 데에 따른 심리적 자신감이나 안정감, 일시적이었지만 노론과 소론의 균형이 안정적으로 유지되었던 당시 정국의 상황에 대한 김춘택 자신의 인식 등이 작용한 때문이라고 할 수 있다.

4. 〈속사미인곡〉의 작품세계

〈속사미인곡〉은 이진유가 유배된 지 삼년이 지난 시점에서 지은 가사이다. 유배되는 과정, 유배지에서의 생활을 시간적 순서대로 읊으면서, 끊임없이 임의 은혜와 임을 그리워하는 마음을 읊었다. 서두에서 임을 향한 여성화자 '나'가 설정되지만, 작품이 전개되면서 실제 작가인 '나'와 여성화자인 '나'가 바뀌가며 등장한다. 왕에 대한 서술이 있는 곳에서는 자신을 낮추어 '임'을 향한 여인 '나'로 화자를 설정하여 진술하는 방식을 택했다고 할 수 있다. 〈속사미인곡〉의 서술단락은 다음과 같다.

> 가) 서언(1~5행)
> 나) 유배과정과 나주배소(6~44행)
> 다) 사형요구와 추자도 천극 결정(45~64행)
> 라) 추자도 도착과 유배생활(65~153행)
> 마) 유배생활의 회포(154~187행)

가)~다)는 추자도로 유배되기까지의 과정을 담았다. 여기서 임과 나의 관계가 자주 토로되는데, '임'에 대한 구절들은 언뜻 보기에는 기존의 관습적인 문구를 마구잡이로 수용한 것 처럼 보이지만 실은 매우 정확하게 사실에 기초하여 진술하고 있음이 드러난다.

우선 짧은 서두인 가)에서 유배를 당한 자신의 처지를 임과 나, 그리고 衆女와의 관계로 나타내었다. '임에게 죄를 지은 적이 없고 임도 나를 소홀히 대접한 적 없었지만 중녀들이 질투하여 음란한 행위를 했다(宣淫한다)'는 표현은 실제와 부합하는 것이다. 이진유는 '오직 우리 숙종을 섬기는 도리로써 경종을 섬겼고 경종을 섬기는 도리로써 성상을 섬겼으니 평생을 힘쓴 바는 충의와 명절이었다[24]'고 당당히 발언했다. 즉 이진유는 조정의 관료로서 숙종을 섬기다 그가 사망하여 경종이 왕위에 오르면 경종을 섬겼으며, 경종이 사망하여 영조가 왕위에 오르면 다시 영조를 섬겼다는 것이다. 이러한 자신의 말과 같이 이진유는 영조가 즉위한 직후에도 소론 측 신하로서 영조를 모셔 정국에 참여하였다. 그리고 영조도 이진유에게 중국 사신의 부사로 임명하고 사신으로 가 있을 때에는 겸대사성으로 발령하여 결코 소홀히 하지 않았다[25]. 그러나 복수를 노리고 있던 노론(중녀)은 충역시비를 내세워 자신을 역적으로 몰아세웠다는 것이다. 이와 같이 〈속사미인곡〉은 서두부터 임에 대한 믿음을 내세우고, 이후 작품의 전편에서 이것을 강조하고 있다.

　　나)①황혼의 녯긔약을 다시 거의 차즐러니 / 참언이 망극하니 님이 신들 어이할고 / 시호도 성의하고 증모난 투겨하져 / 우리님 날 밋기야 셰샹의 뉘 비할고 / 듕산 방셔를 형듕의 가득 두고 / 함정의 건져내여 션디의 편관하니 / ~~중략~~ / ②일하음신을 어다로셔 또 드러다 / 근긔압송은 고금의 초견이오 / 자딜 졔직은 이은도 됴쳡하다 / 박명한 이

24　『영조실록』6년 5월 5일 〈이진유가 자신의 치적을 자평하고 역적과 절교하지 못한 것을 후회하다〉 기사 중.
25　『영조실록』즉위년 9월 1일 〈밀창군 이직, 이진유 등에게 관직을 제수하다〉;『영조실록』즉위년 10월 16일 〈여필용을 호조참판으로 이진유를 겸대사성으로 삼다〉

내 몸의 님의 은혜 이러하니 / 녀관 잔등의 피눈물이 졀노 난다 / ~~중략~~ / ③쥬인 명사군이 마조나 반겨하니 / 거처도 과분하고 의식도 넘녀업다 / 망나의 벗기신 몸 이곳의 언식하니 / 가지록 님의 은혜 도쳐의 망극하다

①은 이진유가 중국 사신으로 다녀오는 길에 자신의 유배 소식을 듣게 된 것을 서술한 것이다. '참언이 빗발쳐서 임도 어쩔 수 없었다, 그러나 임은 나를 믿었다, 그리하여 함정에서 건져내어 좋은 곳에 유배를 보내었다'고 서술했다. 이 서술 역시 이진유가 처했던 당시 상황과 일치한다. 처음에 영조는 탕평책을 내세워 이진유에 대한 노른 측의 끈질긴 사형 요구를 받아들이지 않고 이진유를 육지 유배형으로 끝내려 했다. '참언'은 노론 측의 사형 요구를, '임이 나를 믿었다'는 것은 영조가 노론 측의 요구를 받아들이지 않은 것을, 그리고 '선지의 편관'은 육지 유배를 말한다. ②는 이진유가 서울의 궁성으로 들어가지도 못하고 서울 근교에서 체포되어 압송된 '근기압송' 사실과 그의 子姪이 관직을 제수 받은 '자질제직' 사실을 서술했다. 영조는 중국사신 일행에게 상을 내린다. 이때 영조는 비록 이진유가 유배를 갔지만 그의 공을 인정하여 子姪들에게 관직을 제수하고 전답과 노비까지 내렸다[26]. 그리하여 이진유는 이러한 처분을 내린 임

---

26 이진유에게 나주 배소가 정해진 것은 1월 25일이다(『영조실록』1년 1월 25일〈의금부에서 박필몽, 이진유, 이명의 정해, 윤성시, 서종하의 배소를 아뢰다〉). 그리고 2월 25일에 그의 자질들이 관직을 제수 받게 된다(『영조실록』1년 2월 8일〈청시 승습 정사 밀창군 이직과 서장관 김상규가 돌아왔는데 전례대로 논상하다〉기사 중. "부사 이진유는 먼저 죄로 귀양하였다. 이직과 김상규에게는 加資하고 이진유의

의 은혜가 진심으로 감사하여 피눈물이 난다고 한 것이다. 영조 독단의 관대한 처분으로 사형이 아닌 육지 유배가 처해진 만큼 나주 배소는 그에게는 과분한 것으로 생각되었고 그럴수록 임의 은혜가 크게 느껴졌는데 그 정황이 ③에 나타나 있다.

> 다) 시재욕살하야 화색이 층격하니 / 도거정확이 됴셕의 위급일새 / 절도천극으로 즁노랄 막으시니 / 종시에 곡전하심 오날이야 더욱 알다 / ~~중략~~ / 자색도 업산 내오 재덕도 업산 날을 / 무어살 취하시며 무어살 듕히 넉여 / 언언이 쟝허하며 사사의 두호하샤 / 비박한 이 한 몸을 다칠가 념하시니 / 엇그졔 만난 님이 정의난 닉듯 서듯 / 님의 뜻 나 모르고 내 뜻도 님 모르며 / 무산 일 이대도록 견권하미 곡진할고 / 백년을 해로한들 이에서 더할손가

그러나 노론측은 신임옥사에 대한 상처가 너무 깊었다. 노론 측은 소론 대신과 당여들을 역적으로 몰고 연일 사형에 처해야 한다는 주청과 상소를 올렸다. 영조는 다시 한 걸음 물러나 김일경과 이진유 일파에게 형을 더하여 사형보다는 가벼운 절도천극의 처분을 내렸다. 그러면서도 영조는 파붕당을 역설하며 노론의 협조를 구하기도 하였다. 이러한 당시의 정황이 "언언이 쟝허하며 사사의 두호하샤 / 비박한 이 한몸을 다칠가 념하시니"라는 구절에 잘 나타나 있다. 그리고 '엇그졔 만난 임이어서 정이 아직 익지는 않았다'는 구절에는

子姪은 除職하고 모두 전답과 노비를 내리며").

영조가 즉위한 지 얼마 되지 않은 사실과 함께 소론으로서 영조와의 정치적 관계까지를 표현한 엄정함이 들어 있다. 그럼에도 불구하고 영조가 자신을 '잊지 않고 배려해주심(繾綣)이 곡진'한 것에 대해 감격하고 있는 것은 영조가 노론의 요구를 견제하며 자신의 사형을 막고 있다는 것을 알기 때문이었다.

라)는 배를 타고 섬에 들어간 과정과 섬에서의 유배 생활을 서술했다. 그리하여 〈속사미인곡〉은 사대부인 이진유로서는 전혀 겪어보지 못한 새로운 세계를 서술하여 사대부의 확장된 경험 세계를 담게 되었다. 그러나 이 가사의 작품세계가 현실주의적 미학을 확보했다고 보기는 어려울 것으로 보인다. 사대부의 일상적 경험을 넘어서서 새롭게 확장된 경험을 몸소 겪었음에도 불구하고 이진유는 그것을 표현하는 데 있어서 한문구를 지나치게 많이 사용하고 있다. 그리하여 자신이 경험한 세계의 구체성을 제대로 전달하지 못하고, 경험의 생생함과 발랄함도 잃게 되었다. 이진유는 처음 겪는 절도에서의 유배생활이 매우 이질적이고 생생한 경험으로 다가왔을 터이지만, 유식한 한자를 사용하여 표현하는 것을 견지했던 것이다.

그리고 이진유가 실천한 절도에서의 유배생활도 사대부의 규범적 생활에서 벗어난 것이 아니었다. '감군은' 삼자, '망미헌' 편액, 주서 강독 등으로 표현된 그의 유배생활은 求命의 유일한 출구가 왕인 것을 아는 작가의 입장에서 왕을 염두에 둔 매우 현실적인 행위이기도 하였다. '도듕의 뉘 모르리'라고 한 구절에서는 자신의 그러한 유배생활이 사실과 다름이 없음을 간접적으로 나타냈다.

마) 천디간 독닙하야 사방을 둘너보니 / 우리 님 아니시면 눌을 다시 의지할고 / 시운이 불행하야 쳔니의 떠나시니 / 내 신세 고혈한 줄 님이 모르실가 / 긴 사매 들고 안쟈 볫건앙 녁슈하니 / 우직하기 본성이오 광망함도 내 죄오나 / 근본을 생각하니 님 위한 정성일새 / 일월가튼 우리 님이 거위 아니 죠림할가 / 생성하신 이 은혜랄 결초하기 긔약하나

　가사의 마지막 부분인 마)에서 이진유는 임에 대한 서정을 쏟아내고 있다. 임이 아니면 의지할 사람이 없다고 하고 임도 자기가 외로운 줄을 아실 것이라고 하면서 임과 자신의 관계를 다시 한번 확인하였다. 자신을 우직하고 광망하였다고 하여 소론 정객으로 활약한 자신의 지난 행동에 대해 합리화를 하면서 동시에 후회를 하기도 했지만, 그 행동의 근본은 임을 위한 것이었음을 힘을 주어 말하고 있다. 숙종과 경종을 섬기는 도리로서 영조도 섬겨 평생 충의로 살아왔다는 이진유의 신하로서의 신념에 비추어 볼 때 이것은 지난날에 대한 궁색한 변명이라기보다는 진정성이 살아 있는 말이다.
　이와 같이 〈속사미인곡〉은 사실에 기초하여 자신의 경험을 서술하는 가운데 임에 대한 서정을 토로한 가사이다. 이진유는 임에 대한 서정을 토로하면서 끊임없이 임과 나 사이에 있었던 믿음과 은혜의 관계를 사실에 기초하여 나타내려 애썼다. 사실에 기초하였기 때문에 전반부에는 임에 대한 나의 서정이 비교적 담담하게 표현될 수 있었으나 후반부에 이르면 임에 대한 나의 서정이 폭발적으로 토로되기도 하였다. 그런데 사대부의 확장된 경험세계를 담았음에도 불

구하고 지나친 한자어의 사용으로 현실주의적 미학은 확보하지 못하였다.

　이러한 〈속사미인곡〉의 작품세계도 이진유의 생애 및 당시 정치적 상황과 연관하여 설명할 수 있다. 이진유가 추자도로 유배를 당한 것은 이미 그의 손으로 노론 가문을 피바다로 만든 데에 대한 정치적 보복 때문이었다. 여성화자 '나'를 설정하여 '임'에 대한 서정을 끊임없이 표현한 것은 소론 정객 이진유로서는 너무도 절실하고 당연한 일이었다. 이진유는 믿음과 은혜에 기초한 영조와의 이전 관계를 자세히 표현하여 그 믿음을 바탕으로 하여 앞으로의 자신의 처지가 개선되기를 희망한 것이라고 할 수 있다. 따라서 '임'의 믿음을 끊임없이 강조한 이 가사의 표현들은 실은 노론의 끈질긴 요구에도 불구하고 자신에게 관대하고자 한 왕을 어떻게 해서라도 끝까지 자신의 편에 있게 하려는 작가의 내재적 욕망이 동인이 되어 나온 것이다.

　그리고 이진유가 〈속사미인곡〉에서 사대부의 확장된 경험 세계, 특히 열악하고 궁핍한 유배생활을 서술한 것은 의도적으로 왕에게 보이기 위해서였다고 보기는 어려울 것이다. 이러한 사실적 작품세계는 합리적이고 사리에 밝은 실학자적인 이진유의 자질에서 비롯된 것으로 보인다. 그리고 한문구의 표현을 포기하지 않았으며, 사대부의 규범적인 생활 자세를 잃지 않으려 한 작가의 모습도 관료로서의 자세를 잃지 않으려고 하는 이진유의 실학자적 자질에서 비롯된 것이라고 볼 수 있다. 사실과 주어진 본분에 충실한 실학자적 관료로서의 면모가 표출된 것이다.

🌸 5. 가사문학사적 의의와 위상

절도에 유배를 당하여 노론 측 정객인 김춘택은 〈별사미인곡〉(1706~
1710년)을 지었고, 소론측 정객인 이진유는 〈속사미인곡〉(1727년)을
지었다. 이 두 작품은 제목에서 볼 수 있듯이 정철의 양 미인곡을 추
수하여 지은 것이다. 김춘택은 자신이 정철의 〈사미인곡〉과 〈속미인
곡〉 양 미인곡에 화답하여 〈별사미인곡〉을 지은 것이라고 분명히 밝
히고 있다[27]. 김춘택은 정철의 가사 작품을 이어 지었지만 자신만의
새로운 사미인곡이라는 의미로 '別'자를 붙여 가사의 제목을 〈별사
미인곡〉이라고 지었다. 이로부터 20년 후 쯤에 이진유는 추자도로
유배를 가서 〈속사미인곡〉을 지었다. 〈사미인곡〉을 추수하여 임에 대
한 여인 나의 정서를 토로한 것이었으므로 자신의 작품을 〈사미인
곡〉의 속편으로 생각하여 제목을 붙인 것이다.

그런데 이진유가 김춘택이 쓴 가사 〈별사미인곡〉을 의식해서 제
목을 붙인 것은 아닌가 조심스럽게 추측할 수 있다. 이진유가 김춘
택이 쓴 〈별사미인곡〉을 읽었다는 기록이 없어 다만 심증에 불과하
지만, 두 사람이 서울에서 거의 동년배로 살면서 정치적인 상관관계
도 서로 밀접했었던 만치 이진유가 김춘택이 쓴 가사의 존재를 의식
했었을 가능성은 충분히 있다고 하겠다.

어쨌든 18세기 초 서로 정적이었던 두 사람은 유배를 당하자 이미

---

27 "余來濟州又以諺作別思美人詞 追和松江兩詞 其大意以爲彼娘子猶嘗陪侍君子於白玉
京廣寒殿 寵愛嬌態則雖遭災殃而被斥逐亦不必永傷 惟此娘子未嘗一承恩於鴛鴦枕翡
翠衾 而乃獲罪遠放 無因緣而有離別最爲可恨"『北軒集』論詩文：附雜設

正典이 되어 버린 정철의 양 미인곡을 추수하는 길을 택해〈별사미인 곡〉과〈속사미인곡〉을 창작하였다. 18세기 치열한 노론과 소론 간의 당쟁이 마련한 창작욕구의 절실함이 정전이 지니고 있었던 정치적 기능을 적극 활용하게 만든 것이다. 이렇게 두 사람이 정철의 가사 를 추수한 것은 정치적으로도 연관이 있었기 때문으로 보인다. 정철 은 서인이었고 서인의 분파가 노론과 소론이었기 때문이다[28]. 정철 의 양 미인곡을 호평한 인물들도 대부분 같은 서인계열의 사대부들 이었으며[29], 송강의 작품을 동방의〈이소〉라 칭찬했던 김만중은 김 춘택 가문의 일원이었다. 이와 같이 같은 당 계열이라는 정치적인 이유가 작용함으로써 이들은 정철의 작품을 적극적으로 향유할 수 있었던 것으로 보인다.

노론과 소론의 정객이 택한 길이 각각〈별사미인곡〉과〈속사미인 곡〉이라 해서 이 두 작품세계가 노론과 소론의 정치적인 입장을 반 영하고 있는 것은 아니다. 두 가사의 작품세계는 당시 정치 상황에 따라 겪게 된 철저한 작가 개인의 세계였기 때문이다.〈별사미인곡〉 은 정철의 양 사미인곡을 충실히 추수하는 길을 택하였다. 그런데 임에 관한 서정을 펼치는 가운데 자신의 욕망이자 회한인 '한 번도 모셔보지 못한 임에 대한 서정'에 집착하였다. 이 개인적 욕망에 대 한 집착이 작품의 전체적인 균형을 허물어 뜨리는 결과를 낳기도 하 였다. 이렇게〈별사미인곡〉은 양 미인곡을 충실하게 추수하면서도

---

28 서원섭은 김춘택과 송강의 관계를 말하는 가운데 당쟁의 계보 속에서 파악한 바 있다(「북헌의 별사미인곡 연구」,『어문논총』제2집, 경북어문학회, 1964, 53~54면).
29 최상은, 앞의 논문, 25면.

자신의 문제에 집착함으로써 불균형적인 독특한 작품세계를 이루게 되었다. 〈속사미인곡〉은 사실적으로 자신의 유배경험을 서술하는 가운데 임에 대한 서정을 펼치는 길을 택하였다. 그러나 사대부의 확장된 경험세계가 줄 수 있는 현실주의적인 미학은 확보하지 못하여 새로운 세계를 개척하는 데는 실패했다고 할 수 있다.

이렇게 이 두 가사 작품이 사미인곡계 가사를 창조적을 계승하여 나아가지는 못하였음에도 불구하고 이 두 가사가 보여주고 있는 세계는 작가의 진정성에 근거하는 것이었다. 당시의 상황은 노론과 소론의 치열한 정쟁으로 인해 그 어느 때보다도 사미인곡계 가사의 창작을 예비하고 있었다. 그리하여 임에 대한 여인 나의 관습적인 문구들로 이루어진 이들 작품은 문화적 관습에 의해 유배 가서 지어보는 단순한 문화적 치장으로서의 표현이 아니라, 상황의 절실함에 의해 지을 수밖에 없었던 지극히 개인적이고도 진정성 있는 표현이라는 의미를 지닌다. 이렇게 〈별사미인곡〉과 〈속사미인곡〉은 유배가사 및 연군가사가 산출될 수 있는 전형적인 정치 상황에서 정쟁의 두 대표자가 사미인곡계 작품이 지니는 기능성을 순수하게 살려 개인적 욕망을 담아 창작한 작품이라는 의의를 지닌다.

그러면 이 두 작품의 향유는 어떠했을까. 이 두 작품이 정철의 가사 작품과 함께 실려 있기도 하여 '가전되어 오는 것 외에 상당한 독자를 확보하고 있었던 것으로 보인다'[30]는 지적이 있다. 정철의 가사 작품과 같이 실려 있으면서 독자를 어느 정도 확보할 수 있었던 것

---

30 최상은, 앞의 논문, 26면.

은 이들의 정치적 기반과 무관하지 않았을 것이라고 본다. 정철의 작품들이 주로 서인계와 그 분파에서 향유·계승되었던 것과 마찬가지로 이 두 가사가 곧바로 자기 당여들에게 향유되었을 가능성은 충분하다고 본다. 그러나 이 두 작품의 향유는 매우 제한적이었을 것으로 보인다. 정철의 양 미인곡이 보편적인 임에 대한 서정을 담고 있는 것과는 달리 두 작품은 개인적인 '님과 나'의 서정을 담고 있다. 이러한 개인적인 작품세계는 향유에 제한을 주는 요인으로 작용하였을 것이다.

한편 이들 가사 작품의 문학적 기능이 예전의 것과 달라진 점도 간과할 수 없을 것이다. 김춘택과 이진유의 시대인 18세기 초에는 가사문학의 정치적 기능이 대폭 확대되었다. 왕조실록의 기사만 살펴 볼 때 변란과 관련하거나 조정을 비방하는 가사문학이 18세기 직전부터 중반까지 활발하게 나타난다. 1689(숙종 15)년 기사환국시 서인측 조빈이 흉서를 보고 부른 노래, 1692(숙종 18)년 조정을 비방하는 홍이하의 가사, 1720년 숙종 승하 당시 노론 측에서 지은 독대와 관련한 가사와 이희지의 가사, 1728(영조 4)년 이인좌난의 연루자인 소론측 안정의 가사, 1739(영조 15)년 청안지방 변란시 조정에 관한 언급이 불측했다는 장익호의 가사와 나라를 원망했다는 노광석의 가사, 1744(영조 20)년 조정을 비방하는 남문에 붙은 가사 등이 그것이다. 이들 가사가 출현한 시기는 대체적으로 노론과 소론의 정치적 대립이 치열했던 시기와 일치한다. 이러한 가사들은 텍스트가 전하지 않아서 그 실상은 자세히 알 수 없으나 대체로 조정의 현실과 백성의 고통을 읊은 내용일 것으로 추정된다. 이러한 가사문학은

언문으로 된 시가라고 하는 점을 대폭 활용하여 향유자층을 사대부
층으로만 한정하지 않고 일반서민으로까지 확장하려는 작가의 의
도가 있어 창작되었다. 이렇게 이 시기 치열한 당쟁의 현실에서 언
문의 기능성을 활용한 가사문학의 정치적 기능이 다른 각도에서 발
휘되기 시작했다. 따라서 언문으로 쓴 사미인곡계 가사문학의 정치
적 의미와 기능도 변화를 겪게 될 수밖에 없었다고 보인다. 즉 가사
문학의 불온성이 확대, 전개됨으로써 사미인곡계 가사의 불온성이
문제될 수 있었다는 것이다. 이진유의 〈속사미인곡〉에 관한 다음의
기사는 그것을 잘 보여준다.

> 생각건대 저 역적 이진유는 실제로 김일경과 박필몽의 흉모를 주관
> 한 자임에도 무단히 배소에서 돌아왔으나, 끝내 정법하라는 명을 아끼
> 고 계십니다. 전하께서는 과연 따뜻하게 베푸는 작은 은혜로 효경의
> 마음을 감화시킬 수 있다고 생각하는지요. <u>아니면 섬에서 지은 歌詞가
> 진실로 임금을 사랑하는 정성에서 나오고</u> 조만정을 잡아 바친 것이 족
> 히 스스로 변명할 단서가 된다고 여기시는 것인지요. <u>그가 歌謠를 전
> 파시켜 都下에까지 흘러들어 가게 한 것은 정상이 매우 妖惡합니다</u>[31].

위는 영조가 이진유를 사형에 처하지 않자 진언한 이양신의 말이
다. '이진유가 배소에서 돌아왔다, 따뜻하게 베푸는 은혜로 역적의
마음을 돌릴 수 있다고 생각하느냐, 아니면 섬에서 지은 가사가 진

---

31 『영조실록』5년 2월 28일 〈부수찬 이양신을 경원으로 귀양 보내라고 명하다. 사대
신의 죄 12 가지를 지적한 이양신의 상소문〉 기사 중.

실로 왕을 사랑하는 정성에서 나온 것으로 아느냐, 그가 가사를 도
성 안으로 전파시킨 것은 매우 불온하다'는 것이다. 무조건 정적의
행위를 매도하고 흠집을 내려했던 정황을 감안한다 하더라도 가사
에 대한 시각이 매우 부정적임을 알 수 있다. 정적의 사미인곡계 가
사를 비아냥거리는데, 그 이유는 그가 가요를 전파시켜 도하에까지
흘러들어 가게 하였기 때문이다. 이진유를 문제 삼고 있는 위의 시
점은 무신란이 일어난 후인데, 무신란의 연루자로 잡혀 들어온 사람
들의 공초에서 증거물로 가사가 지목되고 있는 현실이었다. 그의 가
사가 성안에까지 전승된 것은 그의 집안이나 소론측의 향유가 있음
으로 해서 가능했을 것인데, 여기서 바로 가사문학의 유포성을 매우
불온하게 바라보고 있음이 확인된다. 따라서 〈별사미인곡〉과 〈속사
미인곡〉이 정쟁이 치열한 현실에서 창작될 수밖에 없었으나, 바로
치열한 정쟁의 현실이 작품의 의미와 기능을 왜곡하고 향유를 제한
하기도 했던 것이 아닌가 추정해 볼 수 있다.

　18세기 연군가사 및 유배가사의 흐름은 이 두 작품의 뒤로 1755년
에 다시 이어진다. 1755년 이광명의 〈북찬가〉, 1758년 이광사의 〈무
인입춘축성가〉, 그리고 1763년 이긍익의 〈죽창곡〉[32]이 그것인데, 주

32　최강현,「듁창곡 소고」,『어문논집』제14·15집, 민족어문학회, 1973. ; 최강현,「무
　인입춘축성가에 대하여」,『시문학』통권24호, 현대문학사, 1973. ; 정기호,「이광명
　의 적소시가에 대하여」,『논문집』제3집, 인하대학교, 1977. ; 정흥모,「영조조의 유
　배가사 연구 : 〈속사미인곡〉과 〈북찬가〉를 중심으로」, 앞의 논문. ; 노경순,「이진유
　가계 유배가사 연구」,『반교어문연구』제31집, 만교어문학회, 2011. ; 최홍원,「공
　간을 중심으로 한 〈북찬가〉의 새로운 이해와 접근」,『국어국문학』제167집, 국어국
　문학회, 2014. ; 최홍원,「정치적 행위로서의 글쓰기, 〈죽창곡〉과 감군의 정서」,『어
　문학』제124집, 한국어문학회, 2014.

목할 만한 점은 이 작품들의 작가가 모두 이진유 집안의 사람이며, 모두 이진유의 죄에 연루되어 유배를 당하거나 그와 유사한 환경에 처했을 때 가사를 지었다는 것이다. 18세기 초에 당쟁의 현실에서 〈별사미인곡〉과 〈속사미인곡〉이 창작되었다. 그러나 그 후 유배가사 혹은 연군가사는 한동안 창작이 중단되는데, 그 이유는 가사문학의 정치적 기능이 다른 각도에서 활발하여져서 그 불온성이 문제되었기 때문이라고 할 수 있다. 그러나 이진유의 가문에서는 그들의 죄가 바로 이진유 당사자에게서 비롯되었음에도 불구하고 오히려 역설적으로 이진유가 했던 것처럼 유배·연군가사를 다시 창작하는 길을 택한 것이라고 할 수 있다. 이런 의미에서 두 작품은 18세기 유배·연군가사의 흐름과 맥을 이어주는 역할을 담당하여 중요한 가사문학사적 위상을 지닌다고 하겠다.

6. 맺음말

이 연구에서는 18세기 초 정치현실과 〈별사미인곡〉과 〈속사미인곡〉을 연관하여 그 작품세계를 살피고, 두 작품이 지니고 있는 의의와 가사문학사적 위상을 규명하였다. 두 작품은 정철의 양 미인곡이 지니고 있는 정전으로서의 권위에 기대어 그 정치적 기능을 활용하고자 지은 것이다. 그러나 그 작품세계는 각 작가의 개인적인 처지가 민감하게 반영됨으로써 사실과 진실에 기초한 것이었다. 그리하여 두 가사의 작품세계는 정전을 비개성적으로 추수한 형식적이고

관습적인 세계가 아니라 작가의 개인적 욕망에 기초한 지극히 개성
적인 세계를 이루었다.

   가사문학사에는 관습적인 창작으로 언뜻 보아 천편일률적인 작
품세계를 보이고 있는 유형군이 많이 존재한다. 예를 들면 相思別曲
系 가사의 경우 그 작품의 표현 구절과 세계가 대단히 중복적이어서
'천편일률적'인 작품세계를 지닌 것처럼 보이는 것이 사실이다. 더
욱이 작가나 제작시기를 밝힐 수 없다는 한계점이 있기 때문에 이러
한 작품들이 개별적으로 지니고 있는 의미는 소홀히 다루어질 수밖
에 없었다. 그러나 이들 작품들도 창작된 동기 면에서 반드시 개별
작가의 내재적 필연성이 있었을 것이며, 따라서 각각의 작품세계는
진정성을 지니고 있었던 것만은 분명하다고 본다. 이런 의미에서 가
사문학 작품 전반을 바라보는 시각이 변화되어야 한다고 보는데,
〈별사미인곡〉과 〈속사미인곡〉에 관한 이 연구의 논의가 이러한 시각
변화의 한 계기가 되기를 기대한다.

조 선 후 기

가 사 문 학

연   구

제6장

〈노처녀가 Ⅰ〉 연구

1. 머리말

〈노처녀가 Ⅰ〉과 〈노처녀가 Ⅱ〉는 김영태, 김용천에 의해 학계에 소개된 후[1] 조선후기 가사문학의 중요한 작품으로 활발한 주목을 받아왔다.[2] 이 두 가사 작품은 규방가사, 서민가사, 서사가사의 한 작품으로 논의되는 가운데 조선후기 가사문학의 변모양상을 보여주는

---

1 김영태, 「노처녀가의 표현」, 『신천지』제3권 제3호, 서울신문사, 1947년 2월.; 김용천, 「노처녀가 (Ⅰ)(Ⅱ) 고」, 『어문논집』제15집, 민족어문학회, 1961.
2 임기중의 1960년대 가사문학연구사에 관한 다음의 언급은 이러한 사정을 잘 말해준다. "개별 작품에 대한 연구로는 〈일동장유가〉와 〈한양가〉가 가장 많고, 〈노처녀가〉〈관동별곡〉〈사미인곡〉〈면앙정가〉〈불우헌곡〉 등이 그 다음으로 활발하게 거론되었다."(『한국가사문학연구사』, 이회, 1998, 55면)

작품으로 문학사적 위상도 자리매김할 수 있게 되었다. 최근에는 〈노처녀가 Ⅰ〉과 〈노처녀가 Ⅱ〉의 여성인식의 비교, 『삼설기』자체 속에서의 논의, 소설 〈고독각시전〉이나 〈노처자전〉과의 관련성, 향유양상 등 다양한 시각에서의 논의가 이어져 두 작품에 관한 학계의 논의는 매우 활발했다고 할 수 있다.[3] 그러나 이러한 기존의 논의는 대부분 〈노처녀가 Ⅱ〉에 집중되어 있는 것이었다. 정작 〈노처녀가

3　두 작품에 관한 중요한 연구성과와 최근의 소설과 관련한 논의를 소개하면 다음과 같다. 임헌도, 「노처녀가에 관한 연구」, 『이숭녕박사송수기념논총』, 을유문화사, 1968. ; 어영하, 「규방가사의 서사문학성 연구」, 『국문학연구』제4집, 효성여자대학국어국문학연구실, 1973. ; 최원식, 「가사의 소설화 경향과 봉건주의의 해체」, 『창작과 비평』1977년 봄호, 창작과 비평사, 1977. ; 김학성, 「가사의 실현화 과정과 근대적 지향」, 『근대문학의 형성과정』, 문학과 지성사, 1983. ; 김유경, 「서사가사연구」, 연세대학교 석사학위논문, 1988. ; 장정수, 「서사가사 특성 연구」, 고려대학교 석사학위논문, 1989. ; 이혜전, 「조선후기 가사의 서사성 확대와 그 의미」, 이화여자대학교 석사학위논문, 1991. ; 서영숙, 「서사적 여성가사의 연구-〈노처녀가〉를 중심으로」, 『어문연구』제22집, 어문연구회, 1991. ; 최현재, 「조선후기 서사가사 연구」, 서울대학교 석사학위논문, 1995. ; 서인석, 「가사와 소설의 갈래 교섭에 대한 연구」, 서울대 박사학위논문, 1995. ; 김용찬, 「삼설기 소재 〈노처녀가〉의 내용 및 구조에 대한 검토」, 『한국가사문학연구』, 태학사, 1996. ; 최진형, 「가사의 소설화 재론」, 『성균어문연구』제32집, 성균관대학교 국어국문학회, 1997. ; 최규수, 「〈삼설기본 노처녀가〉의 갈등 형상화 방식과 그 의미」, 『한국시가연구』제5집, 한국시가학회, 1999년 8월. ; 김응환, 「〈꼭두각시전〉에 나타난 인물의 기능과 의미」, 『한국학논집』제23집, 한양대학교 한국학연구소, 1993. ; 김미란, 「고전소설에 나타난 여성변신의 의미」, 『동방학지』제89·90호, 연세대학교 동방학연구소, 1995. ; 박인희, 「노처자전 연구」, 『국민어문연구』제8집, 국민대학교 국어국문학연구회, 2000. ; 전준이, 「삼설기의 체재와 유가담론」, 『반교어문연구』제14집, 반교어문학회, 2002. ; 성무경, 「노처녀 담론의 형성과 문학 양식들의 반향」, 『한국시가연구』제15집, 한국시가학회, 2004. ; 강경호, 「19세기 가사의 향유관습과 이본생성-〈노처녀가〉와 그 관련 작품을 통해본 가사 향유의 한 양상」, 『반교어문연구』제18집, 반교어문학회, 2005. ; 하윤섭, 「시적 체험의 다양성과 〈노처녀가 1〉: 규방가사 권역에서 향유된 〈노처녀가 1〉을 중심으로」, 『국어문학』제44집, 국어문학회, 2008. ; 김석회, 「〈노처녀가〉 이해의 시각」, 『선청어문』제36집, 서울대학교 국어교육과, 2008. ; 신희경, 「삼설기 소재 〈노처녀가〉의 영웅서사적 성격」, 『한국고전여성문학연구』제22집, 2011. ; 양정화, 「조선후기 가사에 나타난 애정담론의 실현 양상: 삼설기본 노처녀가와 잡가본 노처녀가의 향유문화를 중심으로」, 『국제어문』제54집, 국제어문학회, 2012.

Ⅰ) 자체에 대한 논의는 매우 빈약한 편인데, 그 이유는 이 가사 작품
이 조선후기 가사문학의 양상을 특징적으로 드러내는 서사성이 없
고 서정성만을 지니고 있기 때문으로 보인다.

〈노처녀가 Ⅰ〉은 신세한탄형 혹은 잡가본 노처녀가로 알려진 가사
이다. 〈노처녀가 Ⅰ〉이나 〈노처녀가 Ⅱ〉는 모두 노처녀의 1인칭 독백
으로 진술되어 있다. 그런데 두 가사 작품이 모두 노처녀의 1인칭 독
백으로 진술되었음에도 불구하고 〈노처녀가 Ⅱ〉는 그 서사성으로 인
하여 작품세계를 허구적 세계로 인식하고 있는 반면, 〈노처녀가 Ⅰ〉
은 그 서정성으로 인해 작품세계의 허구성 여부가 불분명한 채 그대
로 있어 왔다. 그리하여 〈노처녀가 Ⅰ〉이 시집 못간 노처녀의 '가냘픈
심정'을 표현하고 있고, '여인의 권리가 조금씩 인정되가던 때이던
만치 지금까지 부당하게 억압받아 온 그들의 생활과 감정을 가사체
로 빌려 토로'[4]한 것이라는 소개 당시에 이 작품을 바라보았던 시각,
즉 이 작품이 실제 노처녀의 서정세계를 담고 있다는 시각이 아직도
적용되고 있는 실정이다.

과연 이 작품이 실제 노처녀 자신의 서정적 표현일까? 그리하여
그동안 억누르고만 살았던 한 노처녀가 조선후기 서민의식의 성장
과 인간성에의 자각 등과 같은 정신사적 흐름을 타고 과감하게 자신
의 서정을 가사로 읊게 된 것일까? 이 연구는 이러한 의문점에서 출
발한다. 이 의문점에 대한 해답은 작품의 의미를 파악하기 이전에
최우선으로 해결되어야 할 과제라 하지 않을 수 없다.

---

4 김용천, 앞의 글, 63면.

그런데 최근 시가문학에서 활발히 전개되고 있는 화자 연구의 성과는 이 문제의 해결에 많은 시사점을 던져주고 있다. 가사문학에서는 성무경, 조세형, 권인숙, 정인숙 등의 화자 연구[5]를 통해 화자와 청자와의 관계, 화자와 작가와의 관계, 서정성과 허구성의 문제 등이 분석되고 그 의미가 재해석되었다. 한시·사설시조·고려가요 등에서는 작품의 일인칭 여성화자나 여성 등장인물들이 남성의 시각에 포착된 여성이라는 점에 주목하고 그 의미를 재해석하는 시도가 계속되었다. 이러한 일련의 연구에서는 〈노처녀가 I〉을 구체적으로 언급하지는 않았다. 하지만 이들 연구는 〈노처녀가 I〉의 작품세계를 바라보는 시각의 지평을 넓혀주었다고 할 수 있다.

이 연구의 목적은 〈노처녀가 I〉의 작품세계를 분석하여 이 가사가 허구적 화자의 서정 세계인 것을 밝히고, 작품이 지니고 있는 의미와 문학사적인 위상을 규명하는 데 있다. 우선 2장에서는 18세기 중엽 노처녀 담론의 형성과정에 대해 살펴본다. 18세기 중엽 노처녀 담론이 형성된 사실은 단순히 작품의 배경적 사실로만 있는 것이 아니라 작품의 주제와도 밀접하게 연결되어 있다. 3장에서는 작품 자체의 분석을 통해 이 가사가 허구적 화자의 서정 세계를 담고 있다는 점을 밝힌다. 4장에서는 작가를 추정한 후 작가가 의도했던 작품의 주제를 알아본다. 마지막으로 5장에서는 이 작품이 지니고 있는 의미와 문학사적 위상을 규명해보고자 한다.

---

5 성무경, 「가사의 존재양식 연구」, 성균관대학교 박사학위논문, 1998. ; 조세형, 「가사 장르의 담론 특성 연구」, 서울대학교 박사학위논문, 1998. ; 권정은, 「여성화자 가사에 나타난 여성상 연구」, 서울대학교 석사학위논문, 2000. ; 정인숙, 「가사에 나타난 시적 화자의 목소리 연구」, 서울대학교 박사학위논문, 2001.

2. 18세기 중엽 노처녀 담론의 형성과 사대부가 노처녀의 문제

유교사회는 '鰥寡孤獨'에 대한 보살핌을 왕도정치의 기본으로 여겼다. 가뭄, 홍수, 돌림병 등으로 백성들의 삶이 피폐해지면 왕의 구휼은 일차적으로 가난하고 의지할 곳이 없는 이들을 돌보는 것으로 시작하고, 여기에 효자나 절부가 첨가되기도 하였다. 혼인을 제때에 못한 노처녀와 노총각도 환과고독에 속하였다. 18세기 전반 영조조에 이르면 시집 장가를 가지 못하는 백성들을 도와 결혼을 시켜주는 사업을 조정에서 정책적으로 시행하게 되는데, 특히 노처녀가 그 대상으로 등장하게 되었다.

> "婚嫁를 제때에 하게 함은 王政의 先務입니다. 지금 京外의 처녀로 나이가 2, 30이 넘도록 시집 못간 자가 매우 많아 원망이 가슴에 맺혀 和氣를 손상할 것입니다. 『經國大典』과 『典錄通考』에 기재된 바로 보아도 나라에서 이 점에 마음을 쏟은 바가 보통이 아니었습니다." 하니, 임금이 말하기를, "文王이 교화에 반드시 鰥寡孤獨부터 먼저 돌보았으니, 진달한 것이 옳다. 안으로는 京兆의 部官이 찾아 물어서 戶曹와 宣惠廳에 보고하여 각별히 돌봐주게 하고 밖으로는 감사와 수령이 역시 婚需를 갖춰 주어 시기를 넘김이 없도록 하라는 뜻으로 신칙하는 것이 좋겠다."[6]

---

6 영조 6년 12월 24일 〈나이가 많도록 시집 못간 처녀 문제와 도장의 무리들의 폐단 등에 대한 박문수의 상소〉. 『증보판 CD-ROM 국역 조선왕조실록』 제3집(서울시스템(주) 한국학데이타베이스연구소, 1997).

위는 1730년 박문수가 올린 상소에 영조의 답이 있었던 것을 서술한 것이다. 박문수는 경성 밖에 나이 2, 30이 넘는 노처녀가 많아 和氣를 손상할까 두려우니 영조에게 마음을 쓰라는 상소를 올렸다. 영조는 당연히 옳다는 말과 함께 경성 안은 五部 관원 및 호조와 선혜청에서, 경성 밖은 감사와 수령이 직접 혼수를 도와 결혼시키라는 명을 내렸다. 조정의 정책적인 배려 하에 노처녀의 결혼이 이루어진 사실을 알 수 있다.

이렇게 혼기를 놓쳐서 결혼을 못하게 되었던 것은 '혹 과년해서도 시집가지 못하고 늙어서도 장가가지 못하니, 그 폐단의 이유는 곧 사치스러운 데에서 오는 소치이다'[7]라는 영조의 언급에서 알 수 있듯이 당시 재력가들의 과시성 사치가 일반인에게도 파급되어 지나친 혼수가 문제되었던 때문이다. 이후 영조는 적극적으로 혼기를 놓친 백성들을 조사하고 혼수를 주어 결혼을 시키도록 하교하곤 했다.[8] 이러한 일련의 시책에서 그 대상은 노처녀와 노총각이었지만,

---

7 영조 9년 12월 22일 〈나라의 사치스러운 풍조에 대해 하유하다〉

8 영조 11년 1월 22일 〈탕평과 인재 등용, 양역의 폐단, 내탕의 혁파 등에 대한 부교리 김상성의 상소〉. "--전하께서 天屬을 자애하시어 반드시 편안하고 풍요롭게 살도록 하려고 하시면서 사방의 백성들이 시집가고 장가가는 데에 시기를 놓친 자가 반드시 있을 것인데 어찌 돌보고 구제할 것을 생각하지 않습니까?--"
영조 15년 1월 5일 〈인정문에서 조참을 행하다. 원춘의 대조회에서 신하들의 時事에 대한 생각을 아뢰게 하다〉. "--송인명이 또 혼인할 때를 넘긴 남녀는 관가의 힘으로 돕거나 宗族이 주관하여 나이가 차도 짝을 짓지 못하는 한탄이 없게 하고, 卿宰로서 늙었거나 늙은 어버이가 있는 자에게는 음식을 내려서 위문하고, --"
영조 19년 1월 15일 〈이의현에게는 食物을, 심수현의 부인에게는 月廩을 내리라고 명하다〉. "--또 남녀가 혼인하여 같이 사는 것은 인륜의 중대한 바이니, 백성들이 홀로 사는 것을 원망하는 일이 없도록 하는 것은 王者의 정치에서 먼저 할 바입니다. 바야흐로 東宮의 嘉禮하는 날을 당하였으니, 太王의 같이 즐겼던 것과 같은 은혜를 미루어, 가난하고 궁핍하여 때를 넘기고도 시집 장가 못한 사람을 남자는 30

대를 잇는 것을 무엇보다도 소중하게 여겨왔던 우리나라의 혈연의
식을 생각해 볼 때 노총각은 상대적으로 노처녀보다 그 수가 적어
노처녀가 압도적으로 많았을 것이다. 앞서 박문수의 상소에서도 특
별히 노처녀의 문제를 거론하였던 것은 상대적으로 노처녀의 수가
많았던 때문이었다. 이렇게 영조의 시책을 통해 사회문제의 하나로
서 노처녀 담론이 형성되어 갔다.

　사회문제의 하나로 노처녀 담론이 형성되는 가운데 구체적으로
사대부가의 노처녀 노총각이 거론되기 시작한 것은 1743년 무렵
이다.

　　우의정 조현명이 말하기를, '접때 喪期를 넘기고도 장례를 지내지
　　못한 자와 婚期를 넘기고도 결혼하지 못한 남녀를 抄錄하는 일을 五部
　　에 신칙하였는데, 그 보고한 바를 보았더니, 사대부 집안의 처녀와 남
　　자로서 36, 7세에 이르는 자가 있는가 하면, 한 집안 내에서 4, 5차례의
　　喪이 있었는데도 收斂하지 못한 경우가 또한 있었습니다. 서울이 이와
　　같으니, 지방은 알만합니다.[9]

───────

세, 여자는 25세로 한정하여 정밀하게 뽑고 구별하되, 서울은 호조와 선혜청에 지
방은 도신과 수령에게 모두 혼인을 돕도록 하여 匹夫匹婦가 짝을 얻지 못하는 원망
이 없도록 해야 하겠습니다."
영조 20년 8월 22일 〈육조의 낭관, 오부의 관원, 입직한 남행관을 소견하고 직장의
폐단을 두루 묻다〉. "임금이 육조의 낭관과 오부의 관원 및 궐내에 입직한 남행관
을 소견하고, 직장의 폐단을 두루 물어 보았다. 오부의 관원으로 하여금 도성 안에
서 빈궁하여 결혼할 나이가 지난 자들을 찾아서 물어보고 이를 아뢰도록 하였다."
9　영조 19년 2월 22일 〈조현명이 임금이 혼례와 장례비를 보조해 줄 것을 청하다〉

1월 25일에 내린 영조의 하교에 따라 노처녀 노총각의 명단이 올라왔다. 우의정 조현명은 서울 지방의 명단을 보고 놀라지 않을 수 없었는데, 사대부 집안의 노처녀, 노총각으로 36, 7세에 이른 자도 있었던 것이다. 36, 7세에 이르도록 자제의 결혼을 못시킬 만큼 빈한한 사대부가 많았음을 알 수 있다. 그런데 사대부 집안일수록 대를 이어야 한다는 혈연의식을 더욱더 강했을 지녔을 것이므로 이 명단에는 노처녀가 압도적으로 많았을 것임은 자명한 일이다. 그리하여 노처녀 담론 안에서 사대부가의 노처녀 문제가 자주 거론되기에 이른다.

무엇을 가지고 사대부의 마음을 잃는다고 할 수 있을까요? 우리나라는 가난한 나라입니다. 서울이나 외방의 士庶는 큰 부자나 녹을 먹는 사람 이외에는 대체로 궁핍한 사람이 많은데, 그 중에서도 양반이 가장 많고 또 가장 가난합니다. 士夫의 公卿 자손과 鄕人의 校生 이상을 통칭 양반이라고 하는데, 그 수효는 거의 모든 백성의 반절이 넘습니다. 조선의 양반은 한번 공장이나 상인이 되면 당장에 상놈이 되니 공장이나 상인이 될 수 없고 살아갈 길은 단지 농사밖에 없는데, 만일 몸소 농사를 짓고 아내는 들에 밥 나르기를 농부가 하는 것처럼 하면 閑丁이나 勸農의 직첩이 바로 나오니 이것은 죽어도 할 수 없는 일입니다. 공·상·농업은 모두 할 수 없어 겉으로는 관복을 입고 婚喪에는 양반의 체모를 잃지 않으려 하니, 어떻게 가장 가난하지 않을 수 있겠습니까? 안으로 서울에서 밖으로 8도에 이르기까지 오두막집이 찌그러지고 쑥대에 파묻혀 눈바람치는 혹한에도 煙火가 끊긴 곳은 물어보지 않아도 가난한 선비의 집임을 알 수 있습니다. 심지어 처녀로 나이가 많아도 시집 가지 못한 자는 대개 양반의 딸들이니, 세상에서 궁하게 사는 것은 사실 이들과 비교할 만한 데가 없습니다. 良役을 지는 백성은 비록 극히 애처롭기는 해도 힘써 농사를 짓고 땔감을 져 나르고 해서 그래도 마련할 길이라도 있지만, 만일 이들 양반들에게 돈이나 베를 내라고 하면 한 푼, 한 실오라기인들 어디서 구하겠습니까?[10]

위는 이종성이 戶錢의 실시를 반대하면서 내세운 논거 가운데 하나이다. '궁핍한 사람이 많지만 그 중에서도 양반이 가장 가난하다'고 하면서 양반의 궁핍상을 장황하게 늘어놓았다. 그리고 이런 상황에서 만약 양반에게도 세금을 거둔다면 양반은 한 푼도 낼 수 없을 것이므로 이 제도를 시행해서는 안된다고 주장한 것이다. 이종성의 발언은 세금을 내지 않으려는 논지에 따라 과장과 엄살을 가미하여 말한 것이다. 따라서 1750년 당시 양반의 수효가 백성의 절반을 넘는데, '이들이 제일 가난하다'고 한 내용을 액면 그대로 사실로 받아들일 수는 없다. 하지만 국토 인구의 3분의 1 정도를 차지하는 '양반층이 대부분 궁핍했다'는 것은 사실에 어느 정도 근접한 것이 아닌가 한다.

그런데 이 진술에서 우리가 주목하는 부분은 노처녀에 관한 언급이다. 여기서 이종성은 양반의 가난함을 강조하기 위해 '심지어 노처녀는 대개 양반의 딸들이'라고 진술하였다. 당시 사회문제의 하나

---

10 영조 26년 6월 22일 〈지돈녕 이종성이 상서하여 戶錢·結布의 폐단을 아뢰다〉

인 노처녀 담론의 핵심으로 사대부가 노처녀의 문제가 있었음을 알
수 있게 하는 대목이다. 양반가의 노처녀의 문제는 일차적으로는 양
반가의 궁핍에서 비롯되었다. 당시 사치스러운 혼례풍속에 비추어
볼 때 궁핍한 양반가에서는 婚需 자체가 없어서 혼사를 치루지 못하
는 일이 흔하게 일어났다. 그런데 보다 근본적인 문제는 양반의 위
신과 체면에서 비롯되었다. 위에서 이종성도 언급했듯이 양반들은
아무리 땔감을 때지 못할 정도로 가난해도 양반이라는 신분 유지와
체면 때문에 工·商·農業에 종사하지 않았다. 따라서 이와 똑같은 생
각에서 딸이 아무리 나이가 차서 40이 되어도 신분에 적당한 혼처가
생기지 않으면 혼사를 치루지 않았던 것이다. 지금의 현실과 견주어
생각해 볼 때 18세기 중엽 당시에도 남성과 달리 여성은 자기보다
지체가 낮은 집안의 남성과 결혼하는 것을 꺼려했던 것이 아닌가 한
다. 지금 농촌에 노총각이 많은 사회 현실과는 정반대의 조건에서
18세기 중엽에는 양반가의 노처녀가 많은 사회현실을 낳았던 것이
라고 할 수 있다.

> 사대부와 서인으로 시집가고 장가드는 시기를 놓친 자에 대하여 中
> 外로 하여금 돌보아 도와주도록 명하고, 하교하시기를 '가난한 선비가
> 시집가고 장가드는 시기를 놓친 것을 부끄럽게 여겨 가끔 숨기고 알리
> 지 않는데, 부모의 물음에 자식이 어찌 숨길 수 있겠는가? 만물은 봄을
> 맞이하면 모두 열매를 맺는 이치가 있는데, 아! 백성 가운데 혼인하는
> 시기를 놓친 자들은 초목만도 못하니, 어떻게 왕도 정치를 한다고 하
> 겠는가? 나의 부지런하고 간절한 뜻을 본받아 실질적인 성과가 있도

록 하라.' 하였다.[11]

위는 1757년 정월 초하루 날에 영조가 내린 하교이다. 노처녀 노
총각의 구휼을 하교하면서 특별히 가난한 양반가에서 노처녀, 노총
각을 숨기는 사실을 말하고 있다. 그간의 지속적인 구휼사업으로 노
처녀 노총각의 조사가 진행되었던 것인데, 양반가에서는 이러한 조
사에 응해서 혼수를 마련받는다 해도 지체 낮은 집안과 혼사를 치루
는 일이 쉽지는 않았을 것이다. 그러므로 조사 자체에 응하지 않고
쉬쉬하며 집안에 노처녀와 노총각을 숨겨두었음을 알 수 있다. 그리
고 앞뒤의 정황으로 보아서 숨기고 쉬쉬하는 대상은 노처녀가 대부
분이었을 것임은 자명하다. 영조는 1760년에는 종친 가운데서 가난
하여 혼기를 놓친 집안을 도와주라고 하기도 했다[12]. 이후에도 영조
는 지속적으로 노처녀 노총각을 구휼하는 사업을 시행했다.[13]

---

11 영조 33년 1월 1일 〈혼기를 놓친 사대부, 서인들을 돌보라고 하교하다〉
12 영조 36년 5월 20일 〈형조와 경기 어사에게 녹계치 못한 것을 상주케 하고 혼기를
    넘긴 종친을 돌보도록 하다〉 "지금 종친으로서 막 親盡이 되어 굶주리고 헐벗은 자
    와 그 자녀로서 나이 지나도록 결혼하지 못한 자를 특별히 초계하여, 해조로 하여
    금 옷감·食物과 혼수감을 넉넉히 내어주도록 하라. 만일 나이 서른이 넘도록 부부
    를 이룰 도리가 없다면, 그러한 政令에 있어서 또한 가뭄을 부른 단서가 아니겠는
    가? 중외에 분부하여 혼기를 넘긴 자를 듣는대로 돌보아 주도록 하라."
13 영조 38년 7월 10일 〈약방에서 입진하다. 경외의 혼기를 넘긴 자의 수를 아뢰도록
    하다〉; 영조 41년 9월 23일 〈災異로써 놀라고 두려워하여 백성들을 구휼할 것을 하
    교하다〉; 영조 46년 1월 17일 〈여역으로 죽은 자는 묻어주고 오래도록 혼인하지 못
    한 자는 도와주게 하다〉; 영조 48년 1월 4일 〈諸道에 혼인을 권장하고 장사를 도와
    주라고 신칙하다〉; 영조 48년 1월 23일 〈곤궁한 백성들의 혼수를 도와주게 한 일로
    선혜청의 수관을 다스리게 하다〉; 영조 48년 1월 29일 〈오부의 관원을 소견하고 혼
    기가 지난 자에 대해 하순하다〉; 영조 48년 1월 29일 〈고양·과천의 수령에게 관에
    서 도와준 혼수에 대해서 묻다〉; 영조 49년 11월 26일 〈혼인할 시기가 지난 사람을
    적어 아뢰고, 선혜청으로 하여금 수요를 보조케 하다〉

이상으로 18세기 중엽 노처녀 담론의 형성과정을 『조선왕조실록』
을 중심으로 살펴보았다. 영조는 왕도정치의 실현이라는 관점에서
노처녀 노총각을 조사하고 혼수를 도와주어 혼자 사는 이가 없도록
하는 일련의 시책을 지속적으로 시행하였다. 이러한 시책이 시행되
었다는 것은 그만큼 노처녀 노총각이 수적으로 양산되었음을 말해
주는 것인데, 그 가운데서 특히 노처녀의 문제가 더욱 심각했음을
기록은 보여준다. 이렇게 18세기 중엽 형성된 노처녀 담론은 사적
영역에서가 아니라 사회문제의 하나로서 공론화되었다는 특징을
지닌다. 한편 노처녀가 수적으로 증가하는 이면에는 가난한 양반가
의 문제가 있었다. 영조가 지속적으로 노처녀와 노총각의 문제에 관
심을 기울였던 것은 이것이 양반가의 문제이기도 했기 때문이다. 18
세기 중엽 노처녀 담론이 형성되면서 그 핵심에 양반가의 노처녀 문
제가 자리하고 있었다.

3. 〈노처녀가 Ⅰ〉의 작품세계 : '허구적 화자'의 서정 세계

〈노처녀가 Ⅰ〉은 작품 전편이 화자인 노처녀 '나'의 독백으로 이루
어져 있다. 그래서 외형적으로는 노처녀 자신의 솔직한 내면적 고백
처럼 보인다. 노처녀가 자신의 문제, 즉 결혼 못한 서러움과 결혼하
고 싶어하는 마음을 정면으로 문제삼아 그것을 표현했으므로 이 가
사는 매우 파격적이다. 그런데 작품의 내용을 자세히 들여다보면 노
처녀의 진술에 여러 가지 문제가 있음을 발견할 수 있다. 다음은 가

사의 서두 부분이다.

> 인간세상 사람들아 이 내 말씀 들어보소 / 인간 만물 생긴 후에 금수 초목 짝이 있다 / 인간에 생긴 남자 부귀자손 갖건마는 / 이 내 팔자 험구즐손 날가튼이 또 잇는가 / 백년을 다 사러야 삼만 육천 날이로다 / 혼자 살면 천년 살며 정녀되면 만년 살가 / 답답한 우리 부모 가난한 좀 양반이 / 양반인체 도를 차려 처사가 불민하여 / 괴망을 일 사므니 다만 한 딸 늘거간다 / 적막한 빈 방안에 적료하게 혼자 안자 / 전전불매 잠 못이뤄 혼자 사설 드러 보소[14]

노처녀인 '나'는 '인간세상 사람들'을 향해 자기 말을 들어보라고 하면서 자신의 신세한탄을 시작한다. 일반적인 가사 작품의 청자 끌어들이기 어법을 사용한 것인데, 자신의 문제를 세상 사람들을 향해 공개적이고 당당하게 펼치고자 하였다. 이후 화자는 답답한 부모 덕에 시집을 못가고 늙어만 가니 적막한 밤에 잠이 오지 않아 '혼자 사설'을 하니 들어 보라고 하며 본격적으로 자신의 신세를 한탄했다. 이러한 적막한 빈방 안에서 혼자 하는 사설은 작품의 마지막 부분인 '안잣다가 누엇다가 다시금 생각하니 아마도 모진 목숨 죽지 못해 원수로다'의 '안잣다가 누엇다가'와 수미상관하고 있어서 작품 전체는 하루 밤 잠못들어 하면서 펼친 진술로 받아들일 수 있다.

그런데 '인간세상 사람들아 이 내 말씀 들어보소'라고 시작은 했

---

14 인용 작품은 김용천(앞의 글)의 자료이다.

는데 다시한번 '전전불매 잠 못 이뤄 혼자 사설 들러 보소'라고 한 진술은 아무래도 어색하다. 전자의 진술이 직접적이고 공개적인 반면, 후자의 진술은 간접적이고 사적이다. 앞서 살펴본 바에 의하면 양반 집안에서는 노처녀가 있음을 알리려 하지 않아 쉬쉬하며 조정의 시책에도 협조하지 않을 정도였다. 당시 노처녀는 집안사람들조차 부끄러워하는 존재로서 규방에 유폐되어 있다시피 했다. 노처녀의 존재가 사회적으로 양산되어 있었지만 그들이 사회에 나설 수 있는 것은 아니었다. 더욱이 정절이데올로기를 철통같이 수구하는 양반댁 노처녀의 경우 지극히 폐쇄적인 생활조건에 처해 있었을 것이다. 이러한 생존조건 속에서는 감정이 폐쇄적인 회로에 갇히기 십상이고, 자기 존재의 근본적 문제에 대해서 공개적으로 언급하거나 표현한다는 것은 사실상 불가능하다. 따라서 전자의 어법은 당대 노처녀의 성격과 일치하지 않고, 후자의 어법이 당대 노처녀의 성격과 일치한다고 할 수 있다.

이렇게 청자를 향한 발언이 이중적인 이유는 어디에서 연유하는 것일까? 가사문학에서 '인간세상 사람들아 이 내 말씀 들어보소'라는 서두구는 너무나 일반적인 관습구이다. 그러나 가사문학의 관습구라고 할지라도 그것의 사용 동기나 내포된 의미는 작품에 따라서 달라질 수 있다. 이 작품의 서두에서 쓰인 청자 끌어들이기 어구는 노처녀가 일단 가사문학의 관습문구를 사용하고 본 것이라고 하기에는 노처녀의 성격 면에서 상식적으로 받아들이기가 곤란한 점이 있다. 그렇다면 이러한 관습적인 청자 끌어들이기 어법의 구사는 창작 과정의 내면적 동기가 주어져서 이루어진 것이 아닌가 생각해 볼 수 있다. 즉 이러한 어법의 사용은 작품 내에 화자 말고 또 다른 이, 즉 작가가 있기 때문이라는 것이다. 앞서의 공개적이고 당당한 청자 끌어들이기 어법은 한 노처녀의 사연을 공개적으로 말하려는 작가의 어조가 반영되었기 때문이고, 후자의 사적이고 간접적인 진술은 '나'로 설정된 노처녀의 진술로 돌아갔기 때문이라고 할 수 있다. 작가는 한 노처녀의 사연과 심정을 말하고 싶어했다. 그래서 작가는 자신을 숨기고 노처녀인 척하며 독백을 시작하였으나 아무리 노처녀인 척하고 진술을 하더라도 작가의 시각이 진술에 미세하게나마 오버랩되어 표출해 나왔던 것이 아닌가 생각해 볼 수 있다는 것이다.

한편 위에서 인용한 마지막 구인 '적막한 빈 방안에 적료하게 혼자 안자 / 전전불매 잠 못이뤄 혼자 사설 드러 보소'에서 우리는 빈방안에 잠 못들어 하는 한 노처녀를 보고 있다가 갑자기 그 노처녀의 비탄 어린 탄식가를 듣는 것 같은 오페라 장면을 떠올리게 된다. 즉 이 부분에 와서 한 번 노처녀가 객관화된다. 노처녀의 객관화는 다음과 같은 진술에서도 드러난다.

> 연지분도 잇것마는 성적단장 전폐하고 / 감정 치마 흰 저구리 화경 거울 앞에 노코 / 원산가튼 푸른 눈섶 세류가튼 가는 허리 / 아름답다 나의 자태 묘하도다 나의 거동 / 흐르는 이 세월에 앗가울손 나의 거동 / 거울다려 하는 말이 어화 답답 내 팔자여 / 갈대없다 나도 나도 쓸대없다 너도너도

노처녀는 자신의 모습을 진술하면서 자기 모습에 도취하고 있다.

그런데 '아름답다 나의 자태 묘하도다 나의 거동' '앗가울손 나의 거
동'과 같은 진술에 오면 노처녀인 '나'가 자신의 행동을 서술하여 비
록 '나'라는 주체를 잃지 않고 서술하고 있음에도 불구하고 노처녀
자신이 객관화됨을 알 수 있다. 그리고 부모 덕에 시집을 못가서 원
망하고 서러워하고 죽고 싶은 노처녀의 심정을 담고 있는 전체적인
정조에서도 벗어나게 된다. 그래서 논자에 따라서는 이 부분을 해학
적이라고 보기까지 하였다. 그런데 여기에서 우리는 노처녀의 모습
을 훔쳐보기 하는 다른 이, 즉 작가의 시선을 느끼게 된다. 또다시 작
가의 시선이 오버랩되었기 때문에 노처녀가 객관화되고 전체 정조
에서도 벗어나게 된 것이라고 할 수 있다. 양반집 노처녀를 머리 속
으로 그리고 있는 작가의 시각이 노처녀의 진술 속에 섞여 나온 것
이다. 그렇다고 할 때 이 부분은 작가가 보기에는 아까운 노처녀라
는 의미로 진술되었으나 노처녀의 독백체 형식을 떠나 진술한 것은
아니어서 결과적으로는 자기가 자기 모습에 도취되는 해학성을 띠
게 되었다고 할 수 있다.

그리고 이어서 '거울다려 하는 말이'라고 이어지는 대목에 이르면
결정적으로 노처녀가 객관화된다. 가사문학에서는 흔히 화자가 서
술 주체이다가도 동시에 서술대상이 되기도 하는 것이 사실이다. 그
러나 이런 경우는 대부분 화자와 작가가 일치하는 가운데 주로 화자
가 다른 이에게 대화하는 것을 사실적으로 서술하는 데에서 발현된
다. 이와 같이 화자 자신의 내면을 서술하는 데에서 발현된다고 하
면 그 화자와 작가의 일치성 여부를 따져 봐야 할 문제가 생기게 된
다. 여기서는 특히 앞서 노처녀의 객관화가 이루어진 연장선 상에서

나온 말이라서 화자와 작가의 일치성 문제가 더욱 떠오르게 된다. 여기서 '거울다려 하는 말이'라는 진술은 작가가 노처녀를 상상하고 있었기 때문에 노처녀를 객관화하여 그 행동을 서술한 것이라고 할 수 있다.

화자와 작가가 일치하지 않는다는 사실은 작품 전편에서 줄곧 강조하고 있는 부모에 대한 원망적 진술에서 극명하게 드러난다. 화자인 노처녀는 자신이 노처녀로 늙어 가고 있는 것을 철저히 부모 탓으로 돌리고 계속해서 이 사실을 환기시킨다. 문제는 자신이 시집을 못간 것이 부모 탓이라고 하더라도 그 사실을 집요하게 물고 늘어질 뿐만 아니라 그것을 진술하는 태도가 극단적이라는 점에 있다. 서두부터 화자는 '답답한 우리 부모', '가난한 좀양반', '양반인체 도를 차려', '처사가 불민하여', '괴망을 일 사므니' 등과 같은 원색적인 표현을 통해 부모에 대한 원망을 한 차례 퍼부어 놓았으면서도 작품 전편을 통해서 집요하게 이 사실을 환기시킨다.

　가) 노망한 우리 부모 날 길러 무엇하리 / 죽도록 날 길러서 자바쓸가 구어쓸가

　나) 부친 하나 반편이오 모친 하나 숙맥불변

　다) 혼인사설 전폐하고 가난 사설 뿐이로다

　라) 친고없고 혈속업서 위로하리 전혀업고 / 우리 부모 무정하여 내 생각 전혀 없다 / 부귀빈천 생각말고 인물풍채 마땅커든 / 처녀 나이 사십 적소 혼인거동 차려주오

　마) 감정 암소 살저 잇고 봉사전답 갖것마는 / 사족가문 가리면서 이

　　대도록 늙히노니

　　　바) 우리부친 병조판서 한아버지 호조판서 / 우리 문벌 이러하니 풍
　　속 쫓기 어려워라

　　다)에서 바)까지는 부모를 원망하는 사설로서 가능한 말들임에는
분명하다. 그렇다고 하더라도 노처녀는 한 말 또 하고 한 말 또 하고
를 거듭한 셈이 된다. 그리고 가)에서는 '노망한' 부모가 죽도록 날
길러서 '잡아 먹으려는 것이냐 구어 먹으려는 것이냐'라는 표현에까
지 이르고, 나)에서는 부친은 '반편이오' 모친은 '숙맥불변'이라 하
여 그 무능력을 비하하여 표현하였다. 이쯤 되면 부모에게 할 수 있
는 원망적 표현의 한계를 한참 넘어서 있는 것으로서 욕설에 해당
한다.

　　이렇게 부모의 탓임을 집요하게 거듭 밝히고, 그 원망의 표현이
욕설에 가까울 정도로 극단적인 이유는 무엇일까? 노처녀의 피해의
식으로 인한 히스테리로 보는 것이 너무나 일반적인 시각이지만 사
실은 그렇지 않다. 이러한 폐륜적 발언은 노처녀 자신의 말이 아니
라 작가의 말일 때 가능한 일이다. 이러한 표현은 작가가 노처녀의
부모에 대해 가지고 있는 생각, 즉 가난한데도 양반입네 하고 문벌
만 따지다 딸을 노처녀로 늙히는 그 양반댁 부모가 잘못이다라는 생
각을 그대로 노출하였기 때문에 나올 수 있었다. 노처녀인 척하고
그 노처녀의 입을 빌어 작가가 하고 싶은 말을 거르지 않은 채 그대
로 표출한 데서 비롯된 표현이라고 할 수 있다.

　　그런데 '부친 하나 반편이오 모친 하나 숙맥불변'과 '우리부친 병

조판서'와 같은 어구에서 쓰인 '부친'과 '모친'은 통상적으로 자기 부모에 대해서는 쓰지 않는 표현이다. 물론 현대에 와서 일부 사람들이 혼동하여 쓰고 있는 것은 사실이지만 본래 부친이나 모친이라는 용어는 남의 부모에 대해 쓰는 표현이다. 이것도 은연중에 작가 자신의 표현이 나와서이기 때문이라고 볼 수 있지 않을까 한다.

이상으로 청자 끌어들이기 어법, 화자의 객관화, 부모에 대한 집요한 원망과 진술 태도, 호칭의 사용 등으로 볼 때 〈노처녀가 Ⅰ〉에는 텍스트 내에 노처녀인 화자와 구별되는 한 작가가 있음을 알 수 있다. 따라서 〈노처녀가 Ⅰ〉은 노처녀의 독백체로 이루어져 있지만 그 서정의 세계는 노처녀 자신의 내면적 서정이 아니라 작가가 노처녀를 1인칭 화자로 내세운, 즉 '허구적 화자'의 서정 세계로 보아야 한다.

4. 작가와 주제

〈노처녀가 Ⅰ〉이 노처녀 화자를 내세운 '허구적 화자'의 서정 세계라고 할 때, 그러면 작가는 누구일까? 여성일까? 남성일까? 그리고 계층성은 어떠할까? 일단 작가는 남성으로 추정할 수 있는데, 위의 작품세계를 분석하는 과정에서 추정의 실마리는 주어졌다고 보여진다. 우선 마흔이나 먹은 양반집 노처녀가 스스로의 용모를 거울에 비춰보면서 자신의 아름다움에 도취하는 서술 부분에서 작가는 이 노처녀의 아름다움을 훔쳐보기 하는 남성일 가능성이 있다. 그리고 양반집 노처녀의 부모를 집요하게 비난하고 있는 서술 부분에서 문벌을 따지는 양반가에 의해 혼인을 거절 당한 한 남성일 가능성도 생각할 수 있다. 그렇기 때문에 이 노처녀의 아름다움이 아까운 것이고, 그 부모에게 아낌 없는 욕설을 퍼붓고 있는 것이 아닐까. 그런데 이러한 좁은 의미에서 어떤 구체적인 남성 작가를 추정하지 않더라도 당대 여러 장르에 걸쳐 여성의 여러 군상이 표출되었던 것을 남성이 주도하였다고 하는 점도 남성 작가 추정의 근거가 될 수 있다.

한편 당대 사회적 분위기 즉, 노처녀 담론이 영조조차 지대한 관심을 지니고 있었던 사회문제로서 공론화되었다고 하는 점이 남성 작가를 추정하는 근거가 될 수 있다. 18세기 중엽 노처녀의 혼인 문제를 다룬 노처녀 담론은 풍속문제의 하나로서 여성과 남성 모두의 관심사였을 것이다. 그러나 이것이 사회문제화되는 과정에 영조 및 사대부층을 포함한 남성 일반이 관계했다고 하는 점은 주목을 요한다. 즉 이 당시는 노처녀 담론이 공론화되는 사회문제로서 남성의 영역에 올라와 있던 시기였다. 1791년 역시 왕인 정조의 도움으로 노총각 김희집과 노처녀 신덕빈의 딸이 혼사를 올리는데, 왕명에 의해 이 사실을 기록한 〈金申夫婦傳〉이 지어지고[15], 후에 이것을 본 이

---

15 정조 15년 6월 2일 〈오부에서 혼사를 시켜야 할 남녀의 별단을 올렸는데 모두 2백 81인이다〉. "오부에서 혼사를 시켜야 할 남녀의 별단을 올렸는데 모두 2백 81인이었다. 유학 신덕빈의 딸이 유학 김희집과 혼사 말이 오가니 호조판서 조정진과 선혜청 제조 이병모에게 혼인 차비를 갖추고 잔치를 열어 혼례를 이뤄줄 것을 명하고, 내각에 소속된 관리 중 글을 잘 짓는 사람에게 전을 지어 그 일을 기록하도록 명하였다."

가 희곡으로 〈東廂記〉를 짓게 된다. 〈김신부부전〉은 이덕무가, 그리고 〈동상기〉는 이덕무 혹은 이옥이 작가로 알려지고 있는 사정을 보더라도 노처녀 담론과 그 문학화 작업이 남성에 의해 주도되어 왔음을 알 수 있다.

물론 작중 화자와 분리된 작가로 여성을 생각할 수 있다. 앞서 살펴본 바와 같은 여러 추정 근거에도 불구하고 여성이 작가일 수는 없는가를 생각해 볼 수 있겠다. 그런데 화자가 여성이므로 작가는 여성이다라는 시각이 상당수 선입견에 불과했다는 것은 고전시가에 대한 연구성과가 집적되면서 판명이 나고 있다. 18세기 이후 문화예술 특히 대중문화예술의 발달에도 불구하고 여기에 참여했던 여성층은 매우 제한적이었으며, 여전히 남성이 문화예술의 창작과 향유를 주도하였다. 여성이냐, 남성이냐를 추정하는 것은 어느 쪽이 더 개연성이 높으냐 하는 문제이다. 문화예술 전반에 대한 주도층이 남성에게 있었으며, 노처녀 담론과 그 문학화도 남성에 의해 주도된 현실에서 작가를 여성으로 추정하는 것은 그 개연성이 현저히 떨어진다 하겠다.

이렇게 〈노처녀가 Ⅰ〉의 작가는 개연성 면에서 남성으로 추정된다. 남성 작가가 노처녀의 목소리를 빌어 표현했다는 점에서 〈노처녀가 Ⅰ〉은 정인숙이 말한 바 남성이 여성 화자의 목소리를 내는 '異姓話者型'[16] 작품에, 박혜숙이 말한 바 '여성인척 말하기'[17] 유형에 속한다고 할 수 있다.

---

16 정인숙, 앞의 글.
17 박혜숙, 「고려속요의 여성화자」, 『고전문학연구』제14집, 한국고전문학회, 1998.

작가가 남성으로 추정될 때 그 계층성은 어떠할까? 양반가에 대한 집요한 비판이 가해지는 것으로 보아 문벌만 따지는 양반가에 의해 혼인이 거절당한 중서인층을 생각할 수도 있겠다. 그러나 이러한 시각은 조선후기 총체적인 문학양상을 두고 볼 때 아무래도 지양되어야 할 것 같다. 조선후기 제반 사회현상에 대한 광범위한 수용과 비판은 양반층 자체에서 일어난 것이 보다 보편적이었던 사실을 감안한다면 이 서술 부분도 양반층 자신의 비판으로 볼 수 있다는 것이다. 작가의 계층성 문제는 여성화자를 내세워 허구적 화자의 서정세계를 펼친 여타 가사문학 작품과 함께 생각해야 할 문제로서 〈노처녀가 Ⅰ〉만을 대상으로 하는 이 연구의 논의만으로는 아직 해결할 수 없는 문제로 보인다.

그러면 남성으로 추정되는 한 작가가 〈노처녀가 Ⅰ〉을 통해 나타내고자 한 주제는 무엇일까? 일차적으로 노처녀의 독백체 형식을 취하여 노처녀의 신세 한탄이라는 서정적 주제를 의도했다고 할 수 있다. 그러나 외형상 노처녀의 독백체 형식을 취했다고 해서 이 작품의 주제가 노처녀의 서정에만 국한한다고 볼 수 없다. 앞서 살펴 보았듯이 작가는 노처녀의 말을 빌어 그 노처녀를 그렇게 만든 장본인인 양반가 부모를 신랄하게 비난하였다. 작가는 당시 사회문제의 하나로 크게 대두되었던 양반가의 노처녀 문제에 대한 문제의식을 강하게 지녔던 것으로 보인다. 한 노처녀의 신세한탄을 늘어놓으면서 노처녀의 입을 빌어 슬쩍 그 노처녀를 그렇게 만든 당사자인 양반가를 비판하고자 한 것이다. 즉 양반가의 허위의식에 대한 비판을 노처녀의 입을 빌어 대신 서술하는 방식을 택했다고 할 수 있다. 이와

같이 〈노처녀가 Ⅰ〉은 노처녀의 신세한탄이라는 서정적 주제와 양반
가의 허위의식에 대한 비판이라는 주제적 주제를 동시에 담고 있는
작품이라고 할 수 있다.

그런데 양반가의 허위의식에 대한 비판이라는 주제는 표면적으
로는 드러나지 않아 그것을 간파하기조차 어렵지만 실은 그 기능은
작품 전체의 서정적 세계를 규정하는 것이기도 하다. 〈노처녀가 Ⅰ〉
은 노처녀의 신세한탄이 절박하면 할수록 그 부모에 대한 비판의 강
도는 강해질 수밖에 없는 구조를 자체에 이미 지니고 있다는 것이다.
이미 노처녀의 입을 빌어 그 부모를 원색적으로 비난하기도 하였지
만 태어나지 말았을 것을, 혹은 죽지 못해 원수라는 노처녀 자신의
자학적 진술은 그만큼 딸을 학대하는 양반가의 처신이 강조되어 비
판될 수밖에 없는 것이다. 양반가에 대한 비판적 주제의식이 선행하
였으므로 노처녀의 신세한탄은 더욱더 비관적이고 절망적으로만
흐를 수밖에 없었고 노처녀의 형상도 이런 각도에서 규정될 수밖에
없었다.

5. 〈노처녀가 Ⅰ〉의 의미와 문학사적 위상

그러면 〈노처녀가 〉의 의미는 어떠한가를 살펴보도록 하겠다. 작
가가 작품을 통해 나타내고자 한 주제가 어떤 것이든지 간에 그 작
품의 의미망은 새롭게 분석되고 파악되어야 할 성질의 것이다.

우선 노처녀가 가사문학 작품의 화자로 등장한 것은 무엇을 의미

할까? 〈노처녀가 Ⅰ〉은 당대 노처녀 담론 가운데서 양반가의 노처녀 문제를 반영한다는 의미를 지닌다. 앞서 Ⅱ장에서 살펴보았듯이 18세기 중엽 양반가 노처녀의 문제는 가장 핵심적인 사회문제의 하나로 대두되었다. '환과고독'의 하나인 '노처녀' 문제는 왕도정치 실현의 한 지표로 생각했던만치 왕인 영조의 골칫거리기도 하였는데, 이 문제의 해결에 걸림돌로 작용하였던 층이 문벌만 따지는 양반가였다. 만연한 사치풍조에 가난한 양반가의 증가가 겹쳐 양반가 노처녀가 양산되기에 이르렀고, 이러한 사회문제를 〈노처녀가 Ⅰ〉이 전형적으로 반영하고 있다는 의미를 지닌다. 이 작품이 노처녀의 서정 세계만이 아니라 양반가에 대한 비판적 주제의식을 아울러 지니게 된 것은 당대 양반가 노처녀 담론을 반영한 결과이다.

당대 노처녀 담론의 반영 결과 노처녀가 화자로 등장한 것은 기본적으로 유교적 휴머니즘을 배경으로 한다. 당대 노처녀는 왕도정치의 실현과 관련한 구휼의 대상 즉, 사회적 소외자였다. 그리고 노처녀를 바라보는 시각은 '和氣'를 해칠 수 있는 비인간적 조건에 처해 있으므로 그러한 비인간적 조건에서 구제해 주어야 한다는 것이었다. 이렇게 사회적 소외자인 노처녀의 인간 본성이나 행복 추구권에 대한 긍정은 휴머니즘 정신이라고 할 수 있는데, 그러나 이러한 휴머니즘은 기본적으로는 유교적 왕도정치의 실현에 맞닿아 있는 유교적 휴머니즘이었다.

노처녀 화자의 등장을 당대 조정에서 관심을 지녔던 노처녀 담론이 반영되었고 유교적 휴머니즘에서 비롯했다는 것만으로 설명할 수는 없다. 사회적 소외자 가운데 노처녀는 남성의 성적 대상이기도 하였다. 시집 못간 처녀가 양적으로 많다는 사실 그 자체는 남성의 호기심을 충족시키기에 충분한 것이었다. 조선후기 한시, 사설시조, 야담, 판소리 등과 같은 여러 장르에서 성적 담론에 관한 표현의 폭이 넓어졌다. 작가는 이러한 문화적 분위기에 편승하여 사회문제의 대상이었던 노처녀를 그 관심의 포획망에 포착한 것이라고 할 수 있다. 더욱이 이들은 구휼의 대상인 사회적 소외자이기에 그들의 서정을 대변하여 표현하는 것이 휴머니즘적 행동에 준한다는 도덕적 우월감도 확보할 수 있었다.

다음으로 허구적 화자의 서정 세계를 통해 구현한 노처녀 형상이 지니는 의미를 알아볼 차례이다. Ⅲ장에서 살펴보았듯이 〈노처녀가 Ⅰ〉의 작품세계는 노처녀 자신의 독백적 서정의 세계가 아니라 남성 작가가 창조해낸 서정의 세계였다. 따라서 여기에서 노처녀인척 하며 진술한 모든 내용들은 당시 사회가 노처녀에 대해 지니고 있었던 사고를 반영한다. 즉 여기서의 노처녀 형상은 객관화, 대상화, 타자화된 노처녀의 형상이다. 이 작품에서 특징적으로 드러나는 노처녀의 형상은 감정의 과잉상태로 점철되어 있는 모습이다. 빈방 안에 잠 못들어 오락가락하고, 태어나지 말았을 것이라거나 죽지 못해 산다거나 하여 자학적으로 존재성을 상실하고, 이웃집의 혼사 소식을 전하는 아이들에게 원수라고 하는 등 정서적으로 불안정한 모습으로 나타난다. 이러한 노처녀 형상은 조정에서도 우려해 마지 않았던 '和氣'를 해친 모습으로서 흔히 말하는 노처녀 히스테릭의 전형적 증세를 지닌 형상이다.

특히 부모를 거듭해서 원색적으로 비판하는 모습은 중증 피해의식의 전형적인 모습이다. 피해의식이 정신적으로 분열증에 속하듯이 이러한 노처녀의 형상은 분열적이라고 할 수 있다. 사실 나이 40이 되도록 시집을 못간 외딸 노처녀에게 있어서 부모는 자기 세계의 전부로 존재의 기반이기도 하다. 특히 작품에서 말하듯이 혼인 사설은 없고 가난 사설 뿐인 양반가의 부모에게 외딸의 존재는 커다란 노동력이기도 했을 것이다. 양반 부모는 시집 못간 노처녀를 수치스럽게 생각하고, 노처녀는 시집 못간 것이 부모 탓이라는 것을 십분 알고 있었을 것이다. 그렇다 하더라도 이미 40년을 같이 살아오면서 이들의 관계는 경제적·정신적·생활적으로 서로 의지하는 관계로 발전해 있을 것이다. 노처녀의 독백체 진술을 통한 작품 내 언술구조에 따르면, 노처녀는 그 동안 부모가 시키는대로 수동적인 모습으로 살 수밖에 없었으나 나이 40이 되자 이제는 자신의 주체를 인식하고 솔직해질 수 있는 폭을 획득하여 전에는 못했던 부모에 대한 저항을 이제는 발휘하게 된 것으로 나타난다. 그러나 이러한 작품내 언술구조는 작가에 의해 마련된 것이지, 실제 노처녀의 현실은 아니라고 보여진다. 통상적으로 자신의 문제에 대해 솔직해질 수 있다는 것은 그 사람이 자신의 문제를 객관화할 수 있는 인간적 성숙과 폭을 갖추었다는 것을 의미한다. 그런 의미에서 인간이해의 폭도 넓어질 수 있다고 할 때 노처녀의 부모에 대한 원색적인 비난은 가히 분열적인 형상이라고 하지 않을 수 없다. 실제로는 나이 40이 되어도 자신의 문제에 솔직해지기가 어려운 것이 노처녀의 현실이다. 더욱이 그것을 가사라는 문학적 형식으로 표현한다고 하는 것은 더욱 어렵다고 할 수 있다. 그런데 나이 40이 되어서 자신의 약점을 정면으로 문제

삼는 노처녀가 있다면 분명 〈노처녀가 Ⅰ〉에서와 같은 형상은 아닐 것이다. 앞서 살펴보았듯이 노처녀의 부모에 대한 비난은 작가가 바라보는 시각이고, 이러한 시각이 노처녀의 형상을 규정하기도 했다. 양반가 부모에 대한 비판을 강조하고 완성하기 위해서는 노처녀의 형상이 일그러지지 않으면 안되었던 것이다.

이렇게 〈노처녀가 Ⅰ〉에서 노처녀가 소아병적으로 자신의 결혼에만 집착하여 피해의식으로 부모를 비난하고 히스테릭하게 행동하는 것은 솔직성을 가장하여 작가가 덧씌운 형상이다. 이러한 노처녀의 형상은 오랫동안 유교사회에서 형성되어오다가 18세기 중엽 노처녀 담론이 형성되면서 구체화된 대상화·타자화된 노처녀 형상에 다름 아니다. 이러한 노처녀 형상에는 노처녀의 진정한 내면이 철저히 거세되어 있다. 따라서 〈노처녀가 Ⅰ〉은 당대 사회문제를 반영하고자 하는 작가의식에서 출발하였지만 화자 노처녀에 대한 접근은 소재주의적 차원을 벗어나지 못한 것이라고 할 수 있다. 우리가 〈노처녀가 Ⅰ〉을 감상하면서 매우 피상적이고 단순하다는 느낌을 받게 되는 것은 노처녀의 진정한 내면세계에 대한 탐색 없이 소재주의적 차원에서 접근하여 대상화되고 타자화된 노처녀의 형상을 기반으로 그 세계를 펼쳤기 때문이다.

문학은 삶의 진정성을 기반으로 할 때 그 문학성이 발휘된다. 그러나 가사문학 〈노처녀가 Ⅰ〉은 문학적 진정성의 획득에는 실패한 작품으로 볼 수 있다. 조선후기는 다양한 삶에 대한 관심이 증폭되었던 시기이다. 그런데 다양한 인간 군상에 대한 내면적 이해가 부족한 상태에서 소재주의적으로 피상적인 접근을 한 경우가 광범위하게 있게 되는데, 특히 사회적 소외자를 문학적 소재로 채택한 경우가 그러하다. 이 작품도 사회적 약자인 노처녀를 문학적 소재로 끌어들이기는 했지만, 노처녀에 관한 내면적 이해는 없는 것이었다. 그런 의미에서 〈노처녀가 Ⅰ〉은 삶의 진정성을 드러내어 인간이해의 폭을 넓히는 데는 실패하고 다만 한 차례 '노처녀 때리기'를 행한 작품으로서의 위상을 지닌다. 〈노처녀가 Ⅰ〉에 등장하는 노처녀의 형상은 당대 노처녀 담론의 반영이자 노처녀에 관한 몰이해의 출발을 의미하며, 이 작품의 향유와 유통은 이러한 노처녀 담론의 확대재생산을 의미한다. 노처녀에 관한 사회 담론을 반영하고 다시 노처녀에 관한 담론을 형성하는 현실적인 힘이 되어 노처녀 담론의 확대 재생산에 기여했다고 할 수 있다.

이 작품의 향유와 전승은 어떠했을까. 필자가 확인한 바에 의하면 〈노처녀가 Ⅰ〉은 이본 간 구절의 차이가 매우 적은 것이 특징이다. 김용천의 소개본, 『규방가사 1』에 수록된 〈노처녀가〉[18], 『역대가사문학전집』에 실린 네 이본[19] 등을 살펴볼 때 표기나 간단한 표현상의 차이점은 발견된다. 그러나 이 외에 여타 가사들의 이본에서 흔하게 발견되는 구절 간 넘나듦이나 이본 간 생략 혹은 첨가 현상이 거의 나타나지 않는다. 이러한 이본 상황에서 알 수 있는 바는 이 작품의

---

18 한국정신문화연구원, 『규방가사 1』, 1979.
19 제8권(임기중 편, 동서문화사, 1987)에 실린 세 편의 출전과 제목은 다음과 같다. 『樂府 下』(老處女歌) ; 『歌集 一』(老處女歌) ; 『校註歌曲集』(老處女歌)
   제22권(임기중 편, 여강출판사, 1992)에 실린 한 편의 출전과 제목은 다음과 같다. : 『계문서』(노쳐녀가, 필사본). 이 이본은 〈노쳐녀가〉라는 제목 하에 〈노처녀가〉 Ⅰ과 Ⅱ를 한꺼번에 써 놓았다.

고정성이 매우 강해서 향유자 각 개인에 의한 작품의 변개가 거의 이루어지지 않았다는 것이다[20]. 남아 있는 이본들이 최근의 어느 한 이본을 저본으로 했을 가능성을 우선 생각할 수 있다. 그러나 보다 근본적인 이유는 이 작품의 소재와 내용이 특이하여 일반 향유자의 가필이 불가능했던 데에 있다고 생각한다.

한편 이 작품은 영남지방의 규방가사로도 향유되었다. 권영철이 조사한 규방가사의 분포상황에 의하면 규방가사 2038수가 총 38개 지역에 분포한 것으로 나타난다. 그런데 〈노처녀가〉는 안동에 3수, 상주에 1수, 영덕에 1수, 총 4수만이 분포되어 있다[21]. 이때의 〈노처녀가〉가 Ⅰ인지 Ⅱ인지도 알 수 없지만 어쨌든 권영철의 자료조사가 정확하다면 전체 규방가사의 분포상황에 견주어 볼 때 〈노처녀가〉의 향유 비중은 매우 낮았음을 알 수 있다. 이 작품은 그 창작 배경에 서울의 조정이 관여했음은 앞서 살펴보았다. 그리하여 그 향유 기반도 서울을 중심으로 하는 도회지적 문화분위기 안에 있을 수밖에 없었다고 보인다. 따라서 〈노처녀가 Ⅰ〉이 후대에 오면서 영남지방의 규방가사에도 흘러들어 향유되기는 하였지만 원래는 서울지방의 도시적 문화분위기 안에서 향유되는 것이 더 보편적이었던 것이 아닐까 추정할 수 있다.

이 연구에서 살폈듯이 〈노처녀가 Ⅰ〉은 노처녀 가운데서도 양반가

---

20 작품의 고정성은 이 작품의 창작 시기가 후대이기 때문에 빚어진 것은 아니라고 보여진다. 계속 필사되다가 최종본 정도가 남는 이본의 특성 상 현재 이본만을 두고 작품의 창작과 향유 시기를 가늠할 수 없다. 이 작품은 앞서 살펴본 바와 같이 18세기 중엽 사대부가 노처녀 담론의 형성과 맞물려 창작되었을 것으로 추정된다.
21 권영철, 『규방가사연구』, 이우, 1980, 77~89면.

노처녀의 문제를 다룬 작품으로 양반가에 대한 비판 의식이 매우 강하게 나타난다. 따라서 상민가 노처녀의 기이한 행동을 다룬 〈노처녀가 Ⅱ〉와는 그 작가의식의 기반 면에서 전혀 다르다고 할 수 있다. 그러므로 서정의 세계인 〈노처녀가 Ⅰ〉을 기반으로 하여 서사적 세계인 〈노처녀가 Ⅱ〉로 발전해 나갔다거나, 소설 〈고독각시전〉이 〈노처녀가〉를 개작한 것이라는 시각은 재고되어야 할 것으로 보인다. 오히려 18세기 중엽 이후 광범위하게 형성된 노처녀 담론 안에서 서로 다른 작가가 서로 다른 노처녀의 사연을 담아 창작한 작품들이라고 보는 것이 합리적이다. 두 가사 작품은 모두 1인칭 독백체의 정통적인 가사문체를 견지하고 있다. 〈노처녀가 Ⅰ〉은 양반가에 대한 비판적 주제 의식을 바탕으로 서정의 세계를 추구하였고, 〈노처녀가 Ⅱ〉는 노처녀의 기이한 행동 자체에 관심을 증폭시켜 서사적 세계로 나아갔다는 차이가 있을 뿐 그 세계가 허구적이라는 것은 일치한다. 두 작품을 기반으로 한 소설 〈노처자전〉이 각각 존재하는 것은 동시대적 창작 기반을 지녔기 때문이라고 할 수 있다.

6. 맺음말

이 연구는 상대적으로 학계의 연구가 미진한 〈노처녀가 Ⅰ〉을 대상으로 작품론을 전개하였다. 18세기 중엽 조정을 중심으로 노처녀 담론이 형성되어 갔던 역사적 사실을 제시함으로써 이 작품이 당대 사회의 반영이라고 하는 점을 새롭게 규명하였다. 그리고 이 작품의

서정세계가 실제 노처녀 자신의 내면적 서술이 아니라 한 작가가 허
구적 화자인 노처녀를 내세워 펼친 서정세계임을 주장하였다. 그리
하여 남성으로 추정되는 작가가 의도한 작품의 주제는 노처녀의 신
세한탄이라고 하는 서정적 주제뿐만 아니라 양반가의 허위의식을
비판하는 주제적 주제도 아울러 지니고 있음을 밝혔다. 노처녀가 가
사문학에 등장하게 된 의미를 당대 사회문제의 반영, 유교적 왕도정
치의 실현과 맞닿아 있는 휴머니즘 정신, 성적 대상으로서의 노처녀
에 대한 관심이라는 측면에서 살펴보았다. 그리고 이 작품에 등장하
는 노처녀의 형상이 지니고 있는 의미를 여성주의적 시각 하에 규명
해보았다. 이 작품의 노처녀 형상은 18세기 중엽 노처녀 담론 안에
서 구체화된 객관화, 대상화, 타자화된 노처녀 형상이다. 그리하여
〈노처녀가 Ⅰ〉은 당대 사회문제를 반영하고자 하는 작가의식에서 출
발하였지만 노처녀에 대한 내면적인 이해에는 못미쳐 삶의 진정성
을 드러내지는 못하고 다만 한차례 '노처녀 때리기'를 행한 작품으
로서의 위상을 지닌다. 한편 〈노처녀가 Ⅰ〉과 〈노처녀가 Ⅱ〉는 18세
기 노처녀 담론 안에서 서로 다른 작가에 의해 창작된 동시대적 창
작 기반을 지닌 작품으로 보아야 함을 주장하였다.

　조선후기 가사문학에는 작가를 알 수 없으나 여성화자가 등장하
는 작품들이 많이 존재한다. 이러한 작품들을 바라보는 거시적 시각
의 확보와 각론적 차원에서의 면밀한 작품 분석과 해석이 요구된다.
이러한 작업은 근대 이행기의 정신적 본질을 파악하고 지금의 현대
를 이해하는 중요한 작업이 될 것이다.

조 선 후 기

가 사 문 학

연　　구

제1장

18세기 향촌 지식인의 선비의식

-〈日東壯遊歌〉를 통하여-

1. 머리말

일본을 다녀온 후 그 체험을 기술한 통신사행 기록물은 대단히 많은데, 특히 계미통신사로 일본에 다녀온 사행원의 기록문이 가장 풍부하게 남아 전한다. 계미통신사행 이후 쏟아져 나온 통신사행 기록문 가운데 〈日東壯遊歌〉는 언문으로 쓴 장편가사여서 일찍부터 학계의 주목을 받아왔다. 김인겸이 1년간 일본으로 여행을 다녀오던 중에 보았던 광경, 만났던 사람, 겪었던 사건, 먹고 입고 자고 했던 것 등을 장장 4000구에 달하는 가사에 핍진하게 담고 있어 가사문학적 의의를 인정 받은 작품이다. 그런데다가 〈일동장유가〉는 그것을 표현한 문장력 또한 탁월하여 귀중한 우리 고전문학 유산으로 평가 받는 가사 작품이다. 그리고 〈일동장유가〉는 통신사행과 관련한 한일 관계와 다양한 사회상을 기록하고 있어 조선후기사, 일본사, 한일관계사 등을 규명하는 데 없어서는 안될 자료적 가치도 지닌다.

〈일동장유가〉의 문학적 의의는 일찍부터 국문학계에서 높게 평가되었다. 그리하여 〈일동장유가〉에 대한 연구는 매우 활발하게 이루어져 연구 성과의 편수가 상당하다. 〈일동장유가〉에 대한 작가의 생애, 노정, 사행목적, 사행배경, 주요 내용 등을 다루는 기초적 연구가 이루어진 후 이것을 바탕으로 연구성과가 쏟아져 나오게 되었다. 〈일동장유가〉의 작가의식, 선비의식, 대일관, 세계인식 등을 살피는 데에서 더 나아가 작품세계에 드러나는 일본의 풍경, 공연양상, 교육적 가치 등과 같은 논의로까지 이어져 다양한 시각에서 다양한 논의가 활발하게 진행되었다고 할 수 있다. 특히 〈일동장유가〉와 다른 통신사행가사와의 통시적인 비교, 계미통신사행록과의 공시적인 비교, 연행가와의 비교 등과 같은 비교 연구도 활발하게 진해되었다. 이러한 비교 연구는 〈일동장유가〉의 문학적 특성을 드러내주고 기행가사 혹은 사행가사의 변모양상과 사적 흐름을 짚어내는 데 큰 성과를 거두었다. 그러나 이들 비교연구는 둘 혹은 여러 기록물을 비교하는 이유나 타당성이 확보되지 못한 채 단순하게 비교하는 데 그치고만 경우가 많았다고 할 수 있다[1].

---

1 연구 초창기부터 최근까지 이루어진 중요 연구성과를 소개하면 다음과 같다. 장덕순, 「김인겸의 일동장유가」, 『현대문학』 제95호, 현대문학사, 1965. 11. ; 장덕순, 「일동장유가와 일본의 歌舞伎」, 『관악어문연구』 제3집, 서울대학교, 1979. ; 심재완, 「일동장유가고」, 『日東壯遊歌·燕行錄』, 보성문화사, 1978. ; 소재영, 김태준 편,

〈일동장유가〉에 대한 연구에서 가장 많은 비중을 차지하고 있는 것은 작가 김인겸의 작가의식, 선비의식, 對日觀 등을 살피는 것이었다. 그런데 김인겸의 선비의식에 대한 논의에서는 김인겸이 '외국행 사신'으로서 '해동선비의 긍지'를 지니고 있는 측면이 강조되었다. 그리하여 김인겸을 선비정신이 내포하고 있는 긍정적 가치인 강직성, 청렴결백, 의협심, 자부심 등과 같은 정신을 적극적으로 실천하는 인물로 평가하였다. 이러한 김인겸의 '선비의식'은 가사 전체에서 드러나 작품 전체의 서술 태도를 규정하는 실질적인 힘이기

『여행과 체험의 문학-일본편』, 민족문화문고간행회, 1985. ; 이성후, 「일동장유가 연구」, 효성여자대학교 대학원 박사학위논문, 1988. ; 소재영, 「18세기 일본 체험-일동장유가를 중심으로」, 『논문집』제18집, 숭실대학교, 1988. ; 이성후, 「일동장유가의 이본 연구」, 『어문집』제12집, 금오공과대학교, 1991. ; 이성후, 「일동장유가의 실학적 고찰」, 『어문학』제53집, 한국어문학회, 1992. ; 고순희, 「18세기 향촌지식인의 선비의식-일동장유가를 통하여」, 『한남어문학』제17·18집, 한남어문학회, 1992. ; 박희병, 「조선후기 가사의 일본 체험, 〈일동장유가〉」, 『고전시가 작품론 2』, 집문당, 1992. ; 최상은, 「〈일동장유가〉와 사대부 가사의 변모」, 『반교어문연구』제6집, 반교어문학회, 1995. ; 이성후, 「일동장유가와 해사일기의 비교 연구」, 『어문집』제17집, 금오공과대학교, 1996. ; 한창훈, 「고전문학 교육의 가치와 위상-〈연행가〉〈일동장유가〉를 예로 하여」, 『국어교과교육연구』제8집, 국어교과교육학회, 2004. ; 조규익, 『국문사행록의 미학』, 역락, 2004. ; 민덕기, 「김인겸의 〈일동장유가〉로 보는 대일 인식-조엄의 〈해사일기〉와의 비교를 통해」, 『한일관계사연구』제23집, 한일관계사학회, 2005. ; 박애경, 「일본 기행가사의 계보와 일본관의 변모 양상」, 『열상고전연구』제23집, 열상고전연구학회, 2006. ; 허남춘, 「가사를 통해본 중국과 일본-〈무자서행록〉과 일동장유가〉를 중심으로」, 『어문연구』제52집, 어문연구학회, 2006. ; 구지현, 「계미통신사 사행문학 연구」, 연세대학교 대학원 박사학위논문, 2006. ; 김윤희, 「조선후기 사행가사의 세계인식과 문학적 특질」, 고려대학교 대학원 박사학위논문, 2010. ; 김윤희, 「조선후기 사행가사의 창작과정과 언어적 실천의 문제」, 『한국시가연구』제29집, 한국시가학회, 2010. ; 신명숙, 「〈일동장유가〉에 대한 비판적 성찰-18세기 서얼출신 향반의 사행체험」, 『한민족어문학』제59집, 한민족어문학회, 2011. ; 김윤희, 「사행가사에 형상화된 타국의 수도 풍경과 지향성의 변모」, 『어문논집』제65집, 민족어문학회, 2012. ; 최성애, 「계미통신사행록을 통해 본 공연양상, 〈일동장유가〉〈승사록〉〈일본록사상기〉의 국내여정을 중심으로」, 『대종문화연구』제84집, 성균관대학교 대동문화연구원, 2013.

도 했다.

김인겸의 '선비의식'은 작품 내용을 기술하는 기본적인 태도로 작용했다. 그의 선비의식은 특정 내용을 집중적으로 포착하여 서술하거나, 일본이나 사행길에서 남과 다른 일련의 행동들을 하거나, 사행구성원을 대하는 일련의 행동들을 하거나 하는 등에서 동인으로 작용하고 있다. 특히 김인겸의 '선비의식'은 일본인 뿐만 아니라 같이 동행했던 사행구성원들을 대하는 데서도 날카롭게 발휘되었다. 그리하여 김인겸은 때때로 외부세계와 갈등을 빚어내고 있기도 했다.

따라서 그의 선비의식은 일반적으로 보아왔던 것보다 훨씬 중층적인 의미를 지니고 있는 것이다. 특히 그의 선비의식이 동행했던 사행구성원들이나 일본인들과 갈등을 빚어내고 있는 것을 볼 때 그저 당대적 의미에서 긍정적으로만 바라볼 수 없는 측면이 있다. 그의 선비의식은 김인겸 당사자의 입장에서 바라보기보다는 당대 조선과 일본의 역사·사회와 연관하여 현대의 입장에서 바라볼 필요가 있다. 이 연구는 김인겸이 지닌 선비의식의 진정한 의미가 무엇인지를 밝히고자 하는 의도에서 출발했다.

김인겸은 47세에야 진사가 되었고 57세 때에 비로소 서기로 사행길에 오르기까지 환로에는 오르지 않았던 인물이다. 공주에 머물면서 공명에 뜻이 없는 소활한 선비로 자처하며 지낸 향촌지식인이었다. 그리고 음관으로 서기직에 발탁된 것으로 보아 특별히 文才가 뛰어난 향촌선비였다. 〈일동장유가〉에 드러난 선비의식의 본질은 18세기 향촌지식인이 지니고 있었던 선비의식의 성격과 그 시대적 의미를 파악하는 하나의 단서가 될 수 있을 것이다.

이 연구의 목적은 〈일동장유가〉의 작품 세계를 분석함으로써 그의 선비의식이 지닌 진정한 의미를 규명하는 데 있다. 먼저 〈일동장유가〉에 나타난 선비의식의 양상을 세 가지 측면에서 살펴본다. 2장에서는 '기생사에 대한 관심'과 관련하여 작품에 나타난 양상을 살핀다. 3장에서는 '사행구성원과의 갈등'과 관련하여 작품에 나타난 양상을 살핀다. 4장에서는 '상업화·도시화의 문명'과 관련하여 작품에 나타난 양상을 살핀다. 마지막으로 5장에서는 앞서의 논의를 바탕으로 그의 선비의식이 지니고 있는 의미를 종합적으로 규명하고자 한다.

이 연구에서 논의의 대상으로 삼은 〈일동장유가〉는 가람본과 연민본을 교합하여 교주해 놓은 심재완 교주본이다.[2]

2. 기생사에 대한 관심

1) 계미통신사행과 선비 김인겸

김인겸(1701~1772)은 전생애를 공주에서 은거하며 생활한 향촌 선비였다. 그의 관직생활은 1763년에 계미통신사행단에 서기로 다녀온 것과 일본에 다녀온 온 후 음관으로 지평 현감을 지낸 것이 전

---

2 심재완, 『日東壯遊歌·燕行錄』, 보성문화사, 1978.

부였다. 그는 공주에서 철저하게 선비의 규범과 신념을 실천하며 은거했던 것으로 보인다. 김인겸이 〈일동장유가〉를 통해 보여준 의협심, 청렴함, 강직성, 그리고 자부심 등은 오랜 기간 수련하며 지낸 은거생활에서 자연히 체득하게 된 그의 자질이었다. 그가 正道에 투철하고 강직한 선비의 풍모를 지닌 인물이었음은 의심할 나위가 없다.

향촌에 거주하던 그가 계미통신사행단의 서기직에 발탁될 수 있었던 것은 그가 속한 가문이 당대의 문벌집안이었기 때문이었다. 그는 壯洞大臣 金昌集(1648~1722)의 오촌조카가 된다. 김창집은 노론 대신으로서 문장으로도 당대의 宗祖가 되었던 인물이다. 〈일동장유가〉에서 사행길에 오르기 전에 영조와 알현하고 문답을 하는 기회가 있었는데 이 대화에서 김창집의 오촌조카가 됨을 확인하기도 하고[3], 사행을 마치고 난 후 왕과 나눈 대화에서도 역시 그의 가문에 대한 것이 오고 간 것으로 볼 때 그가 서기직으로 발탁된 것은 김창집 가문의 후광이 있었기에 가능했다고 할 수 있다. 그가 자신의 가문에 대해 대단한 긍지를 지니고 있었으리라는 점을 충분히 짐작할 수 있게 한다.

그런데 김인겸은 원래 서출이었다. 당대 문벌가의 후손이긴 하였지만 서출이었기 때문에 그의 삶은 신분제도의 제약에 의해 규정되었다. 그가 평생 공주에서 가난하고 불우한 은거생활을 했던 것은 서출이라는 신분상의 제약 때문이었다. 그런데 〈일동장유가〉에는 그가 김창집 가문의 사람이라는 사실만 거론되었을 뿐 서출이라는 사

---

3 "進士臣 金仁謙은 文正公 玄孫으로/ 쉰일곱 먹어숩고 公쎠셔 슨나이다/ 어져네 그러ᄒ면 壯洞大臣 몟촌인다/ 故相臣 츙헌공의 五寸姪이 되ᄂ이다"

실은 전혀 거론되지 않았다. 그리고 김인겸 자신도 서출이라는 자신의 정체성에 대한 인식, 즉 신분상의 제약에 대한 피해의식이나 갈등을 전혀 드러내지 않았다. 서출이어도 당대 명문대가의 후손이라는 점이 그의 정체성에 보다 작용하여 불우한 처지에 대한 자의식을 극복하게 했던 것이 아닌가 한다.

이렇게 서출로서 평생 향촌에 은거하며 환로에 나가지 못했던 김인겸은 영조로부터 문필가로서의 능력을 인정받고 치하를 받는 일생일대의 새로운 경험을 하게 되었다. 이러한 새로운 경험을 통해 그는 평소 지니고 있던 선비로서의 자부심을 더욱 확고하게 할 수 있었던 것으로 보인다. 그리하여 〈일동장유가〉의 작품 전체에서 김인겸은 자신의 글재주에 대한 긍지와 선비정신의 실행자가 되어야 한다는 의지를 충만하게 드러냈다.

김인겸은 사행길에 오른 처음에 관료로서의 체험에 놀라며 당황해 한다. 김인겸이 처음 말에 올라 사행길을 가는데, "셰라놈"이 勸馬聲을 쳤다. 김인겸은 하지 말라고 만류했으나 "셰라놈"은 "전례'라고 계속했다. 이에 대해 김인겸은 '남 보기에 부끄럽다'고 하고 있다[4]. 한편 김인겸은 정기적으로 드리는 망궐례에 참석하지 않았다. 정상인 趙曒(1719~1777)은 비록 김인겸이 '司勇'[5]이지만 망궐례에는 참석해야 한다고 말하고, 관복을 얻어 주었다. 이러한 일화에서 드러나듯이 그는 왕으로부터 당당하게 서기직을 제수 받아 사행길

---

4 "셰라놈의 된소리로 권마성은 무수일고/아모리 말나여도 前例라고 부딕ᄒ나/ 白道의 늙은 션비 卒然이 別星노릇/우숩고 츔恠ᄒ니/남빅기 羞愧ᄒ다"
5 '사용'은 현직에 있지 않은 문관이나 무관으로 보통 음관으로써 채운 관리를 말한다.

에 오른 것이었지만 자신이 관료가 된 것에 익숙하지 않았다. 사행길 내내 김인겸은 관료신분이 아니라 선비라는 입장에서 처신하려고 노력했다.

2) 기생사에 대한 관심

한양에서 부산까지, 부산에서 한양까지의 국내여정 편에서 특징적인 점은 김인겸의 관심이 別邑 支供으로 부여받은 기생 및 茶母에 집중되어 있다는 점이다. 기생은 사행원들에게 제도적으로 허가되었다. 서기를 포함한 四文士는 물론 역관, 초관, 비장 등에게도 기생의 혜택이 주어졌던 것으로 보인다. 기생은 소유물과 같아서 시 짓기에서 상으로 주고 받았으며, 금기를 해야 하는 경우에는 의도적으로 기생을 보내주지 않기도 했다[6]. 그런데 작품에서 김인겸은 평생에 정한 뜻이 있어서 기생을 가까이하지 않았다고 술회하고 있다. 그는 관료의 특권인 기생을 취할 수도 있었지만 선비로서의 생활철학을 실천하는 모습을 버리지는 않았던 것이다. 어쨌든 그는 국내여정을 통해 만난 기생에 많은 관심을 기울여 그들을 적극적으로 가사에 서술했다. 결과적으로 〈일동장유가〉에는 기생과 관련한 일화가 서술되어 기생의 다채로운 인간상을 엿볼 수 있게 되었다. 〈일동장유가〉에 서술된 기생과 관련한 일화를 몇 가지 정리하면 다음과 같다.

---

6 南玉과 기생의 일화에 나타난다. 남옥은 祭海文 초안을 정사에게 올리면서 기생을 달라 했다. 그러나 조엄은 제해문을 고쳐야 하는 남옥에게 기생을 주지 않았다.

① 기생 속신사 : 김인겸은 '니보령 자문'의 부탁으로 의흥 기생과의 사이에서 난 딸을 속신해주려 하였다.

② 兵房軍官과 박색기생 : 한 병방군관이 호색한이었다. 예천에 들어가면 일등 미인을 저에게 달라고 김인겸에게 부탁하자 김인겸이 늙고 얽은 박색을 정하여 들여보냈다. 김인겸은 의흥에 도착해서 이전의 일을 사과할 겸 병방군관에게 일등 미인을 주어 마음을 풀어주었다.

③ 기생 간청 : 김인겸의 茶母가 어리고 곱다고 하여 일행 중 '홍성노'라는 자가 자기에게 달라고 하자 믿지만 허락하였다.

④ 창원기생 운정이 : 詩席에서 창원기생 운정이가 상으로 걸렸다. 자리를 파하고 돌아오니 운정이가 의복을 단장하고 앉아 있었다. 평생에 정한 있어 물리치니 운정이는 부끄러워 물러났다.

⑤ 경주기생 종의 : 경주기생 종의가 정인을 보러 달려오자 경주부윤이 잡으러 사람을 보내왔다. 김인겸은 좋은 풍류사이니 성취를 시켜주어야 한다며 종사상에게 말해 종애를 보내지 않았다.

⑥ 기생 운월 : 홍초관의 기생 운월이가 홍초관을 속이고 밤에 돌아다니면서 돈을 긁어내는데 홍초관은 그것도 모르고 운월이에게 빠져 있었다.

⑦ 茶母 귀란이 : 귀로 중 역관 이언진이 고운 다모를 부탁하여 귀란이를 보냈더니 귀란이는 아버지 제사를 잠깐 모시고 오겠다고 하면서 가더니 밤새 오지 않았다.

①~⑦에서 알 수 있듯이 김인겸이 서술한 기생은 매우 다양한 인간상으로 나타난다. 박색의 기생, 어리고 고운 기생, 양반 아버지가

속신을 해주는 기생, 옛 정인을 잊지 못해 말을 타고 달려와 잡힐 위기에 처한 기생, 자기에게 반한 수청 대상에게 돈을 긁어내는 일에 혈안이 된 기생, 수청을 들기 싫어 거짓말로 모면하는 기생 등 당대 기생의 다양한 인간상이 총출동했다. 김인겸은 이들 기생에 대해 풍류사로 알아주거나 속신을 도우려 애쓰는 것과 같이 우호적인 태도를 보이는 경우도 있고, 세속적이고 얄팍한 기생들의 세태를 한탄하여 반감을 표하는 경우도 있으며, 기생과 관련해서 벌어진 상황 자체를 재미있어 하는 경우도 있었다. 비록 자신은 기생을 가까이 하지 않았지만 사행구성원의 기생 수청을 인정하고 있는 가운데 기생을 바라보는 시각이 매우 여유롭다는 것을 알 수 있다.

이와 같이 〈일동장유가〉의 국내편에서 김인겸은 기생에게 특별하게 관심을 가지고 이들에 관한 일을 거의 빠짐 없이 서술하고 있는 점이 특징적이다. 기생은 양반관료체제의 범주 안에 있는 특수층이었다. 그렇기 때문에 김인겸은 각 고을에 도착해 기생 수청을 제공받음으로써 양반 관료로서의 자신의 지체를 확인하고 양반관료사회에 자신도 편입되었다는 것을 실감할 수 있었을 것이다. 한편 김인겸은 관아의 천민이었던 기생과는 하등 신분상의 갈등을 일으킬 이유가 없었다. 그리하여 여유로운 태도로 이들이 보여주는 삶 자체를 흥미롭게 바라보고 이야기 거리로 삼을 수 있었다. 그리고 김인겸은 가속의 부녀자들을 위하여 이 가사를 지었다고 하였으므로 기생에 관한 일화는 이들에게도 흥미롭게 다가갈 수 있는 이야기 거리이기도 했다.

3. 사행구성원과의 갈등

김인겸은 기생들과는 신분 상 갈등을 느끼지 않았기 때문에 기생을 여유로운 태도로 바라볼 수 있었다. 반면 김인겸은 역관, 의원, 토교, 비장 등과 같은 중인층과 무관층, 즉 중간계층을 바라보는 태도는 여유롭지 못했다. 〈일동장유가〉에는 김인겸이 중인층 및 무관층에게 우호적이지 않아서 갈등 관계를 이루기도 했던 일화가 서술되어 있다. 사행길 내내 정사, 부사, 종사관, 제술관, 그리고 동료 서기와는 좋은 관계를 유지하고 있었던 것과는 매우 대조적이다.

부산에서 서기 元重擧와 선장 金九榮이 다툰 사건이 있었다. 김인겸은 이 사건을 매우 집요하게 문제 삼으며, 그 해결 과정을 장황하게 서술하고 있다. 사건은 서기인 원중거가 지나가는 것을 몰라보고 선장인 김구영이 무례하게 군 행동에서 비롯되었다. 정상 조엄은 이 사건을 그리 심각하게 생각하지 않은 듯한데, 그의 사행기록인 『海槎日記』에 이 사건에 대한 기술이 전혀 보이지 않은 데서 짐작할 수 있다. 김인겸은 김구영에게 벌을 주는 것에 미온적인 정상을 찾아가 올바른 해결을 촉구하게 된다. 정상은 부질없이 일을 만들어 지나친 행동을 하는 것이 아니냐는 태도를 보인다. 그러나 김인겸은 반드시 시시비비를 가려야 한다고 하면서 정상에게 다음과 같이 주장한다.

그놈이 이롤밋고 傍著無人하야 / 兩班 辱훈 죄가 赦ㅎ기 어렵거든 /
볼기셋 치오시고 前과 ㅈ치 原待ㅎ니 / 一道의 上下人民 在內外의 다왓
시니 / 軍官을 보닉으서 物議롤 드러보오 / 土校롤 愛惜ㅎ야 記書ㅣ 賤待

219

혼다 / 人心이 憤鬱ᄒ야 저마다 분기ᄒ니 / 이번길 가ᄂ 中의 이놈샏 아니오라 / 이갓치 브리든놈 ᄒ나둘 아니오니 / 져마다 效則ᄒ면 그辱이 오즉ᄒ오[7]

김인겸은 '서기는 비록 지위는 높지 않으나 글을 읽는 선비이고 양반이다. 그런데 토교가 양반을 욕보였는데 똑같이 벌을 내림은 천부당만부당하다. '부리던 놈'들이 이것을 본받으면 이번 사행길을 어찌 가려 하느냐'고 역설한다. 이 사건을 아랫사람이 양반을 욕보인 상황으로 진단하고 선장을 치죄하여 상하 인민이 다 알 수 있도록 질서를 바로잡아야 한다고 한 것이다. 김인겸은 여기서 '반상의 구분'이라는 사회질서가 '禮'의 차원에서도 구현되어야 함을 말하고 있다. 선장 김구영은 배타는 일에는 경험과 능력을 갖춘 전문장교로서 배에서의 권위나 영향력이 대단했을 것이다.[8] 그러므로 이 사건은 명분으로서의 선비와 실질로서의 토교가 대립[9]하여 벌어진 것이다. 이 사건은 현실적 능력을 갖춘 전문인의 세력과 영향력이 확대되었다는 것을 시사한다. 이러한 현실적 능력을 갖춘 전문인의 세력과 영향력에 대해 김인겸은 위기감을 느낀 것으로 보인다. 김인겸은

---

7 원래 순한글 표기이나 이해를 돕기 위하여 한자를 섞어 썼다.
8 장교 김구영은 동래부사의 총애를 받은 인물이다. 그리고 일본 체류시 副人船將 兪進元이 대마도에서 객사한 일이 있었는데 그 관을 동래로 보내고 있다. 이로써 보건대 배를 부리는 책임을 맡은 인물들과 잡역일을 맡은 이들이 대부분 부산, 동래 지방의 사람들인 것 같다.
9 장덕순은 「김인겸의 일동장유가」(앞의 논문)에서 이 사건을 '호반과 선비의 대립'으로 보고 있으며 문·무 대립에서 선비의 승리로 파악하고 있다. 그러나 이 사건은 단순한 문·무대립은 아니고 또 선비의 승리로 끝난 것이라고 보기도 어렵다.

반상의 구분이 엄존하는 중세적 신분질서가 반상 간 '禮'의 차원에서도 구현되어야 함을 강하게 주장하고 있는 것이다.

사행길에 관복 문제가 일어난 적이 있었다. 한 비장이 서기가 정자관과 와용관을 쓸 수 없다고 상진하자 김인겸은 이에 강력히 반발하였다. 결국 관복하교가 내려지는데 '어찌 士文士를 하류와 같이 대하느냐'면서 중인층과 선비는 엄연히 구분되어야 함을 주장했다. '서기가 제 집에 있을 때 장교 하나 휘두르기를 마음대로 하는데 하물며 사행길에서 토교 하나쯤 마음대로 못하느냐'라는 말이나, '기해년 통신사절단 중 제술관 李彦이 首譯을 무수히 휘둘렀는데도 사람들이 그르다고 하지 않았다'는 말에서 드러나듯이 김인겸은 양반층이 장교, 토교, 역관 등의 중인층과는 구별되어야 마땅하다고 생각하고, 그러한 구분이 일상생활에서 구현되어야 한다고 주장하였다.

특히 김인겸은 역관에 대한 감정이 좋지 않았다. 일본 대판에서 최천종 살해사건[10]이 발생하였다. 통신사 일행은 범인의 검거와 처벌 문제를 처리하기 위해 그곳에서 오래 머물지 않을 수 없었다. 외교적으로 사건의 책임을 분명하게 하고 처벌문제를 처리하는 과정에서 조선통신사와 왜인들 사이에 신경전이 벌어지곤 했는데 그 사이에서 연락은 역관이 담당하였다. 그때 정상 조엄의 말이 와전된 사건이 있었다. 역관이 '한 사람만 正法하면 족하니 죄 없는 다른 사람들을 벌하지 말라'는 조엄의 말을 왜인들에게 전한 것이 문제였

---

10 최천종 살해사건은 〈攝陽奇觀〉〈明和雜記〉라는 제목으로 歌舞伎로 극화되기도 하였다. 자세한 사항은 장덕순은 「日東壯遊歌와 日本의 歌舞伎」(앞의 논문)를 참조하기 바란다.

다. 이에 대해 정상 조엄은 다음과 같이 말하고 있다.

> 이는 필시 교활한 倭가 왕복을 빙자하여 조사를 늦추고자 하려는 의
> 도일 것이다. 어찌 내가 말한 적이 없는 '한 사람만을 처형하라'는 따
> 위의 말로 怦言(하인을 시켜 보내는 말)을 做作하였겠는가? 이는 그대
> 들이 지나치게 의심함이다.[11]

  정상은 이것을 교활한 왜인들의 간계로 보고, 역관이 일부러 헛말
을 지어 전달한 것은 아닐 것이라고 생각하고 대처했다. 이러한 정
상의 대처와는 달리 김인겸은 '候僧과 附同한 죄'가 있는 역관 崔鶴齡
을 엄단해야 한다고 주장하였다. 그러나 결국 이 일은 정상이 웃고
마는 것으로 싱겁게 일단락을 맺고 말았다. 이 사건에서 알 수 있듯
이 김인겸은 왜와의 일이 잘 풀리지 않을 때 중간에서 말을 전하는
역관에게 책임을 물을 정도로 역관에 대한 인식이 매우 부정적이
었다.[12]

  김인겸은 특히 신분상의 위계와 질서가 '예'로 구현되어야 한다고
끊임없이 주장했다. 현실적 능력을 갖춘 전문인의 세력과 영향력을
인정할 수밖에 없는 상황에서 끊임없이 '예'를 들어가며 이들과 갈
등을 빚고 있었다. 이러한 김인겸의 태도는 현실 적합성이 떨어진

---

11 조엄, 『국역 海搓日記』(김주희 외 공역, 민족문화추진회, 1974) 四月二十日 日記.
12 그 외 의원에 대해서도 좋지 않은 감정을 지니고 있었음은 다음의 구절에서 드러
   난다. "처음의 드러올제 屠安흔 李佐補가 / 닉괴싁 슛처알고 난처흔닐 볼가흐야 /
   제빗츠로 나가셔셔 창밧긔셔 엿듯다가 / 이제야 마조와셔 치하흐고 가눈고냐" 李
   佐補는 良醫로서 잔망하던 그가 치하하고 가더라는 통쾌한 심정을 읊고 있다.

것이었다. 동행한 사행구성원들조차 그의 이러한 태도를 수긍하지 않았을 정도였다.

만일 兵亂이 잇게되면 倡義ᄒ고 분개ᄒ리 / 반드시 ᄌᄂ로셔 戲言으로 미봉ᄒᄂᆡ / 종사샹이 하오시ᄃᆡ 金進士 자라날제 / 싀골셔 ᄒ엿기에 힝셰ᄲᆞᆯ를 모ᄅ고셔 / 直說ᄒ고 過激ᄒ야 敢言不諱 ᄒᄂ거시 / 대개 風彩 잇ᄂ디라 이ᄂ비록 貴커니와 / 自家의몸 쇠ᄒ기ᄂ 疎ᄒ다 ᄒ리로다.

위의 구절은 한 역관에 대한 김인겸의 태도를 두고서 정상과 종사관이 김인겸에게 한 말이다. '만약 청군이나 왜병이 쳐들어오면 창의하고 분개할 사람은 바로 자네(김인겸)이다, 그러나 김진사가 시골에서 생활하여 현실(힝셰ᄲᆞᆯ)을 모른다, 직설적으로 과격하게 말을 하는 것이 귀한 선비의 풍모이긴 하지만 자기 몸만 상할 것이다'라는 말이다. 그가 지닌 선비의식의 강직함과 의기를 인정해 주면서도 지나치게 명문만을 내세워 융통성과 현실 적응력이 떨어진다는 사실을 은근히 지적한 것이다. 당시 사행구성원들도 김인겸의 신분질서에 대한 인식이 지나치다고 생각한 것을 알 수 있다.

4. 상업화·도시화의 문명

김인겸의 현실적 기반은 농업을 중심으로 하는 향촌사회였다. 임란 이후 권농가류 가사에서는 근면한 영농으로 잘 사는 향민을 만들고자 하는 향촌지식인의 의지를 엿볼 수 있다. 18세기 이후의 작으로 보이는〈富農歌〉[13]에서는 다채로운 영농의 세계를 펼쳐 보임으로써 농업을 통하여 치부가 가능한 이상적 농촌상을 제시하고 있다. 19세기 초에 지어진 정학유의〈農家月令歌〉에서도 도회지의 상업경제가 농촌에 침투함으로써 빚어질 수 있는 혼란을 우려하여 상업의 위험성을 말하고 농사일에 힘쓸 것을 강조했다.[14] 이렇듯 농업중심사회에서 향촌에 기반을 둔 조선조 향촌지식인들은 향민들의 영농의지를 고취시키는 '권농'의 교화를 선비의 책임으로 삼았다. 그러나 다채로운 영농을 통하여 잘 사는 농가를 제시했다고 해서 그것이 화폐경제의 촉진을 지향하는 것은 아니었다.

김인겸도 농업중심사회에서 향촌에 기반을 두고 산 향촌지식이었으므로 농업을 기반으로 하는 경제구조에 익숙해 있었던 것 같다. 〈일동장유가〉에는 사행구성원의 상행위에 대해 못마땅해 하는 김인겸의 모습이 드러난다. 앞서 비장이나 역관에 대한 비우호적인 그의 태도에는 그들의 상행위에 대한 반감도 포함되어 있었다.

初七日 順風부니 發船키 됴흐되ᄂᆞᆫ / 行中의 흔神將이 千餘金가 銀殘으로 / 倭物貿易 ᄒᆞ얏다가 미처춧디 못ᄒᆞᆯ다라 / 島主의게 핑계ᄒᆞ고 發行을 아니ᄒᆞ고 / 一行의 ᄆᆞ음들이 통분키 엇더ᄒᆞ리 / 初八日 發行ᄒᆞ야 져

---

13 이혜화,〈海東遺謠 所載 歌辭考〉,『국어국문학』제96집, 국어국문학회, 1986.
14 "예로부터 이른말이 農業이 근본이라 / 배부려 船業하고 말부려 장사하기 / 전당잡고 빚주기와 장만에 遞計놓기 / 술장사 떡장사며 술막직 가게보기 / 아직은 혼전하나 한번을 실수하면 /破落戶 빚꾸리기 살던곳 터도없다 / 농사는 믿는 것이 내몸에 달렸으니"(十二月令). 여기서 농사일과 비교하여 상업행위가 서술되어 있다.

물게야 兵庫오다 / 初九日 順風부듸 行中의 譯官들이 / 傳藏의 殺獄일로
數千金 貿易ᄒᆞᆫ것 / 미처춧디 못ᄒᆞ여셔 곳곳이와 칭탈ᄒᆞ고 / 發船을 아
니ᄒᆞ니 그 罪가 엇더ᄒᆞ리

　위의 예문에는 비장과 역관들이 倭物을 무역한 실태가 나타난다.
이들의 무역은 김인겸이 '수천금'이라 표현할 만큼 그 규모가 엄청
난 것이었다. 그리고 이들의 무역행위는 제때에 제대로 이루어지지
않으면 사신일행의 배도 움직일 수 없을 정도로 조직적인 것이었다.
비장이나 역관의 대왜 무역은 어디까지나 비공식적인 상행위였지
만, 사행구성원들 간에 공공연히 묵인되어온 사실이었던 것으로 보
인다. 따라서 김인겸도 이들의 상행위 때문에 발선하지 못하는 것을
뻔히 알면서도 이 현실을 받아들일 수밖에 없었을 것이다. 그러나
이 일을 벌인 비장과 역관에 대한 그의 감정은 결코 좋지 못하였다.
최천종 살해사건 당시 정상의 말을 잘못 전한 역관에게 '왜놈과 부
동한 죄'를 운운한 것도 실은 역관들이 돈을 벌기 위해 왜놈과 결탁
했다고 믿었기 때문이다. 김인겸은 작품에서 자신은 돈을 멀리한다
는 자세를 지속적으로 보여주었다. '천금이라 해도 왜놈의 돈은 받
지 않는다'고 했고, 한시를 받은 왜인들이 그 답례로 물품으로 하고
자 할 때는 선비로서 금품을 받을 수 없다며 거절하기도 했으며, 부
득이하게 받아야 할 경우에는 선비로서 가져도 합당한 물품만을 가
지고 나머지는 돌려주었다. 이러한 김인겸이 사행구성원이 상행위
를 하여 금전을 추구하는 데 몰두하는 것을 목도했을 때 그 반감은
매우 큰 것이었다.

〈일동장유가〉에서 김인겸은 언제나 왜를 야만시하는 태도로 바라보았다. 그리고 그는 유교적 문명성을 지닌 조선의 사신을 대하는 왜인의 '禮'에 늘 관심을 기울였다. 왜인과 한시를 酬唱함에 있어서도 대면할 때의 예의범절과 시 내용의 '不敬'함 여부에 촉각을 곤두세웠다. 왜의 접견인들을 맞이했을 때는 서로의 지체에 따라 揖하였느냐 拜하였느냐 하는 것을 정확히 관찰하여 기술하기도 했다.[15] 이러한 그가 왜와의 접촉에서 늘 '禮'에 관심을 기울인 것은 기본적으로 그가 왜를 야만시하는 인식을 지니고 있었기 때문이다. 야만국의 왜인이 문명국의 사신을 대할 때 상하질서에 걸맞게 '예'를 갖추어야 한다고 본 곳이다.

왜를 야만시하는 인식을 지니고 있었던 김인겸은 일본의 문화와 사회를 이국 문화와 사회의 하나로 보고 존중하는 개방적 자세를 지니지 못하고 조선중심적인 폐쇄적 자세를 지니고 있었다. 김인겸은 일본을 기행하는 도중 각지의 경치, 풍물, 인물, 도시의 번창함 등을 상세히 기술했다. 그런데 왜를 야만시하는 인식이 앞섰기 때문인지 이것들을 멸시하는 듯한 서술이 많이 발견된다. 물론 서술한 일화가 '孝'와 같은 유교적 이념과 관련할 때는 긍정적으로 평가하기도 했다. 그리고 지나는 길에 본 수차, 방아, 다리, 길과 같은 왜의 문명이 백성의 농사나 일상생활과 밀접하게 관련한 경우 그것들을 비교적

---

15 예를 들면 대마도에 도착했을 때 왜의 迎接官이 나와 맞이할 때는 "三使臣긔 再拜ᄒ니 ᄉᆞᆫ신닉ᄂᆞᆫ 揖ᄒᆞ신다"라고 기술하고 있다. 한편 대마도주가 사는 곳에 도착하여 도주 일행이 나와 맞을 때는 "使臣닉 드러가니 一時의 닐려나셔 두 번식을 揖ᄒᆞ니 使相들도 答揖ᄒᆞ닉"라고 기술하여 지체에 따라 拜禮가 달라짐을 정확히 관찰하고 있다.

상세하게 기술함으로써 일본 문물에 대한 감탄을 전달하기도 했다. 그러나 이런 경우라도 해도 '야만인 왜 치고는 괜찮다'라는 입장을 견지하여 일본을 야만시보는 인식에서는 벗어나지 못하고 있다.

> 날마다 언덕의셔 倭女들 모다와셔 / 졋내야 フ르치며 고개조아 오라 ㅎ며 / 볼기닉여 두다리며 손져어 請도ㅎ고 / 옷들고 아릭뵈며 브르기 도 ㅎ는고나 / 廉恥가 바히업고 風俗도 淫亂ㅎ다.

위에서 김인겸은 왜의 여인들을 기술하고 있는데, 매우 야만적인 모습으로 전달되고 있다. 그런데 김인겸이 기술하고 있는 왜녀는 고급이 아닌 하류 화류계 여성으로 추측된다. 김인겸은 이들의 행동을 그대로 묘사하면서 풍속이 괴이하다고 하였다. 김인겸이 묘사한 여인들이 왜의 일반여성은 아니었다고 보이는데, 김인겸은 이들을 왜의 일반여성으로 보고 정조관념이 희박한 왜의 풍속으로 전달하며 왜의 야만성을 부각시키고 있다. 이런 점은 김인겸이 일본의 도시화·상업화에 따른 성매매문화의 한 현상을 제대로 인식하지 못하였기 때문에 일어난 것으로 볼 수 있다. 다음은 대판성에 도착하여 기술한 대목이다.

> 人戶도 만시고 百萬이나 ㅎ야뵌다 / 우리나라 都城안은 東의셔 西의 오기 / 十里라 ㅎ오되는 채十里는 못ㅎ고셔 / 富貴흔 宰相들도 百間집이 禁法이오 / 다몰속 흙지와롤 니워셔도 肚타는딕 / 肚흘손 왜놈들은 千間이나 지어시며 / 그中의 豪富흔놈 구리기와 니어노코 / 黃金으로 집

을슈며 샤치키 이샹ᄒ고 / 南의셔 北의오기 百里나 거의ᄒ되 / 閭閻 뷘
틈업서 듬복이 드러시며 / 흔가온대 浪華江이 남북으로 흘러가니 / 天
下의 이러흔景 쏘어되 잇단말고 / 北京을 본 譯官이 힝듕의 와이시되 /
中原의 壯麗ᄒ기 이에셔 낫쟌타니

　대판성의 지리적 형상, 가옥의 수 · 크기, 집의 형상, 거리의 번화
함 등을 자세하게 서술하고 있다. 그리고 경성이나 북경과 비교하여
이 도시의 규모나 화려함이 더하다고 했다. 김인겸은 일본의 다른
도회지에 도착해서도 그 도시의 장대함과 화려함에 대해서 경탄을
금치 못하고 그 구체적인 사항을 기록하려 애썼다. 이렇게 김인겸은
일본 도회지의 모습을 자세히 기술하고 그것에 대한 감동을 표현하
려 노력했다. 그런데 김인겸은 현상적으로 드러나는 도회지의 모습
을 기술하는 데 그쳤을 뿐, 이러한 도회지의 형성과 번창이 역사, 사
회적으로 어떠한 의미를 가지는 지에 대해서는 별반 관심을 기울이
지 않았다. 당시 일본의 도시화 · 상업화의 추세에 대하여 죤 W.홀은
『日本史』에서 다음과 같이 기술하고 있다.

　　18세기가 되면 일본은 도시를 중심으로 한 상품경제의 새로운 단계
　　로 확실히 접어들었다. 도시는 놀랄 정도로 성장했다. 에도의 인구는
　　100만으로 그 무렵의 런던 또는 파리보다도 많았던 것 같다.[16]

---

16 죤 W. 홀, 『日本史』, 林英宰 譯, 역민사, 1986, 217면.

위에서 지적한 것처럼 당시의 일본은 도시화·상업화가 급속히 진행되고 있었다. 김인겸이 가마를 타고서나 혹은 망루에 올라 바라본 일본 도회지의 모습은 분명 그러한 과정을 겪고 있는 모습이었다. 그러나 김인겸은 도시의 가시적 장관을 세밀하게 묘사하고 경성이나 북경과 비교하는 데까지는 나아갔지만, 그러한 도회지의 번창에 따른 제반 사회 현상과 이러한 도회지의 번창과 제반 사회 현상이 이끌어낼 미래의 사회상에 대한 인식에까지는 이르지 못한 것으로 보인다. 김인겸이 중세적 봉건질서 안에서 일본을 바라보고, 도시화·상업화에 대한 경험과 인식이 부족했던 탓에 일본의 문명사를 제대로 진단하지 못했던 것이다. 다음은 김인겸이 왜황실에 대해 기술한 대목이다.

> 三代를 效則ᄒ야 世襲ᄒ난 法이이셔 / 勿論 賢愚ᄒ고 뭇ᄌ식이 셔ᄂ디라 / 둘재셋재 니ᄂ니ᄂ 비록 英雄 豪傑이나 / 凡倭와 흔가지로 벼슬을 못ᄒ기의 / 웃듬으로 듕을혜고 그다음 의원이라 / 져그나 잘난놈은 듕醫具 다된다ᄂ

김인겸은 황실에서 맏아들이 후계를 계승하고 나머지 아들은 아무리 잘나도 모두 중과 의원이 된다는 사실을 무척 신기해하고 있다. 왕족조차 '중'과 '의원'이 되는 일본문화를 매우 야만시 여기고 있음이 어투에서 드러난다. 김인겸은 반상의 구분이 엄존해야 하는 신분질서에 따라 의원이나 역관과 같은 중인층에 대해서 계속 견제를 했다. 이러한 그의 신분질서의식에 비추어 볼 때 왜황실에서조차 중과 의원이 되는 문화는 매우 야만적일 수밖에 없다. 일본의 이러한 제도와 문화는 일본의 사회문화전통과 상업화·도시화에 따른 변화된 사회현실이 어우러져 빚어낸 것이었지만, 김인겸은 이것을 파악하려는 시도를 하지 않고 다만 조선 중심적으로만 보고 야만시하고 있다.

5. 18세기 향촌지식인의 선비의식

김인겸은 공주에서 은거생활을 한 18세기 향촌지식인으로 영조로부터 문필력을 인정받고 사행길에 오름으로써 선비로서의 자의식을 더욱 공고히 할 수 있었다. 그러나 김인겸은 서기의 직책을 지녔음에도 불구하고 사행길에서 관료로서가 아니라 선비로서 처신하였다. 그리하여 〈일동장유가〉에서 김인겸은 강직하고, 의협심을 알며, 청렴한 선비의식을 실행하려는 강한 의지를 표출했다.

국내여정에서 김인겸은 특징적으로 기생사에 관심을 가지고 기생에 관한 일화를 많이 서술했다. 여기서 기생의 다양한 인간상이 제시되고 있는데, 이러한 점은 기생에 관한 김인겸 개인의 특별한 관심에서 비롯된 것이기도 했지만, 당대 지식인의 의식지향과 사회문화현상과도 연관이 있다고 보인다. 중세사회 해체기의 역사발전이 가속화되면서 18세기 조선사회는 급격한 변화를 겪게 된다. 이러한 사회변화 속에서 당대 지식인들은 자기 계층의 삶을 반성하는 것에서 더 나아가 타 계층의 삶에 적극적으로 관심을 기울이게 되었다.

삼정의 문란으로 고통 받는 농민의 삶은 서사한시에 대폭 수용되었
다. 그리고 신분제의 붕괴, 상업의 발달, 도회지의 형성, 농촌사회의
붕괴, 예술인과 같은 전문인의 진출 등과 같은 사회변화의 제 현상
과 관련한 인물의 삶이 한문단편을 통하여 기록되었다. 기생 춘향이
의 삶은 〈춘향전〉에 수용되어 대중적인 인기를 얻고 있었다. 사설시
조에서는 '성'과 관련한 여성 인물상이 노골적으로 담기기도 했다.
이러한 당대 지식인의 타계층의 삶에 관심을 기울인 의식지향과 그
것을 적극적으로 형상화하는 사회문화현상을 바탕으로 김인겸도
〈일동장유가〉에 다양한 인간상의 기생을 서술한 할 수 있었던 것으
로 보인다. 따라서 비록 기생에 한정되긴 했으나 김인겸이 기생의
다양한 인물상을 서술한 것은 향촌지식인이 당대 사회 변화에 대응
하여 새롭게 형성한 선비의식의 면모로 볼 수 있다.

　그런데 긴임겸은 기생에게와는 달리 역관, 의원, 土校, 비장과 같
은 중인층과 무관층에게는 우호적이지 않아, 그들과의 접촉에서 매
사에 갈등관계를 빚어냈다. 그는 양반과 중간계층은 신분상 엄연히
구별되어야 마땅하다고 하고, 신분질서의 유지는 '예'의 차원에서
구현되어야 한다고 믿었다. 이러한 신분상의 위계와 질서가 '예'로
구현되어야 한다고 끊임없이 주장한 그의 태도는 현실 적합성이 떨
어진 것이었다. 앞서 살펴본 김인겸에 대한 정상과 종사관의 말은
김인겸의 선비의식이 지니는 시대적 의미에 대한 시사점을 던져준
다. 18세기 조선사회에서는 사회신분제의 동요가 심하게 나타난다.
그리하여 중간계층이 새로운 실력층으로 등장하고, 선비의 사회적
위상도 상대적으로 떨어지게 되었다. 이러한 사회변화에 따라 양반

계층 내부에서 반성적 시각이 나오게 되었다. 당대 흔들리는 선비의 위상에 따른 양반계층 내부의 반성적 시각은 〈양반전〉에서 잘 드러난다. 박지원은 〈양반전〉의 창작 동기를 김인겸의 선비의식과 별반 다를 바 없는 정통적인 조선조 유학자의 '선비의식'으로 내세우고 있다[17]. 그러나 〈양반전〉의 실제 그 작품세계는 "富로써 양반의 존귀를 얻겠다는 천부의 무지'를 풍자하면서도, 동시에 '양반'들을 풍자적으로 고발'[18]하고 있다. 이 작품에서는 선비의 위상이 떨어진 현실 자체를 인정하고 수용하려는 자세, 사회 변화에 적응할 수 있는 새 선비상을 정립하고자 하는 의지, 양반의 허세와 수탈상을 철저히 비판[19]하여 선비 자신의 자기반성 등을 엿볼 수 있다. 그러나 김인겸의 선비의식은 주로 '예'의 측면에서 중간계층과 갈등 관계를 번번히 빚어냄으로써 변화된 현실을 인정하거나 수용하는 자세를 전혀 보이지 않았으며, '예'로 구현되는 기존의 신분질서로의 회복만을 강하게 주장하여 자기 반성적인 측면은 아예 없었다고 할 수 있다. 이

---

17 『放璃閣外傳』「白序」『燕巖集』券8. 別集. "선비는 곧 하늘이 주신 벼슬이다. 선비의 마음, 즉 士心은 志가 된 다. 그 志는 어떠해야 할 것인가. 권세와 이익을 꾀하지 않으며, 비록 현달해도 선비의 도리에서 떠나지 아니하고, 곤궁할지라도 선비의 본분을 잃지 말아야 할 것이다. 그런데 을 닦지 않고 부질없이 문벌을 상품으로 여겨 世德을 팔고 샀으니 장사치와 무엇이 다르랴. 이에 양반전을 쓴다."(士迺天爵 士心 爲志 其志 如何 弗謀勢利 達不離士 窮不失士 不飭名節 徒貨門地 酤鬻世德 商賣何異 於是述兩班)

18 김균태, 「양반전의 주제」, 『한국 문학사의 쟁점』, 집문당, 1986, 435~450면.

19 연암은 『熱河日記』「玉厘夜話」에서도 사대부를 신랄히 비판한다. "이놈 소위 사대부란 도대체 어떤 놈들이야, 예맥의 땅에 태어나서 사대부하고 뽐내니 어찌 앙큼하지 않느냐…… 이제 너희들은 大明을 위해서 원수를 갚고자 하면서 오히려 그까짓 상투 하나를 아끼며, 또 앞으로 장차 말달리기, 창 찌르기, 활 튀기기, 돌팔매질 등에 종사하여야 함에도 불구하고 그 넓은 소매를 고치지 않고서 제 딴은 '예법'이라 한단 말이야"라는 구절에서도 현실 대응력이 없는 예법논의를 비판하고 있다.

렇게 그의 선비의식은 동시대 선진적 지식인의 개방적 선비의식과 비교해 볼 때 보수성과 폐쇄성을 지니고 있는 것이다.

김인겸은 대왜무역과 같은 상행위에 강한 반감을 지녔다. 그리고 일본의 도시화·상업화에 따른 제반 사회 현상에 대한 경험과 인식이 부족했다. 그가 농업을 중심으로 하는 경제구조에만 익숙해 있어 근대화로 나아가는 당대의 일본사회를 인식하는 폭이 제한적이었다. 당시 일본은 도시를 중심으로 하여 상품경제, 화폐경제의 새로운 경제 단계로 접어들었으며, 도시는 놀라울 정도로 팽창하고 있었다. 김인겸이 관찰하고 묘사한 일본 도회지의 모습은 분명 이러한 일본의 모습이었다. 그런데 김인겸은 이러한 일본 도회지의 가시적 장관에만 관심을 두었을 뿐 이러한 제반 현상이 지니고 있는 역사, 사회적 의미는 인식하지 못했다. 자본을 둘러싸고 있는 제반 사회현상 즉, 도회지의 형성, 시장의 형성, 상업문화, 도회지문화, 화폐경제의 활성화, 그리고 새로운 계층의 진출 등에 대한 문명사적 식견이 부족하였다. 봉건적 질서 안에서 일본을 바라봄으로써 변화해가는 진정한 일본의 문명과 문화를 바로 보지 못한 것이다.

〈일동장유가〉에 나타난 이러한 김인겸의 인식은 동시기의 연행기록물에 나타난 인식과 매우 대조적이다. 담헌 홍대용의 『을병연행록』, 연암 박지원의 『열하일기』[20], 그리고 〈일동장유가〉는 모두 외국여행 체험기로 그 기술이 '主情에서 객관적 관찰의 보고'[21]로 변화하고

---

20 홍대용의 『을병연행록』은 1765년에서 1766년 사이의 기록이다. 박지원의 『열하일기』는 1780년에서 1781년 사이의 기록이다.
21 김태준, 「18세기 실학파와 여행의 정신사」, 『비교문학산고』, 민족문화문고간행

있다는 특징을 지닌다. 그런데 『을병연행록』이나 『열하일기』에서
작가는 신세계에 대한 문화적 충격에 충만해 있고, 이것을 자신의
자연철학이나 실학론을 펴는 근거로 삼을 수 있었다.[22] 그러나 〈일동
장유가〉에서 김인겸은 신세계에 대한 문화적 충격을 겸허하게 받아
들이는 자세를 취하지 않았고, 자기 이념과 경험에 준거하여 이국을
바라보며 평가하고 비교했다. 전자가 사회 변화에 적응할 수 있는
새로운 사상과 의식을 모색하고자 하는 근대적 사고가 청의 문물과
문화를 보고 수용하려는 자세를 빚어낸 것이라면, 〈일동장유가〉는
견고한 중세질서의 회복을 주장하는 봉건적 사고가 일본의 문물(어
쩌면 청보다 더 우월하였을지도 모른다)과 문화를 수용하려는 자세
를 아예 차단해 버린 것이라고 할 수 있다. 당대 한 향촌지식인이 지
닌 세계 인식의 폭은 야만시하던 일본의 문물과 문화를 수용하기에
는 너무나 협소한 것이었다.

　특히 김인겸은 사행구성원과 왜인과의 관계에서 '예'에 집착했다.
서기 원중거와 선장 김구영과의 사건에서 발단은 '無禮'였다. 그리고
그는 왜인을 만나는 자리에서 '예'를 예민하게 따졌다. 국서를 전달
하는 의식에 참석치 않겠다는 변에서도 "개독ㅈ튼 穢놈의게 拜禮ㅎ
기" 싫어서 라고 했다. 그는 하대하던 야만인에게 선비가 '배례'를
행하는 것은 옳지 않다는 예학에 사로잡혀 있었으므로 자랑스럽게
실천에 옮긴 것이다. 倭皇이 사는 곳에 이르러서는 "개돗ㅈ튼 비린類
를 다몰속 擇蕩ㅎ고 / 四千里 六十州를 朝鮮 드라셔 / 王化의 沐浴곰겨

　　　회, 1985, 129~130면.
　22　앞의 논문, 137면.

禮儀國 민들고쟈"라고 했다. 물론 이것은 임진왜란에 대한 민족적 반감에 기댄 표현이다. 어쨌든 김인겸은 여기에서도 일본이 '예의국'이 아님을 지적하여 '예'에 대한 집착을 드러냈다.

김인겸의 왜에 대한 사고는 조선조사회에서 꾸준하게 견지되던 사고였다. 조선이 건국된 이후 조선인은 일본이 '武'와 '佛'의 나라였기 때문에 '儒'와 '文'이 없는 야만적 나라로 간주하였다. 임란 전 해에 일본을 갔다 온 鶴峰 金誠一의 사행기록 『海槎錄』에는 조선과 일본 사이의 평화적 관계를 '예의'로써 바로잡아 보려는 작자의 굳은 신념이 곳곳에서 드러난다. 김성일의 예에 대한 관심은 '들어가면서 다툰 것은 그 禮를 다툰 것이요, 나오면서 다툰 것은 그 義를 다툰 것'이라고 할 정도로 지대한 것이었다.[23] 더욱이 임진왜란 이후에는 한일관계에서 조선인이 일본을 바라보는 시각의 기저에 언제나 '왜구'와 '임진왜란'이 있었기 때문에 왜에 대한 시선이 우호적일 수 없었다. 그리고 명이 망한 후에는 중국의 진정한 후계자로 조선을 생각하고, 스스로를 '소중화'라 자처하면서 일본과 청을 야만시했다. 18세기 초에 일본에 다녀온 靑泉 申維翰도 '회유'과 '교화'로 그의 사행의식[24]을 피력할 정도로 야만적인 왜에 대한 '예'의 중요성에 지대한 관심을 두었다. 김인겸의 일본관은 '유교적 문명성'[25]을 지닌 上國 조선이 그렇지 못한 下國 일본을 '예'로써 교화해야 한다는 것이었다.

---

23 金泰俊, 「海行의 精神史」, 앞의 책, 11면.
24 崔博光, 「18세기 韓日間의 漢文學 交流」, 앞의 책, 130~31면.
25 金泰俊, 「유교적 문명성과 문학적 교양」, 앞의 책.

'유교적 문명성'을 지닌 上國과 그렇지 못한 下國이 있다는 사고는 양반과 상민이 엄격하게 구분되어야 한다고 보는 사고와 더불어 포괄적으로 중세적 질서를 형성한다. 중화, 소중화, 그리고 오랑캐라는 계층적 관계는 왕, 양반, 그리고 상민이라는 계층적 관계에 그대로 적용된다. 이러한 중세적 유교 질서를 김인겸은 天理로 보고 이러한 질서와 체제가 흔들리는 것을 예학의 차원에서 바로잡으려 한 것이다.

16세기 말에서부터 본격적으로 시작한 예학은 17세기에 걸쳐 발달하였다. 이 시기는 예학의 시대라고 일컬어도 과언이 아닐 만큼 예의 신앙시대였다. 예의 중시는 정치적으로 예송의 당쟁 풍토를 조성하기까지 하였다. 향촌에 거주하는 선비들도 수신의 차원에서 예학을 철저히 지켰다. 예학적 사고는 명분적 사고에 기초하므로, 명분을 실질보다 앞세우는 점에서 형식주의적 사고이다. 이러한 예학적 사고는 결국 실질을 경시하여 현실감각이 노둔해질 수밖에 없다. 당시 조선후기사회의 격변에도 불구하고 중세적 질서와 예를 맹종하고 답습하는 것은 현실에 적응하고 개혁을 모색하는 여지를 차단하고 마는 결과를 낳게 되었다.

중세적 질서의 유지를 위해 예를 실천하고자 했던 김인겸의 선비정신도 격변하는 당대의 현실에서 그 적응력을 상실해 가고 있었다. 청렴하고 강직한 선비의식이 개인적 수기의 차원에서 실천덕목으로 작용할 때는 미덕이 됨은 재론할 필요가 없을 것이다. 그런데 조선을 대표하는 지식인으로 외국에 사신으로 가면서 각종 외부세계에 대응해야 하는 현실에서는 그러한 선비의식이 장애가 될 수 있음을 김인겸의 예가 보여준다. 이와 같이 〈일동장유가〉에서 한 향촌지식이 보여준 선비의식은 청렴함과 강직함을 지닌 미덕에도 불구하고 현실대응력을 상실하고 세계인식의 폭을 협소하게 만들고 있다는 시대적 의미를 지닌다.

6. 맺음말

이 연구에서는 김인겸이 지니고 있는 선비의식의 시대적 의미를 중점으로 살펴보았다. 그리하여 이 연구에서는 상대적으로 그가 지닌 선비의식의 한계점을 밝히는 데 주력했다. 그런데 선비의식의 한계에도 불구하고 〈일동장유가〉의 문학적 성취는 문학사적인 의의를 지니기에 충분하다는 점을 간과해서는 안될 것이다. 특히 〈일동장유가〉는 장편가사임에도 불구하고 지루하지 않고 재미가 있다. 특히 〈일동장유가〉의 능숙한 문체와 다채로운 언어구사는 가히 가사문학사에서 압권이라고 할 수 있다. 포괄적으로 문체적 특성이라고 할 수 있는 이 부분에 대한 분석적 연구가 이루어 질 때 〈일동장유가〉의 진정한 문학사적 의미가 밝혀질 수 있을 것이다.

조선후기

가사문학

연　구

제8장

引喩와 諧謔의 美學
-李運永의 歌辭 6편-

 머리말

　조선후기 가사문학은 장르의 개방적 성격으로 말미암아 다양한 양상으로 전개되었다. 조선전기의 양반가사가 보여주듯이 은일이나 교훈을 담는 정태적인 문학의 양상에서 벗어나 애정, 새로운 경험, 세태, 현실비판 등의 내용까지를 담는 역동적인 문학의 양상으로 확대되어 전개되었다. 이러한 조선후기 가사문학은 전체적으로 양적·질적 면에서 탁월한 문학적 성과를 보여주고 있으나 가사 각 편을 두고 볼 때 전기가사에 비해 그 세련미가 덜한 면을 보여주고 있는 것도 사실이다. 그러나 조선후기 가사문학 중에는 형식이나 문자에 구속 받지 않으면서 자유롭게 자신들의 경험과 서정을 토로한 작품들도 상당하다. 특히 조선후기에 가면 가사문학을 가볍게 즐기는 생활문학이자 오락문학으로 생각한 작가들이 등장하게 되었다. 이들 작가에 의해 창작된 가사의 작품세계는 매우 역동적인 세계를 이루고 있어 현대적 관점에서 볼 때에도 의의를 충분히 지니는 작품이 상당하다.

조선후기 가사문학의 역동적 작품세계는 작가를 알 수 없는 무명씨 작 가사에서 흔하게 나타난다. 반면 18세기 가사문학은 향촌에 거주하는 향촌사족의 유명씨 작 가사가 많은데, 이들 가사는 전기가사의 양식적 성격을 답습하는 경향을 지배적으로 보여준다. 그런데 이러한 18세기 유명씨 작 가사문학 작품 가운데는 조선후기가사의 경향성을 강하게 노출하고 있는 작품들이 있게 되고 몇몇 작품의 경우 그 문학사적 의의를 높이 평가받을 만한 것들도 있다.

이운영의 『諺詞』 소재 가사 〈鑿井歌〉, 〈淳昌歌〉, 〈水路朝天行船曲〉, 〈招魂詞〉, 〈說場歌〉, 〈林川別曲〉 등 6편은 조선후기의 유명씨 가사작품으로 내용과 형식의 질적인 탁월성 면에서 조선후기 가사문학사에서 주목을 요하는 가사이다. 『언사』 소재 가사 6편은 최근에 학계에 소개되었다. 소재영에 의해 이들 가사 6편이 소개되면서, 한참 이전인 1969년에 〈우물파기노래〉로 소개되었던 작품의 실제 작가가 이운영이라는 사실도 밝혀지게 되었다[1]. 이렇게 이 가사들이 학계에 알

---

1 소재영, 「諺詞 研究」, 『민족문화연구』 제21집, 고려대학교 민족문화연구소, 1988. ; 최강현, 「우물파기 노래(鑿井歌) 감상」, 『새국어교육』 제13호, 한국국어교육학회, 1969.

려진 지 오래 되지 않았기 때문에 이 가사들은 최근 들어서야 학계의 주목을 받으며 활발하게 연구가 진행되고 있다².

이운영의 가사 6편은 작가의 개성이 묻어나는 독특한 작품세계를 이루고 있다. 이운영 가사의 작품세계는 가사문학이 흔히 그러하듯이 산수자연을 읊는 가운데 화자의 서정을 담거나, 아이들에게 교훈을 늘어놓거나, 집안사람들에게 알려주기 위해 여행할 때 있었던 경험과 사실을 서술하거나 하는 등과 같은 것과는 거리가 멀다. 어느 것들은 직접 경험했거나 들어서 알고 있는 재미난 사건을 대화체로 가

---

2 연구성과를 연대 순으로 정리하면 다음과 같다. 고순희, 「인유와 해학의 미학」, 『이화어문논집』 제15집, 이화어문학회, 1997, 351~383면. ; 박연호, 「玉局齋 歌辭의 장르적 성격과 그 의미」, 『민족문화연구』 제33집, 고려대학교 민족문화연구원, 2000, 295~325면. ; 박경남, 「18세기 애정(愛情)시가의 출현과 〈임천별곡(林川別曲)〉」, 『국문학연구』 제7집, 국문학회, 2002, 271~289면. ; 이승복, 「玉局齋 李運永에 대한 전기적 고찰」, 『고전문학과 교육』 제7집, 한국고전문학교육학회, 2004, 159~187면. ; 이승복, 「〈수로조천행선곡〉의 창작 배경과 의미」, 『국어교육』 제115집, 한국어교육학회, 2004, 455~480면. ; 이승복, 「〈세장가〉의 구조와 의미」 『한국민족문화』 제24집, 부산대학교 한국민족문화연구소, 2004, 29~52면. ; 이승복, 「〈초혼사〉의 구조와 애도문학적 특성」, 『고전문학과 교육』 제9집, 한국고전문학교육학회, 2005, 157~180면. ; 박수진, 「〈순창가〉의 구조와 인물의 기능」, 『한국언어문화』 제28집, 한국언어문화학회, 2005, 205~227면. ; 박수진, 「옥국재 가사에 나타난 시, 공간구조 연구」, 『온지논총』 제17집, 온지학회, 2007, 293~319면. ; 이승복, 「〈착정가〉의 의미와 의의」, 『선청어문』 제36집, 서울대학교 국어교육과, 2008, 411~430면. ; 이승복, 「〈순창가〉의 서술방식과 작가의식」, 『고전문학과 교육』 제17집, 한국고전문학교육학회, 2009, 193~216면. ; 이승복, 「〈임천별곡〉의 창작 배경과 갈등의 성격」, 『고전문학과 교육』 제18집, 한국고전문학교육학회, 2009, 261~284면. ; 신현웅, 「옥국재(玉局齋) 이운영(李運永) 가사의 특성과 의미」, 서울대학교 대학원 석사학위논문, 2010. ; 이승복, 「옥국재 가사에 나타난 일상성의 양상과 의미」, 『고전문학과 교육』 제25집, 한국고전문학교육학회, 2013, 369~397면. ; 김수경, 「옥국재 가사 〈착정가〉에 나타난 "장소"의 의미」, 『한국시가연구』 제34집, 한국시가학회, 2013, 83~118면. ; 강혜정, 「〈거사가〉와 〈임천별곡〉을 중심으로 본 조선 후기 대화체 가사의 특수성」, 『한민족어문학』 제68집, 한민족어문학회, 2014, 283~307면.

녑게 서술하고, 어느 것들은 설화나 민요를 변화시켜 진중하게 혹은 위트 있게 서술하기도 하는 등 작품세계가 다양한 양상을 나타낸다.

이 연구의 목적은 이운영 가사의 작품세계를 종합적·포괄적인 관점에서 살펴보는 데에 있다. 먼저 2장에서는 작가의 생애를 통해 그의 인성적 자질과 가사의 창작시기를 살핀다. 다음으로 작품세계를 살피는데, 6편의 작품세계는 내용적으로 다양하지만 두 가지의 특징적 세계로 대별될 수 있다고 보았다. 그리하여 3장에서는 인유를 통한 즐김의 미학을 보여주는 가사의 작품세계를 분석한다. 그리고 4장에서는 해학을 통한 즐김의 미학을 보여주는 가사의 작품세계를 분석한다. 각 작품에 대한 면밀한 분석을 통해 두 가지 특징적인 작품세계를 이해하고자 한다. 마지막으로 5장에서는 이러한 분석 작업을 통해 드러난 것을 바탕으로 이운영의 가사작품이 지니는 문학사적인 위상을 규명하고자 한다.

2. 風流的 삶과 가사창작

1) 생애와 인성적 자질

이운영은 한산이씨 명문집안의 사대부였다. 그의 간단한 이력을 살펴보면 다음과 같다. 이운영은 牧隱 李穡의 14대 손으로 조부는 증 이조판서 秉哲이고 부는 군자감정을 지낸 증이조참판 箕中(1697~1761)이다. 경종 2년 1722년에 나서 1755년에 사마양시에 합격하고

1759년에 진사가 되었다. 1764년 익위사부솔, 가주서를 시작으로 벼슬길에 올라 1767년 한성부주부, 형조좌랑을 거쳐 1768년에는 형조정랑으로 승진되었다. 1769년에 금성현령, 1771년에 면천군수, 1776년에 황간현감 등 외직을 지내다가 1884년에는 사복시주부, 공조좌랑을 지냈다. 1885년에 다시 금산군수로 나갔다가 일찍이 세자익위사에 있었던 공로로 통정대부 돈녕부도정에 올랐다. 1791년에 오위장이 되고 1793년에 첨지중추부사가 되었으며, 1794년에 가선대부 동지중추부사에 올랐다가 이 해에 사망하였다.

위의 간단한 이력에 나타나듯이 이운영 자신은 43세가 되어서야 비로소 벼슬길에 오르게 되었다. 하지만 그는 명문사대부 집안의 일원이었기 때문에 그가 누린 삶은 사대부가 누릴 수 있는 전반적인 범주에서 그리 벗어난 것은 아니었다. 그는 높은 벼슬을 지낸 현달한 사대부는 아니었지만 내직에 근무할 때는 세자를 가르치는 일을 맡아 비교적 왕의 측근에 있기도 했었다. 1767년 한성부주부, 1884년 사복시주부의 벼슬을 맡아서는 국가에서 행하는 제사의 祭官의 일을 맡아 하였다. 외직으로는 주로 군수나 현령과 같은 지방관의 업무를 맡아 했음을 알 수 있는데, 특히 이운영 당대에 와서 부친과 친인척들이 감찰사, 군수, 현령 등의 지방관을 주로 역임한 전형적인 지배층의 일원이었다. 평생을 걸쳐 생활의 근거지는 한양이었으며 한양에 거주하면서 부친이나 자신의 임지에 나가곤 하였다.

李敏輔가 쓴 〈墓誌銘〉은 이운영에 대해 다음과 같이 적고 있다.

　　君의 집안은 명문가로 자식들이 多富하다. 詞藝의 재주가 있었으며 典籍을 탐구함이 심했다. 명승지를 더불어 유람한 바가 많았다[3].

　이운영의 집안이 한양의 한산이씨 명문가임이 위에서 지적되고 있다. 그리고 이민보는 이운영이 특별히 '사예'에 재주가 많았다고 하였다. 이운영의 문집 「玉局齋遺稿」권1에서 8까지에는 천 수가 넘는 그의 한시가 수록되어 있다. 그의 한시는 주로 명승지를 유람하는 도중의 감회나 지인과의 감회를 담은 것들이 대부분이다. 그런데 〈묘지명〉에서는 특별히 이운영의 '詞藝'에 대해서만 언급하고 있다. '사예'에 특별히 재주가 있다고 하는 것은 '詞'라는 한시장르에 대한 재주[4]가 있었다는 것 외에도 긴 글에 해당하는 가사의 창작과 향유에 재주와 기호가 있었음을 말하는 것으로도 볼 수 있다. 문집에 수록되어 있는 천여수가 넘는 한시의 존재에도 불구하고 그의 재주가 '사예'에 있다고 한 것은 특별히 그가 장편의 가사 글쓰기에 대한 재주가 남달랐음을 강조해 기록한 것으로 보는 것이 좋을 듯하다. 실제로 그의 詞인 〈羽化橋詞〉와 〈登仙樓詞〉가 가사를 번역한 것일 가능성이 많아 보인다. 그가 제관으로 있을 당시 제문을 짓는 일을 도맡아 했던 것도 이러한 우리말로 된 장편의 글을 짓는 재주가 남달랐기 때문으로 볼 수 있다.

　한편 이운영의 일생에서 특기할 만한 사실은 명승지를 유람하며

---

3 『玉局齋遺稿』(서울대학교 규장각 소장) 附錄 〈墓誌銘〉 "君名家子富有詞藝才問籍甚所與遊多一時名勝"
4 『옥국재유고』권9에는 〈羽化橋詞〉와 〈登仙樓詞〉 두 편의 詞가 실려 있다.

산수자연을 완상하고 풍류를 즐기는 일생을 살았다는 점이다. 이운영의 명승지 유람은 평생에 걸쳐 나타난다. 서울에 거하게 되면 한양城, 인천, 용인, 西海 등 서울을 중심으로 하는 근교의 승경을 찾아유람하였다. 그리고 아직 벼슬길에 오르지 않은 때에 부친의 임소인載寧, 金堤, 潭陽, 丹陽, 仁川 등지에 부친을 보러 가서는 근처의 명승지를 반드시 둘러보고 서울로 돌아오곤 하였다. 자신이 금성현령으로 부임해 가서는 수시로 한양을 드나드는 일이 있었음에도 불구하고 사이사이에 금강산을 여러 차례 유람하였고, 황간현감으로 부임해 가서는 속리산 등지를 유람하는 등 외직에 나가서는 틈만 있으면자주 주변의 승경지를 유람하고 풍류를 즐겼다.

이운영의 명승지 유람은 혼자 하는 방랑자의 여행은 아니었다. 명승지 지역에 부임해 있던 친지와 그 부속아치들, 그리고 벗들과 함께 하는 비교적 호화로운 것이었다. 交遊를 겸한 유람이었는데, 이럴때 시회를 스스로 설치하거나 그 지역의 시회에 참석하기도 하며 풍류를 즐겼다.

3월. 금강산에 들어가다 : 평강의 재상 洪仲直(配漢)과 黃友筵이 같이들어가 유람했다. 巡相은 正陽寺에서 만났다. 須彌塔 萬瀑洞 여러 곳을두루 보았다.

詩壇雅會를 설치하다 : 〈水靑樵夫寶月詩〉와 〈僧未會使錦屛少年金生宇顯점韻〉은 서로 이어진 연편시이다. 이것을 모아서 만든「伴樵錄」한 권이 있다.

금강 내외산을 두루 유람하다 : 水靑樵夫, 錦屛少年과 함께 동행하여

八渾刻을 유람하였다. 만폭동 돌 위에서 바둑을 두었다. 백운대, 비로
봉을 오르기 전에 淮陽 방백 金光伯을 만났다. 楡岾寺에서 鉢淵으로 들
어가 절의 스님을 만났다. 폭포를 빨리 지나 九龍淵에 들어가 玉流洞이
라 이름지었다. 萬物草溫井을 보고 고성에 이르렀다. 主倅 李奎章, 李正
言(崇祜), 尹承旨(東昇)과 함께 海金剛, 帶湖亭, 海山亭을 유람했다. 三日
浦에 이르러 丹書壁이라 이름을 붙였다. 金蘭窟을 두루 보고, 叢石亭 踰
楸池 嶺에서 日出을 보았다. 12일만에 돌아왔다[5].

위는 이운영이 금성현령으로 재직하고 있으면서 몇 차례 금강산
을 유람한 것을 기록한 것 중의 하나이다. 그의 유람은 혼자서 유랑
하듯이 하는 여행이 아니라 재상, 순상, 방백, 정언, 승지 등과 어울
리면서 하는 유람이었다. 따라서 유람의 규모도 관원들의 행차에 버
금하는 것이었으며, 따르는 관속도 많았으리라 짐작된다. 때에 따라
서는 樵夫나 소년만을 동행하기도 하였으나, 도중에 그 지역의 사람
들이 일행에 합류하는 식으로 유람이 이루어졌다. 유람 도중 시회를
베풀기도 했는데 그때 지은 연작시를 모아서 『반초록』한 권을 묶을
정도였다. 자연을 찾아 유람하는 것을 유난히 좋아했던 이운영은 자

---

5 『옥국재유고』〈紀年錄〉 "三月入金剛山：與平康宰洪仲直(配漢)及黃友筵同入山遊僕巡
相於正陽寺遍觀須彌塔萬瀑洞諸勝
設詩壇雅會：水靑樵夫實月詩僧未會使錦屛少年金生宇顯졈韻相起連篇累軸有伴樵錄
一卷
遍遊金剛內外山：與水靑樵夫錦屛少年同行遊八渾刻碁局于萬瀑洞石上前登白雲臺毗
蘆峰遇淮陽伯金光伯於楡岾寺入鉢淵見寺僧馳瀑入見九龍淵題名玉流洞歷見萬物草溫
井至高城與主倅李奎章李正言(崇祜)尹承旨(東昇)遊海金剛帶湖亭海山亭至三日浦題
名丹書壁歷見金蘭窟觀日出於叢石亭踰楸池嶺凡十二日而返"

신이나 친지의 관원이라는 신분을 이용해 비교적 풍요롭게 풍류가
어우러진 유람을 할 수 있었던 것으로 보인다.

이운영의 명승지 유람에서 특이한 사실은 선유를 즐겼다는 점을
들 수 있다. 그의 생애를 년대기적으로 기록한 〈紀年錄〉에는 끊임없
는 명승지 유람 기록이 나오는데, 그 가운데는 선유의 기록도 풍부
하게 나타난다. 1752년에 청풍·충주지역 유람에서 배를 타고 놀다
가 수로로 한양으로 돌아온 것, 1753년에 龜潭 諸勝을 舟遊하고 돌아
온 것, 1773년에 월미도 앞바다를 주유하고 돌아온 것, 1785년에 금
산군수로 가 있을 때 광석정을 주유한 것 등에서 알 수 있듯이 그는
바다와 강의 선유를 즐겨했다. 이운영의 선유 경험이 매우 풍부했음
을 알 수 있는데, 이러한 선유를 통한 풍류의 경험을 바탕으로 그는
〈수로조천행선곡〉과 같은 가사를 창작할 수 있었을 것으로 보인다.

이와 같이 이운영은 관직에 머물렀던 지배층의 일원으로서 사대
부의 생활양식 중 하나인 유람하고 시를 짓고 노래를 즐기는 풍류생
활에 익숙했던 인물이었다. 따라서 그의 인성적 자질은 도학자적인
면모보다는 풍류아적인 기질이 농후했던 것으로 보인다. 명승지 여
행을 좋아하는 것은 물론 사람들과 어울려 이야기하는 것을 즐기고,
누워 자는 것을 좋아하고, 한가롭게 바둑 두는 것을 기호로 삼았던
그의 면모는 엄격하고 근엄한 학자풍과는 거리가 먼 것이었다.

　　君은 短軀에 검은 얼굴로 모습이 질박하고 촌스러웠다. 방을 깨끗이
　　치우고 온화하게 단좌하였다. 높은 생각에 잠기고, 기호가 자연 사이
　　에 노니는 것에 있었다. 집이 누차 땔 불이 없었으나 책을 쥐고 읊조리

며 배고프지 않은 것처럼 하였다. 마음이 통하는 사람들을 만나면 경도되어 해학과 風韻으로 서로 섞이었다. 堂에 십여인이 모여 하루가 지나도 파하지 않고 즐기고 융화하였다. 동기간에 격이 없이 말을 희롱하고, 窮하고 通하고 얻고 잃음에 미쳐서는 문득 크게 웃어 제끼니 웃음소리가 좌중을 흔들었다. 居하는 곳이 차고 검소했으며 항시 누워 자는 것을 사랑했다. 등나무 그루를 취해 바둑판을 만들어 바둑을 두니 스스로 호를 玉局翁이라 하였다. 小車를 만들어 온힘으로 끌어 사용하며 出入을 즐겼다. 길에서 達官이나 顯人을 만나도 있는 곳에 任하고 끝끝내 고치지 않았다[6].

초반에 이운영에 대한 묘사가 매우 재미있다. 이운영이 단신에다가 얼굴 모습이 촌스럽다고 했다. 그리고 방에 단좌하여 생각에 잠기기도 하고 자연에 노는 것을 좋아했다고 했다. 이어 그가 집에 땔불이 없고 굶는 때가 많았으나 책을 읽으며 배고프지 않은 척했다는 묘사도 재미있다. 그의 낙천적 기질을 알 수 있는 대목이다. 이 내용을 보면 이운영의 가정경제 형편은 별로 넉넉지 못하였던 것으로 보인다. 보통 〈묘지명〉에서의 기록이 청빈을 강조하여 다소 과장적으로 쓰는 점이 있기는 하겠으나 집에 불을 때지 못할 때가 많았을 정도이고 보면 그가 넉넉한 생활을 한 것으로는 볼 수 없다. 관직생활

---

6 〈묘지명〉 "君短軀戭面容狀朴野 淨掃一室穆然端坐 天際之想 嗜在炯霞水石之間 家人屢絕炊把書吟哦若無飢也 遇會心人傾倒 雜以雅謔風韻 遒遒同室群從十餘人 不一日相捨耽樂融和 無閒同氣語戲 及窮通得喪 輒呀然大笑聲撼座中 居所寒儉常愛堰休 株古藤取玉作棋盤落子鏘然 仍自號玉局翁 創造小車挽用一力出入樂之 路遇達官顯人 任其指點終不改也"

을 하면서도 평생 명승지를 찾아 유람하고 벗들과 어울려 이야기하며 풍류를 즐기는 생활에 전념하다보니 치부에는 별로 관심이 없었던 것으로 보인다.

그의 낙천적 기질은 친구들과 어울려 이야기하는 것을 즐겼다고 하는 데서 잘 드러난다. 그는 사람들과 거리낌 없이 말을 희롱하여 재미나는 말을 즐겼는데, 동기간 및 친구들과 더불어 '해학과 풍운'을 주고받을 때면 목젖까지 보이는 웃음으로 좌중을 흔들었다고 하였다. 앞서 묘지명을 쓴 이가 '촌스럽다'거나 '배고프지 않은 척했다'라고 당당하게 서술할 수 있었던 것은 그의 낙천적 기질과 해학적 성품이 이것을 용인할 수 있을 것이라는 믿음 때문이었다. 이와 같이 이운영은 사대부로서 풍류에서 여유를 발견하는 삶의 방식을 낙천적으로 이끌고 나간 인물임을 알 수 있다. 풍류를 즐기는 낙천적 기질의 이운영이었기에 그의 주위에는 풍류와 잡담을 즐기려는 사람들로 들끓었던 것 같고, 그는 이런 모임을 통하여 당대인의 해학적 이야기를 많이 들을 수 있었다.

> 『穎尾編』이 이루어졌다 : 閭巷 稗史와 전날의 두루 겪은 일들을 모아 기록하여 두 권의 책으로 묶고 『영미편』이라 이름하였다[7].

위는 이운영이 60세 되던 1781년의 기록으로, 항간에 떠도는 이야기들과 자신이 겪었던 일들을 모아 『영미편』이라는 책을 만들었다

---

7 『옥국재유고』〈紀年錄〉 "穎尾編成 : 雜記閭巷稗史及舊日經歷事成二册名之曰穎尾編"

고 하였다. 이 책이 발견되지 않아 그 내용을 알 수는 없으나 당대인의 다양한 삶과 자신의 경험적 삶에서 얻어진 해학적인 이야기가 중심이었을 것으로 보인다.

이처럼 이운영은 한산이씨 명문집안의 후예로서 별 어려움 없이 사환의 길에 들어가 지배층의 일원으로 평생을 살았던 인물이다. 그는 도학자로서의 근엄함이나 도덕성 따위에는 별로 연연해하지 않았다. 사회적 문제에도 그다지 관심을 기울이지 않아 사회적 문제에 대한 비판적 시각도 지니지 않았던 것같다. 다만 그는 지배층의 일원으로서 그 사회적 특권을 별 거부감 없이 누리면서 조건이 허락하는 한 자유롭게 좋아하는 것을 즐기는 일생을 살았다. 사람들을 모아 놓고 웃고 떠들며 이야기 하는 것을 즐기고, 혹시 혼자 있으면 누워 자는 것을 좋아했다. 틈만 나면 명승지를 유람하고, 그것을 시로 적었다. 가사 6편은 이러한 이운영의 규범에 얽매이지 않는 낙천적이고 자유로운 생활태도에서 자연스럽게 나올 수 있었던 것이다.

2) 가사 6편의 창작시기

〈諺詞〉에 실린 가사 6편의 창작 시기와 배경을 기존의 논문과 〈기년록〉의 기록을 참고하여 추정해 보도록 하겠다. 먼저 〈착정가〉는 창작연대가 1764년에서 1789년 사이일 것으로 추정된다. 〈착정가〉를 처음 소개한 최강현은 이 가사가 『남정긔』라는 필사집에 실려 있는데 '大淸乾隆 二九年 歲次 甲申時憲書'라는 제목이 있는 목판본 책력을 뜯어 뒤집은 데에 베껴져 있고, 끝에 '---己酉三月 不肖孫 秉烈校涕

識'라는 기록의 '己酉'의 하한이 1789년이므로 이 가사의 창작연대가 영조 40년(1764)에서 정조 13년(1789) 사이일 것이라고 밝혔다[8].

〈순창가〉는 전라도 淳昌 下吏와 妓生의 사연을 담고 있는 것이어서 소재영은 이운영이 '금성현령, 면천군수, 황간현감, 금산군수 등 외직을 거치면서 자신이 체험했거나 들은' 경험을 바탕으로 한 작품으로 보았다[9]. 그런데 〈기년록〉의 기록에 의하면 〈순창가〉의 창작연대는 1760년 경 이운영의 나이 39세 때로 추정된다. 이 가사는 '구월(九月) 십스일은 담양안전(潭陽案前) 싱신이라'라 하여 담양부사의 생신 잔치에서 일어난 사건을 담고 있다. 그런데 가사의 내용 중 '담양안전'은 이운영의 부친 李箕中 (1697 -1761)임이 〈기년록〉의 기록을 통해 확인된다. 이운영의 부친 이기중은 생일이 구월 십사일이며, 담양부사로 1년 정도 재직하던 중 사망하였다[10]. 이운영은 이 해 봄에 부친의 임소인 담양에 가 있으면서 부친의 일을 도우면서 인근의 승경을 유람하기도 하며 지내고 있었다[11]. 구월에는 翊衛司洗馬라는 벼슬이 처음으로 내려졌으나 부친 이기중의 병환으로 벼슬에 나가지 못하고 부친 곁에 머물러 있었다[12]. 부친의 생신인 9월 14일에 剛泉寺에 유람을 간 것이다.

8 최강현, 앞의 논문, 62~63면.
9 소재영, 앞의 논문, 33면.
10 『옥국재유고』권10, 〈先府君遺事〉"前後典六邑 鎭川仁川潭陽居官 不過周年 邑力亦無可言 金堤丹陽居四五年 載寧雖朞年"
11 『옥국재유고』〈기년록〉"春陪往㤗判府君潭陽任所. 遊南原雲峯諸勝. 七月舟遊赤壁"
12 『옥국재유고』〈기년록〉"九月除翊衛司洗馬不就 : 時兩堂氣候多愆和非遠離從宦之時遂辭以親老不就"

剛泉寺 유람을 모셨다 : 구월 14일은 참판부군(이기중 : 필자 주)의
생신이었다. 季父께서 순창에서 미리 와 계셨고, 네 고을의 인근 수령
들이 일시에 모여왔다. 잔치를 벌여 즐기고 강천사 유람을 모셨다[13].

따라서 〈순창가〉는 이운영의 부친 이기중이 담양부사로 재직하던
해인 1760년 경에 창작되었음이 확실하다. 가사의 말미에 '감병수
(監兵使) 수령님닉 듕(僧)이어니 속(俗)이어니 샹덕(尙德)을 흘작시
면 흘딕곳 ᄒ엿셰라 그려도 션븨를 싸롸야 오복(五福)이 구전ᄒ리
라'라는 구절에서 '선비'의 신분으로 나오는 화자는 당시 진사로 벼
슬에 오르지 않았던 이운영 자신을 말하는 것으로 볼 수 있다.

〈수로조천행선곡〉은 이운영이 명승지를 유람하면서도 자주 船遊
를 즐겼으므로 그러한 현장에서 창작되었을 것으로 보인다. 그러나
자세한 창작연대를 알려주는 기록은 보이지 않는다.

〈초혼사〉는 이운영이 1785년 금산군수로 부임해 가 인근의 容堂書
院과 정양산에 있는 七百義塚을 찾아 참배하고 나서 지은 것이다.

容堂書院에 참배하다 : 重峯 趙憲선생이 임진왜란 당시 순절한 곳에
세워진 사당을 찾아보았다. 사당의 뒤편에 七百義士塚과 僧 靈圭의 사
당이 있어 찾아보았다. 뒤에 〈七百義士招魂詞〉를 제작하였다[14].

---

13 『옥국재유고』〈기년록〉 "陪遊剛泉寺 : 是月十四日卽叅判府君晬辰也季父自淳昌前期
臨會四隣諸宰一時齊至設樂娛歡仍陪遊剛泉寺"
14 『옥국재유고』〈기년록〉 "拜從容堂書院 : 回重峯趙先生壬辰殉節地立祠祠後有七百義
士塚僧靈圭祠遂往尋院後製七百義士招魂詞"

위에서 알 수 있듯이 그는 칠백의사총을 찾아 본 후에 〈七百義士招魂詞〉를 지었다. 그런데 〈七百義士招魂詞〉라는 제목의 한시가 그의 문집에서 따로 발견되지 않는다. 여기에서 〈七百義士招魂詞〉를 '作'했다고 기술하지 않고 '製'했다고 기술한 것으로 보아 이것이 바로 가사 작품 〈초혼사〉가 아닐까 추정할 수 있으며, 그렇다면 이 가사의 창작 연대는 1785년 경이 된다.

〈세장가〉는 이운영이 1771년 겨울에 면천군수로 부임하여 이듬해 사돈인 충청감사에 의해 억울하게 해임된 사건을 나중에 생각하며 지은 것이다. 그 사건을 두고 '이제라도 생각하면 밉고밉고 또 밉다'라고 불만을 토로하는 내용이므로 사건이 있은 지 얼마간의 세월이 지난 다음에 지어진 가사이다. 이운영은 1771년 12월에 면천군수를 발령 받고 1772년 1월에 면천으로 부임해 와서 그해 5월에 해임이 되었다. 해임의 사연은 〈기년록〉과 〈묘지명〉에 다음과 같이 기록되어 있다.

친척의 미움으로 관직을 해임당했다 : 벗 宋子中이 按錦節을 내보내 조사하니, 친척의 조사와 미움으로 관직에서 물러나왔다[15]

면천군수로 승진되었으나 관찰사인 친척의 미움으로 해직되어 돌아왔다[16].

---

15 『옥국재유고』〈기년록〉 壬辰 "以親嫌解官 : 査友宋令子中出按錦節遂以親査嫌遞官"
16 『옥국재유고』〈묘지명〉 "陞拜沔川郡守以觀察親嫌解歸"

위에서 친척이자 벗으로 서술된 宋子中은 이운영의 장남 義淵의 장인인 宋載經을 말한다. 가사 내용 가운데 '너희 외죠 할아버지'는 따라서 송재경을 말하고 '너'는 이운영의 손자를 가리킨다. 그런데 이운영의 장남인 희연은 1771년에 송재경의 딸과 혼인을 하여 1775년 2월에 첫딸을 낳았으며, 1777년에 가서야 아들 寧在를 낳았다. 희연의 아내 宋氏는 1880년에 요절하므로[17] 가사 내용 중의 '너'는 이운영의 장손인 寧在를 가리킨다. 따라서 〈세장가〉의 창작연대는 일단 1777년 이후가 되며, 무릎에 앉히고 어를 정도로 손자가 어릴 적이어야 하므로 〈세장가〉의 창작시기는 1880년 전후로 추정할 수 있을 것이다.

〈임천별곡〉은 그가 말년에 지은 작품으로 보인다. 작품내용에 의하면 여든 한살의 할머니가 사는 집에 찾아든 칠십세의 생원 할아범은 '소쳔흔푼 콩짜기도 업는쥴 번이 아'는 가난한 차림으로 남의 집에 하루밤 신세를 지는 처지이다. 그러나 '월산되군(月山大君) 증손(曾孫)'으로 '호우일도(湖右一道)의 모모(謀謀)흔 어루신닉 흔번보고 두번보아 다 우리 친구로다'라고 큰소리를 치는 양반이며 공주에 사는 것으로 되어 있다. 이운영은 한산 이씨이며 서울에 살았으므로 작품의 주인공인 양반할아범은 곧바로 이운영 자신은 아니다. 그러

---

17 『옥국재유고』〈기년록〉 丁亥 "就理金吾被奪告身尋仍本職 : --與宋子中(載經)尹士述李聖登--"
　　〈기년록〉 辛卯 "十月行義淵婚禮 : 受由上京行義淵婚禮娶宋承旨(載經)女--"
　　〈기년록〉 乙未 "二月義淵生女 : 時子婦在懷德本家分娩生女五月而夭"
　　〈기년록〉 丁酉 "九月義淵子寧在生"
　　〈기년록〉 庚子 "十一月聞子婦宋氏訃 : 時子婦隨往其大人寧邊任所夭于衙中至是聞訃書"

나 노인들의 사랑 사건은 흔치 않은 소재이고 이러한 데에 관심을
기울일 수 있는 작가의 연령은 상식적으로 생각할 때 아무래도 작품
의 주인공들과 같은 연배일 것으로 추정된다. 작품 내용에서 보이는
주인공은 이운영 자신이 만들어 내었거나 그러한 경험을 하여 남들
에게 이야기를 한 주변인물인 것으로 볼 수 있다. 작품의 주인공을
이운영이 허구적으로 만들어낸 인물이라 하더라도 자신의 경험을
바탕으로 그 인물을 형상화했을 가능성이 높다. 이운영의 자전적 사
실과 똑같이 부합되지 않는 것은 어쩌면 작자가 스스로를 작품 안에
적나라하게 드러내지 않고 싶어서이기도 할 것이다. 한편 이운영이
해학을 좋아하고 많은 사람들과 어울려 이야기하기를 즐겼으므로
주변인물 가운데 이와같은 경험을 재미 삼아 하는 것을 이운영이 들
었을 수도 있다. 그 경우에도 들은 이야기 그대로를 이운영이 기록
하였다기보다는 재미있게 언어화하고 허구적으로 형상화하는 단계
를 거쳤을 것임은 쉽게 짐작할 수 있다.

3. 引喩의 미학

　이운영의 가사 6편 가운데 4편은 기존의 전통장르를 인유한 방식
으로 전개된다. 〈착정가〉는 민중설화에 해당하는 우물의 수호신인
용에 대한 속신을 바탕으로 용이 인간에게 말을 하는 식으로 전개했
다. 〈수로조천행선곡〉은 〈漁父詞〉의 후렴구를 차용했다. 〈招魂詞〉는
'넉시야 넉시로다 망자시(亡者時)의 넉시로다'라는 巫歌의 관용구를

차용했다. 〈세장가〉는 '달강달강 달강달강 달강달강 달강달강 / 세쟝
(稅場)세쟝 우세쟝의 강남(江南)져ᄌ 어졔가셔/ 밤ᄒ되를 어더다가
독안의 너허더니 / 어러감은 식앙쥐가 다까먹고 다만ᄒ나 남아시니
/ 밋업슨 가마의 물업시 살마늬여 / 껍질과 본을낭은 누구을 쥬ᄌ말
고'라는 아이 어를 때 부르는 民謠를 차용했다. 작품별로 인유를 통
한 작품세계의 전개를 살펴보도록 하겠다.

〈착정가〉는 서울 서대문구 반송방 팔각정 근처에 초리우물이 있
었는데 그 우물을 퍼다 먹는 사람들이 많아서 불편하자 인근의 한
부인이 자기 집에 우물을 판 일을 소재로 한다. '그듸'라고 지칭되는
새로 우물을 판 한 여인에게 용이 말하는 방식으로 전개된다. 초리
우물의 내력, 白龍인 자기가 우물의 물을 솟아나게 한다는 것, 우물
을 퍼다 쓰는 사람들의 여러 쓰임과 싸움 등 우물을 파기 전까지의
상황을 말하고 이어 우물을 파게 된 사정을 이야기한다.

> 셔문외 쳔만가(千萬家)의 물 싸흠 고극(苦劇)터니 / 그듸ᄂ 슬긋ᄒ여
> 녀듕(女中)의 호걸(豪傑)이라 / 기연(蓋然)이 싱각ᄒ되 식물 어이 못파
> 리요 / 올흔손의 자(尺)만들고 후정(後庭)으로 들어가셔 / 지믹(地脈)을
> 헤아리고 ᄉ방(四方)을 둘너보아 / 차환(又鬟)을 분부ᄒ듸 이곳을 깁히
> 파라

여러 사람들이 초리우물 하나를 쓰다 보니 물싸움이 극심했다. 그
리하여 '그대'라는 여인 중의 호걸이 후정에 우물을 파니 물이 쏟아
져 나오게 되었다고 했다. 이후에 용이 한 말은 온갖 일들을 이 우물

에서 할 수 있게 되어 '그대' 집의 보배가 되었으므로 제사를 지내 은 혜를 갚으라는 것이다. 제사에 올릴 제물들을 장황히 나열한 후 바삐 제사를 거행할 것을 당부하는데 '그대' 집안은 부유하고 녹도 많이 받았으므로 자기를 위하여 조금 성의를 내는 것은 무리가 없을 것이라고 했다. '농(龍)이라 ㅎㄴ거슨 셩곳늬면 어려우니 늬말슴 올히 녁여' 제사를 올리라고 은근히 협박도 하면서, '늬마음 즐거워야 그듸도 깃브리니 쳔년듸 만년듸의 오복(五福)이 구비ㅎ리'라고 하며 끝을 맺었다.

〈착정가〉는 한양 반송방 초리우물 근처에 사는 한 집안에서 실제로 우물을 판 일이 있자, 이운영이 그 집안의 어른에게 용을 위하여 제사를 지내야 한다는 것을 말해주고 싶어서 지은 것임을 알 수 있다. 자신을 화자로 내세워 그 뜻을 피력하지 않고 용의 권위를 이용하여 그 뜻을 전달한 것이다. 이운영은 국가에서 행하는 祭官의 일을 많이 맡아 해 유교적·민속적 제사에 익숙하였다. 〈옥국재유고〉 권9의 〈多佛山祈雨文〉〈黃嶽山祈雨文〉〈龍淵祈雨文〉 등은 모두 산신과 용에게 비를 내려 달라고 기원하는 기우문인데 그가 민간전승에 기반하는 민속문화에도 익숙했던 것을 알 수 있다. 〈용연기우문〉에서는 인간이 용에게 비를 내려 달라고 간절히 요청하는 일반적인 표현방식을 취한 반면, 〈착정가〉에서는 용을 화자로 내세워 인간에게 제사를 바치라고 하는 표현방식을 취하였다.

〈수로조천행선곡〉은 서두를 어부사의 후렴구로 시작하여 중간중간 후렴구에 해당하는 구절이 반복 삽입되며 전개된다. 배를 띄우고 노를 저어라, 그런데 이 배를 타고 어디를 향해 갈 것이냐면 그른 길

로 가면 안되고 옳은 길인 大明으로 향해 갈 것이라는 내용을 담고
있다. 〈어부사〉와 더불어 유교적 勸善指路 모티브[18]가 작품전개의 핵
심 틀로 작용한다.

①어긔짜 지국총 지국총 어긔짜 / 닷들고 돗츨달고 빈 씌우고 노져
허라 / 빈씌여라 빈씌여라 이비타고 어뒤갈고 / 뉵로(陸路)란 어듸두고
목도(木島)을 죠츠눈고 / 도산의 집유홀제 이비를 탓돗던가 / 빅마(白
馬)로 죠쥬(漕舟)홀제 이길노 녜엿던가 / 억셕당년(憶昔當年)의 오운(五
雲)이 어린곳의 / 모든 별이 둘너시니 만국(萬國) 광비가 / 이곳의 모혓
더니 경심(驚心)홀손 북닉소식 / 이어인 고월식(孤月色)고 삼빅년 금능
왕긔(金陵王氣) / 일죠의 쇠잔흔다 풍진(風塵)이 홍동(哄動)흐니 / 북극
(北極)이 어듸메오 우리죠션 군신(君臣)이사 / 능망황조(凌罔皇朝) 망극
은가 일년 일도 죠공셰(朝貢稅)를 / 아모리 닷그랸들 만리관하(萬里關
下)의 / 간괘(干戈)가 노졀흐니 / ②거린 거린 마소마소 어느길노 향홀
손고 / --- / ③빈씌워라 빈씌워라 이비타고 어듸갈고 / --- / 죠션국 봉
명ᄉ신(奉命使臣) 딕명(大明)으로 가노민라 / 황하슈(黃河水) 일쳔년의
다시 곳 맑거된면 / 우리도 만국이 졔항(梯航)홀제 고쳐 올가 흐노라

위는 중략 부분을 합쳐 가사의 전문이다. ①에서 배를 띄워 돛을

---

18 가사 가운데〈권선지로가〉는 유교적 善을 행동화하여 실천해 나갈 수 있는 길을 가
리키는 권선지로 모티브로 이루어진 가사작품이다. 옳은 길을 다양하게 열거하는
방식으로 전개되는데 그 중 배와 관련한 구절을 들면 다음과 같다. '伊川의 빈를 씌
워 염계을 건너가셔 / 明道의 길흘 무러 關山을 도라드러 / 가다가 져믈거던 晦菴에
들어 자고' 이와 같이 배를 타고도 옳은 길이 있어서 그 길로 가야함을 말한다.

달고 어부사를 唱하며 출발하는 데 어디로 향할 것인가라는 물음을 스스로 던졌다. '도산의 집유흘 제 이빅를 탓돗던가'라는 구절에서 배를 타고 어디로 향할 것인가라는 유교적 권선지로 모티브로 연결되었다. 그리하여 옳은 길이 어디인가를 말하기 위해 明의 멸망과 조선의 청에 대한 칭신 상황이 토로되었다. ②에서 '마소마소'라는 후렴구를 완강히 부르짖으면서 이 배를 타고 청으로 향할 것이 아님을 강조했다. 여기에 이은 중략 부분은 엉뚱하게도 나무, 톱, 도끼, 자귀, 대패, 비단, 가위, 자, 바늘, 실 등으로 배와 돛을 지어냄을 서술했는데, 그 나무는 '홍무(弘武) 만녁(萬曆) 우로틱(雨露澤)'에 자라난 나무임을 말해 明을 지향했다. 홍무는 명나라 태조 때의 연호이다. ③에서 다시 어디로 향할 것인가를 반문한 뒤 중략 부분에서 '슬픈 바람' '찬물결' '옛곡조' '비풍한설' '셜운눈물' 등의 비감한 정서 속에서 秦을 섬기지 않은 魯仲連을 떠올렸다. 그리고 마지막으로 청이 아니라 '大明'으로 이 배는 향한다고 하고, 대명회복 의지를 다짐했다. 배의 노를 저어 어디로 향할 것인가 하는 물음을 반복하며 명에 대한 지향을 간접적으로 제시한 다음 마지막 즈음에 가서야 분명하게 明을 밝히는 점진적 수법을 사용한 것이다. 서술의 중간중간에 〈어부사〉의 후렴구를 배치하여 말하는 바가 무엇인지를 거듭 환기시킴으로써 독자의 시선을 주목시키고 결국 자신이 말하고자 하는 바를 서술하고 있다.

'朝天使'는 조선시대 명나라에 보내는 조선 사신의 총칭이다. 이때에도 '燕行'이라는 말이 쓰였지만 '청'이 서고 나서는 청나라에 가는 사신의 총칭을 '연행사'라 하고, 명에 가는 사신의 총칭을 '조천사'라

하였다. 연행사가 주로 육로로 길을 갔던 반면 조천사는 육로 외에 수로를 택하는 경우도 있었다. 이운영은 이미 '水路朝天'이 가능하지 않은 때에 그것을 노래하고 있는 것으로, 〈수로조천행선곡〉이라는 제목 그 자체가 명에 대한 신의와 대명회복 의지를 다짐하는 의미를 내포한다. 李晬光이 명을 다녀와서 〈朝天歌〉 전후곡을 지은 때와는 그 의미가 다른 것이다.

〈초혼사〉는 무가인 초혼사의 관용구를 반복구로 사용하며 임진왜란 때 죽은 칠백의사의 넋을 위로하는 작품이다.

> 넉시야 넉시로다 망자시(亡者時)의 넉시로다 / 빅골(白骨)이 진토(塵土)되여 청산의 무쳐신들 / --- / 넉시야 넉시로다 망자시(亡者時)의 넉시로다 / 사름이 죽어갈졔 인녁(人力)으로 사로랴면 / --- / 넉시야 넉시로다 망자시(亡者時)의 넉시로다 / 진시황(秦始皇)의 틱자 부소(扶蘇) 칼 싯희 죽어 잇고

이렇게 계속되는 〈초혼사〉는 '넉시야 넉시로다 망자시의 넉시로다'라는 사설이 6번, '넉시야 넉시로다 아는다 모로는다'라는 사설이 2번, 그리고 '넉시야 넉시로다 신막 동셔남북싯라'라는 마지막 후렴구가 한번 사용된다. 떠도는 넋, 중국 명인들의 운명적인 죽음, 임진왜란의 경과와 칠백의사의 죽음, 그곳을 찾아간 작가의 감회, 그들의 죽음이 주는 처연한 슬픔, 유골을 모아 합장한 것, 후인들의 공경과 슬픔 등을 서술하는 사이사이에 반복구를 넣어 부르짖음의 반향을 불러 일으켰다. 그래서 임진왜란 중에 죽은 칠백의사의 넋을 부

르며 기리는 장엄함을 갖출 수 있었다. 작가의 창작 의도는 임진왜란 중에 장렬히 죽은 칠백의사의 우국충정을 말함으로써 집단적인 교훈을 주고자 하는 데 있다기보다는 순수하게 그들의 죽음이 주는 슬픔, 떠도는 영혼들에 대한 위로 등 작가의 개인적인 정서를 표현하고자 하는 데 있다고 할 수 있다.

〈세장가〉는 아이를 어루면서 부르는 민요 '달강달강'으로 시작한다. 강남 저자를 가서 밤 한되를 사다가 독안에 넣어 두었더니 새앙쥐가 다 까먹고 밤 한 톨이 남았는데 껍질은 누구를 줄까 하고 서두를 꺼낸다.

> 달강달강 달강달강 달강달강 달강달강 / 세장(稅場)세쟝 우세쟝의 강남(江南)져즈 어졔가셔 / 밤흔되를 어더다가 독안의 너허더니 / 어러감은 싀앙쥐가 다까먹고 다만흔나 남아시니 / 밋업슨 가마의 물업시 살마닉여 / 껍질과 본을낭은 누구을 쥬어볼가 / 너희 외죠 할아버지 긔나마 쥬어볼가 / 바질업슨 츙쳥감스(忠淸監司) 임진년(壬辰年)의 얼풋와셔 / 관문(關文) 노코 면쳔군수(沔川郡守) 날 쪼츠 보닉더니 / 이졔라도 싱각흐면 뮙고뮙고 쏘뮙도다 / --- / 도연명(陶淵明)의 핑퇵녕(彭澤슈)을 가는 듯 도라오니 / 이졔라도 싱각흐면 뮙고 뮙고 쏘뮙도다 / 다디단 졈살낭은 너고나고 둘이먹즈

위는 중략 부분을 포함해 가사의 전문이다. 한 톨 남은 밤을 삶아 그 껍질은 얄미운 '너희 외조 할아버지'를 주고 살은 '너하고 나하고 먹자'라는 내용이다. '너의 외조할아버지'는 이운영의 사돈으로 면

천군수 시절 그를 쫓아 낸 당시의 충청감사 宋載經을 말한다. 지금와
서 생각해도 밉고 또 밉다고 했는데 아이에게 말하는 식의 장난기
어린 발언을 빌려 사돈에 대한 묵은 유감을 토로하였다. 위에서 생
략된 부분은 '고마(古馬) 슈영(水營) 싱복(生鰒)이야'와 같이 유명 시
장과 산물들을 장황히 나열하는 내용이다. 언뜻 보아 가사의 내용과
맞지 않는 것같아 보이나 실은 아산, 평택 등 면천 주변의 장과 그 산
물을 말하는 것으로, 면천군수로 있다가 미움을 받아 해임이 되었으
니 그 좋은 먹거리들을 먹을 수 없다는 것으로 연결된다. 밤 한 톨로
이어지는 먹거리의 사연이 면천지역의 먹거리들로 확대되어진 것
이다. 그리하여 80여일 만에 끝난 도연명의 평택령처럼 자신도 곧바
로 해임되어 귀경하고 만 그일을 생각하면 사돈이 밉다고 다시한번
반복하고, 그러니 껍질은 '너희 외조 할아버지'를 주자고 한 것이다.
아이의 세계에 어른의 세계를 은근슬쩍 집어넣는 어린아이다운 천
진성에서 그의 해학적 기질이 유감없이 발휘되고 있다.

　　이상과 같이 이운영의 가사 4편은 설화, 가사, 무가, 민요 등과 같
은 장르에서 널리 알려진 기존의 사설을 인유하여 작품을 전개해 나
갔다. 작품세계의 전개에서 이러한 인유는 단편적·부분적 차원에
서가 아니라 구조적·전체적 차원에서 이루어지고 있다. 〈착정가〉에
서는 의인화된 우물의 용이 화자로 등장하여 우물과 용, 우물파기,
그리고 제사에 관한 이야기를 한다. 〈수로조천행선곡〉에서는 〈어부
사〉의 후렴구와 유교적 권선지로 모티브를 작품 전체의 구조로 삼았
다. 돛을 달고 배를 띄웠으니 이 배가 어디로 향할 것인가 하는 물음
을 스스로 던지고 옳은 곳, 즉 명으로 향해야 한다고 주장했다. 〈초혼

사)에서는 무속신앙에서 전통적으로 부르던 넋을 올리는 사설을 끊임없이 반복하면서 그 넋을 위로하고 슬퍼했다. 〈세장가〉에서는 아이를 어르는 민요 사설의 전체 틀을 그대로 사용하여 사돈에 대한 원망의 심정을 고소하게 토로했다.

이상에서 살펴본 4편의 가사는 인유를 통한 즐거움의 미학을 보여주는 가사 작품들이다. 인유란 전통장르의 구절 · 구조 · 문체 · 제재 · 인물, 시사적 사건이나 인물, 개인적 경험, 현실의 소재 등을 작품안에 끌어들여 주로 반어적 · 풍자적 · 해체적 효과를 얻고 의미의 확대를 꾀하는 시의 기법이다[19]. 〈착정가〉에서는 우물과 관련한 설화의 주인공으로 등장하는 용을 끌어들여 그 권위에 의존하여 말하고자 하는 바를 나타냄으로써 의미의 확장을 기도했다. 〈수로조천행선곡〉에서는 〈어부사〉의 후렴구를 반복적으로 끌어들여 명에 대한 신의와 대명회복 의지를 다짐하고자 하는 작가의 의도가 점진적이고 입체적으로 전달되었다. 〈초혼사〉에서는 넋을 올리는 사설을 반복함으로써 칠백의사의 죽음을 인간적인 죽음으로 재인식시키고 있다. 〈세장가〉에서는 민요의 고정사설을 활용하여 풍자성을 획득하고 있다. 인유란 보다 광범위한 개념으로 이 가운데는 현대시에서 성행하는 패러디도 포함된다[20]. 〈세장가〉는 현대시에서 성행하는 패러디의 기법을 활용한 작품으로 볼 수 있다. 현대시에서 패러디의 개념은

19 김준오, 『시론』, 삼지원, 1996. 여기에서 인유의 유형으로 비유적 인유, 시사적 인유, 개인적 인유, 모방적 인유, 해체시의 인유를 들었다. pp.136~41.

20 김준오는 인유의 유형 가운데 모방적 인유의 대표적 형태가 패로디라고 하고, 과거 어떤 특수한 문학작품의 구조나 문체와 제재, 과거의 역사적 장르들을 모방하는 형태라고 개념화하였다. 앞의 책, p.139.

대체적으로 '기존 텍스트를 풍자적으로 고치면서 모방하는 기법'[21]이다. '알강달강'이라고 널리 알려진 '아이 어르는 소리'의 텍스트를 작품의 전체 구조로 삼으면서 이것을 비틀어 풍자성을 획득하여 의미의 확장을 이루고 있다.

이러한 네 편 가사의 작품세계는 내용은 물론 형식을 중히 여기는 이운영의 작가의식에서 비롯되었다고 할 수 있다. 이운영은 한자어투의 고식적인 형식의 전통적 가사가 아니라 새로운 맛을 내는 가사를 지으려 했던 듯하다. 이운영은 서술하는 장면에 따라서는 판소리 문체와 유사하게 과장적으로 사물을 열거하기도 하여 내용에 앞서 형식 자체를 즐겼다. 새로운 형식의 발견을 위해 이운영은 주로 기층장르를 포함하여 가장 대중적인 장르들을 인유했다. 과거 우물과 관련하여 용은 대중들에게 가장 친숙한 신격물이었다. 〈어부사〉는 비록 상층인이 애호하긴 했지만 이미 대중에게 널리 알려져 그 후렴구는 조흥구의 대표적 레파토리의 하나였다. 넋을 올리는 사설은 무당뿐만 아니라 조선인들 모두에게 친숙한 사설이었다. 아이 어르는 소리 '알강달강'은 현대에 와서 채록한 민요집에서도 가장 흔하게

---

21 이승훈, 『모더니즘 시론』, 문예출판사, 1995, p.277. 여기에서 이승훈은 제임슨의 개념을 빌어 패러디는 모방의 대상이 존재하고, 그 모방이 풍자를 목표로 한다는 두 가지 특성을 보여준다고 하였다. 오세영(『한국근대문학과 근대시』, 민음사, 1996. p.418)도 '패러디의 경우 패러디되는 텍스트와 패러디된 텍스트 사이에 비록 반복되는 관계가 있지만 차이나 전복이 중요하다'고 하면서 '양자 사이에 유사성이 강하게 드러나는' 패스티시'와 구별하고 있다. 김준오(「시와 패러디」, 『시를 어떻게 볼 것인가』, 유종호 · 최동호 편저, 현대문학, 1995, pp. 352~377)는 현대시에서의 패러디 양상을 과거의 전통장르나 특정작품의 모방, 장르혼합 또는 상호텍스트성, 이미 존재하는 것들의 인용과 발췌와 축적, 대중매체의 인용, 일상적 삶의 제시 등으로 나누어 작품을 살폈다

발견되는 민요로 이운영 당대에도 생활적으로 친숙했던 노래였음을 알 수 있다.

이운영은 이러한 전통장르가 지니고 있는 흥과 깊이를 새롭게 발견해 내고 있다. 그렇다고 해서 이운영이 이것들을 억지로 생각해내서 가사창작에 인유한 것은 아닌 것같고, 이운영 자신이 평소에 기층장르 및 기존장르에 대해 애정과 기호를 지니고 있었기 때문에 자연스럽게 인유될 수 있었던 것으로 보인다. 물론 이 바탕에는 기존의 가치나 규범에 얽매이지 않는 그의 인성적 기질이 깔려 있었다. 이와 같이 이운영은 사대부이지만 기존의 사대부 가사에 만족하지 않고 기층장르를 인유·발전시켜 가사를 창작함으로써 사대부 가사에서는 발견할 수 없는 새로운 작품세계를 이루어내었다.

4. 해학과 풍자의 미학

6편의 가사 중 〈순창가〉와 〈임천별곡〉은 각각 등장인물들이 있고, 이들 인물들 간에 갈등상황이 벌어지며, 이 갈등상황을 해결한 결말까지 담고 있어 서사가사로 볼 수 있는 작품이다.

〈순창가〉는 이운영이 부친의 임소인 담양에 내려가 있을 때인 1760년에 부친의 생일잔치를 맞아 벌인 강천사 유람길에서 일어난 사건을 소재로 한다. "슌챵하리(淳昌下吏) 최윤직는 지원극통(至冤極痛) 발괄소지(白活所志) 수도젼의 알외오니 명졍쳐결(明正處決) ᄒᆞᆯ 실가'라고 하는 순창 下吏 최윤재의 말을 그대로 적은 대화체로 가사는 시작한다. 9월 14일 이운영의 부친인 담양부사의 생일을 맞아 광주, 화순, 창평, 남평 등 인근 고을의 수령들이 모두 모여 잔치를 벌였다. 그리고 이들 관료들은 그날 밤 기생들을 데리고 강천사로 유람 길에 올랐다.

> 도닉(道內)의 제일곡(第一曲)은 담양(潭陽) 슌챵(淳昌) 명기(名妓)들이 / 가무(歌舞)를 딕령ᄒ여 이날을 보닌 후의 / 십오야(十五夜) 붉은달의 후약(後約)이 어듸메오 / 호남(湖南) 소금강(小金剛)의 쳔셕(泉石)을 차즈시랴 / 뉵쥬화기(六州花蓋)ᄂᆞᆫ 쳥산(靑山)의 나붓기고 / 오마빵련(五馬雙輦)은 풍님(風林)으로 드러갈제 / 징징(錚錚) 옥픠(玉佩)는 거름거름 우러잇고 / 낭낭(朗朗) 항언(恒言)은 마상(馬上)의셔 슈답(酬答)ᄒ올졔

가무를 대령하고 낮을 즐긴 후 보름이 가까운 달밤에 기생들을 데리고 산으로 유람을 가는 광경이 대단히 화려하고 흥청거렸음을 알 수 있다. 이러한 광경은 최윤재의 입을 통해 진술되는 방식을 취했다. 그렇지만 이운영도 이 자리에 참석해 있었으므로 이 진술의 표현자는 작자인 이운영이라고도 할 수 있다. 그러므로 이것을 바라보는 이운영의 시각은 관리들의 호화호색을 비판적으로 보는 것은 아니었다. 당시 담양부사가 자신의 부친이고, 그곳에 축하차 온 수령들 가운데 순창군수는 자신의 季父로 자주 담양에 오고 가는 사이였으며[22], 和順 縣奉은 第二堂兄과 아는 사이였다[23]. 담양부사 생일날을 맞아 벌인 잔치에 대한 서술 의도는 축하하는 분위기의 전달에 있는

것이지 관리들의 호화호색에 대한 비판에 있는 것은 아니라고 할 수 있다. 이운영 자신도 이러한 유람에 익숙한 일생을 살았거니와 이때 도 이러한 분위기에 같이 동참하며 즐겼다고 할 수 있다. 그런데 이 때 한 사건이 벌어졌다.

> 챵안빅발(蒼顔白髮) 화순(和順)원님 녀낭(女娘)의게 다정ᄒ사 / 산희 수곡쳐(山喜水谷處)의 돌쳐보기 자즈시니 / 소인은 하인(下人)이라 말 게 안기 황송ᄒ와 / 올낫다가 나렷다가 나렷다가 올낫다가 / 삼각산(三 角山) 고골풍뉴(風流) 몃번인쥴 모를로다 / 망망(忙忙)이 나렷다가 다 시 올나 타노라니 / 셕양(夕陽) 디노하의 실죡(失足)ᄒ야 너머지니 / 셕 각(石刻)이 종횡ᄒ듸 콩틱(太)ᄌ로 잣바지니 / 팔다리도 부러지고 엽구 리도 쐑다르니 / 에혈이 황용ᄒ와 흉격(胸膈)이 퍼지압고 / 금녕(禁令) 이 지엄(至嚴)ᄒ와 긔죵도 못먹숩고 / 병세(病勢)가 긔괴(奇怪)ᄒ와 날 노졈졈 위즁(危重)ᄒ니 / 푸닥거리 졍넑기ᄂ 다 쓰러 거즛일의 / 이졔 ᄂ 홀 일업셔 죽을쥴노 아홉더니 / 곰곰안자 싱각ᄒ니 이거시 뉘탓신고 / 장쳥(將廳)셔 비힝(陪行)ᄒ던 기싱(妓生)들의 탓시로다

산길을 가던 중에 나이 많은 화순 원님이 기생들과 자주 어울리곤 하였다. 하리인 최윤재는 그때마다 말에서 내렸다 탔다 하면서 원님

---

22 『옥국재유고』〈기년록〉 庚辰 '春陪往叅判府君潭陽任所 : 時季父위淳昌郡守相距不滿 百里府君不日往來殆同一城'

23 『옥국재유고』〈기년록〉 辛巳 '團會淳和兩衙 : 時第二堂兄知和順縣奉伯母朴夫人到縣 三邑相隣同堂相聚--'

의 수발을 들어야만 했다. 그러는 와중에 그만 돌길에서 최윤재가 '콩태자로' 자빠지고 말았다. 최윤재는 아프지 않은 곳이 없는데 약은 들지 않아 골병이 들고 말았으니 기생들에게 죄를 물으라고 관아에 고발을 했다. 사건 자체는 우연한 사고에 불과했지만, 피해자인 최윤재는 그것을 엉뚱하게 기생들의 잘못이라고 관아에 고발하게 된 것이다. 아픈 곳과 약을 쓴 일에 대해 장황하게 서술한 후 "곰곰안자 싱각"한 후에 벌인 송사이니 당사자가 관아에 기생을 고발하기까지는 자못 진지한 것이었다. 송사는 복잡하고 진지한 사건들로 꽉차 있는 법인데 이번의 사건은 얽힌 내막 자체가 대단히 단순하고 가볍고 재미난 것이었다.

이운영은 바로 이러한 가벼운 해학성을 포착하고 표현의 해학성을 갖추어 가사화한 것이라고 할 수 있다. 말에 '올낫다가 나렷다가 나렷다가 올낫다가' 하는 최윤재의 전전긍긍하는 모습, 그러다가 그만 '콩태자로' 자빠지는 광경, 그 후 '개똥'도 관아의 금령으로 쓸 수 없었던 사연, 푸닥거리나 굿거리도 소용이 없었다는 딱한 광경, 그러다 곰곰히 앉아 기생들 탓이라고 생각하는 최윤재의 기상천외한 사고의 전환 등 한편의 희극을 연상할 만큼 장면이 해학적이다. '소인의 죽는 목슘 그아니 불상ᄒ가 소인이 죽습거든 져년들을 상명(償命)ᄒᄉ 불샹이 죽는 넉슬 위로ᄒ야 쥬옵실가 실낫ᄀ치 남은 목슘 하늘갓치 ᄇ라니다'라는 최윤재의 마지막 발언 역시 과장적이어서 해학성을 한층 심화시켜준다.

그리하여 도화신·츈우신·슈화신·차겸신 등의 기생들이 관아에 잡혀 들어오게 되었다. '너희는 어이ᄒ야 사름을 죽게ᄒᆫ다', '슌챵

하리 최윤직가 죽기곳 ᄒ게되면 너희등 ᄉ기신이 무ᄉ키 어려우니'
라며 관아는 으름장을 놓고, 기생들은 칼을 목에 차고 옥에 갇히게
되었다. 다음은 기생들의 항변이다.

> 의녀(醫女) 춘운신은 금년이 ᄉ오옵고 / 의녀 도화신은 금년이 삼팔
> 이오 / 의녀 슈화신은 금년이 오오옵고 / 의녀 차겸신은 금년이 삼칠이
> 라 / 죄범(罪犯)이 듕타ᄒ샤 져리 힝하오시니 / 슈화(水火)의 들나신들
> 감히 거역(拒逆) ᄒ리잇가 / 죽입시나 ᄉ로시나 쳐분ᄃᆡ로 ᄒ려니와 /
> 의녀등도 원통ᄒ와 소회(所懷)를 알외리니 / 일월갓치 붉자오신 슌찰
> ᄉ도(巡察使道)젼의 / 흔말슴만 알외옵고 쟝하(杖下)의 죽어지라 / 의
> 녀등은 기싱이오 최윤직ᄂᆞᆫ 아젼(衙前)이라 / 기싱이 아젼의게 간섭홀
> 일 업ᄉ옵고 / 화슌 ᄉ관 뒤도라 보시기ᄂᆞᆫ / 굿타여 의녀등을 보시려
> ᄒ시던지 / 산죠코 물죠흔ᄃᆡ 단풍이 욱어지니 / 경물을 완상ᄒ려 우연
> 이 보시던지 / 아젼이 졔인ᄉ로 졔말긔 ᄂᆞ리다가 / 우연이 낙마(落馬)
> ᄒ여 만일의 죽ᄉ온들 / 이어인 의녀등의 살인이 되리잇가

국문의 절차대로 고발된 피고들은 자신의 이름을 먼저 말한다. 이
어서 기생들은 최후 진술조로 죽이든지 살리든지 처분대로 하시는
데 마지막으로 한말씀만 드리겠다고 당당히 말한다. 어이 없이 옥에
갇힌 죄없는 자들로서의 비장함과 당당함이 엿보이는데 이즈음에
가서는 앞서의 희극적 분위기가 비장한 분위기로 바뀌게 된다. 최윤
재는 아전인데 기생들이 아전의 일에 간섭한 일이 없다, 화순원님이
뒤돌아 보신 것은 기생을 돌아보시려 함인지 경치를 감상하려 함인

지 알 수 없는 일이다, 괜스레 최윤재가 말에서 내리다가 우연히 사고가 났을 뿐인데 어찌 자기네들이 한 짓이냐고 똑 부러지게 답한다. 그리고 '기싱이라 ᄒᄂ거슨 가련ᄒᆫ 인싱이라'라고 시작하여 기생살이의 어려움을 장황히 호소하고[24], 가뜩이나 기생살이가 서러운데 운수가 사나워 이런 일을 당하여 정신이 아득하다고 하며 말을 끝맺는다. 기생집단의 직업인으로서의 처지와 고통이 전달되고 있는 부분이다.

이운영은 이들 기생의 입장과 처지에 동정적이었다. 그리하여 최윤재의 고발이 부당하고 기생들이 죄가 없다고 하는 기본적인 판단을 지닌 채 사건을 전달했다. 그렇다고 해서 이운영이 관심을 둔 것은 사건의 전말 그 자체는 아니었다. 진짜 관심을 두었던 것은 이 얼토당토하지 않은 사건이 재미있다고 하는 점이었을 것이다. 이운영은 사건이 지니고 있는 해학성에 보다 관심을 두었기 때문에 그것을 생생하게 전달하기 위해 사건을 구체화된 행동과 말로 표현해내려고 애쓴 것으로 보인다.

이렇게 이운영이 가사를 창작한 의도가 재미와 해학을 적는 데 있었기 때문에 이운영은 애초 관리들의 호화호색을 비판하고 풍자하려는 의도도 지니고 있지 않았다. 그러나 작품세계는 서사성을 획득

---

24 '전답 노비가 어디 잇ᄉ오며 / 벌ᄒ죰 돈ᄒ푼을 뉘라셔 쥬을넌가 / 먹습고 닙습기를 졔버러 ᄒ옵ᄂ듸 / 교방습악(敎坊習樂)의 오일(五日)마다 듸령ᄒ고 / 셰누비 쌍침(雙針)질과 셜면ᄌ(雪面子) 소음푀기 / 관가이력 맛ᄌ와셔 죽야(晝夜)로 고초읍고 / 듸소별셩(大小別星)이 오락가락 지나갈제 / 차모(茶母)야 슈쳥이야 구실노 나셧ᄂ듸 / 흔별 의복이나 하쵸케나 아니ᄒ고 / 큰머리 노리개를 남만치나 ᄒ노라니 / 기싱인쥴 원(怨)ᄒ더니 갓득의 셜윤 듕의'

하게 되었고, 이러한 서사성으로 인해 이운영의 의도와는 상관없이 작품의 의미가 풍자로까지 확대되기에 이르렀다. 이 작품에는 원님으로 대표되는 지배층에 딸려 있는 권속들간의 갈등이 첨예하게 드러난다. 문제의 발단은 원님들의 잔치이고 뒤따르는 것이 화순원님의 호색이었다. 그 잔치에서 최윤재는 근무하다 사고를 당했으므로 그의 사고는 산재에 해당했다. 그러므로 최윤재가 자신이 사고를 당한 책임을 누구의 탓으로 돌린다면 일차적으로 지목할 수 있는 대상은 화순원님이 될 수 있다. 그러나 최윤재는 화순원님을 지목하지 못하고 애꿎은 기생을 지목했다. 그리고 잡혀온 기생들 역시 이 문제를 비껴가며 문제 삼지 않았다. 권력을 건드리지 못한 것인데, 그러한 것이 가능한 시대도 아니었다. 이렇게 하리와 의녀의 갈등 내부에는 '권력 자체가 가지는 횡포'가 존재했다. 그리하여 독자는 기생들이 죄가 없다는 판결이 났어도 기생을 고발한 최윤재를 미워하는 것이 아니라 그를 불쌍히 생각하게 된다. 재미나고 얼토당토 않은 사건의 전말을 통해 관료들의 호사스러운 삶과 권속들의 고달픈 삶이 대비되어 드러나게 된 것이다. 해학이 풍자의 의미로까지 확대된 것이다. 이 작품의 풍자성은 작가의 창작의도와는 상관 없이 작품이 향유되는 과정에서 독자들과 만나 획득하는 의미라고 할 수 있다.

어허 그럿터냐 상품 그러ᄒᆞ다고야 / 슌창하리 의송(議送)ᄉᆞ연 졀졀이 모함(謀陷)이요 / 너의등 ᄉᆞ기신을 희가방송(奚暇放送)ᄒᆞ기는 / 너의말 드러ᄒᆞ니 졀졀이 긔연(蓋然)ᄒᆞ다 / 감병ᄉᆞ(監兵使) 수령님늬 등

(僧)이어니 속(俗)이어니 / 상덕(尙德)을 홀작시면 홀되곳 ᄒ엿셰라 /
그려도 션븨를 짜롸야 오복(五福)이 구젼ᄒ리라

이운영은 송사의 사연이 주는 재미 그 자체에 관심이 있었으므로 그 해결은 위와 같이 대단히 소략하게 진술했다. 앞선 4행의 발화 주체는 관아이고[25], 마지막 3행의 발화 주체는 관아가 아니라 한 '선비'이다. 관아에서는 기생의 말이 옳다는 것으로 간단히 판결을 내렸다. 그런데 이 마지막 3행의 발화주체인 한 선비는 39세의 나이로 부친의 임소에 나가 있던 선비 신분의 이운영 자신으로 보인다. 기생들을 잡아 가둔 관아를 질책하는 발언으로 끝맺었는데, 이운영 자신이 조언을 하여 판결에 영향력을 발휘했던 것을 표현한 것이 아닌가 하는 추측이 든다.

〈임천별곡〉의 작품세계도 인물, 사건과 갈등, 그리고 해결이 존재하여 서사적인 성격을 지닌다. 작자는 드러나지 않은 채 70세 양반 할아버지와 81세 서민 할멈이 나누는 대화로 이루어진 대화체 가사이다. '게 있ᄂᆞᆫ가 주인한멈 ᄂᆡ말 잠간 드러보소'로 시작하여 양반할아범은 하루밤 묵어가기를 청하고, '어져 거 뉘신고 유셩 손임 아니신가'로 받는 서민할멈은 이것을 흔쾌히 승낙하며 이야기는 전개된다.

어허 무던ᄒ다 궁둥 쯧쯧ᄒ여온다 / 밍셰치 오늘밤은 나가지 못홀
노다 / 한멈의 썩국사발 몃그릇 되엿ᄂᆞᆫ고 / 한멈의 옷가슴의 손조금 너

---

25 가사의 중간 부분에 '너희'라고 부르는 주체가 관아이므로 기생의 발언을 들은 이후의 발화 주체는 관아로 봄이 합당하다.

272 조선후기 가사문학 연구

허보셰 / 어져 놀나고야 흉악흉악 바라볼가 / 어제 오날 쑴즈리가 슈럭 슈럭 ᄒ더라니 / 오늘밤의 쑴을 쑤니 술가락을 더져뵈데 / 셰상쳔하 만고조선(萬古朝鮮) 팔도(八道)의도 긔괴(奇怪)ᄒ다 / 싱원(生員)님 손을 곱아 닉나흘 혜여 보오 / 갑즈(甲子) 을츅(乙丑) 병인(丙寅)싱의 / 환갑(還甲) 진갑(進甲) 다 지ᄂ고 / 슈인의 스물ᄒ고 ᄯ한살 더 먹엇닉 / 이졔 무슨 마음 이셔 셔방품의 즈리잇가 / 어져 그말 마소 늙은 말이 콩마달가 / 너도 늙고 나도 늙고 두 늙은이 셔로 만나 / 너만 알고 나만 알고 귀신(鬼神)도 모르리니 / 인젹젹 야심심 황혼(黃昏)괴 오날이라 / 범증(范增)의 문자로 급격물실(急擊勿失)ᄒ야 / 얼풋 썬릇치면 긔무어시 관계흘고 / 이양반 어듸양반 져다지 밋쳐ᄂ고 / 싱원님도 냥반이니 냥반다이 힝셰ᄒ야

양반할아범과 노파의 대화가 빠르게 진행되고 있다. 양반할아범이 궁둥이가 뜨뜻해지자 딴 마음이 생겨 '할멈의 나이가 몃살이냐, 옷가슴에 손 조금 넣어보자'고 희롱을 하여 사건은 발생한다. 양반할아범의 희롱에 대해 노파는 펄쩍 뛰며 대응한다. 꿈자리가 사나웠나로부터 시작하여 호들갑을 떨듯이 육갑을 짚어가며 나이가 81살인 것을 밝힌다. 그리고 '이런 나이에 무슨 마음으로 남자를 품어 자겠느냐'며 양반할아범의 제안을 거절한다. 그러자 양반할아범은 나이가 무슨 상관이냐고 하면서 귀신도 모르게 해치우자고 추근댄다. 70세 할아범과 81세 노파의 연애사건이라는 설정 자체가 매우 희극적이고 과장적이다. 나이를 말하는데 육십갑자를 센다든가, '늙은 말이라고 콩을 마다 하는가'나 '아무도 모르게 빨리 해치우자' 등 유

혹의 말을 늘어놓는다든가 하는 장면이나 대화 역시 희극적이며 과장적이다.

여기애서 주목할 만한 점은 두 사람은 양반과 상민이라는 신분상의 차이에도 불구하고 대등하게 서 있다는 점이다. 노파는 상민이지만 길을 가는 나그네에게 하룻밤의 유숙을 허락할 정도로 인정을 지니고 있는 인물이다. 노인은 양반이지만 상민에게 하룻밤 도움을 청하는 가난한 인물이다. 그런데 궁벽한 시골에 이르러 날이 저문 상황에서는 사실 양반이니 상민이니 하는 것은 문제가 아니고 누가 주인이냐가 문제이다. 그런 의미에서 노파는 이 상황의 주도권을 쥐고 있는 인물이 된다.

노인이 계속 추근대자 노파는 미친 양반이 아니냐고 하면서 양반답게 행동하라고 면박을 주며 으름장을 놓는다. 그리고는 벗보기를 할냥치면 '청춘소년 한삼자리', '농산쟝 덕평쟝의 면화 흥졍ᄒᄂ 놈과 되구쟝ᄉ 황우쟝ᄉ 젼냥이나 잇ᄂ놈', '샹평통보 늇자박이 쥬머니의 월넝졀넝 이런 놈'을 품어 자지 '소쳔ᄒᆞ푼 콩ᄣᆞ기도' 없는 생원님을 어느 바보가 품어 자느냐고 큰소리를 친다. '젊음과 돈'을 지니지 않은 생원으로서는 아무 말도 못하고 기가 죽을 수밖에 없는 일이지만 그렇다고 해서 그 말을 팔순 노파로부터 듣다니 기가 막힐 노릇이다. 노파가 말한 젊은 서방과의 잠자리는 현실적으로 실현 불가능한 일이다. 그런데도 이 상황의 주도권을 쥐고 있는 노파는 돈 없고 늙은 생원 앞에서만은 떵떵거리고 말해댈 수 있다. 잠자리가 궁한 상황에서 양반이라는 것은 아무런 장점이 되지 못한다. 젊은 여성에게서도 아니고 늙을대로 늙은 노파에게서 이런 이야기를 들었다는 데서 돈 없고 늙은 생원이 처해있는 초라한 처지가 가장 극명하게 드러난다. 여기에서 웃음과 함께 풍자가 생겨나게 된다.

노파는 생원의 자존심을 건드려 기를 죽이는 데서 그치지 않고 협박까지 하게 된다. 아들, 딸년, 일가친척들이 알면 생원을 가만두지 않고 패대기를 칠 터인데 그러면 생원은 몸이 남아나지 않을 것이고, 또 이 말이 생원의 집인 공주까지 가게 되면 노발대발 큰 낭패를 볼 것이라고 으름장을 놓으며 '이냥반 열업셔도 그런 말 다시' 말라고 윽박지른다. 아무도 모르는 밤이니 쥐도 새도 모르게 해치우자고 한 양반노인의 말에 거꾸로 쥐도 새도 모르게 폭행을 당할 수 있으니 조심하라는 협박의 말로 응수한 것이다. 번다한 家屬들의 힘자랑과 패대기를 치는 장면을 장황히 열거하거나 '콩틱즈로 잣바져셔', '안팟쏩츄' 등과 같이 낭패를 당하는 양반의 모습을 서술하거나 하여 이 장면의 서술 부분 역시 과장적·희화적·해학적이다.

이러한 노파의 말에 양반할아범은 신분의 우월성을 내세워 응수한다. 양반할아범은 '어허 통분(痛忿)ᄒ다 ᄃ욕을 보거고나 / 양반을 모로고셔 네라셔 그리홀가 / 가믄(家門)을낭 뭇지마라 월산ᄃ군(月山大君) 증손(曾孫)이라'라고 하며 양반신분임을 내세운다. 노인은 자신이 양반 가문에 태어나 글을 익혀 과거에 급제한 후 경성과 湖右 一道에 모르는 사람이 없고, 승지나 부사와는 죽자 사자 하는 사이이며, 할멈 고을의 案前과도 소시 적에 같이 노닌 사이였다고 하며 허세를 떤다. 노인은 자기가 말한 대로라면 양반의 권위를 앞세워 노발대발할 법한데 그러지를 못하고 다만 궁색하게도 권세가와의 친분을 지나치게 열거하며 강조할 뿐이었다. 양반할아범은 권세 없는

275

종이 양반에 불과한 것이다. 여기서 권세가와의 친분을 자랑삼아 말하는 양반할아범은 이미 풍자의 대상이 되고 있다. 양반할아범도 자신의 현실적 처지를 잘 알고 있었으므로 현실에 적응할 수밖에 없었다. 그래서 태도를 누그러뜨려 자기가 '다마른 볏쪽이를 잇는쥴 번이 알고 냥반(兩班)이 취취ㅎ여 조금 달나 한' 것인데 동냥은 못줄망정 쪽박조차 깰 수 있느냐며 노파를 구슬리는 쪽으로 처신을 취하게 된다.

네말을 드러ㅎ니 졀졀이 통분(痛忿)ㅎ다 / 본관의 졍쟝ㅎ고 영문 (營門)의 의송(議送)ㅎ야 / 속딕젼(續大典) 펼쳐노코 ᄉ부능욕(士夫凌辱) 죠률(調律)ㅎ야 / 쟝일빅(杖一百) 형문(刑問)일치 류삼쳔니(流三千里) 원지졍빅(遠地定配) / 일죵 뉼문(律文)ㅎ야 의법시ᄒ(依法施行)ㅎ랴더니 / 곰곰 안자 싱각ㅎ니 그러치 아니ㅎ다 / 나그닉야 쥬인이야 삼년닉의 졍이깁허 / 계집의 고만말을 쪽간(摘奸)ㅎ여 무엇ㅎ리 / 창낭ᄌ취(滄浪自招)는 옛말이 날소기랴 / 하ᄒ(河海)갓튼 딕도량(大度量)의 부지일소 무가닉하(無可奈何) / 아ᄒ야 말(馬)닉여라 고향으로 도라가자 / 어져 뒤쏙뒤 붓그러워 어이갈고

위의 구절은 이 가사의 마지막 부분으로 양반할아범의 말로 이루어졌다. 사대부를 능욕한 죄를 생각하면 의법조치를 하고 싶지만, 곰곰히 생각해 보니 주인과 나그네 사이로 삼년을 지내다 보니 들은 정이 깊어 그렇게 할 수가 없다고 하였다. 이러한 처신에서 양반할아범의 인간적인 면모가 드러난다. '뒤꼭지가 부끄러워 어이 갈 것

이냐'는 마지막 말에는 해학성과 더불어 자신의 행위를 인정하고 노파의 견해를 존중하는 한 노인의 인간적인 마음이 깃들어 있다. 이러한 마지막의 처신을 두고 양반할아범이 가난하고 힘이 없는 처지라서 그렇게 할 수밖에 없었다고 할 수도 있다. 하지만 기본적으로는 양반할아범이 세속적 가치나 규범에 구속 받지 않는 호방한 기질의 인물이기 때문일 것이다.

떵떵거리는 노파와 허세 부리는 양반할아범의 엎치락뒤치락 거리는 상호간의 대화는 웃음을 자아내는 희극에 해당한다. 그리고 그 와중에 허세를 부리는 양반할아범의 행위가 풍자적으로 전달되는 면도 있다. 하지만 궁극적으로 작가가 이 가사를 창작한 의도는 서민을 해꼬지 하는 양반할아범의 행위를 풍자하고자 하는 데 있는 것이 아니라 늙은이들 사이에 있었던 하루밤의 재미있는 사건을 해학적으로 전달하는 데에 있다고 보인다. 노파나 양반할아범은 각 계층 즉 서민과 양반을 대표하지만 두 사람의 위상은 대등했고 서로 적대적이기보다는 화합적이었다. 이들은 서로 신분과 나이를 들어가며 실랑이를 펼쳤지만 이들의 만남은 신분과 나이를 초월하여 인간 대 인간으로의 만남이었다고 보인다. 이렇게 〈임천별곡〉은 일반적으로 사랑과는 거리가 멀다고 생각하는 늙을 대로 늙은 두 노인이 만나서 벌인 해프닝과 같은 연애사건을 해학적으로 서술한 가사 작품이다. 그런 의미에서 이 가사는 소외되어 있는 노인의 사랑과 인간성을 부각시킴으로써 인간 이해의 폭을 넓히는 휴머니즘을 바탕으로 한다고 할 수 있다.

5. 문학사적 의의

이운영 가사의 작품세계는 인유의 미학과 해학 및 풍자의 미학으로 이루어져 총체적으로 즐김의 미학을 보여주는 세계라고 설명할수 있다. 이운영은 대중적으로 잘 알려진 기존장르의 구절이나 전체사설을 가사에 과감하게 인유하여 가사의 변화된 형식을 즐겼다. 그리고 사건을 재미있게 서술하여 해학과 풍자를 즐겼다. 이러한 즐김의 미학은 이운영이 지닌 언문가사에 대한 자유로운 창작 태도에서연유한다. 이운영은 가사에 대한 관습성을 파괴하고 가사의 자유로운 장르적 성격을 대폭 활용하여 다양한 실험을 한 것이라고 할 수있다. 이운영은 사대부였지만 사대부라는 권위를 견지하며 향민, 학동, 문중인 등에게 가사를 지어 읽게 하고자 하는 창작 자세를 벗어던졌던 것같다. 다만 그는 스스로 가사를 짓는 일을 즐기고, 자신의감정과 태도를 나타내는 일에 충실하고자 한 것으로 보인다. 그의가사 가운데 관념적 이상을 전달하는 작품으로 〈수로조천행선곡〉이있지만, 그는 어부사의 후렴구를 인유하여 그 형식의 단조로움에서벗어나고자 했다.

그리고 그의 가사 작품은 대부분 구체적인 경험, 사건, 그리고 감정을 담고 있다. 그는 자신이 살면서 겪은 일이나 머금었던 감회, 혹은 당대인이 겪었던 조그마한 경험 등 하나하나를 가사의 소재로 발견하고 그것을 다양한 형식과 재미있는 내용으로 표현하는 것을 즐겼다. 그의 언문가사에 대한 자유로운 창작태도는 형식과 내용의 면에서 다채로운 질감을 나타내는 한 작가만의 독특한 작품세계를 구

성하게 하였다. 그가 지닌 이러한 새로운 가사창작 태도와 작품세계
는 가사문학사적인 의의를 지니기에 충분한 것이었다.

특히 그가 사용한 인유는 문학성 면에서 평면성을 벗어나지 못하
는 것이었다 하더라도 당시 천편일률적으로 주로 중국의 고사 중심
으로 인유가 이루어지던 사대부 가사문학 전통에 비해 볼 때 가히
파격적이라 할 수 있는 것이다. 그는 대중적인 기층장르나 전통장르
를 다양한 방식으로 인유함으로써 당대 민족문화에 대한 깊은 애정
과 기호를 지니고 있었음을 보여준다. 전해오는 민족문학의 가치를
당당하게 인정하는 창작태도에서 비롯된 그의 가사작품들은 또 하
나의 훌륭한 민족문학 유산이라고 할 수 있다.

18세기는 소설, 한시, 시조, 가사 등 새로운 내용과 가치관 및 세계
관을 담은 문학이 다수 출현하여 민족문학의 폭이 한층 넓혀진 시기
이다. 실학자를 중심으로 창작되고 향유된 한문단편, 농민의 현실을
대변하는 현실주의적 한시, 자유로운 인간성을 긍정하는 사설시조,
독서층이 더욱 확대된 고전소설 등 조선전기와는 다르게 다양한 장
르에서 다양한 문학세계가 펼쳐졌다. 물론 18세기 가사문학도 전기
가사와는 다른 다양한 소재와 내용을 담은 가사작품들이 쏟아져 나
오는 방향으로 전개되었지만 변화한 양상을 보이는 가사작품들이
대부분 무명씨 작이었다. 이러한 가사문학사적 현상에 비추어 볼 때
이운영의 가사작품은 전형적으로 지배계층에 속해 있었던 한 사대
부가 가사문학의 관습을 과감하게 깨고 호방한 기질로 자유스럽게
자신의 감정이나 당대의 삶을 담아 이전과는 전혀 다른 작품세계를
이루었다는 점에서 가사문학사적인 가치와 의의를 지닌다고 할 수

있다.

6. 맺음말

　이운영의 가사 6편은 매우 재미있고 해학적이며 위트가 있다. 사대부인 이운영이 이러한 작품세계를 지닌 가사문학을 창작했다는 것은 가사문학사의 전개를 파악하는 데에 시사점을 던져주고 있다. 특히 이운영의 〈임천별곡〉은 18세기 가사문학사에서 중요한 비중을 차지하고 있는 애정가사와 관련성을 지닌다. 애정가사의 담당층을 규명하는 데 이 작품이 하나의 근거로 작용할 수 있을 것으로 보인다.

제9장

18세기 가사에 나타난 기생 삶의 모습과 의미

1. 머리말

妓生은 양반사회와 더불어 존재한 특수계층이었다. 우리나라에서 기생의 존재는 일찍부터 있어 왔으며, 존재 초기 때부터 그 신분은 노비의 신분에 준하는 것이었다.[1] 조선조 사회에서는 양반들의 풍류

---

1 고대국가를 정비함에 있어서 예악의 정비는 중요한 사업의 하나였다. 신라 奈解王 때 만들어진 思內樂과 관련되어 있을 것으로 보이는 思內舞에 관한『삼국사기』악 지조에 의하면 '監 三人 琴尺 一人 舞尺 二人 歌尺 二人'이라는 기록이 나온다. 이로 보건데, '가척' '금척'들은 노래나 가야금 연주를 담당했던 예인으로 보인다. 이들 의 신분은 '尺'이라는 표기에서 나타나듯이 천민이었던 것으로 보이며 이들이 바 로 기생이 아니었나 생각할 수 있다.

와 관련하여 많은 기생의 일화가 전해지고 있으며, 황진이와 같이 풍류협객들을 주무르며 시에도 탁월한 기량을 발휘하였던 名妓들도 있었다.[2] 기생들은 제도적으로 관에 배속되어 있어 남원기생, 홍천기생, 송도기생 등과 같이 그 지방 관아의 지휘 하에 있었다. 〈춘향전〉을 통해 익히 알고 있듯이 기생은 그 지방으로 부임해 오는 지방관에게 수청을 들어야 했으며, 관리들의 모든 공적, 사적인 잔치에 노리개로 참석해야 했다. 그리고 노래하고 춤을 추어 흥을 돋우는 역할은 물론 醫女로서 관리들의 건강까지 보살피는 역할도 맡았던 것으로 보인다.

기생들 가운데는 양반들의 풍류 현장에서 어울리면서 문학적 역량과 감수성을 갖추었다고 유명해진 기생들도 있게 되었다. 시가문학에서 기생의 문학은 시조와 한시에서 그 풍성한 업적을 보이고 있다. 기생들은 시조와 한시를 통해 그들의 정서를 나타내곤 했는데, 님에 대한 연정의 정서를 담고 있는 것이 대부분이다. 이러한 기생의 문학세계는 양반사대부 문학으로만 구성된 고전문학의 편향성을 보완해주며 고전의 문학세계의 폭을 넓혔다는 점에서 문학사적인 의의를 지니고 있다. 그러나 가사문학에서 기생의 정서를 직접적으로 담고 있는 작품은 드물다. 기생임이 확실한 작가의 가사작품은 19세기 중엽에 창작된 군산월의 〈군산월애원가〉가 있을 뿐이다[3]. 17

---

2 이능화의 『朝鮮解語花史』(이재곤 역, 동문선 간, 1992)는 기생제도를 역사적으로 검토하고 名妓와 관련한 일화와 그들이 남긴 시가 등을 자세히 살피고 있어 기생에 관한 여러 자료를 제공하고 있다.

3 〈군산월애원가〉는 이정진이 「군산월애원가고」(『향토문화연구』 제3집, 원광대학교 향토문화연구소, 1986년)에서 처음 소개한 가사 작품이다. 〈군산월애원가〉에

세기 이후에 작가를 알 수 없는 상사별곡류의 가사가 기생과 양반들의 유흥 공간에서 가창되었[4]지만 그 작가를 기생으로 볼 수 있는지는 아직 분명하게 알 수 없다.

그런데 가사문학사에서 18세기 중엽 이후 경에 이르면 남성 작가들이 쓴 가사에 기생의 삶이 수용되어 있어 주목된다. 여기에 해당하는 가사는 〈순창가〉(1760년 경), 〈日東壯遊歌〉(1764년 경), 그리고 〈金縷辭〉(1778년 경)이다. 이들 가사는 기존의 가사 유형 분류에 의하면 각각 서사가사 혹은 세태가사(순창가), 기행가사(〈일동장유가〉), 애정가사(〈금루사〉) 등에 속할 수 있다. 그리하여 각각의 가사는 개별적으로 소개가 된 후, 각각이 속한 유형가사 안에서 논의되기도 하고, 〈일동장유가〉처럼 독립적인 논의가 활발하게 이루어진 경우도 있다. 최근에는 이들 가사에 대한 독립적인 작품론이나 타 가사와의 비교논의도 활발하게 진행되고 있다[5].

이들 가사는 모두 기생들의 삶을 수용하고 있다는 점에서 공통점을 지닌다. 유형적인 면에서 각각 다른 만큼 가사 내에서 기생의 삶

대한 연구성과는 이 책에 실린 논문 「〈군산월애원가〉의 작품세계와 19세기 여성현실」에 자세히 기술했으므로 그것을 참고할 수 있다.

4 정재호, 「상사별곡고」, 『한국가사문학론』, 집문당, 1982, 96면.

5 〈일동장유가〉에 대한 기존의 연구성과는 매우 많다. 이 책에 실린 「18세기 향촌지식인의 선비의식-〈일동장유가〉를 통하여」에 기술되어 있으므로 참고할 수 있다. 〈순창가〉에 대한 기존의 연구성과도 이 책에 실린 「인유와 해학의 미학-이운영의 가사 6편」에 기술되어 있으므로 참고할 수 있다. 여기서는 〈금루사〉의 연구성과만을 소개한다. 홍재휴, 「금루사고」, 『가사문학연구』, 국어국문학회편, 정음문화사, 1979. ; 안혜진, 「〈금루사〉 연구」, 『이화어문논집』제21집, 이화어문학회, 2003. ; 정인숙, 「남성작 애정가사에 나타난 기녀의 형상화 방식-〈금루사〉와 〈농서별곡〉을 중심으로」, 『한국고전여성문학연구』제16집, 한국고전여성문학회, 2008. ; 박수진, 「〈금루사〉의 의미 구조 분석과 공간 구조 연구-그레마스의 행위소 모형을 적용하여」, 『한국언어문화』제48집, 한국언어문화학회, 2012.

을 수용하는 방식과 정도는 다르다. 〈순창가〉에서처럼 한 고을의 下
吏가 고발한 사건의 피고로 등장하여 변론하는 방식으로 나타나거
나, 〈일동장유가〉에서처럼 여행지에서 만나고 접한 인물들의 일화로
나타나거나, 〈금루사〉에서처럼 작품 내에서 시적 화자가 사랑하는
대상으로만 나타나거나 한다. 특히 〈일동장유가〉는 국내편에서 기생
에 관한 일화를 많이 기술하여 기생사가 전체 가사 내용에서 적지
않은 비중을 차지하고 있다. 그리하여 세 편의 가사작품에서 보이고
있는 기생의 형상은 비교적 풍부한 편이다.

이 연구에서 기생의 삶에 주목하는 이유는 기생이 18세기 양반지
식인의 의식 변화에 따라 문학적 형상화에 포착된 여러 인간 군상에
포함되기 때문이다. 그리하여 18세기 중엽 이후에 가사문학에서 다
양한 기생의 삶을 수용하고 있는 현상은 18세기에 조성된 시대정신
사적 흐름과 무관하지 않을 것으로 보았다. 18세기 중엽에 가사문학
에서 다양한 기생의 형상을 담고 있는 것이 무엇을 의미하는 것일
까? 그리고 이러한 현상이 가사문학사적으로는 어떤 의미를 지니는
것일까? 이 연구는 이러한 물음으로부터 출발한다. 그리고 이 물음
에 대한 해답을 얻기 위해서는 세 가사에 기생의 형상이 어떻게 나
타나는지 구체적으로 분석할 필요가 있다.

조선후기가사의 전개에서 중요하게 거론되고 있는 유형으로 애
정가사가 있다. 조선후기 애정가사는 조선전기의 가사문학과는 달
리 독립적인 유형을 형성할 수 있을 정도로 그 작품 수가 증가하는
데 대부분은 무명씨작이다. 이들 애정가사의 작품세계는 감정의 적
나라한 표현, 갈등하는 사랑의 현실, 그 안에서 펼쳐지는 인물들의

서사성 등의 특징을 지닌다. 이 연구에서 기생의 삶을 수용하거나 기생과의 사랑의 정서를 솔직하게 표현한 18세기의 유명씨작 가사 작품에 주목하는 이유는 이러한 무명씨작 애정가사와의 연관을 찾기 위한 것이기도 하다. 무명씨작 애정가사 유형의 문학사적 시기 귀속이나 창작배경 등은 그것을 말해주는 결정적인 새 자료가 나오지 않는 한 다만 '조선후기'라고 통칭하여 적용되어 왔다. 이들 가사가 창작되고 향유될 수 있었던 시대정신을 통해 무명씨작 애정가사의 창작배경을 찾아볼 수 있지 않을까 기대한다.

　이 연구는 가사문학사에서 18세기 중엽이라고 하는 시기에, 확실한 작가가 있으며, 기생의 삶을 수용한 공통점을 지니고 있는 세 가사작품을 대상으로 한다. 그리하여 연구의 목적은 이들 가사 작품에 나타나 있는 기생의 형상을 살펴보고 그 시대정신사적·문학사적 의미를 규명하는 데 있다. 우선 2장에서는 각 가사에 나타난 기생 삶의 모습을 구체적으로 살핀다[6]. 각 가사를 작품별로 분석하는 이유는 작품마다 기생의 삶과 정서를 수용하는 방식과 정도가 다르므로 같이 다룰 경우 각 가사의 특징적인 작품세계가 드러나지 못할 우려가 있기 때문이다. 작품의 창작시기에 따라 〈순창가〉, 〈일동장유가〉, 〈금루사〉 등을 차례로 논의한다. 이어서 3장에서는 2장의 분석을 바탕으로 가사에 기생의 형상이 수용된 의미가 무엇인지 시대정신사적인 측면과 문학사적인 측면에서 살펴보기로 한다.

---

　6 〈순창가〉는 「諺詞 연구」(소재영, 『민족문화연구』 제21호, 고려대학교 민족문화연구소, 1988년)의 수록본을, 〈일동장유가〉는 『일동장유가·연행가』(심재완교주, 교문사, 1977)의 수록본을, 〈금루사〉는 「금루사고」(홍재휴, 『가사문학연구』, 국어국문학회 편, 정음문화사, 1979)의 수록본을 대상으로 하였다.

2. 18세기 가사에 나타난 기생 삶의 모습

1) 下吏와 기생의 갈등 : 〈순창가〉

〈순창가〉는 李運永(1722~1794)이 1760년 경에 지은 가사이다. 당시 담양부사로 있었던 부친의 생일을 맞이하여 잔치를 벌이고 호남 소금강 산행을 가던 중 순창하리 최윤재가 말에서 넘어져 크게 다친 사건이 있었다. 최윤재는 기생들을 돌아보는 화순원님을 돌보다가 제 스스로 말에서 떨어져 다친 것인데[7], 느닷없이 기생들의 탓이라며 기생들을 관아에 고발했다. 〈순창가〉는 기생을 고발한 순창하리 최윤재와 관아에 붙잡혀온 의녀 기생들의 말을 대화체로 서술하여 각자 자신의 입장을 주장하는 토론의 장[8]으로 기능하고 있다. 다음은 잡혀 들어온 기생들이 처음으로 한 발언이다.

> 의녀 츈운신은 금년이 스오옵고 / 의녀 도화신은 금년이 삼팔이오 /
> 의녀 수화신은 금년이 오오옵고 / 의녀 차겸신은 금년이 삼칠이라 / 죄

---

7 "챵안 빅발(蒼顔白髮) 화순원님 녀낭(女娘)의게 다졍ᄒ샤 / 산희수곡쳐(山喜水谷處)의 돌쳐보기 자즈시니 / 소인은 하인이라 말게안기 황송ᄒ와 / 올낫다가 나렷다가 나렷다가 올낫다가 / 삼각산(三角山) 고골풍류(風流) 몟번일쥴 모를로다 / 망망(忙忙)이 나렷다가 셕양(夕陽) 딕노하의 / 실죡ᄒ야 너머지니 셕각(石刻)의 죵횡ᄒ듸 / 콩틱(太)자로 잣바지니 팔다리도 부러지고"

8 〈갑민가〉에서도 대화체는 한 문제(유리문제)에 대한 토론의 場 역할을 수행한다. 이러한 〈갑민가〉에서는 토론 당사자들이 각각 사회 구성원의 입장을 대변해 보여준다. (고순희, 〈갑민가의 작가의식-대화체와 생애수용의 의미를 중심으로〉, 『이화어문논집』제10집, 1988, 413~418면). 반면 이 가사에서는 문제 자체가 개인적 성격을 지닌 송사사건이라서 각각이 자기의 층을 대표하고 있지는 않다.

범이 듕타ᄒ샤 져리 힝하오시니 / 슈화(水火)의 들나신들 감히 거역 ᄒ
리잇가 / 죽임시나 스로시나 쳐분듸로 ᄒ려니와 / 의녀등도 원통ᄒ와
소회를 알외리니 / 일월갓치 붉자오신 슌찰ᄉ도(巡察使道)젼의 / 흔말
슴만 알외옵고 쟝하(杖下)의 죽어지라 / 의녀등은 기ᄉ이오 최윤지ᄂ
아젼이라

잡혀 들어와 관아의 문초를 받은 사람은 모두 醫女로 20세 춘운신,
24세 도화신, 25세 수화신, 21세 차겸신 등 네 명이었다. 사실 이 네
명 가운데 이 발언을 누가 했는지는 알 수 없다. 네 명이 각자 자신의
이름을 말하고 그 중 한 명이 대표로 이후의 발언을 했을 것으로 보
인다. 의녀는 조선시대 태종 6년(1406)에 설치되었다. 세종 5년
(1423)에는 文理에 능통한 훈도관을 선정하여 의녀들을 가르치도록
하였다. 의녀는 內醫, 간병의, 초학의 등 삼등급으로 구성되었는데,
이들의 출신은 중앙 및 지방 각도의 관비였으므로 신분이 기생과 같
았다. 성종 말 경부터는 의술 업무 외에 공사의 연회에 참가하게 되
었다[9]. 따라서 "의녀등은 기ᄉ이오"라는 발언이 가능했다. 이와 같
이 연회석 상에 참여하는 기생 가운데는 의술을 담당하는 의녀들도
있었음을 알 수 있다.
　잡혀온 의녀들은 순찰사에게 자신들이 죄가 없음을 강변했다. 화
순원님이 자주 뒤를 돌아본 것은 기생들을 돌아보기 위한 것인지 좋
은 경치를 구경하려 함인지 알 수 없고, 아전이 제 마음대로 원님의

---

9 이능화, 앞의 책, 105~112면. ; 金斗鍾, 『한국의학사』, 탐구당, 1981, 237~238면.

일거수일투족에 신경 쓰다가 우연히 낙마하여 다쳤으므로 자신들의 죄가 아니라고 한 것이다[10]. 이어 이들은 기생 신분에 대한 그들의 설움을 진술한다.

> 기싱이라 ᄒᆞᄂᆞᆫ거슨 가련ᄒᆞᆫ 인싱이라 / 젼답노비가 어ᄃᆡ 잇ᄉᆞ오며 ᄡᆞᆯᄒᆞᆫ쥼 돈ᄒᆞᆫ푼을 / 뉘라서 쥬을넌가 먹습고 닙습기를 / 제버러 ᄒᆞ옵ᄂᆞᆫ ᄃᆡ 교방습악(敎坊習樂)의 / 오일(五日)마다 ᄃᆡ령ᄒᆞ고 셰누비 ᄡᅡᆼ침(雙針)질과 / 셜면ᄌᆞ(雪面子) 소음뀌기 관가이력 맛ᄌᆞ와셔 / 쥬야(晝夜)로 고초옵고 ᄃᆡ소별셩(大小別星)이 / 오락가락 지나갈제 차모(茶母)야 슈청이야 / 구실노 나셧ᄂᆞᆫᄃᆡ 흔벌 의복이나 / 하츄케나 아니ᄒᆞ고 큰머리 노리개를 / 남만치나 ᄒᆞ노라니 기싱인쥴 원(怨)ᄒᆞ더니 / 갓득의 셜운듕의 운슈가 고이ᄒᆞ와 / 슌스도 분부ᄂᆡ여 벗보기를 금ᄒᆞ시니 / 어러도 쥭게되고 굴머도 쥭게되여 / 이졔ᄂᆞ ᄒᆞᆯ일업시 쥭을쥴노 아옵더니

기생은 가련한 인생이라고 시작했다. 기생은 '전답이나 노비를 가진 것도 없어 쌀 한 줌이나 돈 한 푼이라도 주는 사람이 없다, 그래서 먹고 입는 것을 스스로 벌어서 해결해야 한다, 교방습악을 오일에 한 번씩 대령해야 하고, 세누비나 설면자와 같이 어려운 바느질도 해야 하고, 관가의 일정에 맞추느라 주야로 고생하며, 찾아드는 관리들의 접대를 위해 차모로 나가기도 하고 수청을 들기도 한다, 그

---

10 "기싱이 아젼의게 간셥ᄒᆞᆯ일 업ᄉᆞ옵고 / 화슌ᄉᆞ관 뒤도라보시기ᄂᆞᆫ 굿타여 의녀등을 / 보시려 ᄒᆞ시던지 산죠코 물죠흔ᄃᆡ / 단풍이 욱어지니 경물을 완상ᄒᆞ려 / 우연이 보시던지 아젼이 졔인스로 / 졔말ᄭᅵ 누리다가 우연이 낙마(落馬)ᄒᆞ여 / 만일의 쥭ᄉᆞ온들 이어인 의녀등의 / 살인이 되리잇가 기싱이라 ᄒᆞᄂᆞᆫ거슨"

렇다고 한 벌 의복이라도 때에 맞추어 입을 수 있는 것도 아니고 큰 머리와 노리개 등도 남만큼 해보지도 못한다'는 것이다. 이렇게 어려운 삶을 살기 때문에 '기생인 것을 서러워하고 원망하고 살았'는데, 이번 사건으로 순사가 '벗 보기를 금'하여서 이제는 얼어 죽든지 굶어 죽을 수밖에 없다는 것이다. 의녀가 관속의 건강을 보살피는 일뿐만 아니라 연희, 관아의 궂은일, 수청 등 온갖 일로 고달픈 천민의 삶을 살았음을 알 수 있다. 특히 마지막에 옥에 가두고 '벗 보기를 금하여 굶어죽게 되었다'는 발언으로 보아 이들 의녀도 남성에 기대어 사는 화류계 여성의 형상을 지니고 있었던 것을 알 수 있다. 이와 같이 〈순창가〉에는 의녀의 발언을 통해 집단적 형상으로서 기생의 삶이 나타난다. 의녀로서 이들의 삶은 관아에 배속된 천민의 삶 그 이상도 그 이하도 아닌 고달픈 삶 그 자체였다. 거기다가 호색한 화순원님이 사단이 되어 잡혀 들어왔음에도 불구하고 화순원님을 전혀 거론하지 않고 사건에서 제외시키는 것에서 알 수 있듯이 지배층의 권력 자체가 지니는 횡포에 무력하게 당하는 그런 삶이었다.

그런데 '기생인 것을 서러워하고 원망하고 살았다'는 의녀들의 발언은 기생인 자신의 처지를 일단 인정하고 받아들이면서 다음으로 그들의 직업적 고달픔을 말하고 있는 것으로 기생이라는 자신의 신분을 현상적으로만 원망하는 것으로 보인다. 기생신분의 질곡을 인식하고 그로부터의 해방을 꿈꾼다든가 하는 인식론적 차원으로까지 나아간 것은 아니라고 할 수 있다. 특히 이들은 앞에서 먹고 살기 위해서 갖은 일을 한다고 했다. 그리고 '벗 보기를 금하여 굶어 죽게 되었다'고도 했다. 이 발언에서 알 수 있는 것은 기생들이 최윤재의 고발로 억울하다는 사실보다 현실적으로 갇혀 있어 돈을 벌지 못한다는 사실을 더 강조한다는 점이다. 이렇게 〈순창가〉에 나타난 기생의 형상은 기생으로 먹고 산다는 직업의식을 철저하게 지니고 있는 현실적인 인물형상으로 나타난다.

2) 다양한 기생의 모습 : 〈일동장유가〉

〈일동장유가〉는 1763년 계미 통신사절단의 서기직을 맡아 일본을 사행하고 돌아온 金仁謙(1707~1772)이 1764년 경에 지은 장편 사행 가사이다. 이 가사는 부산에서 일본으로 가기 전까지의 국내편, 출항 이후의 일본편, 그리고 다시 부산에 도착하여 집에 당도하기까지의 귀향편으로 구성되어 있다. 그런데 국내편과 귀향편에서 기생에 대한 일화를 매우 많이 서술하고 있어 주목된다.

김인겸은 각 지방에 당도하여 그 지방에서 행하는 엄청난 규모의 지공과 향응을 받게 된다. 백면서생으로만 있다가 처음으로 서기라는 관직으로 발탁된 김인겸은 이것을 신기해했고, 이러한 각읍의 지공과 향응이 관료로서의 지체를 확인시켜주는 것이기도 했기 때문에 탐탁하게 받아들인 것으로 보인다.

(1) 각읍이 대령하여 支供을 하는구나 / 各床通引 房子茶母 일시에 現身한다 / 鋪陳도 화려하고 음식도 장할시고 / 넋잃은 官屬들은 겁내어 전율하니 / 말마다 잘못하고 일마다 생소하여[11]

(2) 威儀도 整齊하고 풍류도 장할시고 / 경상도 일도기생 다몰속 왔다하네 / 위로 사신부터 아래로 기생까지 / 宴席에 드는이는 綵花를 다 꽂았다 / 풍악은 作撤하고 宴床은 드는고야 / 저연상 구경하소 장하고 거룩하다

(3) 인하여 主鎭에가 三文士 오라하여 / 의성기생 윤매봉매 중춤추는 구경하고

(4) 一行 上中下官이 일곱고을 수령들과 / 백여명 기생들로 서너패 三絃잡이 / 빈일軒 넓은廳에 가득히 앉았구나 / 대구기생 옥진형제 皇창舞를 일등하네 / 三使臣 替資돈과 列邑수령 行下한 것 / 장함도 장할시고 五百兩 거의로다

(1)에서는 인근 읍이 합심하여 통신사행원들에게 지공을 올린 것을 서술했다. 상을 들이며 통인, 방자, 차모가 일시에 현신하는데, 상차림이 화려하고 음식도 대단하다고 했다. 이러한 접대 규모에 사행원들은 겁내고 전율하며 낯설어 하고 멋쩍어 하기도 했음을 알 수 있다. (2)~(4)는 기생들이 접대와 가무를 담당한 모습을 서술했다. (2)에서는 사행원들을 위해 경상도 기생들이 대거 동원되어 접대를 한 모습이, (3)에서는 의성 기생 윤매와 봉매가 승무를 추는 모습이,

---

11 심재완 교주, 앞의 책. 여기서는 원문이 아니라 그것을 교주해 놓은 교주본을 인용하였다. 이하〈일동장유가〉의 인용은 모두 교주본이다. 심재완의 교주본에서 필요한 한자는 필자가 더 삽입하고, 불필요하다고 생각되는 한자는 삭제하여 한글로 실었다.

그리고 (4)에서는 100여명의 기생이 잔치에 참석했는데, 그 가운데 대구 기생 옥진 형제가 황창무를 추어 상금을 받는 모습이 서술되었다. 동원된 기생들은 자신의 재주를 잔치석상에서 발휘하고 그 댓가를 받기도 하였던 모양이다. 황창무를 춘 대구기생 옥진형제는 좌중의 수장인 삼사신이 替資(대신 내어 주는 돈)하여 준 것과 각 고을의 수령들이 행하(놀이가 끝난 뒤 기생이나 광대에게 주는 돈)한 것을 합쳐 오백냥이나 되는 돈을 받았다. 양반들의 잔치에 엄청난 기생이 동원되었으며, 동원된 기생 가운데 승무나 황창무 등과 같이 남보다 뛰어난 재능이 있는 기생의 경우 치부도 가능했던 사정을 알수 있다.

(1) 경주기생 종애란년 유지의 素面으로 / 자식역질 핑계하고 도망하여 내려오되 / 죽기를 거역하고 虎穴로 말을몰아 / 하루밤 하루낮에 이백리를 달려오니 / 東京伯 大怒하여 잡으라 軍놓았네 / --- / 이기생의 豪俠氣는 衰世에 드문지라 / 이리좋은 風流事를 성취를 하오소서 / 종사상 내말듣고 경주奴子 불러들여 / 편지하고 전갈하고 종애를 아니주니

(2) 李保寧 자문이가 정묘년 일본갈제 / 여기기생 수청하여 딸하나가 있다하고 / 내려올제 간청하되 贖身하여 달라커늘 / 들으매 측은하여 말내리며 물어보니 / 是年이 十五歲요 裨將茶母 정한다네 / 욕볼까 불쌍하여 내차모 상환하여 / 급급히 불러다가 차담상 내어주고 / 자문의말 다전하니 우는거동 참혹하다

(1)에서는 기생 종애가 정인을 만나기 위해 경주관아를 무단 이탈하여 경주 관아에서 군사를 보내 기생 종애가 잡혀갈 처지에 있었던 일화를 담고 있다. 종애는 죽기를 작정하고 정인을 만나기 위해 자식의 역질을 핑계하고 말을 달려왔다고 했다. 한때 정인 사이였으나 멀리 떠난 이후 만나지 못하다가 정인이 경주 근처 부산에 와 있다는 사실을 알고 그를 만나기 위해 급한 마음에 관아에 고하지도 못하고 말을 달려온 것으로 보인다. 김인겸은 이 종애의 행위를 '호협기'나 '풍류사'라 말하여 종애 기생이 순수하게 정인에 대한 사랑의 감정으로 달려온 것으로 보고 있다. 그런데 근거가 있는 것은 아니지만, 어쩌면 종애와 정인 사이에서 낳은 아이가 역질 핑계를 댄 그 자식이라는 개인적 사정이 있었기 때문에 달려 온 것일 수도 있다. (2)는 기생의 속신과 관련한 일화를 담고 있다. 김인겸은 이보령의 부탁으로 기생인 그의 딸을 만나보고 관아에 가 속신을 부탁했다. 그러나 돈을 주지 않으면 내줄 수 없다는 답변을 듣고 안타까워했다는 것이다. 이렇게 당시 돈만 있으면 얼마든지 속신으로 양민이 될 수 있었으나, 돈이 없어 속신을 할 수 없는 기생도 있었음을 알 수 있다.

(1) 관덕당에 내려와서 종사상께 뵈오니 / 應口輒對 하여 글하나 지어내면 / 창원기생 운정이를 상으로줌세 어서짓소 / 나이많고 둔한선비 괴로이 사양하니 / 사나이 아니로세 잔말말고 어서짓소

(2) 종사상 병방군관 색중의 아귀로서 / 서울서 떠나면서 저녁참에 / 行首戶長 호령하여 고운차모 推尋하며 / 오히려 나삐여겨 내게와 간청

하되 / 예천은 색향이라 날위하여 먼저가서 / 일등미인 뽑아내어 두었
다가 나를주오 / 들으매 짓이미워 한번을 속여보세 / 헛대답 쾌히하고
丁寧히 相約하여 / 동정자 지나와서 예천읍내 들이달아 / 뭇기생 불러
세고 기중의 말째기생 / 늙고얽고 박박색을 가리고 가리어서 / ---- /
이윽고 현신하니 저차모 거동보소 / 쑥같은 짧은머리 실로땋아 마주매
고 / 눈꼽끼인 오흰눈을 해부시어 겨우뜨고 / 옷조롱 같은낯에 멍석처
럼 얽었구나

　(1)은 사행원들이 기생을 상으로 놓고 시를 지은 상황을 담았다.
기생은 관비로 양반들에게는 노리개인 소유물과 같은 존재였다. 앞
서 살펴본 바와 같이 양반은 기생의 처지에 동정하거나 그들을 도와
주기도 했지만 기생에 대한 기본적인 인식은 소유물로서의 기생이
었다. 고급관리의 경우 이들 기생을 주고 싶은 사람한테 상으로 내
릴 수 있는 권한을 지니고 있었다. (2)는 '색중의 아귀'라고 하는 한
병방군관을 일행이 기생으로 속여먹는 일화를 담고 있다. 사행원들
은 예천 읍내에서 가장 박색인 기생을 일부러 골라 병방군관의 차모
로 정해 놓고 그 차모를 만나는 거동을 여럿이서 엿보며 박장대소하
고 즐겼다. 이러한 일화에서는 기생의 인간으로서의 권리란 찾아볼
수 없다.

　(1) 홍초관 들어가보니 수청기생 운월이는 / 飮餘宿供한 것으로 홍
초관을 얻어만나 / 온갖이래 態度하고 날마다 밤에나가 / 오쟁이만 지
우고서 밤들게야 들어오되 / 홍비장은 전혀속고 大惑하여 아주빠져 /

각읍에 얻은돈을 다몰속 내어주고 / 나보는데 희롱하고 홍비장을 매우
치니 / 홍비장 두굿거워 아프다고 에라하니 / 所見이 絶倒하고 도리어
불쌍하다

(2) 고운차모 만나거든 제게체子 하라하되 / 임도사 홍비장이 매양
먼저 달라기에 / 못얻어 주었더니 아해차모 귀란이가 / 인물이 기특하
고 얼굴이 비상커늘 / 저녁에 전갈하여 使令주어 보내고서 / 아무말 할
지라도 잃지말라 하였더니 / 그년이 不測하여 자리에 누웠다가 / 울면
서 빌아대난 아비祭 오늘이니 / 잠깐 보고와서 모시리라 하니 / 열없는
숫사나이 그말을 곧이듣고 / 잠깐가 다녀오라 당부하여 보낸 것이 / 날
새도록 기다린들 그림자나 오돗던가

(3) 차모 섬월이를 李諺진을 許給하니 / 제어미 大祥이라 百端으로 애
걸하니 / 李譯官 또속으니 들으매 간간하다

(1)은 기생 운월이가 홍비장을 속여 먹는 일화를 담고 있다. 갖은
교태를 부리다가도 밤이면 다른 서방을 만나고 오는데, 홍비장은 그
것도 모르고 번 돈을 모두 운월이에게 주고 있다고 했다. 이러한 운
월이의 모습에서 당대 현실적이고 세속적인 기생의 형상이 드러난
다. (2)와 (3)은 귀향편에서 만난 기생과의 일화를 담았다. (2)는 홍비
장이 늘 예쁜 차모가 있으면 저를 먼저 달라고 했으나 주지 못하다
가 마침 어리고 예쁜 차모 귀란이를 넣어 주었다. 그런데 귀란이는
부친 제사를 핑계하고 나가 밤새 돌아오지 않았다고 했다. (3)은 역

295

관 이언진에게 배정된 섬월이가 거짓말로 모친의 대상을 당했다고 애걸하자 그것을 믿고 이언진이 섬월이를 보내주었음을 서술했다. 기생들은 일본으로 갈 적의 환대하고는 달리 올 적에는 모두 다른 이의 수청을 드느라 나와 보는 이도 적었다. 특히 홍비장과 역관 이언진은 무반과 중인 신분으로 모두 하급 수행원이었기 때문에 기생은 그들을 위한 수청을 그리 좋아하지 않았던 것같다. 상대 남성의 사회적 신분이 상대적으로 낮은 경우, 그들을 속이고 이용하는 현실적이고 영악한 기생의 형상이 나타난다.

3) 기생의 신분과 순응 : 〈금루사〉

〈금루사〉는 閔雨龍(1732~1801)이 제주도에 머물면서 사귄 기생 愛月에 대한 사랑의 심정을 담고 있는 상사별곡류 가사이다. 천생연분으로 만나 사랑을 나눈 기쁨, 재회의 기쁨, 변심한 애인에 대한 안타까움, 만나고 싶은 심정, 그리고 변심한 애인에 대한 최후 진술 등을 차례로 읊었다. 가사의 내용만 보면 시적 화자가 연모하는 여인이 기생 신분인지가 확실히 드러나지 않는다. 민우룡이 제주도에서의 생활을 기록한 『瀛洲再訪日記』에 이 가사가 1778년 10월의 기록 중간에 삽입된 것[12]과, 다음의 기록으로 보아 가사의 화자가 사랑하는 여인이 기생 애월이임을 알 수 있다

---

12 홍재휴, 앞의 논문, 371면.

14일 營牧의 이방, 노복, 및 기생배들이 연속하여 와서 알현하니 고향에서 서로 만나보는 것과 같고 기뻤다. 그러나 사랑하는 애월은 이미 商夫가 있어, 따라서 내가 옛 뜻과 같이 생각하지 않음을 비록 신신당부하여 말했으나 종일 와서 모시고 끝내 동침하니 옛정이 되살아났다. 道理가 그렇지를 않아 돌아보지 않다가 드디어 더불어 같이 지내니 밤새 情話를 나누고 아침해가 떠오르는 줄도 몰랐다. ---6월 11일에 관계를 끊고 보내면서 가사를 주었다.[13]

민우룡은 1772년에 제주를 다녀간 적이 있었다. 그가 1776년 11월에 다시 제주도에 갔을 때 애월이를 다시 만났다. 그러나 애월이는 이미 장사치를 지아비로 섬기고 있었기 때문에 민우룡은 그들의 관계가 예전과 같을 수 없음을 애월이에게 신신당부했다. 그런데 애월은 자진하여 종일 와서 민우룡을 모시고 그에게 수청을 들었다. 민우룡과 애월의 만남은 만나고 헤어지는 것을 반복하면서 1778년 6월까지 계속되었다. 하지만 결국 민우룡은 헤어지는 최후 결단을 내리고, 이 가사를 지어 애월에 대한 사랑을 나타낸 것이다.

(1) 어와져 娘子ㅣ야 내말숨 드러보소 / 烟火에 뭇쳐신들 宿緣이야 이즐소냐 / 洛浦仙女 보랴ᄒ면 前生에 네아닌다 / 南關布衣 白面生도 仙客인줄 뉘알니오

---

13 "十四日 營牧吏奴及妓輩 連續來現 有若故園而目 莫不欣喜 而愛妓則 以旣有商夫 姑余以勿慮 如故之意 雖申申言及 而終日來侍 仍爲同寢 其在故情 道理不得 邁邁遂與之同處 終宵情話 不覺東日已旭矣---六月十一日 絕斥而歌以贻之"(홍재휴, 앞의 논문, 377면)에서 재인용.

　(2) 旅館寒燈 寂寞ᄒᆞ듸 온가슴에 불이난다 / 이불을 뉘ᄉᆞ리오 님아
니면 홀씌업고 / 이병을 뉘 곳치리 님이라야 扁鵲이라 / 밋친ᄆᆞ음 외
사랑은 나ᄂᆞᆫ점점 깁건마ᄂᆞᆫ / 無心홀손 이님이야 虛浪코도 薄情ᄒᆞ다 /
三更에 못든잠을 四更에 계오드러 / 蝶馬를 놉히달녀 녯길흘 ᄎᆞ자가
니 / 月態 花容을 반가이 만나보고 / 千愁 萬恨을 歷歷히 ᄒᆞ렷더니 / 窓
前碧梧 疎雨聲에 三魂이 훗터지니 / 落月이 蒼蒼ᄒᆞ듸 三五小星 샏이로
다 / 어와 내일이야 진실로 可笑로다 / 너도 ᄉᆡᆼ각ᄒᆞ면 뉘웃츰이 이시
리라 / 皇玉京에 올나가셔 上帝ᄭᅴ 復命ᄒᆞᆯ제 / 이말ᄉᆞᆷ 다알외면 네죄가
즁ᄒᆞ리라 / 다시곰 ᄉᆡᆼ각ᄒᆞ야 回心을 두온후에 / 三生 宿緣을 져ᄇᆞ리지
말게ᄒᆞ라

　(1)과 (2)는 이 가사의 서두와 말미 부분이다. 사랑하는 여인에게
말하는 형식으로 출발하고 마감한 것인데, 가사의 전체적인 서술은
일인칭 화자의 독백체에 가깝다. 사랑하는 여인을 곁에 두고도 만나
지 못하고, 여관에 혼자서 잠을 이루지 못한 채 있자니 보고 싶은 마
음이 온가슴에 불이 나는 것과 같다고 하였다. 한밤중에 말을 달려
애월이 집을 찾아갔지만 들어가지 못하고 쓸쓸히 돌아오고 말았다
는 사연은 사랑에 갈등하는 한 남자의 심사를 잘 나타내준다. 그리
고 마지막 구절에서는 일이 이렇게 된 것은 애월의 탓이 많다고 하
며 애월의 변심을 원망하면서도 이제라도 마음을 바꾸어 宿緣을 저
버리지 말자고 간청하는 것으로 끝맺고 있다.
　〈금루사〉에 나타난 애월이는 한 선비의 지극한 사랑을 받는 기생
으로 나타난다. 민우룡이 제주 관아에 찾아갔을 때 관속들의 현신이

있었다. 이때 현신하는 사람들 속에 옛 정인이었던 애월도 있었다. 애월이는 장사치를 지아비로 맞이했다고 했는데, 현신하는 기생에 끼어 있었던 것이다. 따라서 애월이의 '지아비'는 현대적 의미의 '남편'이 아니라 '스폰서' 정도의 의미를 지닌다. 이 당시 지아비를 맞이한 기생이라 하더라도 속신이 되지 않는 한 여전히 기생 신분으로 있었던 것을 알 수 있다. 애월이가 민우룡을 다시 만났을 때 그에게 수청을 든 것은 지아비가 있었지만 자신의 사랑에 솔직하여 옛정인과 부적절한 관계를 나눈 것이 아니라, 여전히 기생이었기 때문에 기생으로서 마땅히 해야 할 일을 한 것이었다고 할 수 있다. 애월은 기생으로 어느 정도 나이가 차자 장사치를 지아비로 맞아들여 생활의 현실적인 이익도 취하고, 다시 옛 정인이 찾아오자 기생으로 수청을 들고, 그 정인이 헤어지는 결단을 내리자 다시 또 그것을 받아들였다. 애월은 한 선비의 애틋한 사랑을 애정으로 담담하게 받아들이고 헤어짐도 냉정하게 대처하였다. 이렇게 〈금루사〉의 내용과 민우룡의 일기를 근거로 볼 때 애월이는 기생에게 주어진 운명을 충실하게 받아들인 현실적인 기생의 형상을 지닌 것으로 나타난다. 기생이라는 신분에 순응하여 살아갈 수밖에 없는 현실을 받아들이며 행동하는 매우 현실적인 기생의 모습이라고 할 수 있다.

3. 다양한 기생 삶의 형상과 그 의미

1) 기생의 삶과 인문학적 인간주의 정신

세 가사 작품에 나타난 기생의 형상은 18세기 기생의 형상이 총출동했다고 해도 과언이 아닐 정도로 다양하다. 이러한 기생의 형상을 통해 18세기 기생의 성격은 다음과 같이 요약할 수 있다. 첫째, 18세기 기생은 다양한 층위를 이루면서 하나의 직업사회를 구성하고 있었다. 일찍이 고대국가 시기부터 그 존재가 확인되는 기생이 조선후기 사회에 이르면 보다 방대한 인적 구성을 이루며 관노로 존재했다. 그리고 양반관료 뿐만 아니라 양반관료와 관련한 층에게까지 봉사하는 수청 기능이 보다 강화된 것으로 보인다. 돈과 물질의 가치가 상승하는 조선후기 사회의 변화에 따라 기생은 돈을 벌고 물질을 얻는 하나의 직업인으로서 사회적 위상을 자리 잡아 가고 있었던 것으로 나타난다. 양반 관료를 위해 봉사하는 직업인으로서 각 개인이 지닌 미모와 재능이 직업인으로서 갖추어야 할 자질이었기 때문에 뛰어난 자질을 얻기 위해 부단히 노력했다. 미모와 재능이 뛰어나면 유명한 기생이 되어 많은 치부를 할 수 있었고, 그렇지 못하면 관아의 궂은 잡역을 맡아하며 가난한 삶을 면치 못했다.

둘째, 18세기 기생은 이전보다 공연예술적 기능이 강화되어 세속화된 것으로 보인다. 〈일동장유가〉에는 다양한 재능을 지닌 기생들이 보인다. 그러나 이 가운데 한시나 시조를 잘 짓는 기생의 예가 보이지 않는다. 이 시기에 가면 기생은 시를 짓는 문학적 재능보다는 가무를 주로 하는 공연예술적 재능에 더 치중하여 단련한 것으로 나타난다. 이 시기의 기생집단이 이전보다 양반층의 유흥공간에서 공연하는 기능이 강화되어 상대적으로 세속화되었음을 알게 한다.

셋째, 18세기 기생은 미모와 재주를 이용해 돈을 추구하는 현실적이고 자본주의적인 속성을 지닌 집단으로 성장하고 있었다. 가사에 나타난 기생 대부분은 치부에 적극적이었다. 자신들의 속물적 근성을 탓하는 사회인의 시선에 아랑곳하지 않고 치부에 열중하였다. 그리고 기생은 일부종사가 사실상 불가능했기 때문에 양반관료를 위해 봉사하는 본연의 일 외에 돈을 벌기 위해 부호의 비호를 받는 경우가 많아지게 되었다. 이러한 기생의 속물적인 삶의 형상은 다시 사회적으로 기생집단을 천시하는 데 근거로 작용했다.

넷째, 18세기 기생은 속신의 문제가 개인의 삶에 심각하게 관여하는 것으로 나타난다. 당시 신분제의 동요에 따라 기생은 돈만 있으면 속량에 의해 기생 신분을 벗어날 수 있었다. 그리하여 기생에게 무엇보다 중요해진 것이 '돈'과 양반층의 '호의'였다. 따라서 신분제의 질곡에서 벗어나려면 남성들을 이용해 철저히 돈을 모으던지, 자신을 기생 신분에서 구해줄 남성을 기다리던지 하는 적극적인 개인의 행위가 요구되었다.

다섯째, 18세기 기생은 정절 이데올로기를 강요하는 조선후기사회[14]에서 일부종사의 가치관이 사회적으로 팽배해지는 것과 맞물려

---

14 조선후기사회로 갈수록 부계혈통의 원리가 절대화 되어간다. 부계혈통 체제의 경직화와 가문중시의 현상에 따라 여성의 삶에 대한 통제는 강화된다. 그리하여 열녀관, 재가금지, 그리고 '출가외인' 이데올로기가 강조된다. 이러한 이데올로기는 양반층 여성에게만 강요되었던 것이 아니고 유교적 교화에 의해 일반 백성의 여성

남성에 대한 의존도가 다른 여성들과 마찬가지로 강해졌던 것으로 나타난다. 정절 이데올로기의 강조로 일부종사에 대한 사회적 가치가 높아짐에 따라 당시 기생은 상대적으로 자신의 삶의 방식에 대한 자괴감을 많이 지니게 되었다. 18세기 기생은 신분적 질곡에 대한 의식화된 인식은 없는 상태에서 자신들의 자괴감을 털어내줄 남성에 의존하는 구조로 나아갈 수밖에 없었을 것이다.

이렇게 18세기 가사에 나타난 기생의 형상은 매우 다양한 층위를 구성하고 있다. 가사에 나타나는 기생의 형상은 단편적인 일화에 불과한 것이 대부분이지만, 서사적 편폭을 지닌 것도 있다. 그리하여 단편적인 삶이든 서사적 편폭을 지닌 삶이든 가사에 나타난 개별적인 기생의 삶을 모두 집적하면 당대를 살아가던 기생의 집단적·서사적 삶을 구성하게 된다. 가사에 나타난 기생의 형상은 허구의 이야기로 형상화한 기생의 형상이 아니라 실제로 존재했던 기생의 형상이다. 이와 같이 18세기 가사에 나타난 기생의 형상은 당대의 사실적 삶을 수용하여 현실성을 획득하고 있다는 의미가 있다.

그런데 18세기 가사에 나타난 기생의 모습은 모두 양반 남성의 시각에 의해 포착된 모습이라는 점이 주목된다[15]. 작가가 가사를 창작

들에게도 강요되었다. 조혜정, 〈한국의 가부장제에 관한 해석적 분석 : 생활세계를 중심으로〉, 『한국의 여성과 남성』, 문학과 지성사, 1988.

15 〈일동장유가〉를 쓴 김인겸은 47세야 진사가 되어 57세 때 음관으로 서기직에 발탁되어 사행길에 오르기 전까지 환로에는 오르지 않았던 향촌지식인이었다. 비록 서출이긴 하지만 壯洞大臣 金昌集(1648 - 1722)의 문벌집안에 속해 있어 蔭官으로 서기직에 발탁되었다. 〈금루사〉를 쓴 민우룡은 영남 문경에 거하며 과업에 뜻을 두지 않아 학문에만 전념하고 당시의 명사들과도 교유가 깊었던 양반이다. 제주도를 일차 탐방하고 올라가 제주도의 실정에 대한 疏를 올려 기용의 기회를 잡았으나 은거하고 다시 제주도를 방문했다. 〈순창가〉를 쓴 이운영은 38세에 진사가 되어

할 당시 나이는 이운영이 39세, 김인겸이 58세, 민우룡이 47세였다. 가사문학사에 처음으로 등장하는 기생의 삶이 양반 남성의 시각에서 서술되고 있다는 점은 기생이 양반 남성의 전유물이었던 점을 그대로 반영한다. 관료 혹은 관료에 준하는 신분으로서 양반남성은 기생의 수청을 당연시했다. 김인겸 자신은 선비정신을 내세우며 기생의 수청을 거부했지만[16], 다른 통신사행원의 기생 수청을 적극 주선해주고 있으며, 정인을 만나기 위해 관아를 벗어난 기생의 일을 풍류사라고 추켜세우기도 했다. 작가들은 기생에 대해 개인적인 동정을 보이거나 기생과의 이루지 못한 사랑 때문에 좌절하기는 했어도 기생 수청을 당연시했던 양반남성이었다. 이와 같이 가사의 작가들은 당시 기생제도의 수혜자로서 관료사회의 구성원을 이루고 있던 기생집단에 대해 각별한 관심이 있었던 것이라고 할 수 있다.

이운영은 다소 엉뚱한 송사사건이지만 거기에 연루된 기생에 대해 동정적인 시선을 가지고 이들과 관련한 사건의 전말을 사실적으로 전달하려 하였다. 김인겸은 기생의 수청과 관련한 매우 많은 일화를 사실적으로 서술하고 있는데, 서술의 태도는 기생의 수혜를 자

46세 때 한성부주부, 형조좌랑에 이어 금성현령, 면천군수, 황간현감, 금산군수를 역임하고, 통정대부돈녕부도정·가선대부동지중추부사에 오른 전형적인 사대부이다.

16 김인겸은 평생에 정한 뜻이 있어 기생을 가까이 하지 않았다고 하였다. '一場을 拍笑하고 下處로 돌아오니/ 운정이 먼저 와서 守廳次로 앉았구나/ 의복도 치레하고 교태도 그지없네/ 평생에 정한 뜻이 저를 보고 변할소냐/ 자리 펴고 초 물리며 나가라 재촉하니/ 무료하고 羞愧하여 몸 둘 땅이 없어하네/ 사방에서 通引 와서/ 이 거동 보고 가서 낱낱이 여쭈오니/ 이튿날 從事相이 날 보고 웃으시되/ 옹졸은 하거니와 어렵다도 하리로다' 위의 구절에서도 드러나듯이 김인겸은 사행 구성원들 모두가 당연시했던 기생수청을 거부하였다.

랑스럽게 여기고 있을 정도로 당당했다. 특히 김인겸은 무관층 및 중인층과 여러 갈등을 보이고 있는 반면[17] 기생을 대하는 태도는 우호적이고 여유로웠다. 민우룡은 기생과의 사랑을 당당하게 기록에 남기고 그 기생에 대한 사랑의 감정을 솔직히 가사화함으로써 기생이 한 남성과 대등한 존재로까지 나타난다. 기생은 양반관료사회에 천민으로 편입해 있던 사회적 약자였기 때문에 당시 실력층으로 부상하던 중인층과는 달리 양반층과 신분갈등을 일으키지 않았다. 따라서 당시 양반지식인층은 중인층에게는 비판적이었던 반면 기생에게는 우호적이었다. 이렇게 18세기 가사에서 작가는 기생사를 동정적으로, 사실적으로, 솔직하게 드러내는 여유로운 태도를 보인다. 이렇게 18세기 가사에서 작가들이 기생사를 동정적으로, 사실적으로, 솔직하게 드러내는 여유로운 태도를 보인 것은 양반사회의 기득권을 누리는 층으로서 '인문학적 인간주의' 정신을 발휘한 것이라고

---

17 박지원은〈虞裳傳〉에서 역관 이언진의 불우한 삶을 말하고 인정을 받지 못하고 죽어간 그의 생애를 애통해 하였다. 흥미로운 점은 김인겸이 이 이언진이라는 인물과 일본 사행길을 동행하였다는 것이다. 기생 귀란이와 섬월이에게 속아 넘어가는 역관 이언진이 바로 〈우상전〉의 이언진이다. 평면적으로 대비하는 것이 무리가 있기는 하지만 박지원이 중인으로서 뛰어난 재주에도 불구하고 불우하게 살아간 이언진의 삶에 관심을 기울였던 반면 서기 김인겸은 기생들의 흥미로운 일화에 더 관심을 기울였던 것이라고 할 수 있다. 실재로 김인겸은 역관을 포함한 의원, 土校, 비장과 같은 무관층과 중인층에 대해서는 우호적이지 않았으며 반감을 지니기까지 하였다. 기생들과의 만남에서는 신분갈등을 느끼지 않았으나 무관층 및 중인층과는 갈등관계에 있었음이 여러 일화에서 드러난다. 예를 들어 선장 金九榮이 서기인 元重擧에게 무례하게 군 사건을 두고 김인겸은 반상을 욕한 죄로 반드시 치죄하고 넘어가야 한다고 적극 나선다. 그리고 일본 체류시 최천종 살해사건이 일어났을 때 사건 수습과정에서 역관이 使相의 말을 倭人에게 잘못 전달했느냐 하지 않았느냐 하는 문제가 있었는데, 정상은 왜인의 간계로 보는 반면 김인겸은 역관이 일부러 그리 한 것이므로 '倭僧과 附同한 죄'로 그 역관을 엄단해야 한다고 주장한다. 정상은 김인겸의 이러한 주장에 웃고 만다.

할 수 있다. 당대 양반관료사회와 끈끈한 관계 속에 존재했던 기생이라는 특수계층에 대한 인간적 관심이 바탕으로 깔려 있으므로 '인간주의'라 할 수 있고, 18세기 정신사의 시대적 한계를 초월하지 못하는 양반관료층의 자세를 견지하고 있었으므로 '인문학적'이라고 할 수 있다.

한편 기생은 양반관료사회와 관련한 특수계층이면서 동시에, 여성으로서 정상적이지 못한 왜곡된 삶을 사는 소외계층이었다. 이들 작가가 가사를 통해 기생의 삶을 수용한 것에는 특수계층에 대한 인간적 관심이라는 문제 외에 소외계층이 주는 흥미성이라는 문제가 개입된다. 〈일동장유가〉의 김인겸은 '子孫을 뵈자하고 가사를 지어내니 만의 하나 기록하되 支離하고 荒雜하니 보시는 이 웃지말고 破寂이나 하오소서'라고 하여 기록성과 함께 흥미성을 고려하여 가사를 서술했다. 〈순창가〉의 이운영도 가사를 창작한 1차적인 의도가 사건 자체에 대한 재미를 전달하기 위해서였다. 가사문학에서 기생이라고 하는 소외계층에 대한 휴머니즘적 관심이 흥미로움에 대한 인식과 짝하여 나타난다는 사실은 주목을 요한다. 흥미로움에 대한 인식은 상업문화적인 속성에서 비롯되며 대상을 비인간화하는 데 기여할 수 있다[18]. 작가들은 가사에서 기생에 대해 매우 우호적이고 동

---

18 김대행은 조선후기 '희화화'라고 하는 문화적 특징을 상업문화적인 성격과 결부하였다. 규범류가사의 표현방식이 부정적 형상화의 단계로까지 가게 된 사회문화적인 배경과 정신사적 배경을 말했다고 할 수 있는데, 〈용부가〉의 부정적 형상화는 대상과의 이질감을 확인하고자 하는 태도이며, 따라서 인간주의적인 태도와는 무관한 것이라고 보았다.(김대행, 「가사의 표현방식과 휴머니즘」, 『서의필선생화갑기념논문집』, 서의필선생화갑기념논문집 간행위원회, 1988. ; 김대행, 「우부가의 주제와 시대성 논의반성」, 『개신어문연구』제5·6집, 개신어문학회, 1988) 그런데

정적이었던 것은 사실이지만, 이들 작가가 흥미롭게 서술한 기생사의 이면에 기생의 인권이 전혀 고려되지 않는 비인간적인 정신이 자리하고 있는 점을 발견할 수 있다. 18세기 가사의 기생 수용은 인문학적 인간주의 정신이 상업문화의 성격인 흥미성·오락성을 추구하는 정신과 결합하여 전개된 것이라고 할 수 있다. 그 결과 기생의 인권이 전혀 고려되지 못한 비인간적 측면도 노정하고 말았는데, 이점은 당대 양반층이 지닌 인문학적 인간주의 정신의 한계로 지적하지 않을 수 없다.

2) 문학사적 의미

18세기 중엽 이후에 양반남성이 다양한 기생의 삶을 수용하여 가사화한 것은 '다양한 삶에 대한 관심과 수용'이라고 하는 조선후기 문학적 양상의 변화와 무관하지 않다. 18세기 후반에 이르면 박지원의 한문단편[19]이나 이옥의 傳[20] 등과 같은 한문소설에서는 당시 불우했거나 소외되었던 인물들의 삶을 수용했다. 이옥의 〈이언집〉과 같

〈용부가〉〈우부가〉는 부정적 형상화라고 하는 표현기법을 사용하고 있는 특수성을 지니고 있기는 하나 기본적으로 당대인의 삶을 수용하는 서사성을 지닌다. 남의 서사적 삶을 보고 오락적으로 즐기며 우월감을 느끼는 행위는 휴머니즘에 반하는 반인간주의적인 태도임에 분명할 것이다. 그러나 예를 들어 〈우부가〉의 읽기에는 주인공들의 서사적 삶에 대한 우월의식만 작용하는 것이 아닐 것이다. 〈우부가〉를 읽으면서 각 주인공을 둘러싼 가족공동체에 대한 연민의식이라든가 이런 사람들로 이루어질 수 있는 사회에 대한 도덕적 위기의식도 작용한다. '희화화'는 오락지향적 상업문화의 단면이기도 하지만 '우부'·'용부'와 같은 인간에게도 인간으로서의 존재가치를 부여하는 인간주의적인 정신의 발로라고도 볼 수 있지 않을까 한다.

19 차용주 편,『연암연구』, 계명대학교 출판부, 1984.
20 임유경,「이옥의 전 연구」, 이화여자대학교 석사학위 논문, 1981.

은 민요시에서는 남녀의 정을 드러내는 시편들을 지었으며[21], 악부시에서는 세태와 관련한 여인들과 촌민들의 사연을 담았고[22], 상당수의 서사한시에서는 처참한 농민의 삶을 담았다. 이러한 조선후기 한문학의 새로운 변화를 한마디로 말하는 것은 무리이긴 하지만 전체적으로 개괄하면 '다양한 삶에 대한 관심과 문학적 수용'이라고 말할 수 있을 것이다.

조선후기사회는 봉건사회 해체기의 여러 징후들이 표면적으로 노정되던 시기였다. 농촌은 농민층의 분화로 극심한 궁핍에 시달리는 소작민층이 대거 포진하게 되어 이들의 유리현상이 날로 심화되고 있었다. 몰락양반층이 많아짐으로써 양반의 사회적 권위가 약화되고, 양반층의 허위의식에 대한 양반 스스로의 반성이 나오기도 했다. 탈춤이나 판소리와 같은 기층민 기원의 예술양식에서는 양반층의 허위나 횡포를 공공연하게 폭로하고 풍자했다. 도회지의 형성에 따라 상업으로 치부를 해가는 층이 늘어나면서 신분과 부의 갈등 현실이 빈번하게 빚어졌다. 도회지는 날로 번성하여 각종 직업을 지닌 사람들이 모여들게 되면서 도시를 배경으로 하는 새로운 문화가 형성되고 있었다.

이러한 사회변화에 대응하여 양반지식인들의 사고가 다양한 스펙트럼을 형성했는데, 그 가운데 선진적인 양반지식인들은 사회변

---

21 이동환, 「조선후기 한시에 있어서 민요 취향의 대두」, 『한국한문학연구』제3·4 합병호, 한국한문학회, 1979. ; 김흥규, 『조선후기 시경론과 시의식』, 고려대학교 민족문화연구소, 1982.
22 이혜순, 「한국악부연구」, 『이화여자대학교논총』제39집, 이화여자대학교, 1981. ; 이혜순, 「한국악부연구 2」, 『동양학』제12집, 단국대학교 동양학연구소, 1982.

화를 간파하고 나름대로 이에 합당한 사고의 폭을 넓혀 갔다. 그러한 인식의 변화를 보여주는 하나가 양반층이 아닌 다른 층의 삶에 대해 진지하게 바라보는 자세를 지니게 된 것이라고 할 수 있다. 초기에 양반 지식인들이 관심을 보인 층은 대체적으로 예능인과 같이 재주는 있으나 불우했던 인물[23] 등의 소외계층이었다. 그러나 점차 주변에서 이야기 거리로 말해지는 인물이나 보고 겪은 다방면의 인물들로 확산되어갔다. 그리하여 도회지를 중심으로 모여들었던 다양한 직업의 사람들, 상인이나 역관과 같이 새로운 계층으로 성장해 가던 사람들, 여인, 기생 등과 같은 사람들의 사연에 대폭 관심을 보이게 된 것이다.

이와 같이 가사에서 기생의 다양한 형상을 수용할 수 있었던 것은 18세기 양반 지식인의 사고 변화와 '다양한 삶에 대한 관심과 수용'이라고 하는 사회문화적 분위기 속에서 나타날 수 있었다. 가사의 담당층은 소설과 같은 새로운 장르에 익숙하지 않았기 때문에 소설보다는 가사를 통해 그들의 서사적 욕구를 나타냈다. 가사는 관습적 장르이지만 기본적으로 개방적 성격을 지닌 장르이므로 서사적 삶이 수용될 수 있었다. 그리고 가사는 율문양식이면서 자족적·자기 표현적·개인적이기보다 공개적·향촌지향적·집단적인 성격을 지닌다. 따라서 '다양한 삶에 대한 관심과 수용'이라고 하는 사회문화적 분위기 속에서 당시 문학적으로 가장 많이 형상화되었던 인물군, 특히 기생의 삶을 가사에 수용할 수 있었던 것이다.

---

23 임형택, 「18세기 예술사의 시각」, 『이조후기 한문학의 재조명』, 송재소 공저, 창작과 비평사, 1983.

18세기는 인문학적 인간주의와 흥미소를 찾는 상업문화적 성격이 결합됨으로써 기생이나 여승과 같이 사회적으로 소외된 여성들이 양반층의 시각에 포착되고 문학적인 형상화가 이루어진 것으로 보인다. 18세기 연희공간에서 가창된 사설시조 중에는 노골적으로 성을 드러내는 작품이 많다. 그런데 성담론을 드러낸 사설시조에 등장하는 인물은 기생이나 여승과 같은 사회적 약자이자 소외계층의 여성이다.

그러면 상대적으로 보수적 성격을 지닌 18세기 가사문학은 어떠할까? 『海東遺謠』에는 〈승가〉, 〈승답가〉, 〈자답가〉가 '南都事' 작이라는 기록과 함께 실려 있다. 이 가집의 제작연대가 '庚寅仲春望前三日始役'이라고 기록되어 있고, 16·7세기 작품이 집중적으로 실려 있어 1711년으로 추정된 바 있다[24]. 이 가집의 제작연대를 늦춰 잡는다 하더라도 1771년 이후로까지는 가지 않을 것이므로 〈승가〉 연작 가사는 〈상사별곡〉과 더불어 18세기에 향유되었을 것으로 보인다. 그리고 이운영의 〈林川別曲〉도 할아버지와 할머니 사이의 애정사를 다루어 애정가사에 속할 수 있다. 이와 같이 18세기 가사문학은 17세기 경부터 향유된 것으로 보이는 〈상사별곡〉류의 가사가 지속적으로 향유되는 가운데, 〈승가〉 연작 작품이 활발하게 향유되었으며, 〈임천별곡〉과 같은 작품의 창작도 이어졌다. 여기에 기생사를 수용한 〈순창가〉, 〈일동장유가〉, 〈금루사〉 등의 가사 작품도 창작되었다. 따라서

---

24 이혜화, 「해동유요 소재 가사고」, 『국어국문학』 제96호, 국어국문학회, 1986.년. 『전가보장』본의 〈승가〉의 작자는 '남철'로 되어 있다.(이상보, 「남철의 승가」, 『한국고전시가연구·속』, 태학사, 1984) 이로써 〈승가〉 연작의 작자는 '도사' 직을 맡아 했던 '남철'이라고 하는 양반남성임을 알 수 있다.

이들 가사의 작품세계를 통해 볼 때 18세기에 애정가사가 활발하게 창작되고 향유되었을 것이라고 추정하는 것이 가능할 것으로 보인다. 그리하여 작가를 알 수 없는 〈相思陳情夢歌〉, 〈怨恨歌〉, 〈斷腸詞〉, 〈사랑가〉 등의 애정가사도 18세기에 창작되고 향유되었을 것으로 추정할 수 있다. 그렇다고 한다면 18세기 애정가사는 기생, 여승, 늙은이에게 시집 간 젊은 아낙, 과부, 늙은 여성, 노처녀 등과 같이 주로 소외된 여성의 삶을 수용하고 있는 것으로 나타난다. 양반남성이나 일반여성의 애정과 삶이 아닌 소외계층이자 특수계층에 속한 여성의 애정과 삶은 상대적으로 사회적 물의를 일으킬 염려도 없이 다만 흥미로운 소재로 다가갈 수 있었기 때문에 작가의 관심망에 포착될 수 있었다고 보인다.

4. 맺음말

이상 18세기 가사문학에 나타난 기생의 형상과 그 의미를 살펴보았다. 〈순창가〉, 〈일동장유가〉, 〈금루사〉에 나타난 기생의 형상은 다양한 층위를 이루어 당대 기생의 형상을 사실적·집단적·서사적으로 전달한다. 18세기 가사에 나타난 기생의 형상은 모두 양반남성 작가에 의해서 형상화되었다. 18세기 인문학적 인간주의 정신에 따라 양반계층이 아닌 다른 계층의 다양한 삶을 문학화하려 했던 지식인의 사고변화와 흥미로운 소재를 찾는 상업주의적 속성이 결합하여 기생사가 가사화되었던 것이라고 할 수 있다. 그러므로 18세기에 기생, 여승, 늙은이에게 시집 간 젊은 아낙, 과부, 늙은 여성 등과 같이 사회적 약자인 여성의 삶을 수용하는 애정가사가 활발하게 창작되고 향유되었을 것으로 추정된다.

　이 연구에서는 기생의 형상이 나타나는 18세기에 창작된 세 가사 작품만을 대상으로 논의했다. 기생의 삶 뿐만아니라 여승, 늙은이에게 시집 간 젊은 아낙, 과부, 늙은 여성, 노처녀 등과 같이 소외된 여성의 삶을 수용한 다른 가사 작품에 대한 면밀한 검토와 분석이 필요하다. 이러한 가사문학은 일반여성이 창작한 규방가사와 달리 대부분 남성 작가가 창작한 가사 작품인 경우가 대부분일 것이라고 추정한다. 남성 작가에 의해 포착된 여성의 형상은 어떠한지, 그리고 그 의미는 무엇인지를 규명하는 추후의 논의를 기대한다.

조 선 후 기

가 사 문 학

연　　구

제3부

17세기 가사문학

조선후기

가사문학

연　　구

제10장

임란 이후 17세기 우국가사의 전개와 성격

1. 머릿말

17세기 가사문학은 가사문학사에서 전기가사와 후기가사를 이어주는 교량적 역할을 담당하였다. 내용적 측면에서 17세기 가사문학은 가사의 장르적 개방성을 활용하여 다양한 양상을 보였다. 그리고 작가층의 측면에서는 전기가사와 마찬가지로 양반사대부가 주류를 이루고 있는 가운데 향반층이 중요 작가군으로 떠오르고 무명씨도 등장하여 작가층의 신분적 하향화 혹은 가사창작의 보편화라는 후기가사문학의 양상을 예고해 주었다. 이러한 가사문학사적인 중요성에 걸맞게 이 시기 가사문학에 대한 연구는 비교적 활발하게 진행되어왔다. 개별 작품의 발굴 및 소개[1] 이후 17세기 가사문학에 대한

개관이 드러나게 되었다. 17세기 가사문학의 작가층, 선비의식의 본
질을 규명하는 데²까지 연구 성과가 진전되고 있다.

　임진왜란 이후 병자호란을 거치는 17세기의 조선은 역사적 혼란

1　이 연구에서 다루고 있는 가사를 처음 소개한 논문은 다음과 같다. 하성래, 「가사
　　문학의 새 거봉」, 『문학사상』 제8호, 문학사상사, 1973년 5월. ; 박요순, 「정훈과 그
　　의 시가」, 『숭전어문학』 제2집, 숭전대학교, 1973. ; 강전섭, 「청계 강복중의 장가 2
　　편에 대하여」, 『한국시가문학연구』, 대왕사, 1986. ; 이상보, 「작자미상의 시탄사」,
　　『현대문학』 제285, 현대문학사, 1978. ; 이혜화, 「해동유요 소재 가사고」, 『국어국문
　　학』 제96호, 국어국문학회, 1986년 12월.
2　이 연구에서 다루고 있는 가사에 대한 중요 연구성과는 다음과 같다. 정익섭,
　　「16·7세기의 가사문학」, 『국어국문학』 제78호, 국어국문학회, 1978. ; 이상보, 「17
　　세기 가사의 연구」, 『17세기 가사 전집』, 교학연구사, 1987. ; 성범중, 「노계문학의
　　전개양상과 그 의미」, 『국어국문학』 제94호, 국어국문학회, 1985. ; 류해춘, 〈고공
　　가〉〈고공답주인가〉의 작품구조와 현실인식」, 『문학과 언어』 제9집, 문학과언어연
　　구회, 1988. ; 류속영, 「정훈 문학의 현실적 토대와 작가의식」, 『국어국문학지』 제35
　　집, 문창어문학회, 1988. ; 라병호, 「정훈 박인로의 시가 대비연구」, 한남대학교 박
　　사학위논문, 1989. ; 유해춘, 「17세기 가사에 나타난 선비의 성격변화」, 『문학과 언
　　어』 제12집, 1991. ; 한창훈, 「박인로 정훈 시가의 현실인식과 지향」, 고려대학교 석
　　사학위 논문, 1993. ; 한창훈, 「강복중의 가사와 향반의식」, 『한국가사문학연구』,
　　상산정재호박사 화갑기념논총 간행위원회, 태학사, 1995. ; 김문기, 「정훈의 〈우희
　　국사가〉 고찰」, 『국어교육연구』 제31집, 국어교육학회, 1999. ; 최상은, 「정훈 가사
　　에 나타난 가문의식과 문학적 형상」, 『한민족어문학』 제45집, 한민족어문학회,
　　2004. ; 김정석, 「17세기 전반기 가사에 나타난 현실과 그 인식」, 『국학연구』 제7집,
　　한국국학진흥원, 2005. ; 강경호, 「정훈 시가에 반영된 현실인식과 문학적 형상 재
　　고」, 『한민족어문학』 제49집, 한민족어문학회, 2006. ; 이승남, 「정훈 가사에 나타
　　난 이념과 현실의 정서적 형상화-〈성주중흥가〉〈탄궁가〉〈우활가〉를 중심으로」,
　　『한국사상과문화』 제44집, 한국사상문화학회, 2008. ; 류해춘, 「16, 17세기 사대부
　　가사의 세계관」, 『국제언어문학』 제20집, 국제언어문학회, 2009. ; 최홍원, 「정훈
　　시가 다기성에 대한 시학적 이해」, 『국어국문학』 제159집, 국어국문학회, 2011. ; 이
　　금희, 「임진 전쟁기의 문학적 형상화-〈용사음〉과 〈태평사〉 비교」, 『국학연구논총』
　　제12집, 택민국학연구원, 2013. ; 이상원, 「17세기 남원의 시가문학: 광해혼조에 대
　　한 문학적 대응을 중심으로」, 『동아시아고학회』 제35집, 동아시아고대학회, 2014. ;
　　박이정, 「17세기 전반기 가사문학 연구」, 서울대학교 대학원 박사학위논문, 2015. ;
　　한창훈, 「계해반정에 대한 향반층의 문학적 대응-정훈, 강복중을 중심으로」, 『고
　　전문학연구』 제47집, 한국고전문학회, 2015. ; 이재준, 「전란가사에 나타난 두 가지
　　세계인식」, 『온지논총』 제44집, 온지학회, 2015.

기라고 할 수 있다. 7년간에 걸친 왜적과의 전쟁, 광해군의 폭정과 인조반정, 병자호란과 인조의 항복, 치열한 당파싸움 등으로 점철된 이 시기 조선의 역사 · 사회 현실은 당대 조선인에게 엄청난 시련으로 다가왔다. 그리고 우리 역사에서 유래 없는 두 번의 전쟁을 겪고 난 당대의 지식인은 팽배해진 민족적 위기의식 안에서 통렬하게 자신을 반성하며 비판적 현실을 문제 삼기 시작했다.

임란 이후 가사문학사에서는 이러한 역사 · 정치·사회의 현실을 문제 삼는 일군의 가사작품들이 등장하게 된다. 崔睍의 〈明月吟〉과 〈龍蛇吟〉, 許㙉의 〈雇工歌〉, 李元翼의 〈雇工答主人歌〉, 朴仁老의 〈太平詞〉와 〈船上歎〉, 趙緯韓의 〈流民歎〉, 鄭勳의 〈慰流民歌〉〈聖主中興歌〉〈憂喜國事歌〉, 무명씨의 〈丙子亂離歌〉, 姜復中의 〈爲君爲親痛哭歌〉, 무명씨의 〈時歎詞〉 등이 그것이다. 이 가사작품들은 기존의 가사문학 전통을 이어 나가는 가운데 당대의 역사 · 정치·사회의 현실을 문제 삼으면서 다양한 양상으로 전개되었다. 이 가사작품들이 한 유형으로 간단히 묶어낼 수 없는 복잡한 문학세계를 지니고 있지만, 이 가사작품들은 모두 임진왜란 이후의 혼란스러운 역사 · 정치·사회의 상황 속에서 그 현실을 마주하고 나라를 걱정하는 '憂國'의 주제를 지니고 있다는 점에서 憂國歌辭라 유형화할 수 있다.

17세기에 우국가사가 집중적으로 창작된 것은 임진왜란과 병자호란이라는 객관적 역사가 직접적으로 작용했기 때문이다. 양란에 이어 극심한 당쟁의 정치현실이 전개됨으로써 민족적 위기감이 팽배해진 것이 직접적인 동인으로 작용했다. 그런데 우국가사의 내용을 자세히 살펴보면 당대 지식인인 사림의 선비의식과 공론문화가

317

바탕으로 깔려 있어 우국가사 창작의 간접적인 동인으로 작용한 것을 알 수 있다. 우국가사가 창작될 수 있었던 배경으로 사림의 선비의식과 공론문화를 살펴볼 필요성이 있다.

특히 가사문학사의 전개에는 현실비판가사, 의병가사, 개화가사, 만주망명가사 등과 같이 역사·사회의 현실에 당대인이 직접적으로 대응한 가사유형이 있다. 우국가사는 일정한 시기에 집중적으로 창작되어 가사문학사에서 역사·사회 현실에 대응한 최초의 가사유형이라고 할 수 있다. 이러한 역사·사회 현실에 대응한 가사 유형이 가사문학사에서 한 흐름을 형성하고 있다면 각 유형의 담당층과 현실인식이 어떻게 변화되는지를 규명하는 일은 봉건사회의 해체과정과 근대사회로의 이행과정을 살피는 데 있어서 중요한 근거를 제공해 줄 수 있다. 우국가사는 17세기의 역사적 특수성을 가장 잘 반영한 유형으로 가사문학사적 흐름을 파악하기 위해서도 이에 대한 면밀한 분석과 검토가 필요하다고 하겠다.

이 연구의 목적은 17세기 우국가사 작품을 분석하여 그 성격을 살피고 우국가사의 가사문학사적 의의를 규명하는 데 있다. 그리하여 먼저 2장에서는 우국가사가 창작될 수 있었던 당대의 시대정신으로 사림의 선비의식과 공론문화에 대하여 살펴본다. 17세기 우국가사는 작가층의 면에서 한 가지 특징이 드러난다. 시기적으로 후대에 올수록 작가의 사회적 신분이 하향하고 있는 현상을 보이는데 인조반정 이후에는 작가가 향반층으로 한정되어 나타난다. 따라서 17세기 우국가사를 인조반정을 기점으로 크게 둘로 나누어 임진왜란과 광해군 폭정기까지의 작품을 제1기의 우국가사로, 인조반정, 병자호란기, 그리고 당쟁의 심화기까지의 작품을 제2기 우국가사로 다루고자 한다. 그리하여 3장에서는 제1기 우국가사의 작품세계를 분석하고 그 성격을 밝힌다. 4장에서는 제2기 우국가사의 작품세계를 분석하고 그 성격을 밝힌다. 마지막으로 5장에서는 앞의 논의를 바탕으로 17세기 우국가사의 가사문학사적 의의를 규명하고자 한다.

2. 士林의 선비의식과 公論문화

조선 중기의 정치는 사림정치의 정착으로 특징화할 수 있다. 사림은 당대의 '독서인' 즉 지식인계층이었다. 이들은 정치권력이나 세속적 가치를 멀리하고 학문과 덕행을 쌓아올림으로써 윤리적으로 자신의 완성을 꾀했다. 그리고 만약 經世의 기회가 자신에게 주어지면 나라와 백성들에게 헌신적으로 봉사해야 한다는 실천적 의지를 지니고 있었다. 이들은 조정에 있던지 野에 있던지 간에 항상 정의롭지 못함과 불합리한 점을 지적하고, 나아가 현실적인 대안을 제시하는 것을 그들의 중요한 의무로 생각하고 있었다. 사림은 公論의 형성을 중요한 지식인의 기능으로 삼게 된 것이다[3].

마음으로는 옛날의 法道를 사모하고 몸으로는 儒家의 행실을 실천에 옮기고 입으로는 法言(바른 法理로 법도가 올바로 되게 하는 말)을

---

3 이상희, 「이율곡의 커뮤니케이션 사상」, 『신문연구소학보』제17집, 서울대학교 신문연구소, 1980. pp.18~19.

말함으로써 公論을 유지하는 자를 士林이라고 하옵니다. 사림이 조정
에 있어서 사업(정책수행)에 베풀어지면 나라가 잘 다스려지고, 사림
이 조정에 없어서 空言에 붙여지면 나라가 어지러워지옵니다. 〈玉堂陳
時弊疏〉[4]

위에서 이율곡은 사림에 대해 정의했다. 마음으로는 법도를 사모
하고, 몸으로는 유가의 행실을 실천하고, 입으로는 법도에 맞는 말
을 함으로써 '공론'을 유지하는 자가 사림이라는 것이다. 사림의 궁
극적인 의무는 '공론'의 형성에 있음을 이율곡은 그 개념 정의로 보
여주고 있는 것이다. '공론'의 형성을 사림의 책임과 의무로 생각했
던 이율곡의 생각은 사림의 정계진출이 완성된 조선중기 이후에도
사림들 사이에서 여전히 유지되었다. 성리학적 이념으로 무장한 사
림은 개인적 修己의 측면에서든 爲民意識이라는 治人의 측면에서든
도덕적이고 윤리적인 것을 이상으로 한다. '正道'에 대한 강한 신념
이 있었으므로 공론의 형성과 전달에도 자신감을 지니고 있었다. 나
라의 현실이나 국정에서 전개된 상황에 대한 여론을 수용하여 그것
을 공론이라는 용어로 전달했다. 공론의 전달은 당대의 정치 구도
속에서 당장은 받아 들여지지 않은 경우도 많았지만 역사적으로 사
필귀정의 단서로 작용하였다.

공론의 형성을 위해 사림은 향촌에 은거하든 벼슬에 나아가든 국
정에 대한 관심을 끊임없이 견지하고 있었으며, 민심의 소재에 귀를

---

4 앞의 논문, p.19에서 재인용.

기울이고자 했다. 국왕의 善治를 이끌어내기 위해서 신하는 백성의 요구를 잘 전달해야 하는 도리를 저버리면 안된다고 생각하였다. 역사적, 정치적, 사회적 사건에 대한 백성들의 생각이 어디에 머무는지를 구중궁궐에 있는 왕은 알아야 하는데, 그것을 담당하는 책임이 선비인 자신들에게 있다고 추호도 의심하지 않았다. 언로(言路)는 궁극적으로 왕과 백성들 사이의 의사 소통이고 신하는 그것을 전달해주는 충실한 역할을 담당해야 한다는 것이다. 그러나 민심의 향방이라고 하는 것은 사림들 자신의 것이 되는 경향성을 피하지 못했다. 민심이라는 명분 하에 공론은 끊임없이 형성되고 조선의 역사를 이끌어 갔지만, 기본적으로는 양반층의 공론으로 조성되었다. 그렇기 때문에 기득권층인 그들의 이해 범주를 넘어서는 민심의 진정한 수렴은 요원한 것이기도 하였다. 당쟁은 사림이 각기 민심을 진정으로 수렴하지 않은 채 자신들의 공론을 형성하는 와중에서 심화된 것이라고 할 수 있다.

각 향촌사회에는 政事에서 소외된 士林들이 포진하고 이들이 향반을 형성했다. 당쟁에서 소외되거나 그 경쟁을 피해 향촌에서 지내는 향반의 경우, 비록 벼슬에 나아가지는 않았지만 자신들의 자아 정체감은 학문하는 자로서 옳은 것을 지키고 실천하는 선비의식에 있었다. 그리하여 이들도 학문을 하며 修身하는 일을 게을리 하지 않으면서 조정에서 벌어지는 일에 대한 옳고 그름의 가치를 분명히 하여 공론에 참여하였다. 향반은 중앙 사림 내지 혈연·학연·지연으로 맺어진 사림과의 끊임없는 교유를 통해 정국의 추이를 주시하는 것을 게을리 하지 않았다. 국정에 대한 관심을 지속하는 것으로 상민과

다른 사인(士人)의 자의식을 유지할 수도 있었다. 비록 벼슬에 나아
가 신하로서 공을 세우지는 못할지라도 公論에 동참함으로써 백성
을 위하고 사직을 염려하는 신자(臣者)의 도(道)를 잊지 않으려 하
였다.

공론의 형성과 전달을 가장 직접적이고 효율적으로 행할 수 있는
양식은 상소문일 것이다. 그런데 가사는 언문의 장형시가양식으로
작가가 자신과 교유하는 당대 지식인과의 소통을 위해 창작한 경우
도 있겠지만, 문중의 아이나 여성 혹은 학동 등과 같이 아랫사람과
의 소통을 위해 창작하는 경우가 많았다. 이렇게 가사는 작가의 창
작이 이루어진 후 이것이 전승되어 대부분 음영이나 낭송으로 반복
적으로 향유되는 과정을 겪는다. 이러한 가사의 존재양식 상의 특성
으로 인하여 가사는 공론을 형성하고 전달하는 기능을 효율적으로
수행할 수 있다. 상소가 공론을 위로 전달하는 양식이라면 가사는
공론을 수평으로, 아래로 전달할 수 있는 양식인 것이다. 이렇게 가
사는 언문의 장편시가양식이라는 점에서 작가가 전달하고 싶은 공
론을 확산시키는 데 매우 유효한 장르였다고 할 수 있다. 우국가사
의 작가들도 가사를 창작한 배경에 공론에 대한 의식을 지니고 있었
음을 다음의 구절은 보여준다.

世上 公論의 뉘를 더타 議論ᄒ고 〈위군위친통곡가〉

儒林이 極盛ᄒ야 士論이 도라시니 / --- / 田園의 기친 몸이 議論 안일
일이로ᄃᆡ 〈시탄사〉

니 무움 둘 디 업셔 歌辭를 製作ᄒ니 / 正大 君子는 다 올타 ᄒ니만는
/ 엇더타 蔽日浮雲類는 이도 외ᄃ ᄒᄂ다〈水月亭淸興歌〉

〈위군위친통곡가〉에서 강복중은 "世上 公論"을 말하고 있으며, 〈시탄사〉의 작가는 "儒林"의 "士論"을 말하고 있다. 이러한 두 가사 작품의 구절을 볼 때 작가가 공론을 형성하고자 하는 의도로 가사를 창작한 것임을 짐작할 수 있다. 마지막의 〈수월정청흥가〉는 강복중이 지은 시조로 자신이 지은 歌辭에 대해 읊은 것이다. 자신이 가사를 지었는데, '공명정대한 군자들은 다 옳다고 하는데 왕의 총명을 가리는 간신(해를 가리는 구름과 같은 부류의 사람들)들은 어찌하여 이것을 그르다고 하느냐'는 내용이다. 가사를 두고 '옳다', '그르다' 하는 사람들이 있다고 하는 것으로 보아 가사의 창작이 공론의 형성을 의도한 것임을 알 수 있으며, 가사의 감상과 향유도 가사에서 공론으로 내세우고 있는 것에 대해 옳고 그름을 판단하는 차원에서 행해졌음을 알 수 있다.

3. 제1기 우국가사의 전개양상과 성격 : 위기의식과 지식인의 각성

1) 작품세계

최현의 〈명월음〉과 〈용사음〉은 임진왜란의 충격을 담았다. 〈명월음〉은 몽진 길에 나선 선조 임금을 구름에 가린 달에 비유하여 밝은

달의 광채가 다시 살아날 것을 갈구하는 우국가사이다. 달이 구름에 가려져 천지사방에 갈 길을 모르고 있는 현실에 대한 우울한 심사와 우국의 의지가 격정적이고 비장하게 표출되어 있다. 그러나 임란의 현실을 바라보는 작가의 시각은 聖王으로서 왕의 존재를 인식해야 했기 때문에 희망을 잃지 않고 있다. "서의흔 이내 뜻이 혜ᄂ니 허사 로다/ ᄀ득 시름 한 딕 긴 밤이 어도록고/ 輾轉反側ᄒ여 다시곰 싱각 ᄒ니/ 盈虛消長이 天地도 無窮ᄒ니/ 風雲이 變化흔들 本色이 어딕 가 료/ 우리도 丹心을 직히여 明月 볼 날 기ᄃ리노라"라고 하여 풍운이 변화하여도 밝은 달이 언젠가 떠오르듯이 이 불안한 시국도 곧 가실 것이라는 낙관론을 내비치고 있다.

〈용사음〉은 龍과 蛇의 해, 즉 1592년과 1593년 두 해의 사건을 읊은 가사이다. 왜구가 침입하기 직전의 부패상, 왜구가 침입할 당시의 조정현실, 왜구가 상륙한 후 관군의 패배상과 경상·충청·경기도의 함락, 三京 함락, 왕의 몽진, 의병의 활약상, 능침사건, 明軍의 來援, 삼도 수복, 계사년 봄 전염병의 만연과 백성의 참상 등을 차례로 서술했다. 전란의 경과에 맞추어 벌어진 사실을 서술하여 기록성을 특징적으로 보인다. 이러한 기록성은 임진왜란에 대한 증언의식과 이왕에 벌어진 사건을 사실 그대로 보여줌으로써 역사적 책임 소재가 어디에 있는지 따지고자 하는 현실비판의식에서 비롯되었다.

〈용사음〉은 명군의 원조 부분도 서술하고 있지만 전체 기술에서 차지하는 비중이 매우 적으며, 의병의 활약에 대한 서술을 비중 있게 다루었다. 그리고 의병의 활약상을 부각함과 동시에 지방관들의 부패와 태만을 강조함으로써 충격적 역사를 경험한 선비의 자기 각성과 반성을 보여준다. 한편, 이 가사는 가사문학사에서 민생에 대한 지향을 처음 보여주고 있다는 점에서 주목된다.

> 니됴흔 守令들 너흐ᄂ니 百姓이요 / 톱됴흔 邊將들 허위ᄂ니 軍士로다 / 財貨로 성을ᄊ니 萬丈을 뉘너모며 / 膏血로 히지푸니 千尺을 뉘건너료

> 兵連 不解ᄒ야 殺氣 干天ᄒ니 / 아야라 남은사룸 여疫의 다죽거다 / 防禦란 뉘ᄒ거든 밧트란 뉘갈려뇨 / 父子도 相離ᄒ니 兄弟를 도라보며 / 兄弟를 ᄇ리거든 妻妾을 保全ᄒ랴 / 蓬藁 遍野ᄒ니 어드메만 내故鄕고

앞에 인용한 구절은 전란 직전에 수령과 변장들의 탐학을 비판하는 대목이다. 수령과 변장이 '니'와 '톱'으로 백성과 군사를 괴롭혔다고 하고, 부정축재한 재화로 성을 쌓았으며 백성의 고혈로 해자를 팠으니 누가 이 성을 넘을 수 있었겠느냐고 했다. 반어적 상황을 표현하여 있을 수 없는 수령과 변장의 탐학 행위를 강조했으며, 도탄에 빠진 백성과 군사의 집단적 피폐 현실을 여실히 드러냈다. 다음 인용구는 계사년 봄 기근에 의한 백성들의 참상을 서술한 대목이다. 이렇게 전쟁의 참상을 백성의 측면에서 기술하여 민생에 대한 지향을 보여준 것은 이전의 가사작품에서는 찾아볼 수 없었던 면모이다. 당대 지식인에게 임진왜란은 역사적 충격이었다. 그리하여 지배층의 무능함을 목도하게 됨으로써 선비로서의 반성적 시각이 발로되었다고 할 수 있다. 역사적 사건을 바라보는 선비의 비판적 성찰이

민생에 대한 지향을 가져온 것이다.

〈고공가〉와 〈고공답주인가〉는 임금과 신하를 주인과 머슴으로 비유해서 머슴들의 각성을 촉구한 가사이다. 머슴들이 가뜩이나 왜의 침입을 받아 가산을 탕진한 집에서 "밥사발 크나 쟈그나"만 다투고 "플치거니 밋치거니 할거니 돕거니" 하는 행태를 보이며 "밥 먹고 단기면서 영나모 孝子 아리 낫줌만" 잔다고 하여 신하들을 신랄하게 비판했다. 그리고 한마음 한뜻으로 집안일을 맡아해 무너진 집을 일으켜 세우자고 훈계하여 신하의 각성을 촉구했다. 신하의 할 일을 밭 갈고 호미 씻고 기둥 세우는 일에 비유함으로써 현실에 기초한 해결책을 모색하는 선비의 각성을 보여준다. 〈고공가〉와 비교하여 〈고공답주인가〉는 현실비판의 강도가 더 세게 나타난다. 이러한 점은 왕에 대해 훈계하는 부분에서 잘 드러난다.

> 이집 이리되기 뉘타시라 홀셔이고 / 헴없는 죵의일은 뭇도아니 ᄒ려니와 / 도로혀 혜여ᄒ니 마누라 타시로다 / 닉향것 외다ᄒ기 죵의죄 만컨마ᄂ / 그러타 뉘을보려 민망ᄒ야 숨ᄂ이다 / 숫쇼기 마르시고 내 말슴 드로소셔 / 집일을 곳치거든 죵들을 휘오시고 / 죵들을 휘오거든 賞罰을 볼키시고 / 賞罰을 발키거든 어른죵을 미드쇼셔 / 진실노 이리 ᄒ시면 家道절노 닐니이다

허전의 〈고공가〉에서는 주인이 옷밥만 다투고 있는 머슴들에게 쓰러진 집의 재건을 위해 부지런히 힘써야 하지 않겠느냐고 하여 신하의 반성을 촉구하는 선에 머물렀다. 이원익은 이 가사를 받아 어

른 종으로서 집안의 종들과 주인에게 말하는 〈고공답주인가〉를 쓴 것이다. 위에 인용한 구절에서 드러나는 바와 같이 이원익은 일이 이렇게 된 것은 마누라(임금) 탓이라고 일침을 놓았다. 뒤이어 마누라에게 종들을 휘어잡고 상벌을 분명히 하며 어른 종을 믿으라고 충고를 하였다. 어른 종이 당당하게 주인마누라를 향해 집안(나라)을 단속하는 원칙을 설파하고 있는 것이다. 당시 마누라(임금)가 새끼만 꼬고 앉아 있다고 하여, 임진왜란 당시의 대응과 그 이후의 재건에 무능한 선조를 대놓고 형상화했다. 여기서 마누라로 설정된 왕은 관념적인 성군의 모습이 아니라 구체적·현실적인 治者의 모습을 띤다. 이전의 가사문학에서 보이던 절대적인 성군의 왕이 아니어서 왕의 권위는 상대적으로 하락한 모습으로 나타난다.

여기에서 주목되는 점은 당대의 역사적·정치적 상황을 비유로서 나타내고 있는 형상성이다. 조선전기 가사문학에서는 작품의 전체에 걸쳐 나타나는 비유는 임금을 임이나 달에 비유하는 것 정도에 그쳐 관념적인 성격을 지녔다. 이들 가사에서는 구체적이고 현실적인 물건이나 인물을 동원한 비유를 통해 당대의 역사적·정치적 상황을 표현했다. 임진왜란을 겪으면서 역사에 대한 총체적인 위기의식과 지배층의 자기반성이 과감한 비유까지 도입하게 만든 것이라고 할 수 있다.

박인로의 〈태평사〉와 〈선상탄〉은 각각 임진왜란이 끝나갈 즈음인 1598년과 전란의 충격이 아직 가시지 않은 1605년에 水軍들을 위하여 지은 것이다. 전장이라는 실재 현실과 가장 근접해 있었던 한 武班의 우국 심정이 武人다운 웅장함으로 표현되어 있다. 〈태평사〉는 수병으로 종군해 있는 작가의 처지에 따라 시국의 중대함을 역설하고 병사들의 사기를 진작하고자 하는 의도로 지어졌다. 태평세가 되니 흥에 겨워 "手之舞之 足之蹈之 절노절노 즐"겁다고 하면서도 하나님을 향해 전쟁이 없는 태평세가 영원하게 해달라고 기원하는 마지막 구절에 이르면 비장감을 갖춘다. 그리고 태평세의 도래를 "上帝聖德과 吾王 沛澤이 遠近 업시 미쳐시니"라고 표현하는 데서 알 수 있듯이 숭명사상이 철저하게 나타난다. 〈선상탄〉은 작가가 통주사로 부산에 내려가 왜적을 방비하는 진영에서 읊은 가사이다. 배를 만든 진시황을 탓하기도 하고, 배를 타고 음풍농월해야 하는데 전란의 위협 속에서 창과 칼을 들고 있어야 함을 한탄하기도 하면서, 오랑캐를 어서 물리쳐 태평세를 맞이했으면 좋겠다고 하였다. 이 가사의 작품세계는 한편으로 왜에 대한 적개심과 평화의 갈구를 표현하여 비장함을 보여주고 있지만, 한편으로는 배의 연원을 따진다든가 배를 타고 전쟁을 할 것이 아니라 음풍농월하며 놀아야 한다든가 하여 비장함이 약화되고 있어 불균형을 이룬다.

조위한의 〈유민탄〉과 정훈의 〈위유민가〉는 가사가 전하지 않는 작품이다. 그러나 관계기록[5]에 의하면 이 가사는 민생에 대한 지향을 담고 있는 가사라는 중요한 의의를 지닌다. 〈유민탄〉은 광해군대의 번거로운 정치현실과 부세에 시달리는 백성들의 참상을 담고 있다고 한다. 〈위유민가〉는 정훈이 조위한이 쓴 〈유민탄〉을 보고 감동하

---

5 "流民歎玄谷趙緯韓所製備述昏朝政令之煩列邑徵斂之酷"(『순오지』하권).
"見趙玄谷流民歎卽作慰流民歌以悲之"(《수남방옹가장행적》). 하성래, 앞의 논문, p.420.

여 이에 화답해서 지은 가사라고 한다. 후대사가의 평가에 의하면 광해군은 성실하고 과단성 있게 정사를 처리하였지만 대북파의 장막에 가려서 판단이 흐려지고 인재 기용의 파당성을 초래하였다고 한다. 따라서 광해군조에 정권을 쥐고 있었던 대북파 외의 대부분 선비들은 광해군을 비판하였고, 이것이 향반들 전체에 확산되어 民心으로 존재해 있었다. 당대에 백성에 대한 가렴주구가 어느 정도로 심각했었는지 알 수 없으나 광해군에 대한 비판의 명분으로 가렴주구 현실에 대한 비판과 위민의식을 전면으로 부각시킨 것이 아닌가 한다. 조선사회를 통틀어 왕의 권위에 대한 도전이 가능했던 시기는 중종반정과 인조반정 시기에 국한한다. 왕의 권위가 선비들로부터 도전을 받는 시기에 신랄한 현실비판과 민중사실의 수용이 가능했던 것으로 보인다.

2) 제1기 우국가사의 성격

제1기의 우국가사는 다양한 내용과 문체를 지니고 있는 것으로 나타난다. 전란의 과정 속에서 여실히 드러난 지배층을 비판하고, 목민관의 무능과 탐학으로 이중 삼중의 고난을 겪어야 했던 백성들의 참상을 드러내주고, 나라가 위기에 처한 초유의 상황에서 조정 신하들의 할 일을 호소하고, 실재 전란의 상황에 필요하여 군사들의 사기를 고취시키기도 하였다. 숭명사상이 전란을 통해 확립된 가운데서도 의병의 활약을 보다 평가하여 역사에 대한 주체적인 인식을 나타내기도 하였다. 혼란스러운 역사 상황에서 무능을 여실히 노정한 왕에 대해서는 민생의 차원에서 비판을 서슴지 않는 등 왕에 대한 도전적인 비판세계도 내보였다. 한편 문체적 측면에서도 작품 전체에 구체적인 물건이나 인물을 동원한 비유를 쓰기도 했으며, 화답가의 양식을 실험하는 등 새로운 면모를 나타내었다.

　제1기의 우국가사의 작가는 모두 양반층으로 드러난다. 최현은 문과에 급제하여 예문관 검열, 사간원 正言, 경성판관, 홍문관 수찬 등을 역임한 문신이다. 허전은 『芝峯類說』에 '進士로서 武科에 오른 사람'6이라고만 되어 있어 행적은 알 수 없으나 가사를 창작하고 향유하는 자리에 참석하고 또 당대의 名臣인 이원익의 답가를 받아 낼 수 있었던 점 등으로 비추어 문학적 재능을 지니고 있었던 武班으로 보인다. 이원익은 임진왜란 때는 扈聖功臣으로 完平府院君에 봉해지고 인조 때엔 영의정을 지낸 현달한 문신이다. 박인로는 무과에 급제하여 助羅浦 萬戶라는 벼슬까지 한 무반이었다가 낙향한 후에는 향반으로 지냈다. 조위한은 문과를 거쳐 동부승지, 직제학, 공조참판, 지중추부사를 역임한 현달한 문신이다. 정훈은 6대조가 병조판서를 지내기까지 한 양반의 후예이나 정상적인 修學의 기회를 얻지 못하고 과거에도 오르지 못한 鄕班이다. 이렇게 제1기 우국가사의 작가는 양반층이면서 사대부(최현, 이원익, 조위한)를 중심으로 무반(박인로, 허전)7과 향반(정훈)이 고르게 들어가 있음을 알 수 있다.

6　"俗傳雇工歌 爲先王御製 盛行於世 李完平元翼 又作雇工答主人歌 然余聞 非御製 乃許전所作而時俗誤傳云 許전以進士登武科者也"(『芝峯類說』).

7　박인로는 가사를 창작한 당시에는 무반이었으나 武職을 그만 둔 후에는 향반으로 지냈다. 허전은 진사로서 무과 급제자라 했는데 박인로와 같은 경로의 삶을 살았을 가능성이 많다. 따라서 가사창작 당시에는 무반으로 분류하지만 크게 보아 향

그런데 가사의 내용면에서 볼 때 상식적인 이해와는 대조적으로 현달한 문신에 해당하는 작가의 작품에서 강도 높고 직접적인 현실 비판의 세계를 발견할 수 있다. 〈고공답주인가〉에서는 왕에 대한 신하의 신랄한 충고가 있기까지 하였다. 조위한은 〈유민탄〉에서 '昏朝의 번거로운 정치와 列邑의 혹독한 賦稅를 개탄하여 그 정경을 자세히 엮어 놓았다'고 했으므로 광해군을 겨냥하여 직접적으로 비판한 것으로 보인다. 최현의 〈용사음〉에서는 명군보다는 의병의 활동에 보다 역점을 두었으며, 관료대신들의 행위를 적극적으로 비판하고 있다. 결국 현달한 사대부인 이원익, 조위한, 최현 등의 가사작품이 현실비판의 강도가 강하고 자기반성적 측면이 강하게 나타남을 알 수 있다. 이에 반해 무반과 향반층의 우국가사는 상대적으로 현실비판의 강도가 약하며 명분에 충실한 것으로 나타난다. 〈고공답주인가〉가 왕에 대한 신랄한 충고로까지 나아가는 데 비해 〈고공가〉는 현실에 대한 비판 강도가 작다고 할 수 있다. 〈용사음〉에서 의병의 활약에 비중을 더 두어 서술한 데 비해 〈태평사〉에서는 명군의 활약에 비중을 두어 숭명사상을 여실히 드러냈다.

이와 같이 17세기 우국가사에서는 대신관료들에 대한 비판, 민생의 지향, 그리고 성역으로 여겨지던 왕에 대한 충고와 비판이 펼쳐졌다. 이러한 작품세계는 일차적으로는 임진왜란기와 광해군 조를 겪으면서 상대적으로 왕의 권위가 추락한 데에서 기인한 것이라고 할 수 있다. 선조의 신의주 몽진은 왕의 무능력을 만천하에 드러내

반에 속하는 층이다.

보인 것이었으며, 다음으로 등극한 광해군은 권력 자체의 정통성을 인정받지 못한 채 흔들리고 있었다. 그러나 무엇보다도 국난으로 인해 민족적 위기의식과 우국의지가 충만하게 됨으로써 사회적 신분의 상하를 막론하고 현실비판적인 자세를 지닐 수 있었던 데에서 기인한 것이다. 당대 지식인은 오랑캐라 천시 여기던 왜에게 침략을 당한 것을 치욕적으로 인식했다. 그리하여 나라의 안존에 대한 총체적 위기의식이 팽배해졌고, 이러한 총체적 위기의식을 바탕으로 뼈저리게 자기를 반성하여 현실비판의식을 지닐 수 있었다. 당대 지식인층의 자기 각성과 반성에 의한 비판의식은 폭군으로 비치던 광해군에 이르러 최고조에 달했던 것이다.

4. 제2기 우국가사의 전개양상과 성격 : 향반의 우국적 관심

1) 작품세계

재야선비들의 비판의 대상이었던 광해군을 축출한 인조반정으로 정국은 다시 왕의 정통성을 회복했다. 그리하여 인조반정 이후의 17세기는 정국의 보수적인 안정성이 공고하게 유지되던 시기였다. 인조반정에 대한 선비의 대응은 정훈의 〈성주중흥가〉로 나타난다. 광해군 대에 〈위유민가〉를 지은 바 있는 정훈이 인조반정의 소식을 듣고 미친듯이 기뻐하여 지은 가사라고 한다. 광해군의 학정에 시달리다 밝은 세상을 만난 기쁨을 서술한 데 이어 인조를 향한 기원과 축원을 덧붙였다.

여ᄋᆞᆷ 虎狼이 城闕의 ᄀᆞ득ᄒᆞ니 / 하늘이 놉다ᄒᆞᆫ둘 몸을곳게 니러셔며 / ᄯᅡ히 두터운둘 발울편히 드딀런가 / 天命을 굿게너겨 그대도록 嬌泰ᄒᆞᆯ샤 / 天常을 모ᄅᆞ거든 하늘을 고일소냐 / 邦本을 흐늘거든 百姓이 조츨런가 / 宮闕을 만히딧다 몃間의 살고마ᄂᆞᆫ / 無辜ᄒᆞᆫ 窮民을 그대도록 보챌셰고 / 八方 貢膳을 얼마먹고 니블거슬 / 벼슬ᄑᆞ라 銀뫼화 어듸두로 싸하시며 / 私進上 바다드려 므어싀 다ᄡᅳ던고 / 우희 그러커든 아래히 긔자ᄒᆞᆯ가

위에서 광해군의 폭정에 대한 선비의 울분이 위민의식을 바탕으로 토로되어 있다. 광해군과 그를 따르던 조정신하를 '여우, 삵, 호랑이'로 비유했다. 이들이 무고한 백성을 쥐어짜 각종 진상품을 받아들이고 벼슬을 팔아 부정축재를 일삼았다고 했다. 이렇게 정훈은 광해군의 폭정과 위민의식을 명분으로 내세워 반정의 정당성을 확보하고자 했다. 정훈이 반정세력인 서인과 직접적인 연관관계를 맺고 있었던 것은 아닌 것으로 보인다. 그러나 대다수 재야사림은 북인의 독점정국에서 소외되어 있었으며, 이들의 일반적인 공론은 반광해군이었기 때문에 정훈도 향반으로서 재야사림의 일반적인 공론을 견지하고 있었던 것으로 보인다. '위민'이라는 유자적 명분을 강력히 제시하면서 인조반정이 '正道'의 회복임을 주장하고 인조에 대해 전폭적인 지지를 보낸 이후 당대 지식인은 체제순응적인 신하의 자세를 확립하고 보수화하는 경향으로 나아간 것으로 보인다.

인조반정에 의한 조선의 안정은 얼마가지 않았다. 이번에는 병자호란이 일어난 것이다. 다시 우국가사가 출현하는데, 정훈의 〈우희국사가〉는 1583년부터 1637년까지 일어났던 국사[8]에 대해 작가 개인의 심정과 평가를 덧붙여 읊은 장편가사이다. 지금은 『慶州鄭氏世稿』에 한역된 것만 전하며 원가사의 漢譯이 註를 포함해 15쪽 반이나 된다. 작자가 살아가면서 겪었던 역사적 사건을 서술했는데, 임진왜란 이전의 胡와 倭의 침범, 임진왜란, 선조의 승하, 광해군의 폭정, 정묘호란, 병자호란을 차례로 읊었다. 3학사의 사건에서 서술이 끝나고 있는 것으로 보아 병자호란의 와중에서 우국의 심정으로 기왕의 사건을 기록하고자 한 것임을 알 수 있다[9]. 인조반정에 대한 기술은 따로 없는데, 아마도 〈성주중흥가〉와의 중복 서술을 피하려 했던 것이 아닐까 추측이 된다. 임진왜란에 대한 서술이 상대적으로 많은데 임진왜란에 대한 마지막 서술을 인용하면 다음과 같다.

지금 와 생각하니 天朝(중국)의 은덕이 아니었다면 우리의 山川과 百姓이 오랑캐의 것이 되었으리라. 망극한 황은을 생각하고 보복코자 하여 비분강개 하노라[10]

---

8 제목 밑에 細字로 다음과 같은 기록이 있다. "自萬曆癸未至崇禎丁丑 節節忠梱瀉出腔血 眞所謂痛哭之甚也"

9 가사의 서두를 다음과 같이 읊고 있다. "茅簷永夜 寤言獨坐 念古想今 悲矣亂矣 笑矣 事多且多 如夢消息. 後生知之耶" 다사다난했던 옛일을 후생들에게 알리기 위해 가사를 지었음을 알 수 있다. 정훈이 지은 한역가사의 원문에 주석자는 친절히 어느 사건이고 누구를 말하는지 자세히 기록하고 있는데 이러한 것도 증언의식을 바탕으로 한다.

10 "從今思之 如非天朝恩德 我國山川民物 幾乎盡爲夷翟 罔極皇恩思. 欲報復慷慨"

정훈은 이 서술에 앞서 임진왜란 당시 구원병의 요청과 명군의 활약에 대해 상당한 부분을 할애하였다[11]. 그리고 위에서와 같이 명군의 도움이 없었더라면 조선이 왜에게 나라를 빼앗겼을 것이라고 하면서 대명회복의지를 피력한 것이다. 숭명사상은 임진왜란 때 명군의 원조가 있었던 데다가 병자호란 때 조선의 굴욕적인 항복이 명의 패망이라는 운명과 결부되어 벌어졌던 일이었으므로 병자호란 이후 더욱 공고하게 확립되기에 이른다. 정훈은 세 편의 우국가사를 쓴 최다 우국가사의 작가이기도 한데, 이 세 편의 가사를 통해 정훈이 공통적으로 나타낸 점은 광해군의 패도에 대한 극렬한 반감, 인조의 정통성 찬양, 그리고 명에 대한 의리의 고수이다.

강복중의 〈위군위친통곡가〉는 당대에 벌어진 역사적 사건을 기록했는데, 작가의 개인적 체험이 뒤섞이며 다소 산만하게 내용이 전개되었다. 병자호란 때 제대로 응전하지 못한 관료의 과실을 통렬히 비판하는 것을 중심으로 하면서, 광해군의 폭정과 인조의 등극, 선치자의 선행, 반정 후의 세태 등을 서술하였다. '當今怪法 十條'라 하

---

11 구원병 요청과 출병 부분: '聖主舟衆 發明何地 一封章疏 聖皇感動 況且李相國之嘔血 豈異於蔡哀公之憂憤 申學士之頓執 有同於申包胥之貞忠 秦庭哭餘淚 復哭大明庭 (李相 德馨與申點與李恒福同入求援) 帝遣史 游擊一戰 便敗沒 (皇帝乃以祖承訓史由率兵馬一 萬先送) 皇帝大震怒 三十餘將 一時調發中軍 是時春 (方時春) 大將是提督 (李如松) 黃裳 是主事 (劉黃裳) 袁黃是贊畫 宗功主旗鼓 (韓宗攻) 維薪督饋餉 (艾維薪) 癸巳元月八日 駱千斤英雄輩 入箕城 擬破賊 好將泰山勢 若堅鳥那力 斬級無論 燒殺無測 (帝聞史由之 敗死又憫宣宙之播遷以兵部宋應昌提督李如松率兵馬四萬以送)'
정유재란 시 출병 부분: '丁卯又盡陷 逃竄餘民 幾何其生 百萬諸賊 聚入龍城 六千唐軍 螳螂拒轍 三日力盡 砲聲中絶 積了屍 悲了異鄕鬼 (天將楊元潰走南原陷沒) -(중략)- 天 朝憤激 怒問有慶 調發兵糧 加念愈盛 (帝聞楊元敗大驚怒致有慶責以未和又斬楊元巡示 諸將戊戌春卽以三大將率兵馬四萬七千米白萬石供軍食) 麻提督 (貴) 八將東路下 (追星 州) 董提督 (一元) 十將中路下 (向義州) 劉提督 (綎) 六將西路下 (向南原) 陳提督 (璘) 八 將水路下 (追古今島) 東海腥塵 擬盡掃'

여 '나모신 一條'와 '담박괴 二條' 등에 대한 작자의 비판에서 알 수 있듯이 작자의 우국적 관심은 당시 세태에까지 나아가고 있다. '忠'을 포함한 오륜을 내세우고 있는데, '孝'의 修身的 측면과 家門의식을 강하게 드러냈다. 관료들에 대한 비판은 주색에 빠져 부모처자를 버린 것과 같은 수신적 차원의 행동거지에 초점이 맞추어져 있다.

> 領議政 金유아들 都檢察使 金慶徵은 / 家門과 벼슬이야 놉두마는 / 父子有親 君臣有義 夫婦有別 長幼有序 / 朋友有信 身通 六藝만 / 平生 爲事ᄒ고 修身 修德ᄒ야 / 明道 一身ᄒ고 行道於 天下ᄒ야 / 致君 澤民ᄒ고 天下太平ᄒ면 / 이아니 스름이랴 五倫 身通六藝란 / 當今 棄如土오 終日酒樂ᄒ두가셔 / 兵火 急亂의 老母 妻子란 / 江深에 드리치고 혼ᄌ엇지 스라난고 / 由此 觀之則 禽獸만도 못ᄒ도ᄃ / 昔者에 慈烏復慈烏ᄒ니 鳥中之曾參을 / 知歟 不知歟아 嗚呼 痛哉라

위는 강도검찰사로서 강화의 수비를 맡은 김경징이 술만 마시고 무사안일에만 빠져 있다가 청군이 들이 닥치자 나룻배로 도망친 사건을 기술한 것이다. 문체가 대부분 한문구에 우리말로 토씨를 다는 것으로 이루어져 건조함을 면하지 못했다. 가문을 알리고 오륜을 열거하며 김경징의 행위가 이에 걸맞지 않고 벗어나고 있다는 것을 역설하는데 '충'의 측면보다 '수신'과 '효'의 측면을 부각하여 서술했다. 이러한 서술의 태도는 충청도 연산현감이었던 금충암에 대한 서술에서 '효'의 차원에서 그의 죄를 감해주어야 함을 주장하는 데서도 나타나며[12], 그 외의 많은 서술 대목에서도 발견된다. 가사의 제목

도 '위군위친통곡가'라 하여 '군'과 '친'을 같이 놓가다. 小學的 측면
에서 오륜을 강조함으로써 현실을 바라보는 시각이 유연성이 떨어
지고 도식적인 방향으로 흘렀다고 할 수 있다. 사고의 도식성은 문
체에도 작용하여 한문구를 거르지 않고 사용하는 것으로 나타났다.

병자호란에 대한 직접적인 문학적 대응은 무명씨의 작품에서 나
타났다. 〈병자난리가〉는 작가 자신의 피난 경험과 아울러 병자호란
때 있은 사건들에 대한 평가와 감회를 서술하였다. 평이한 한문구를
사용한 데다가 율격적 리듬감마저 갖추어 우리말 구사능력이 탁월
한 인물이 쓴 가사로 보인다. 작가는 황급히 떠난 피난생활에 대해
다음과 같이 서술했다.

> 잡써니 붓들거니 寸寸이 거러가셔 / 寂寞 山村에 뷘집을 겨요어더 /
> 집지즑 츤즈리에 헌거적 흔닙실고 / 희다져 겸은늘에 손블고 안즈시니
> / 혬업슨 어린즈식 밥달나 봇치거늘 / 行粮을 썰쳐닉니 뿔흔되 쏀이로
> 다 / 數多 食口에 무엇먹고 길흘가리 / 당즑에 언밥덩이 수수리 눈화먹
> 고 / 코노틴 니춤으로 긴밤을 계요식와 / ㅂ름비 눈서리의 집신에 감발
> ㅎ고 / 高山을 긔여올나 故國을 ㅂ라보니 / 長安 百萬家는 煙塵이 되여
> 잇고

허둥지둥 피난길에 오른 작가의 가족은 산골의 빈 집에서 하루밤

---

12 "忠淸道 連山縣監 金沖菴은/ 雖云 犯罪ㅎㄴ 그 우힌들 쏘 업슬가/ 九十扁母는 一定 죽
게 되여시니/ 古人이 일오딕 聖人이야 能知聖人이오/ 老吾老ㅎ야 以及人之老니/ 再
願 聖主는 修仁 修德ㅎ야/ 特命 放赦ㅎ야 九十扁母 살오소셔"

을 묶어가게 되었다. 차가운 바닥에 거적만 깔고 앉으니 손을 불 정
도로 추위가 엄습했으나, 철없는 어린아이들이 밥을 달라고 보챘다.
가져온 식량이라고는 쌀 한 되 뿐이어서 그냥 당즙에 언 밥덩이만으
로 끼니를 때웠다. 밤새 추위에 떨다가 다음날 눈이 온 길을 집신에
감발을 하고 다시 길을 나섰다. 고산에 올라 한양을 바라보니 폐허
가 되어 있었다고 했다. 작가 가족이 체험한 피난생활이 순우리말로
생생하게 전달되고 있다. 그러나 "高山을 긔여올나"라는 부분부터는
다시 이전의 평이하지만 한문투의 문체로 되돌아가고 있다. 이러한
사실적 문체는 〈陋巷詞〉에서 박인로가 소를 빌리러 가는 장면을 서
술한 문체와 흡사하다. 이전의 가사문학에서는 획득하기 어려웠던
사실적 문체가 부분적이지만 17세기 중엽에 나타남을 알 수 있다.

처음 이 가사를 소개한 이혜화는 이 가사의 작자를 '백성'으로 보
았다[13]. 그러나 작가는 일반 백성과 다름없는 처참한 피난생활을 했
음에도 불구하고 향반으로 추측된다. 작품의 내용을 보면 작가는 자
신을 "山林의 깃친 몸"이라고 했다[14]. 17세기에 산림은 일정한 사회
적 의미를 지니는 용어로 '벼슬하지 않고 재야에 있는 선비'라는 의
미로 광범위하게 쓰였다[15]. 작가는 자신을 '재야에 있는 선비'로 생

---

13 이혜화, 앞의 논문, pp.92~96.
14 "江都 一路에 有識흔 겨븐닉야 / 겨근덧 니러안자 이내 말슴 드러보소 / 山林의 깃친
    몸이 議論 아닐 거시로되 / 나도 國民이라 慷慨를 못 니긔여 / 너희닉 흐는 일을 大槪
    만 니로리라 / 竭忠 盡心흐야 對敵을 못홀 진들"
15 산림이란 '산중과 임하에서 은일자, 처사 생활을 하는 사람'이라는 뜻으로 인조반
    정 뒤에 왕권강화책의 일환으로 본격적으로 이들을 중용하게 된다. 이후 산림은
    '벼슬하지 않은 사람으로서 학문으로 명성을 날리는 사람'을 지칭하게 되었다. 이
    우성, 〈이조 유교정치와 산림의 존재〉, 『한국의 역사상』, 창작과 비평사, 1982,
    pp.256~258.

각하는, 경제적으로 그리 풍족하지 않았던 향반층으로 보인다. 이렇게 작가는 재야에 있는 선비였지만 국사에 지대한 관심을 가지고 있었다. 병자호란의 와중에 처참한 피난생활을 겪으면서도 선비의 자세를 잃지 않고 역사의 한 순간을 기록한 것이다. 작가는 삼전도에서 항복하는 수모를 겪은 왕과 중국으로 끌려가는 양대군의 일에 개탄을 토해내고, 호병을 맞아 제대로 항전하지 못한 장수들의 행위를 비판했다. 이러한 서술에서 작가는 숭명사상을 뚜렷하게 드러낸다.

> 어와 可笑로다 義州府尹 可笑로다 / 믈나흔쥐 아니믈고 政丞宅 둙을
> 므러 / 天朝에 結冤ᄒ고 하島에 先鋒ᄒ니 / 다기론 개라서 발쮜촉을 믈
> 려고야 / 三百年 事大誠을 一朝에 빈반ᄒ고 / 壬辰年 皇恩을 오늘사 싱각
> ᄒ면 / 無知 愚民인들 뉘아니 늣겨ᄒ리 / 슬프다 世子大君 宋徽欽 되건
> 지고

위는 인조가 삼전도에서 항복한 이후, 1637년 4월에 철수하던 청군이 하도에 주둔해 있던 明軍을 공격한 사실을 서술한 것이다. 위에서 의주부윤은 임경업장군을 말한다. 조선은 삼전도에서의 항복 조건에 따라 청이 하도의 명군을 칠 때 평안감사 유림을 수장으로, 의주부윤 임경업을 부장으로 삼아 청군을 도와주어야만 하였다. 이때 임경업은 明將提督 沈世魁에게 피하도록 알렸으나 심세괴는 장렬히 싸우다 전사하였다. 작가는 임경업의 속사정을 아직 알지 못한 상황에서 임경업의 행위에 분노하고 있는 것이다[16]. 이 사건을 통해 실전에서 싸우는 장군에서부터 재야의 선비에 이르기까지 거의 모든 조

선인이 숭명사상을 지니고 있었음을 알 수 있다. 작가는 이러한 상황에서 선비들을 향하여 의병으로 궐기하자고 권고했다.

> 林泉에 자는블니 큰꿈을 못다꾸어 / 人間 紛亂을 씌돗지 못ᄒᄀᄒ거든 /
> 져근덧 니러안ᄌ 이내말ᄉᆞᆷ 드러보소 / 龍臥 南陽에 躬耕도 죠커니와 /
> 經綸 大志로 짜부잘을 노코나와 / 龍泉劍 드는칼로 腥塵을 쓰리치고 /
> 乾坤을 整頓ᄒ야 天朝을 다시섬겨 / 君臣 同樂ᄒ야 太平으로 누리다가 /
> 功成 身退ᄒ야 故鄕에 도라와셔 / 녜노든 江山風月과 흠끠늙다 엇더ᄒ리

작가는 향촌에 은거해 사는 재야선비들을 향하여 이 난세에 용천검을 들고 전장에 나와 싸워 대명회복을 이룬 후 조정에 나아가 태평세를 이루는 데 공을 세우다가 나중에 향촌에 들어가 은거해 살자고 하였다. 병자호란기에도 임진왜란기와 마찬가지로 각 향촌사회에서는 의병이 발흥되었다. 그러나 인조의 항복이 순식간에 이루어져 의병의 활약은 미약하게 끝나고 말았다. 작가는 이미 끝난 전쟁임에도 불구하고 대명회복을 위해 의병을 일으키자는 것으로 결말

---

16 이혜화는 하도사건을 병란 전 7년의 일로 보고 있다(이혜화, 앞의 논문, pp.95~96). 그러나 하도사건은 청군이 철군하면서 하도에 주둔해 있던 명군을 대파한 사건으로 작가의 서술은 사실과 합당하다. 그런데 작가는 이 사건에서 내막적으로는 임경업이 친명행각을 했다는 사실을 몰랐던 것 같다. 사건의 내막이 아직 알려지지 않은 상태에서 작가가 오해하여 분노하고 있는 것으로 이해할 수 있다. 한 가지 의문점은 이후 이 사건에 대한 내막이 알려지게 되었으나 작가가 이 부분을 왜 그대로 두었을까 하는 점이다. 어찌 되었건 청군을 도운 행위는 잘못이라고 생각하여 작가가 고치지 않은 것이라면, 작가의 숭명사상이 얼마나 철저지를 엿볼 수 있다. 혹시 작가가 이 가사를 지은 이후 곧 사망하여 이 부분을 수정할 기회가 없었던 것은 아닌가라고 추정할 수 있겠으나, 정확한 사정은 알 수 없다.

을 삼은 것인데 그만큼 당대 선비들이 굴욕적인 청에 대한 항복과 사대에 대해 반감을 품고 있었다고 할 수 있다. 향촌에서 농사를 지으며 살면서도 대의를 잊지 않아야 한다는 작가야말로 전형적인 당대의 향촌선비일 것이다. 마지막을 향촌의 선비들을 향한 발언으로 끝맺은 사실에서도 작가가 향반층임을 알 수 있다.

작가 미상의 〈시탄사〉는 17세기 중엽 당쟁의 현실을 비판한 가사이다. 붕당의 정치현실, 권세와 뇌물로 관작이 오고가는 현실, 士林 중용의 허구성, 書院의 난립과 사론의 분열, 民生疾苦의 외면 등을 신랄한 어조로 비판하였다. 비교적 쉬운 한문구를 사용하면서 고사의 인용도 적어 생동감 있는 문체를 구사하였다.

> 너는 南人 나는 西人 衆論이 달라이셔 / 이는 小西 져는 山人 戰場이 되어셰라 / 前朝 用人이 이러커든 公正홀가 / 引類 招用ᄒ야 一黨을 일워내니 / 君子 小人을 뉘라셔 分別홀고 / 요스이 쓸오ᄂ니 勢利밧긔 쏘잇는가 / 勢利곳 아니면 是非을 뉘못홀고 / 어와 唐突ᄒ다 唐突ᄒ다 徐必遠이 / 三公 ᄒᄂ일을 瑕疵ᄒ리 업건마ᄂ / 所見을 못ᄎ마셔 勢焰을 바히 닛고 / 九十月 霜風을 붓그틱 내닷말가 / 도로혀 可笑로다 네일이 쇽졀 업다 / 習常이 그러커든 뉘혼자 칙그르리 / 疎書로 고칠손냐 擧世 同然 ᄒ니

먼저 당쟁의 현실을 고발하고 비판했다. 정국이 남인, 서인, 소서, 산인 등으로 중론이 달라져 전쟁터가 되었다고 했다. 用人도 공정하지 못하여 군자와 소인의 분별이 없어졌으며, 勢利에 따라 是非를 가

린다고 했다. 다음에 서술한 서필원은 당대 五直의 한 사람으로 이름
이 날 정도로 직언을 잘한 인물로 1664년에 송시열을 배척하는 상소
를 올렸다. 작가의 서술 태도로 볼 때 작가가 송시열의 편에서 서필
원을 비난하고 있는 것은 아닌 것같다. "所見을 못츠마셔 勢焰을 바
히 닛고" 상소 하나로 당시 정국을 개혁해 보고자 한 서필원의 행위
가 당돌하지만 속절없는 일이기에 반어적으로 빈정댄 것이라고 할
수 있다. "矕常이 그러커든 뉘 혼자 최그르리"라는 구절에서는 무력
감에 빠진 작가의 태도를 엿볼 수 있다.

  이상보는 이 가사를 소개하면서 작가를 서필원(1614~1671)의 직
언을 달가와 하지 않는 송시열 계열의 산당에 속해 있던 인물로 보
았고[17], 류해춘은 송시열을 영수로 하는 노론계의 선비로 외직에 나
가 있을 때 지은 것이라고 보았다[18]. 그러나 위에서 살핀 바와 같이
작가는 송시열의 편에서 이필원을 비난하고 있는 것은 아닌 것같다.
오히려 작가는 山林 중용의 허구성을 말하고 있어[19] 왕이 특별히 조
정에 불러들인 산림들에 대해 회의적이었다. 송시열이야말로 왕이
특별히 불러들인 대표적인 산림이었던 사실을 감안하면 작가는 친
송시열계의 인물로 볼 수는 없을 것이다. 작가는 스스로를 "田園에
기친 몸"이라 했고, 마지막 구절에서 "출하리 이 흔 몸이 山中의 구
지 드러 듯는 일 보는 일이 바히 업시 늘그리라"고 하였으므로 향반

---

17 이상보, 앞의 논문.
18 류해춘, 앞의 논문, p.202.
19 "山人이 竝出ᄒ야 一時예 枉立ᄒ니/ 百姓이 仰德ᄒ야 太平을 싱각더니/ ---- 山林君
   子는 일은 일이 므슴 일고/ 聲名을 드러보고 德望을 헤혀ᄒ니/ 移風易俗 뉘 올 듯ᄒ
   다마는/ 일은 일 내 모롤쇠 特立 王庭ᄒ야/ 名宦이 顯達ᄒ듸"

층으로 추정된다. 향반으로서 "文史을 涉獵ᄒ야 古事을 祥考ᄒ니"라
는 서술에서 드러나듯이 학문을 게을리 하지 않으면서 중앙의 정치
현실을 포함한 국사 전반에도 지대한 관심을 지니고 있었던 것으로
보인다. 그러나 작가는 현실을 개혁하고자 한 서필원의 시도조차 냉
소적인 시각으로 바라보고 있어 당대의 정치현실에 대해 혐오감을
지니고 있었던 것으로 보인다.

〈시탄사〉는 현실인식의 면에서 다른 우국가사의 것과 다른 점이
발견된다. 다른 우국가사가 왕에 대한 지향이 절대적인 반면, 〈시탄
사〉는 왕에 대한 지향이 그리 크지 못하다.

> 山水邊의 獨立ᄒ야 天地을 俯仰ᄒ니 / 千里 征邊의 戍兵이 閑暇ᄒ야 /
> 百萬 長安의 歌管이 喧騰ᄒ니 / 어와우리 國家 보거든 太平이라 / 八路을
> 도라보니 도로혀 고이ᄒ다 / 白屋 愁恨聲이 이어인 일이런고 / 康衢 擊
> 壤歌을 불을이 바히업다 / 어와내 모를쇠 이거시 뉘타신고 / 民情을 살
> 펴보고 國事을 혜여ᄒ니 / 글러간다 우리民情 알리업다 우리國家 / ---
> / 天門 九重의 어이ᄒ여 다슬필고 / 言路을 막아시니 民怨을 알리업닌

지금 국가는 전란이 종식되어 한양에는 노래 소리가 높다고 하였
다. 그러나 팔도를 돌아보면 민생은 도탄에 빠져 수심만 가득 찼으
니 그것을 한탄한다는 것이다. "글러간다 우리民情 알리업다 우리國
家"라고 서술할 정도로 백성의 원성이 높고 국사가 엉망인데, 왕은
이것을 알지 못하고 언로를 통해 이것을 알릴 수도 없다고 했다. 왕
에 대한 지향은 여전하지만 그 기대감에 있어서 현저히 약화된 양상

343

을 발견할 수 있다. 임지왜란의 와중에서 최현이 관료를 비판하고 민생에 대한 강한 지향을 보여주고 의병을 중시하는 주체적 시각을 나타내는 가운데서도 왕을 중심으로 하는 국권 회복이라는 낙관적 시각을 지니고 있었던 것과 상당한 거리를 느끼게 한다. 17세기 중엽 이후 향반층 가운데는 현실정치에 냉소적이고 왕에 대한 기대가 소극적인 현실인식을 지닌 향반이 존재하게 되었던 사정을 이 가사는 보여준다.

2) 제2기 우국가사의 성격

제2기의 우국가사는 역사적 격변기에 대응하여 다양한 양상으로 전개되었다. 작가들은 역사적 현실과 정국의 상황에 대해서 시시비비를 가리고자 하는 강한 정의감을 바탕으로 가사를 창작했다. 인조반정으로 인한 정통성의 회복을 축하하며 안정을 희구하고, 병자호란의 경과, 응전행위, 피난체험 등을 기록하거나, 당쟁으로 인한 정국의 불안함을 통탄하기도 하였다. 대부분의 가사는 다사다난했던 과거의 역사를 되짚어보고 일일히 시비를 가려서 기록하고자 했기 때문에 기록성을 특징적으로 보이며, 그 결과 장편화를 낳기도 하였다. 그리고 전란의 피난체험을 사실적으로 서술함으로써 우리말의 생생한 문체를 보여주기도 했다.

제2기의 우국가사의 작자는 향반으로 한정되고 있으며 무명씨가 등장한다. 정훈은 양반의 후예이나 과거에도 오르지 못한 鄕班이다. 강복중은 스스로 가사에서 '士子' 혹은 '先賢後裔'라 한 바와 같이 양반의 후예로서 충청도 은진에서 躬耕自給하며 지낸 향반이다. 무명씨의 〈병자난리가〉와 〈시탄사〉의 작자는 모두 궁경자급한 향반으로 추측된다.

한 가지 흥미로운 사실은 17세기 우국가사를 쓴 작자의 나이가 거의 동연배라는 점이다. 최현(1563~1640), 박인로(1561~1642), 조위한(1558~1649), 이원익(1547~1634), 정훈(1563~1640), 강복중(1563~1639) 등의 생몰연대를 보면 최현, 정훈, 강복중이 모두 똑같고 박인로와 조위한도 이 세 작가의 나이와 불과 몇 년 밖에 차이가 나지 않으며, 이원익만 십여 년 연상인 것으로 나타난다. 동시기에 태어나 비슷한 나이였지만 최현, 박인로, 조위한, 이원익 등은 제1기에, 정훈과 강복중은 제2기에 우국가사를 창작한 것이다.

제1기 우국가사에서 향반층의 작품이 사대부의 작품보다 현실비판성이 약하게 드러난다는 점을 살펴보았는데, 이러한 향반층의 보수성은 제2기로 넘어오면서도 지속되었다. 관료들에 대한 통렬한 비판, 민생질고에 대한 지향, 경험의 사실적 재현 등을 담은 작품세계에도 불구하고 광해군의 패도에 대한 극렬한 반감, 인조의 정통성 찬양, 숭명사상, 절대적 왕에 대한 지향 등을 서술함으로써 명분에 투철하고 보수적인 현실인식을 드러내고 있다. 그리하여 五倫을 도식적으로 적용하거나 현실에 대응하는 유연성이 결여된 양상까지도 드러내었다. 17세기 사림의 전반적인 보수화 경향과 함께 작가의 나이가 1기보다 상대적으로 많았던 점이 작용한 결과로 보인다.

그런데 제2기 우국가사 중 두 편이 무명씨 향반의 작품이라는 점은 주목을 요한다. 이 두 작품은 운율적 리듬, 우리말 구사, 평이한 어휘의 사용 등의 특징을 지닌다. 이들 작가가 가사문학의 창작과 향유 전통에 익숙한 가운데 자기만의 문체를 이루어낸 것으로 볼 수 있다. 이러한 생동감 있는 문체적 특성 때문에 이들 가사는 당대에 활발하게 유통되고 향유되었을 것으로 보인다. 〈병자난리가〉는 당대의 유명한 가사와 더불어『해동유요』에 실려 있어 가창되었을 가능성도 배제할 수 없다[20]. 특히 〈시탄사〉는 현실에 대한 변혁 의지를 강하게 보이고 있다[21]. 작가가 이름을 밝히지 않은 것은 현실비판적 내용에 대한 실명 기피 현상과 관련이 있을 것으로 보인다. 그리고 〈시탄사〉는 당쟁의 비판적 현실을 바라보는 시각이 냉소적인 경향을 보이고 있으며, 왕에 대한 기대도 소극적이어서 현실에 대한 무력감을 드러내고 있다.

5. 가사문학사적 의의

조선후기 가사문학이 다양한 양상으로 전개되어 갔음은 주지의 사실이다. 기존의 은일가사, 교훈가사, 유배가사, 불교가사 등이 계속 창작되면서도 애정가사, 기행가사, 규방가사, 현실비판가사 등

---

20 『해동유요』에 실려 있는 가사 35편은 거의 17세기까지의 유명 가사이다. 가창되었던 가창가사를 상당수 싣고 있는데 〈병자난리가〉도 가창되었을 가능성이 많다고 본다. 작품의 마지막 구절이 "녜 노든 江山風月과 홈꾀 늙다 엇더 흐리"라 하여 3·5·4·3의 형식을 갖추고 있다는 점도 이 가사가 가창가사였을 것이라는 추측에 근거로 작용한다.

21 작자는 가사 내용에서 '變革'이라는 용어를 두 번이나 사용하고 있다. "自上 到下ᄒ야 弊俗이 되여시니 뉘라서 變革홀고", "政法 風俗이 어늬 제 變革홀고"

새로운 양상들이 나타나게 된다. 이러한 가사문학사의 흐름에서 한 가지 뚜렷한 특징은 일정한 시기에 역사·사회 현실이 전개되면 당대인이 집중적으로 그것에 대응하여 가사문학의 한 유형을 형성하고 있다는 점이다. 이런 점에서 17세기 우국가사는 역사·사회의 전개에 대응한 최초의 가사 유형이라는 의의를 지닌다.

우국가사의 담당층인 사림은 옳고 그른 것에 대해 공론을 형성하고 전달하는 데에 적극적으로 개입하였다. 임진왜란, 병자호란, 그리고 극심한 당쟁기라는 역사적 혼란기에 처해 이들은 가사를 통해 그간에 벌어졌던 사건의 경과를 증언식으로 기록하고 시시비비를 가리고자 했다. 우국가사를 통해 작가들은 우국충정이라고 하는 선비 본래의 도덕성을 바탕으로 관료나 장수들의 행위를 비판하고, 폭군의 치세를 혐오하고, 당대의 정치 행태를 통탄하고, 민생에 대한 강한 지향을 보여주었다. 이러한 우국적, 비판적 현실인식은 국난으로 촉발되어 당쟁의 격화기에 심화된 선비의식의 각성과 반성에서 비롯되었다. 이렇게 임진왜란 이후 우국가사는 관료들의 행태를 비판하고 민생에 대한 지향을 나타내고 왕의 권위에 도전하기도 하는 등 매우 활력 넘치는 문학세계를 지니게 되었다.

그러나 한편으로 우국가사는 도덕, 정통성, 의리, 명분을 강조함으로써 숭명사상과 같은 보수적 사고를 공고히 하는 결과를 낳게 되었다. 특히 우국가사는 성왕을 중심으로 하는 봉건체제의 공고화를 꾀하는 보수적 경향으로 흘렀다. 이렇게 우국가사는 제1기에서 제2기로 전개되면서 활력 넘치는 문학세계가 보수적 문학세계로 넘어가고 있는 경향을 보인다. 이들이 내세우고 있는 도덕, 정통성, 우국충정, 오륜, 의리, 명분, 숭명사상 등은 이후 조선후기 봉건사회를 지탱해주는 보수적 정신으로 기능하였다. 조선사회를 통해 "때에 따라 보수적 입장과 혁명적 입장이 도덕과 의리로 주장되었는데 대체적으로 보수적 綱常論의 입장이 조선시대에 의리론의 정통성을 누려"[22]왔다고 할 때 우국가사는 혁명적 입장과 보수적 입장을 담는 양식으로 기능하다가 보수적 입장을 담는 쪽으로 선회한 것으로 볼 수 있다. 그리하여 우국가사는 더 이상 창조성 있는 양식으로 인식되지 못하여 새로운 작가군에 의한 창작의 맥이 끊어지게 된 것이 아닌가 한다.

그러나 마지막 우국가사인 〈시탄사〉는 당시의 정치 현실에 냉소적이고, 왕에 대한 기대도 소극적이며 무력감마저 드러내고 있어 주목을 요한다. 멀고 먼 데에 있어 팔도지방의 사정에는 어두운 왕에 대한 인식은 삼정의 문란기에 창작되어 향유된 현실비판가사에서 보여주는 것과 일치한다[23]. 특히 서울과 지방의 대비로부터 출발하는 현실비판의 구도는 1841년 경에 창작된 〈居昌歌〉의 것과 유사하다[24]. 19세기 현실비판가사가 그 비판의 대상이 주로 향촌사회 내의 문제에 초점이 맞추어진 반면 〈시탄사〉는 조정 내부의 문제에 초점

---

22 금장태, 『유교사상과 한국사회』, 성균관대학교 대동문화연구원, 1987. p.111.

23 예를 들어 〈갑민가〉에서는 "나라님긔 알와즈니 九重天門 머러잇고/ 堯舜갓툰 우리 聖主 日月갓티 발그신들/ 불졈聖化 이극邊의 覆盆下라 빗칠소냐"라 하여 왕은 성주이지만 구중궁궐에 있어 현실을 모른다고 하는 인식을 나타낸다. 〈거창가〉(전집본)에서도 이와 똑같은 구절을 발견할 수 있다.

24 〈거창가〉에서 서두의 〈태평사〉 차용과 본사설을 잇는 부분이 "조선팔백 이십팔주 간곳마다 태평이되/ 어찌타 우리정읍 읍운이 불행하야/ 일경이 도탄하고 만민이 구탕이라"로 되어 있다. 왕이 있는 서울 중앙과 수령이 있는 지방과의 현실 차이를 대조하면서 향촌사회의 비판적 현실을 강조한다.

이 맞추어져 있는 것이 다르다. 〈시탄사〉를 마지막으로 역사·사회 현실에 대응한 우국가사는 창작이 중단되었다. 그러다가 18세기 초에 현실비판가사 〈임계탄〉을 거쳐 19세기에 이르러 본격적으로 역사·사회 현실에 대응한 현실비판가사가 나온 것이라고 할 수 있다.

17세기 우국가사의 작가는 모두 양반층이다. 벼슬을 한 경우 위로는 영의정에서부터 아래로는 말단 관리에 이르기까지 두루 걸쳐 있으며, 한평생을 벼슬을 하지 않고 자기 고향에서만 지낸 향반도 다수를 차지하고 있다. 그런데 후대로 올수록 우국가사의 작가는 그 사회적 신분이 하향하여 정훈, 강복중, 산림처사(두 명의 무명씨) 등과 같이 향반이 대부분이다. 17세기 가사의 작가 23명의 사회적 신분을 보면 사대부가 11명, 무신이 2명, 승려가 1명, 향반이 9명을 차지한다[25]. 이러한 17세기 가사 작가의 분포와 비교해볼 때 우국가사의 작가는 상대적으로 향반층의 비중이 높게 나타난다. 현실비판의 세계가 향반층의 현실적 토대에서 보다 강하게 표출될 수 있음을 반영한다. 그리고 시기가 내려 올수록 우국가사의 담당층이 향반층화되는 것은 가사문학의 주담당층이 향반으로 이전해가고 있는 현상을 반영한다.

한편 무명씨의 작품을 검토한 결과 작자가 모두 향반층일 것으로

---

25 『17세기 가사전집』(이상보, 앞의 책, pp.16~18)의 정리와 〈병자난리가〉의 작자를 참조하여 통계를 낸 것이다. 이원익, 황일호, 박권, 임유후, 조우인, 차천로, 송주석, 윤이후, 신계영, 김충선, 그리고 〈영행별곡〉의 작자를 사대부 11인으로 보았다. 허전과 박인로는 무인 2인으로 보았다. 침굉화상이 승려 1인이고 정훈, 채득기, 강복중, 김득연, 박사형, 김기홍, 노명선, 그리고 〈시탄사〉와 〈병자난리가〉의 작자를 향반 9인으로 본 것이다.

추정되었다. 조선후기 가사문학에서 무명씨의 작품은 상당히 존재한다. 그러한 작품들의 작가 추정은 이미 상당히 이루어져 있지만 아직 추정을 미루고 있는 작품들도 상당수가 된다. 이러한 무명씨 작품들의 작품세계는 서민적 성격을 지닌 것도 많아 가사문학사에서는 작자층 면에서 서민의 등장으로 파악하는 경향이 있다. 그러나 서민작가의 등장이 분명한 사실이라고 할지라도 서민이 뚜렷하게 작가층을 형성하며 활동하여 그것이 문학사적인 흐름으로 분명하게 자리매김할 수 있는 시기가 어느 때인가 하는 점은 보다 면밀한 검토를 통해 알 수 있을 것이다. 이런 문제의식에서 본다면 17세기에는 아직 서민작가의 등장은 이루어지지 않았다는 결론에 도달한다[26].

6. 맺음말

이 연구에서는 17세기 우국가사의 현실인식에 초점을 맞추어 논의하였다. 그리하여 각 작품의 문학적 형상화 부분은 현실인식을 논의하는 과정에서 잠간 언급했을 뿐 이에 대한 집중적인 논의는 하지 못했다. 17세기 가사문학의 문학적 형상화 방식에 대한 논의가 문체적 측면에서 이루어지기를 기대한다.

---

26 17세기에 생산된 또다른 무명씨의 작품으로는 〈燕行別曲〉이 있다. 중국을 다녀온 사행원 가운데 한 인물이 쓴 것이다. 따라서 작가는 사대부일 것으로 추정되지만, 내려 간다 하더라도 향반층 이하로는 내려 가지 않을 것이다.

한편 마지막 우국가사인 〈시탄사〉에 나타난 향반의식이 가사문학에서는 왜 더 이상 나오지 않게 되었을까? 하는 의문이 들었다. 그리고 18세기에 이르러 비판적 지식인은 적극적으로 한시를 통해 조선 후기 농민 현실을 문학적으로 형상화했다. 그런데 18세기 가사문학에서는 〈임계탄〉을 제외하면 왜 한시에서 다루고 있는 것과 같은 비판적 현실이 가사화되지 않고 18세기 최말과 19세기에야 현실비판 가사로 나올 수 있었을까? 하는 의문도 들었다. 이 문제는 추후의 과제로 남긴다.

조 선 후 기

가 사 문 학

연　　구

참고문헌

1. 자료

『고종실록』, 한국고전번역원 홈페이지.

『국역 조선왕조실록 CD~ROM』, 서울시스템주식회사, 1997.

『순오지』

『승정원일기』, 한국고전번역원 홈페이지.

『心庵遺稿』, 『한국문집총간 307』 권30, 민족문화추진회, 2003.

『芝峯類說』

강전섭, 「(자료소개) 경복궁영건가」, 『한국학보』 제11권 1호, 일지사, 1985.

국어국문학회, 「자료 영인 해동유요」, 『국어국문학』 제96호, 1986.

권영철, 『규방가사 1』, 한국정신문화연구원, 1979.

김근수 편, 『한국개화기 시가집』, 태학사, 1985.

김동욱·임기중 공편, 『아악부가집』, 태학사, 1982.

김성배 외 편역, 『주해 가사문학전집』, 집문당, 1961.

단국대 율곡기념도서관 편, 『한국가사자료집성』 제8권, 태학사, 1997.

단국대율곡기념도서관 편, 『한국가사자료집성』 제1권, 태학사, 1997.

서울대학교규장각 엮음, 〈壽進寶酌帖〉, 『규장각소장어문학자료 문학편 해설Ⅱ』,

태학사, 2001.

서울시스템(주) 한국학데이타베이스연구소, 『증보판 CD-ROM 국역 조선왕조실록』 제3집, 1997.

소재영, 「언사 연구」, 『민족문화연구』 제 21호, 고려대학교 민족문화연구소, 1988.

심재완, 『일동장유가·연행가』, 교문사, 1984.

『玉局齋遺稿』, 서울대학교 규장각 소장.

이상보, 『17세기 가사전집』, 교학연구사, 1987.

이상보, 『18세기 가사전집』, 민속원, 1991.

이우성 편, 『(서벽외사해외수일본 15) 운하견문록 외 5종』, 아세아문화사, 1990.

이정진, 「군순월이원가고」, 『향토문화연구』 제3집, 원광대학교 향토문화연구소, 1986.

이종숙, 「규방가사 자료편」, 『한국문화연구원논총』 제15집, 이화여자대학교 한국문화연구원, 1970.

임기중 편, 『역대가사문학전집』 제 20권, 여강출판사, 1994.

임기중 편, 『역대가사문학전집』 제 50권, 아세아문화사, 1998.

임기중 편, 『역대가사문학전집』 제6권, 동서문화원 1987, 151~175면.

임기중 편, 『역대가사문학전집』 제24권, 여강출판사, 1992.

임기중 편, 『한국가사문학전집』 제22권, 여강출판사, 1992.

임기중 편, 『한국가사문학전집』 제8권, 동서문화사, 1987.

조엄, 『국역 海槎日記』, 김주희 외 공역, 민족문화추진회, 1974.

최강현 역주, 『조선시대 포쇄일기』, 신성출판사, 1999.

최강현, 「우물파기 노래(鑿井歌) 감상」, 『새국어교육』 제13호, 한국국어교육학회, 1969.

한국정신문화원 편, 『규방가사 1』, 한국정신문화연구원, 1979.

2. 논저

강경호, 「19세기 가사의 향유관습과 이본생성-〈노처녀가〉와 그 관련 작품을 통해 본 가사 향유의 한 양상」, 『반교어문연구』 제18집, 반교어문학회, 2005.

강경호, 「김춘택의 작가의식과 〈별사미인곡〉의 창작, 향유 양상에 대한 일고찰」,

『한국시가연구』제35집, 한국시가학회, 2013.

강경호, 「정훈 시가에 반영된 현실인식과 문학적 형상 재고」, 『한민족어문학』제49 집, 한민족어문학회, 2006.

강전섭, 「(해제) 심암 조두순의 〈경복궁영건가〉에 대하여」, 『한국학보』제11권 1호, 일지사, 1985.

강전섭, 「청계 강복중의 장가 2편에 대하여」, 『한국시가문학연구』, 대왕사, 1986.

강혜정, 「〈거사가〉와 〈임천별곡〉을 중심으로 본 조선후기 대화체 가사의 특수성」, 『한민족어문학』제68집, 한민족어문학회, 2014.

고순희, 「19세기 현실비판가사 연구」, 이화여자대학교 대학원 박사학위논문, 1990.

고순희, 「갑민가의 작가의식 -대화체와 생애수용의 의미를 중심으로」, 『이화어문 논집』제10집, 이화어문학회, 1988.

고영진, 「17세기 초 禮學의 발달과 家學化」, 『조선후기의 사회와 사상』, 서울대학교 한국문화연구소 제3회 학술토론회. 1991.

구지현, 「계미통신사 사행문학 연구」, 연세대학교 대학원 박사학위논문, 2006.

권영철, 『규방가사연구』, 이우, 1980.

권정은, 「여성화자 가사에 나타난 여성상 연구」, 서울대학교 석사학위논문, 2000.

금장태, 『유교사상과 한국사회』, 성균관대학교 대동문화연구원, 1987. p.111.

김균태, 「양반전의 주제」, 『한국 문학사의 쟁점』, 집문당, 1986.

김대숙, 「구비열녀설화의 양상과 의미」, 『고전문학연구』제9집, 한국고전문학회, 1994.

김대행, 「가사의 표현방식과 휴머니즘」, 『서의필선생화갑기념논문집』, 서의필선 생화갑기념논문집 간행위원회, 1988.

김대행, 「우부가의 주제와 시대성 논의반성」, 『개신어문연구』제5·6집, 개신어문 학회, 1988.

김두종, 『한국의학사』, 탐구당, 1981.

김문기, 「정훈의 〈우희국사가〉 고찰」, 『국어교육연구』제31집, 국어교육학회, 1999.

김미란, 「고전소설에 나타난 여성변신의 의미」, 『동방학지』제89·90호, 연세대학 교 동방학연구소, 1995.

김병우, 「대원군의 정치적 지위와 국정운영」, 『대구사학』제70호, 대구사학회, 2003.

김병우, 「대원군의 집권과정과 권력 행사」, 『역사와 경계』제60집, 부산경남사학회, 2006.

김석회, 「〈노처녀가〉 이해의 시각」, 『선청어문』 제36집, 서울대학교 국어교육과, 2008.

김수경, 「옥국재 가사 〈착정가〉에 나타난 "장소"의 의미」, 『한국시가연구』 제34집, 한국시가학회, 2013.

김시업, 「북천가연구」, 성균관대학교 석사학위논문, 1976.

김영태, 「노처녀가의 표현」, 『신천지』 제3권 제3호, 서울신문사, 1947년 2월.

김용찬, 「삼설기 소재 〈노처녀가〉의 내용 및 구조에 대한 검토」, 『한국가사문학연구』, 태학사, 1996.

김용천, 「노처녀가 (Ⅰ)(Ⅱ) 고」, 『어문논집』 제15집, 민족어문학회, 1961.

김유경, 「서사가사연구」, 연세대학교 석사학위논문, 1988.

김윤희, 「19세기 사대부 가사에 표면화된 기녀(妓女)와의 애정(愛情) 서사와 형상화의 특질-북천가, 북행가를 중심으로」, 『어문논집』 제67집, 민족어문학회, 2013.

김윤희, 「사행가사에 형상화된 타국의 수도 풍경과 지향성의 변모」, 『어문논집』 제65집, 민족어문학회, 2012.

김윤희, 「이별에 대한 사대부와 기녀의 상대적 시선」, 『한국학연구』 제42집, 고려대학교 한국학연구소, 2012.

김윤희, 「조선후기 사행가사의 세계인식과 문학적 특질」, 고려대학교 대학원 박사학위논문, 2010.

김윤희, 「조선후기 사행가사의 창작과정과 언어적 실천의 문제」, 『한국시가연구』 제29집, 한국시가학회, 2010.

김응환, 「〈꼭두각시전〉에 나타난 인물의 기능과 의미」, 『한국학논집』 제23집, 한양대학교 한국학연구소, 1993.

김인구, 「이세보의 가사 〈상사별곡〉」, 『어문논집』 제24·25호, 민족어문학회, 1985.

김정석, 「17세기 전반기 가사에 나타난 현실과 그 인식」, 『국학연구』 제7집, 한국국학진흥원, 2005.

김정주, 「조선조 유배시가의 연구~가사와 시조를 중심으로」, 한남대학교 박사학위논문, 1995.

김준오, 「시와 패러디」, 『시를 어떻게 볼 것인가』, 유종호·최동호 편저, 현대문학,

1995, 352~377면.

김준오,『시론』, 삼지원, 1996.

김태준,「18세기 실학파와 여행의 정신사」,『비교문학산고』, 민족문화문고간행
　　회, 1985.

김학성,「가사의 실현화 과정과 근대적 지향」,『근대문학의 형성 과정』, 고전문학
　　연구회 편, 문학과 지성사, 1982.

김혜숙,「유배가사를 통하여 살펴본 가사의 변모양상」,『관악어문연구』제8집, 서
　　울대학교 국어국문학과, 1983.

김흥규,『조선후기 시경론과 시의식』, 고려대학교 민족문화연구소, 1982.

나정순,「내방가사의 문학성과 여성인식」,『고전문학연구』제10집, 한국고전문학
　　회, 1995.

나정순,「조선조 유배가사연구」,『이화어문논집』제5집, 이화어문학회, 1982.

남정희,「〈속사미인곡〉에 나타난 유배체험과 연군의식 고찰」,『한국고전연구』제
　　29집, 한국고전연구학회, 2014.

노경순,「이진유 가계 유배가사 연구」,『반교어문연구』제31집, 만교어문학회,
　　2011.

라병호,「정훈 박인로의 시가 대비연구」, 한남대학교 박사학위논문, 1989.

류속영,「정훈 문학의 현실적 토대와 작가의식」,『국어국문학지』제35집, 문창어
　　문학회, 1988.

류연석,「〈속사미인곡〉의 기행문학성 고찰」,『한국고시가문화연구』제16집, 한국
　　고시가문화학회, 2005.

류연석,『한국가사문학사』, 국학자료원, 1994.

류해춘,「17세기 가사에 나타난 선비의 성격변화」,『문학과 언어』제12집, 1991.

류해춘,「16, 17세기 사대부가사의 세계관」,『국제언어문학』제20집, 국제언어문
　　학회, 2009.

류해춘,「장편서사가사의 서술방식과 작가의식연구」, 경북대학교 박사학위 논문,
　　1993.

민덕기,「김인겸의〈일동장유가〉로 보는 대일 인식-조엄의〈해사일기〉와의 비교를
　　통해」,『한일관계사연구』제23집, 한일관계사학회, 2005.

박경남,「18세기 애정(愛情)시가의 출현과〈임천별곡(林川別曲)〉」,『국문학연구』

제7집, 국문학회, 2002.

박동욱, 「서세동점기 한시에 나타난 충무공 이순신의 형상」, 『고시가연구』 제22집, 한국고시가문학회, 2008.

박수진, 「〈순창가〉의 구조와 인물의 기능」, 『한국언어문화』 제28집, 한국언어문화학회, 2005.

박수진, 「〈군산월애원가〉의 작품 분석과 시·공간 구조 연구」, 『한국언어문화』 제52집, 한국언어문화학회, 2013.

박수진, 「〈금루사〉의 의미 구조 분석과 공간 구조 연구-그레마스의 행위소 모형을 적용하여」, 『한국언어문화』 제48집, 한국언어문화학회, 2012.

박수진, 「옥국재 가사에 나타난 시, 공간구조 연구」, 『온지논총』 제17집, 온지학회, 2007.

박애경, 「19세기 시가사의 전개와 잡가」, 『조선후기문학의 양상』, 이회, 2001.

박애경, 「일본 기행가사의 계보와 일본관의 변모 양상」, 『열상고전연구』 제23집, 열상고전연구학회, 2006.

박연호, 「19세기 오륜가사 연구」, 『19세기 시가문학의 탐구』, 고려대학교 고전문학·한문학연구회 편, 집문당, 1995.

박연호, 「玉局齋 歌辭의 장르적 성격과 그 의미」, 『민족문화연구』 제33집, 고려대학교 민족문화연구원, 2000.

박요순, 「정훈과 그의 시가」, 『숭전어문학』 제2집, 숭전대학교, 1973.

박이정, 「17세기 전반기 가사문학 연구」, 서울대학교 대학원 박사학위논문, 2015.

박인희, 「노처자전 연구」, 『국민어문연구』 제8집, 국민대학교 국어국문학연구회, 2000.

박혜숙, 「고려속요의 여성화자」, 『고전문학연구』 제14집, 한국고전문학회, 1998.

박희병, 「조선후기 가사의 일본 체험, 〈일동장유가〉」, 『고전시가 작품론 2』, 집문당, 1992.

사진실, 「산희와 야희의 공연 양상과 연극사적 의의 : 〈기완별록〉에 나타난 공연 행사를 중심으로」, 『고전희곡연구』 제3집, 한국고전희곡학회, 2001.

서영숙, 「서사적 여성가사의 연구-〈노처녀가〉를 중심으로」, 『어문연구』 제22집, 어문연구회, 1991.

서영숙, 「서사적 여성가사의 전개방식 연구」, 충남대학교 박사학위 논문, 1992.

서영숙, 「여성가사에 투영된 작자와 독자의 관계」, 『고전문학연구』 제6집, 한국고 전문학회, 1991.

서원섭, 「북헌의 별사미인곡 연구」, 『어문논총』 제2집, 경북어문학회, 1964.

서인석, 「가사와 소설의 갈래 교섭에 대한 연구」, 서울대학교 박사학위논문, 1995.

서정규, 「사행가사연구」, 경북대학교 교육대학원 석사학위 논문, 1986.

성무경, 「19세기 국문시가의 구도와 해석의 지평」, 『조선후기 시가문학의 문화담 론 탐색』, 보고사, 2004.

성무경, 「가사의 존재양식 연구」, 성균관대학교 박사학위논문, 1998.

성무경, 「노처녀 담론의 형성과 문학 양식들의 반향」, 『한국시가연구』 제15집, 한 국시가학회, 2004.

성범중, 「노계문학의 전개양상과 그 의미」, 『국어국문학』 제94호, 국어국문학회, 1985.

소재영, 「18세기 일본 체험-일동장유가를 중심으로」, 『논문집』 제18집, 숭실대학 교, 1988.

소재영, 「諺詞 연구」, 『민족문화연구』 제21호, 고려대학교 민족문화연구소, 1988.

소재영, 김태준 편, 『여행과 체험의 문학-일본편』, 민족문화문고간행회, 1985.

신명숙, 「〈일동장유가〉에 대한 비판적 성찰-18세기 서얼출신 향반의 사행체험」, 『한민족어문학』 제59집, 한민족어문학회, 2011.

신은경, 「조선조 여성 텍스트에 대한 페미니즘적 조명」, 『한국 페미니즘의 시학』, 강금숙 외, 동화서적, 1996.

신재홍, 「북천가의 풍류와 체면」, 『한국고전시가 작품론 2』, 집문당, 1992.

신현웅, 「옥국재(玉局齋) 이운영(李運永) 가사의 특성과 의미」, 서울대학교 대학원 석사학위논문, 2010.

신희경, 「삼설기 소재 〈노처녀가〉의 영웅서사적 성격」, 『한국고전여성문학연구』 제22집, 2011.

안혜진, 「〈금루사〉 연구」, 『이화어문논집』 제21집, 이화어문학회, 2003.

양순필, 「유배문학에 나타난 작가의 사회적 성격고」, 『한남어문학』 제13집, 한남 대학교 국어국문학회, 1987.

양순필, 「조선조유배가사연구~제주도를 중심으로」, 건국대학교 박사학위논문, 1983.

양정화, 「조선후기 가사에 나타난 애정담론의 실현 양상 : 삼설기본 노처녀가와 잡가본 노처녀가의 향유문화를 중심으로」, 『국제어문』 제54집, 국제어문학회, 2012.

어영하, 「규방가사의 서사문학성 연구」, 『국문학연구』 제4집, 효성여자대학교 국어국문학연구실, 1973.

오갑균, 『조선후기당쟁연구』, 삼영사, 1999.

오세영, 『한국근대문학과 근대시』, 민음사, 1996. p.418

우부식, 「유배가사연구」, 충남대학교 박사학위논문, 2005.

유정선, 「19세기 기녀의 자기표현과 자의식, 〈군산월애원가〉」, 『이화어문논집』 제36집, 이화어문학회, 2015.

유정선, 『18·19세기 기행가사의 작품세계와 시대적 변모양상』, 역락, 2007.

윤영옥, 「봉래별곡의 연구」, 『한국기행문학작품연구』, 국학자료원, 1996.

윤주필, 「경복궁 중건 때의 전통놀이 가사집 〈기완별곡〉」, 『문헌과 해석』 통권9호, 문헌과 해석사, 1999년 겨울.

윤주필, 「경복궁 중건 연희시가를 통해본 전통 공연문화 연구」, 『고전문학연구』 제31집, 한국고전문학회, 2007.

이금희, 「임진 전쟁기의 문학적 형상화-〈용사음〉과 〈태평사〉 비교」, 『국학연구논총』 제12집, 택민국학연구원, 2013.

이능화, 『朝鮮解語花史』, 이재곤 역, 동문선, 1992.

이동영, 「규방가사 전이에 대하여」, 『가사문학논고』, 부산대학교 출판부, 1987 ,

이동환, 「조선후기 한시에 있어서의 민요 취향의 대두」, 『한국한문학연구』 제3·4집, 한국한문학회, 1979.

이병기, 「별사미인곡과 속사미인곡에 대하여」, 『국어국문학』 제15집, 국어국문학회, 1956.

이상보, 「남철의 승가」, 『한국고전시가연구·속』, 태학사, 1984.

이상보, 「작자미상의 시탄사」, 『현대문학』 제285호, 현대문학사, 1978.

이상원, 「17세기 남원의 시가문학 : 광해혼조에 대한 문학적 대응을 중심으로」, 『동아시아고학회』 제35집, 동아시아고대학회, 2014.

이상희, 「이율곡의 커뮤니케이션 사상」, 『신문연구소학보』 제17집, 서울대학교 신문연구소, 1980.

이성무, 『조선시대당쟁사 2』, 동방미디어, 2000.

이성후, 「일동장유가 연구」, 효성여자대학교 대학원 박사학위논문, 1988.

이성후, 「일동장유가와 해사일기의 비교 연구」, 『어문집』 제17집, 금오공과대학교, 1996.

이성후, 「일동장유가의 실학적 고찰」, 『어문학』 제53집, 한국어문학회, 1992.

이성후, 「일동장유가의 이본 연구」, 『어문집』 제12집, 금오공과대학교, 1991.

이승남, 「유배가사의 사회적 의미와 문학적 해석」, 『동악어문논집』 제26집, 동악어문학회, 1991.

이승남, 「정훈 가사에 나타난 이념과 현실의 정서적 형상화-〈성주중흥가〉〈탄궁가〉〈우활가〉를 중심으로」, 『한국사상과문화』 제44집, 한국사상문화학회, 2008.

이승복, 「〈수로조천행선곡〉의 창작 배경과 의미」, 『국어교육』 제115집, 한국어교육학회, 2004.

이승복, 「〈초혼사〉의 구조와 애도문학적 특성」, 『고전문학과 교육』 제9집, 한국고전문학교육학회, 2005.

이승복, 「〈세장가〉의 구조와 의미」, 『한국민족문화』 제24집, 부산대학교 한국민족문화연구소, 2004.

이승복, 「〈순창가〉의 서술방식과 작가의식」, 『고전문학과 교육』 제17집, 한국고전문학교육학회, 2009.

이승복, 「〈임천별곡〉의 창작 배경과 갈등의 성격」, 『고전문학과 교육』 제18집, 한국고전문학교육학회, 2009, 261~284면.

이승복, 「〈착정가〉의 의미와 의의」, 『선청어문』 제36집, 서울대학교 국어교육과, 2008.

이승복, 「옥국재 가사에 나타난 일상성의 양상과 의미」, 『고전문학과 교육』 제25집, 한국고전문학교육학회, 2013.

이승복, 「玉局齋 李運永에 대한 전기적 고찰」, 『고전문학과 교육』 제7집, 한국고전문학교육학회, 2004.

이승훈, 『모더니즘 시론』, 문예출판사, 1995, p.277.

이우성, 〈이조 유교정치와 산림의 존재〉, 『한국의 역사상』, 창작과 비평사, 1982.

이원주, 「가사의 독자-경북북부지역을 중심으로」, 『조선후기 언어와 문학』, 한국어문학회 편, 형설출판사, 1980.

이재수, 『내방가사연구』, 형설출판사, 1976.

이재식, 「북천가」, 『겨레어문학』 제 25집, 겨레어문학회, 2000.

이재식, 「유배가사연구」, 건국대학교 박사학위논문, 1993.

이재준, 「전란가사에 나타난 두 가지 세계인식」, 『온지논총』 제44집, 온지학회, 2015.

이정진, 「군산월애원가고」, 『향토문화연구』 제3집, 원광대학교 향토문화연구소, 1986.

이중화, 「경복궁가를 독하고 차궁에 시역을 추억함」, 『청년』 제7권 2호, 청년잡지사, 1929.

이현주, 「유배가사의 연구」, 전남대학교 대학원 박사학위논문, 2001.

이혜순, 「한국악부연구」, 『이화여자대학교논총』 제39집, 이화여자대학교, 1981.

이혜순, 「한국악부연구2」, 『동양학』 제12집, 단국대학교 동양학연구소, 1982.

이혜전, 「조선후기 가사의 서사성 확대와 그 의미」, 이화여자대학교 석사학위논문, 1991.

이혜화, 「해동유요 소재 가사고」, 『국어국문학』 제96호, 국어국문학회, 1986.

이화형, 「북천가에 나타난 현실개탄과 작가의 풍류」, 『한국언어문학』 제42집, 한국언어문학회, 1999.

임기중, 「무자서행록과 병인연행가」, 『한국가사문학연구』, 상산정재호박사화갑기념논총간행위원회 편저, 태학사, 1995.

임기중, 『한국가사문학연구사』, 이회, 1998.

임유경, 「이옥의 전 연구」, 이화여자대학교 대학원 석사학위논문, 1981.

임헌도, 「노처녀가에 관한 연구」, 『이숭녕박사송수기념논총』, 을유문화사, 1968.

임형택, 「18세기 예술사의 시각」, 『이조후기 한문학의 재조명』, 송재소 외 공저, 창작과 비평사, 1983.

임형택, 『옛 노래, 옛 사람들의 내면풍경』, 소명출판, 2005.

장경남, 「이순신의 소설적 형상화에 대한 통시적 연구」, 『민족문학사연구』 제35호, 민족문학사연구소, 2007.

장대원, 「경복궁 중건에 대한 소고」, 『향토서울』 제16호, 서울특별시 시사편찬위원회, 1963.

장덕순, 「金仁謙의 日東壯遊歌」, 『현대문학』 제95호, 현대문학사, 1965. 11.

장덕순, 「유배가사시고」, 『국문학통론』, 신구문화사, 1963.

장덕순, 「日東壯遊歌와 日本의 歌舞伎」, 『관악어문연구』 제3집, 서울대학교, 1979.

장정수, 「서사가사 특성 연구」, 고려대학교 석사학위논문, 1989.

전준이, 「삼설기의 체재와 유가담론」, 『반교어문연구』 제14집, 반교어문학회, 2002.

정기철, 『한국 기행가사의 새로운 조명』, 역락, 2001.

정기호, 「이광명의 적소시가에 대하여」, 『논문집』 제3집, 인하대학교, 1977.

정익섭, 「16 · 7세기의 가사문학」, 『국어국문학』 제78호, 국어국문학회, 1978.

정익섭, 「경복궁가·호남가·훈몽가 · 회문산답산가」, 『국문학보』 제4집, 전남대 국
문학연구회, 1964.

정익섭, 「경복궁타령과 경복궁가의 비교고찰-사설을 중심으로」, 『논문집』 제8집,
전남대학교, 1963.

정익섭, 「유배문학소고」, 『양주동박사화탄기념논문집』, 1963.

정인숙, 「가사에 나타난 시적 화자의 목소리 연구」, 서울대학교 박사학위논문, 2001.

정인숙, 「남성작 애정가사에 나타난 기녀의 형상화 방식-〈금루사〉와 〈농서별곡〉을
중심으로」, 『한국고전여성문학연구』 제16집, 한국고전여성문학회, 2008.

정인숙, 「조선후기 연군가사의 전개양상 연구」, 서울대학교 석사학위논문, 1994.

정재호, 「상사별곡고」, 『한국가사문학론』, 집문당, 1982.

정흥모, 「영조조의 유배가사 연구 : 〈속사미인곡〉과 〈북찬가〉를 중심으로」, 『국어
문학』 제45집, 국어문학회, 2008.

조규익, 『국문사행록의 미학』, 역락, 2004.

조규익·신춘호 편, 『조선통신사 사행록 연구총서』 전13권, 학고방, 2008.

조성환, 「가사문학과 적소연관」, 『논문집』 제16집, 군산대학교, 1989.

조세형, 「가사 장르의 담론 특성 연구」, 서울대학교 박사학위논문, 1998.

조세형, 「후기 기행가사 〈동유가〉의 작자의식과 문체」, 『선청어문』 제21집, 서울대
학교 국어교육과, 1993.

조혜정, 「한국의 가부장제에 관한 해석적 분석 -생활세계를 중심으로」, 『한국의 여
성과 남성』, 문학과 지성사, 1988.

존 W. 홀, 『日本史』, 林英宰 譯, 역민사, 1986, p.217.

진동혁, 『이세보 시조 연구』, 집문당, 1983.

차용주 편,『연암연구』, 계명대학교 출판부, 1984.

최강현, 「동유가의 지은이를 살핌」,『한국시가연구』제6집, 한국시가학회, 2000.

최강현, 「듁창곡 소고」,『어문논집』제14·15집, 민족어문학회, 1973.

최강현, 「무인입춘축성가에 대하여」,『시문학』통권24호, 현대문학사, 1973.

최규수, 「〈삼설기본 노처녀가〉의 갈등 형상화 방식과 그 의미」,『한국시가연구』제5집, 한국시가학회, 1999년 8월.

최규수, 「김춘택의〈별사미인곡〉에 수용된〈미인곡〉의 어법적 특질과 효과」,『온지논총』제4집, 온지학회, 1998.

최상은, 「〈일동장유가〉와 사대부 가사의 변모」,『반교어문연구』제6집, 반교어문학회, 1995.

최상은, 「연군가사의 짜임새와 미의식」,『반교어문연구』제5집, 반교어문학회, 1995.

최상은, 「유배가사의 보수성과 개방성-〈만언사〉와〈북천가〉를 중심으로」,『어문학연구』제4집, 상명대학교 어문학연구소, 1996.

최상은, 「유배가사의 작품구조와 현실인식」, 한국정신문화연구원 석사학위논문, 1983.

최상은, 「유배가사의 현황과 과제」,『한국가사문학연구』, 태학사, 1996.

최상은, 「정훈 가사에 나타난 가문의식과 문학적 형상」,『한민족어문학』제45집, 한민족어문학회, 2004.

최성애, 「계미통신사행록을 통해 본 공연양상,〈일동장유가〉〈승사록〉〈일본록사상기〉의 국내여정을 중심으로」,『대종문화연구』제84집, 성균관대학교 대동문화연구원, 2013.

최오규, 「유배문학에 나타난 의미표상의 심층구조분석」,『국제어문』제1집, 국제대학교, 1979.

최원식, 「가사의 소설화 경향과 봉건주의의 해체」,『창작과 비평』1977년 봄호, 창작과 비평사, 1977.

최진형, 「가사의 소설화 재론」,『성균어문연구』제32집, 성균관대학교 국어국문학회, 1997.

최현재, 「〈별사미인곡〉과〈속사미인곡〉에 나타난 연군의식 비교 고찰」,『우리말글』제48집, 우리말글학회, 2010.

최현재, 「조선후기 서사가사 연구」, 서울대학교 석사학위논문, 1995.

최홍원, 「공간을 중심으로 한 〈북찬가〉의 새로운 이해와 접근」, 『국어국문학』 제
　　　167집, 국어국문학회, 2014.

최홍원, 「정치적 행위로서의 글쓰기, 〈죽창곡〉과 감군의 정서」, 『어문학』 제124집,
　　　한국어문학회, 2014.

최홍원, 「정훈 시가 다기성에 대한 시학적 이해」, 『국어국문학』 제159집, 국어국문
　　　학회, 2011.

하성래, 「가사문학의 새 거봉」, 『문학사상』 제8호, 문학사상사, 1973년 5월.

하윤섭, 「시적 체험의 다양성과 〈노처녀가 1〉 : 규방가사 권역에서 향유된 〈노처녀
　　　가 1〉을 중심으로」, 『국어문학』 제44집, 국어문학회, 2008.

한창훈, 「강복중의 가사와 향반의식」, 『한국가사문학연구』, 상산정재호박사 화갑
　　　기념논총 간행위원회, 태학사, 1995.

한창훈, 「계해반정에 대한 향반층의 문학적 대응-정훈, 강복중을 중심으로」, 『고
　　　전문학연구』 제47집, 한국고전문학회, 2015.

한창훈, 「고전문학 교육의 가치와 위상-〈연행가〉〈일동장유가〉를 예로 하여」, 『국
　　　어교과교육연구』 제8집, 국어교과교육학회, 2004.

한창훈, 「박인로 정훈 시가의 현실인식과 지향」, 고려대학교 석사학위 논문, 1993.

허남춘, 「가사를 통해본 중국과 일본-〈무자서행록〉과 일동장유가〉를 중심으로」,
　　　『어문연구』 제52집, 어문연구학회, 2006.

홍재휴, 「금루사고」, 『가사문학연구』, 국어국문학회편, 정음문화사, 1979.

홍재휴, 「해동만화고」, 『국어국문학』 제55~57 합집, 국어국문학회, 1972.

홍재휴, 『북행가연구』, 효성여자대학교출판부, 1991.

조선후기

가사문학

연　구

저 자 약 력

┃고 순 희

부경대학교 국어국문학과 교수
한국고시가문화학회 부회장
한국고전여성문학회 회장(2014~2015)

저서 『고전시 이야기 구성론』
　　『교양 한자 한문 익히기』
　　『만주망명과 가사문학 연구』
　　『만주망명과 가사문학 자료』

공저 『규방가사의 작품세계와 미학』
　　『우리문학의 여성성·남성성(고전문학편)』
　　『국문학의 구비성과 기록성』
　　『세계화 시대의 국어국문학』
　　『고전시가론』
　　『한국고전문학강의』
　　『우리말 속의 한자』
　　『부산도시이미지』